U0462875

陆俊迟仿佛在黑夜之中看到了希望的萤火。

清韵小尸

MIGHTY ORIGIN LITERATURE

破晓

清韵小尸 ◎ 著

北京燕山出版社
BEIJING YANSHAN PRESS

图书在版编目（CIP）数据

破晓 / 清韵小尸著 . -- 北京 : 北京燕山出版社，
2022.5

ISBN 978-7-5402-6478-9

Ⅰ . ①破… Ⅱ . ①清… Ⅲ . ①推理小说 – 中国 – 当代
Ⅳ . ① I247.5

中国版本图书馆 CIP 数据核字 (2022) 第 056208 号

破晓

作　　者：清韵小尸
出 品 人：赵丽娟　徐　　琛
责任编辑：金贝伦
特约编辑：王　　梓
装帧设计：唐小迪
封面绘图：梨　　花
出版发行：北京燕山出版社有限公司
社　　址：北京市丰台区东铁匠营苇子坑 138 号
发行电话：010-65240430
邮政编码：100079
印　　刷：北京中科印刷有限公司
开　　本：710mm×1000mm　1/16
字　　数：332 千字
印　　张：16
版　　次：2022 年 5 月第 1 版
印　　次：2022 年 5 月第 1 次印刷
书　　号：ISBN 978-7-5402-6478-9
定　　价：49.80 元

目录

第一卷

地狱屠夫

第1章

所有的生物都会杀戮，几乎毫无例外，但所有的生物中，只有人类为了快感而杀戮。

——马克·吐温

　　7月的华都，天气已经非常炎热，特别是中午，在炽烈的阳光照射下，柏油路面上蒸腾着热气，地面附近的空气都有些扭曲。

　　正是午休的时间，沙子厂旁边的空地上十分安静，只能听到树上偶尔传来的蝉鸣声，那些虫子似乎也已经倦了，只是偶尔发出一声不太响亮的叫声。

　　5个年龄不大的孩子拿着一个足球，占领了这片空地，把宁静赶走了。

　　刚刚参加了期末考试的几个孩子，犹如在等待宣判的囚徒，在考试成绩未出前，进行最后的狂欢。他们的精力旺盛，才不管天气有多热，跑得汗湿了衣衫就索性脱下上衣，发泄着因考试带来的紧张和郁闷。

　　孩子中个子最高的那个孩子把球传得猛了些，飞转的足球忽然击向了一旁停着的一辆废旧的汽车，发出了"砰"的一响，随后传来"哗啦"一声。

　　汽车的前挡风玻璃早就有了裂痕，这样的沉重一击让那块钢化玻璃应声而碎，细碎的钢化玻璃碴落在了前排的座位上。孩子们都愣住了。

　　"大轩……现在怎么办？"有个瘦子意识到闯了祸，有些害怕地回头看着那个高个子男孩。高个子男孩是这几个孩子中年龄最大的，名叫杨子轩，他也是这群孩子的头儿。

　　杨子轩往四周看了看，除了他们几个，四下里空无一人。

　　他这个半大小子，正是不知道天高地厚的年纪。杨子轩淡定地和其他几个孩子说道："别怕，就是一辆报废车，车主早就不知道是谁了，我们把球捡出来，然后去别处玩。"想了想，他又补充了一句，"这件事你们谁也不准和别人说！"

　　孩子们很快达成了默契，走到了汽车的前面。这辆车的确非常破旧，灰尘一层层覆盖着，车身上面都是风吹、日晒、雨淋的痕迹，让人看不出车身的本来颜色。车身上有的地方油漆已经脱落，一些缝隙里甚至长出了嫩绿色的小草，给死灰般的废旧汽车增加了一点点生机。

　　汽车的挡风玻璃碎了，让孩子们得以看到车的内部，车里面虽然车饰陈旧，但是远没外面看上去那么狼藉，几处座椅还是干净的，杨子轩指了指孩子里较为瘦小的一个："蚂蚱，我们把你抱上去，你去里面，把球捡出来。"

　　那个叫蚂蚱的瘦小孩子点了点头。他们趁着大人没来，开始了行动，蚂蚱被其几个大点的孩子抱着，上到汽车的前盖上，然后利索地爬入了车内。

"小心别被玻璃划了。"杨子轩叮嘱他，孩子们的心里有些忐忑，如果蚂蚱受了伤，那这件事可能就兜不住了。

蚂蚱答应了一声，他小心翼翼地矮下身，很快在后座的位置上，发现了那个足球。然后车里传来蚂蚱惊讶的声音："咦，这辆车的后座下，放了一个木头匣子。"

"什么匣子？"

"这么旧的车子，怎么还会有木头匣子？"

"匣子是装什么的？"

孩子们七嘴八舌地议论起来。

蚂蚱靠近了那个匣子，鼻子动了动："这个匣子有点大，味道……有点奇怪……"那种味道他有些说不出来，似臭非臭，有一种说不上来的霉味，可是那种奇怪的味道，又被一种让人闻起来感觉不太舒服的香气掩盖着，像是衣柜里放置的樟脑丸的味道。

蚂蚱想要打开木头匣子，晃动了几下没有打开："这个匣子上锁了……"眼前的景象，大大激发了这些孩子们的好奇心，他们感觉自己好像发现了被主人遗留下来的宝藏。

杨子轩迅速决定："你把木头匣子抱出来给我们看看。"

一旁的瘦子有些犹豫："这样……不太好吧？"

"反正是没主的废弃车，这辆车我印象里都放在这里好几年了，我们就算拿走什么，也根本不会有人知道。"杨子轩道，"再说了，怕什么，我们就是看看，大不了等下再放回去。"

蚂蚱犹豫了一下，先把足球扔了出去，然后又把木头匣子抱了出去。

杨子轩接过了那个木头匣子，他们又把蚂蚱拉了出来。蚂蚱人如其名，像是一只灵活的虫子，从汽车前盖上轻轻一跃而下。

杨子轩低头看向手里的东西，那是一个沉甸甸的木头匣子，看起来比装高档红酒的木头盒子还要大一些，上面有一把小小的锁。

杨子轩也注意到了木头匣子散发出来的奇怪味道，他晃动了一下，从木头匣子的缝隙里，漏出了一些白色的细粉末。

"这不会是……那啥吧？"有个胆小的孩子问道。

"不像……"杨子轩摇摇头，他在电视上看到过，那种东西是细细的，眼前的白色粉末却有点粗糙，在阳光下折射着光，像是什么化学药品。

"大轩，算了，把箱子放回去，我们走吧。"瘦子觉得这个木头匣子有些说不出的古怪，小声嘀咕着，"我有点怕。"

"真是胆小鬼！里面又不能有鬼，还能吃了你不成？"杨子轩不愿意放弃，他从一旁捡了一块石头，对着锁砸了几下。木头匣子不堪重击，"喀啦"一声后，很快裂开了，然后他打开了盒盖。

一股更浓郁的味道飘散了出来，杨子轩忍不住捂住了鼻子。其他几个孩子凑了过来，随后脸上露出了有些失望的表情。那是满满的一匣子白色粉末状的东西，不知道是什么化学药品。

　　"我还以为是什么宝贝！"杨子轩觉得自己有些丢面子，把木头匣子丢在地上，随后又踢了一脚。木头匣子翻倒了，从白色的粉末状覆盖物中，露出了一点什么东西。

　　"里面，好像是有东西的……"蚂蚱皱着眉说，他大着胆子伸手去拉其中一个条状物，那个东西细细长长的，摸起来有点软，顶端还带着指甲……

　　杨子轩也蹲下身子，把白色的东西扒拉开，这下子孩子们终于看清楚了。

　　在白色粉末的覆盖下，那是一双手，准确地说，是一双交叠着的、惨白的人手，看上去像是万圣节的恐怖道具，但是绝对不会有道具做得如此逼真……

　　手臂的断口处虽然早已不再流血，但还能看出皮肉的边缘，以及里面的森森白骨。

　　"啊啊啊啊啊！"

　　"我的妈呀！"

　　几个孩子发出惊声尖叫，纷纷落荒而逃。

　　半分钟之后，脸色惨白的杨子轩大着胆子从路的那边远远地跑回来，伸出脚来勾了一下，捡走了那个被遗忘在一旁的足球。

　　意外的发现打破了夏日午后的平静。

　　孩子们的父母很快拨打了报警电话，这样一起案件，引起了分局的重视，现场由分局的队长带着队员勘查后，很快评定认为无力侦破，尽快申请了重案组的援助。

　　分局的几名警察拦起了警戒线，等着总局重案组的人来做现场交接，好把这个烫手山芋扔出去。

　　烈日下，太阳照得明晃晃的，把几辆废弃车晒得滚烫，连个遮荫的地方都没有，多待一会儿就感觉快要中暑了。

　　两名警察被派留守现场，这个现场实在是没什么好看着的，附近的人听说了这件事，都觉得又害怕又晦气，躲得十万八千里远，方圆百米内连个来看热闹的人都没有。

　　两名警察实在无聊，就蹲在不远处闲聊，这两个人一个是刚毕业不久分配过来的实习小警察，一个是工作了十几年已经开始秃顶的基层老警察，闲话之中有着明显的代沟。

　　老警察点了一根烟，先开了口："想不到最近这么不太平啊。"

　　小警察没见过什么世面："是啊，不知道是什么人做的，看着那手，我心里都泛着凉。咱们分局的法医来看了没？"

　　"看过了，都没敢动，说是女人的手。物鉴也来过，车虽然是废弃车，却干净得很，有效指纹只有几个，后来比对出来是那些发现现场的孩子留下来的。我估计，等下总局的人来了得重查一遍。"

小警察一愣："又是女性受害人啊？最近好像几个大案都是女性受害人。"

老警察见怪不怪："受害人女性居多，犯罪的男性居多，男女比例越发失调了。"

小警察忧心忡忡，"那这案子可难度挺大啊，断手上也没写名字，连受害人身份都确认不了，怪不得队长一看就马上叫了重案组来。"

老警察吸了一口手里的烟："我看这个案子，重案组来了也不一定能行。"

小警察听到这里，忍不住反驳了几句："那可不一定，我听师兄说过重案组那个陆队长，年纪不大，是留洋回来的，脑子活络，一升上来就破了好几个大案，局里的几位老领导都很喜欢他，重点培养呢。"小警察说到这里又补充道，"听说人还挺帅的。"

"当警察关键是能破案，帅有屁用。"老警察有点听不得外国的月亮圆，"再说了，那些外国的技术，搬过来得水土不服吧？"

小警察觉得他的观念老了，"罪犯又不分国界，就算技术没到位，理念相通啊。有的东西，比如那什么，犯罪心理画像，国外的就是厉害。"

老警察呵呵笑道："洋方法未必好使，看看我们总局，前几年好不容易折腾起来一个行为分析组，过了两年又散伙了。"

两个人正说着，从对面走过来一个年轻人，是一个身材瘦高、头发微卷的青年，走过来和他们打了个招呼。

两名警察急忙站起身来，老警察背后刚议论了人家，这时候有点心虚，夹着烟头心想这不会是那个什么陆队吧？看起来未免也太年轻了点。

那个青年自报了家门："你们是分局的吧？我是重案组的乔泽。"

老警察刚松了一口气，乔泽就皱着眉道："把烟掐了，这是现场呢。"然后他的目光在现场扫了一圈，"你们领导呢？来了吗？"

两名警察听了这话，心想，果然是重案组的，年纪不大，口气不小。

但是俗话说得好，官大一级压死人，分局的见到总局的就觉得矮了半头，更别说人家是重案组的，老警察赶快掐灭了烟乖乖地说："我们领导查访呢，我马上发信息把他叫回来。"

华都，又被称为花都，这是一座拥有 2500 万人口的超大型城市。华都一共有九大警区，上设总局，在总局刑警部外，另外设置了重案组，应对的就是这种线索少，又十分恶劣的刑事案件。

此时，重案组的组长陆俊迟也赶到了现场，他把车停在不远处的停车场里，然后步行过来。陆俊迟走出停车场时已经可以远远看到警方拦着的警戒线，他快步穿过了沙子厂旁边的空地。

这片空地以前是沙子厂堆放沙土用的，为了和周围的空间隔开，在空地的尽头有一面围墙。

这里废旧的汽车不止一辆，孩子们踢的足球，就击中了其中最老旧的那一辆。

陆俊迟远远地看了一眼，随后快步走近。

分局查验过的案子，接手到这边以后还要按照流程重验一遍，保证没有错漏，总局的物鉴何伟已经到了，抬起头来和他打招呼："陆队长。"

陆俊迟冲何伟一点头，撩开警戒线，穿过了人群。

在废旧的汽车旁，一个看起来只有20多岁的青年手拿记录册，正在毫不留情地吐槽分局的刑警队长，那个人正是重案组内年龄最小的调查员——乔泽。

"……下次有这种情况，接到报警判断情况以后就等我们来，低调处理，你看你们这呼啦啦的过来了好几个人，还四处走访，简直是要把事情弄得尽人皆知，要不是被我们的网监发现，早就上热搜了……"乔泽说话的语速很快，边说边指了指自己的手机。

分局的老刑警队长年纪大了，手机都很少玩，被他说得有点蒙，他仔细一看，青年拿在手里的手机上打开的是一个他平时不曾见过的软件界面。

老队长略带歉意地道："我们以后一定加强网络监控……"

乔泽收起手机叹了一口气，感觉这位老队长和他不在一个频道上，"关键点不在于这个！凶手把东西放在这里，还做了防腐处理，说不定是要回来查看的，本来我们查完了现场，可以做个监控布置守株待兔，您这一折腾，凶手肯定不会过来了。"

"乔泽！"话正说到这里，陆俊迟低声打断了青年，提醒他给老队长留点情面。

那个青年回头，马上会意，不再放马后炮，转头对老警察说道："张队长，如果下次看到情况不对，搜查后，保护好现场，一定第一时间联系我们重案组……"

说完这句话，乔泽就屁颠屁颠地跑到了陆俊迟的身边，立马换了一副表情，"队长。"

陆俊迟"嗯"了一声，他站在阳光下，身姿颀长，面容冷峻，只穿了一件款式简单的衬衣，领口并未扣紧，露出了一点肌肤。陆俊迟人如其名，外表十分英俊，朗眉星目，鼻梁高挺，他的那种英俊看起来有些攻击性，可交流起来却又让人觉得他十分绅士，细致而又耐心。陆俊迟今天穿了一件深色的衬衣，在这暑气渐消的夏日，深颜色十分吸热，可他身边的温度，却比一米开外还低了几分。

自从汽车工业改变人类历史之后，每座城市里就开始出现一些废弃车。它们孤零零地停放在城市的某处，像是一座座小小的汽车孤墓。那些废弃车因为各种各样的原因，被主人所遗弃：老旧、故障、发生过车祸、车主发生意外……

一旦废弃车的处理费用超过它的价值，遗弃它就成了一种选择。因为愿意把废弃车按照流程注销的人实属少数，很多的废弃车就被停放在路边或者是无人注意的地方。

陆俊迟看了看那几辆废弃车，伸出手挽起了袖子直到手肘，戴上手套问："案情交接了吗？"

乔泽说："这个木头匣子是被几个踢球的小孩发现的，当时他们惊慌失措，因此现场并没有得到很好的保护。事后警方已经找那几个孩子录了口供，这辆废弃车停在这里至少有5年了，木头匣子原本是放在车后座的下方，他们好奇就拿了出来，没有想到打开以后，看到了一双手……"

陆俊迟转头看向已经被法医收入不同袋子里的两只手，隔着一层塑料膜，可以看出手指纤长，指纹、掌纹都很清晰。

那是一双女人的手，这双手被砍下来显然已经有一段时间了，被做过一定的防腐处理，显露出一种苍白的灰败色。

手是无比安静而鲜活的，像是精美的艺术品。分明是人人身上都有，随处都能够看到的东西，如今看起来却是那么陌生，让人心生恐惧。它被人用刀具从肉体上生生分离开来，仅是看着都可以体会到它主人当时的痛苦，而且它还出现在了一个它不应该出现的地方。

这双手的主人是谁呢？害她至此的凶手又会是谁？

"其他的有什么发现吗？"陆俊迟看着现场，推断着情况。

乔泽摇了摇头，"车子里只找到了几枚孩子的指纹和脚印，木头匣子上没有留下什么有效痕迹，估计要等进一步的化验结果。"

陆俊迟微微皱起了眉头，听起来，这个发现断手的现场太干净了，甚至没有物鉴反复查看的迹象。难道凶手仅仅就是为了把断手存放在这里吗？

现在的首要任务是要确定死者的身份，可是这双手能够提供的信息很少。

城市里的茫茫人海，流动人口多，失踪人口也不少，仅仅靠一双手的残肢，指纹，血型，DNA，伤痕分析，这些东西都不足够确认死者的身份。

乔泽继续汇报道："对了，还有，我这里已经让人去查这辆废弃车的车主身份了。"

"这双手肯定不是车主留下的，没有凶手会把'战利品'放在自己的车里。"陆俊迟说到这里，忽然想起了什么，他转身对乔泽说："打个申请，调动分局警力，查找本城区内所有相似的废弃车，寻找车里还有没有类似的木头匣子。"

这个城市里，有数以千计的废弃车，陆俊迟有种预感，也许，其他的车里也会有类似的发现。

乔泽得了队长的令，忙道了一声："是！"

第2章

隔天一早，华都公安局的物鉴室内，透明的玻璃观察台上并排摆着三个大小不一的木头匣子。这是昨天华都的陈阳分局查了一个通宵找到的。

那些废弃车停放在路边，每天有无数人从旁边擦身而过，但是没有人会想到，里面竟然藏有这么可怕的东西。

陆俊迟今天带了乔泽来物鉴中心，一进门，一位年轻的女法医就起身给他们递上了手套、口罩和护目镜。

这间物鉴室是密闭的，有些阴暗，里面有强力的通风装置，照明全靠大大小小的各式灯光，不同的灯光有不同的作用，可以照射出不同的痕迹。

陆俊迟戴上装备，俯下身去看。木头匣子按照存放时间被标注了一号、二号、三号，其中他们最早发现的是二号匣子。另外两个匣子看起来是差不多的情况，里面盛放有白色的粉末，分别埋藏着一些女人的残肢。

一号匣子最大，里面是一只长到膝盖的脚。二号匣子里是那双手，三号匣子里是另一只女人的手。

三只手，而且都是年轻女人的手，外加一只脚，也就是说，受害人至少有两名，也可能有三名。

眼前的情况实在是棘手。

乔泽站在旁边看了一会儿，主动拿出笔记本，准备进行记录。

物鉴中心的刑静是一名女法医，光听名字就是做刑警的料。

刑静长了一双凤眼，梳了高马尾，穿了一件白色的工作服，在一旁给他们介绍道："三个匣子我们已经检验过了，没有留下凶手的完整指纹。匣子里的东西，我们也已经进行了化验，DNA并不相同，所以应该有三位受害人。三号匣子里的手还非常新鲜，受害人显然刚遇害不久。"

陆俊迟端详了一会，直起身抱着手臂问："那些白色粉末是什么？"

三个匣子里看起来放的都是防腐的药剂，但是他并不清楚具体为何物，木头匣子看起来是市场上可以买到的，那些防腐药剂也是调查方向之一。

刑静简单地解释道："是樟脑、明矾和硼酸的混合物。"

乔泽叼着笔帽含糊不清地道："静姐，说清楚点，我记一下……"

刑静递给他一份报告，说道："报告上都写得明明白白的，包括具体的含量，真不用记。"

乔泽翻了翻报告，露出一副勤学好问的表情，"我是好奇，这些药品的作用是什么？怎么那些残肢放在里面，就不会腐烂呢？"

刑静这才解释道："这其中，樟脑的作用是去除异味和蛆虫，明矾可以吸附油脂，起到抑菌和凝固蛋白的作用，硼酸则是用于防腐。"

陆俊迟抓住关键点问："这是一种常用的防腐配方吗？"

刑静点点头："这是一种标本防腐的药剂配比，不过没有福尔马林普及，也没有三氧化二砷的混合防腐剂效果好。但是这种方式更加安全，也容易获得原料，一般人在家中就可以配制。"

陆俊迟按了按眉心，购买易得，容易配比，也就是说，很难通过药品的渠道查找到凶手。

刑静又指了一下眼前的匣子，"从这三个匣子里防腐剂的配比我们可以看出，并不是一次配成的，凶手是在进化，而且越来越熟练，他一直在进行配方的调整。你们也可以看出，最初的第一双手上还有一些腐蚀的迹象，最新的这只手，却保存得十分完好。"

陆俊迟又问："除去防腐药剂，我们还能得到什么信息？"

"商主任出外勤去了。"刑静拿过来另外一份检验报告，"他之前亲自来看过，指纹、DNA、血型、伤口的形成方式，都研究过了，切割工具怀疑是锋利的电锯。几位被害人都是 25 岁左右的女性。商主任还说……"

刑静说到这里抿了一下嘴唇，好看的凤眼看向陆俊迟："他说被害人的血液之中有一定的兽用麻醉药物成分，有生活反应，这些肢体部分可能是在被害人活着的时候锯下来的，凶手把被害人固定之后，割下她们的手，脚，进行了处理，最后进行防腐。此外，麻醉的剂量不大，他怀疑是在受害人半清醒状态下进行的。这样的凶手，太残忍了。"

陆俊迟又问："肢体被切下后，受害人还有生还的可能吗？"

刑静摇摇，"这么大创面的伤口，会造成严重失血，伤口感染，就算是去专业医院，都不一定能救得下来，所以基本可以判定，受害人都已经死亡了。"

听了她的话，陆俊迟的脑海中浮现出了诡异的景象，昏暗的房间内，简单的操作台前，一个男人身披雨衣，脸色阴郁，把面前躺着的女子的双手几乎齐腕锯下来，屋子里满是电锯的嗡嗡声，还有女人无力的痛呼声，她发出轻微的求救声，却无人应答……

乔泽在一旁记录着，听了这话，目光中也不免闪过了一丝恐惧，牙齿也不由自主地轻轻打战。

陆俊迟回头问乔泽："指纹、血型比对过了吗？"

乔泽道："昨晚发过来的时候我就对比了信息库，没在信息库里找到。"也就是说，指纹和血型并没有录入过他们的系统。

刑静介绍完，把各种检验报告以及一摞照片递给陆俊迟，"陆队长，我们能够提供的信息就这些了，其他的，你看还有什么需要检查的？"

陆俊迟迟疑了一下，说道："我想申请查一下手指甲缝里的微量物质，看看能不能帮助我们确定死者的职业。"他们现在只能确定被害人被砍下手的大致时间，所获得的信息还太少，不利于确认死者的身份。不了解那些死者，也就无法从中找出凶手对被害人的选择方式以及杀人动机。

"微量物质？"刑静看着陆俊迟，嘴角露出笑意，"陆队说的是个办法，人的指缝里的确藏有诸多信息，这是反复洗手也无法洗去的。我知道这项技术，好像具体方法是进行光谱测算后，通过结果获得信息，不过我们这里现在做不了，需要送到华都警官学院的实验室里。"

说完话，刑静拿出一张便签记录着，"我先记一下，等商主任回来和他商量一下，一有消息就告诉你，就是要麻烦陆队等一下了。"

陆俊迟点头，表示理解。华都总局的物鉴中心工作繁重，他们不仅要负责各个刑警队的各种化验，有时候还要配合一些分局的检查检测，各种各样的化验和分析都需要时间。那些痕检员、试验员以及法医恨不得每天住在物鉴中心。对于重案组需要的所有数据，这里都是当作重中之重来做的，因此才能够这么快就出结果。

这边的工作进行得差不多了，陆俊迟和乔泽走了出去。

华都总局的办公大楼非常现代化，特别是这栋物鉴中心，一楼是储存中心，二楼是法医部，三楼是物证实验室，整个大楼恒温、恒湿，走廊里都是大大的落地窗，通过玻璃，可以看到外面的景色。如今正值盛夏，放眼望去，一片茂盛的绿色。

陆俊迟走了几步转过身，握着手里的资料问乔泽："关于这个案子，你有什么思路？"

乔泽直言不讳地说："这个凶手是个大变态！不过也太狡猾、老练了，我们查了这么多，却对这个凶手一无所知。"

"也不算一无所知，凶手应该是个男人，单独行动。"陆俊迟低声推断着，"凶手有购买化学物品和药品的渠道，有一定的相关知识，学历应该不会太低，他的工作不忙，可支配时间应该比较多，有独立的办公场所，以及分尸场所……"

陆俊迟说到这里停住了，他轻声说："可是，凶手为什么要把那些残肢放在车里呢？"

这个问题目前他还无法解释。陆俊迟感觉自己的分析有些杂乱，凭借这些信息，并不能够让他把凶手具象化。甚至连下一步该做些什么他都无法决定，他的心中还有很多疑问和不解。

陆俊迟受过良好的现代刑侦教育，他习惯把破案流程化、程序化，一个步骤接着一个步骤，迅速、敏捷，用最有效的方法快速解决问题。但是，眼下的案子和一般的案子不一样，分析这种变态者的心理，他作为普通人并不擅长。

乔泽问："对了……陆队，我们队里的顾问有人选了吗？"

陆俊迟摇了摇头："最近投递简历的几个人都不太合适。"

乔泽在一旁低头沉默了一会儿，忽然说道："如果行为分析组还在就好了。"

听了他的话，陆俊迟的脸色就微变了。

行为分析组，最早是始于美国FBI旗下的一个特殊部门，简称BSU，正是这个小组把"犯罪侧写"这个概念发扬光大。犯罪侧写、犯罪心理画像这种技术说来容易，其实难以操作和界定。

在这样的大环境下，华都总局倒是一直走在尝试各种刑侦手段的前沿。十几年前，华都就曾把犯罪侧写引入了警界，对警察进行培训。

可惜犯罪心理学并不是一门人人都能够熟练掌握的学科，所以当时看起来收效不大。可是这样的行为却为未来播下了一粒希望的种子。犯罪侧写越来越普及之后，终于在华都开花结果。

8年前，一位名叫于烟的犯罪心理侧写专家为华都破获了一起数年未破的悬案，这奠定了于烟的身份和地位，于烟被人称作华都第一侧写师。

悬案的破获让华都的警方高层真正看到了犯罪心理侧写的力量，也让他们对此越发重视。

5年前，华都总局以第一侧写师于烟为首，组成一个专业的行为分析组。华都几万名刑警甚至是警校的学生都参加了这次声势浩大的选拔，递交了侧写答卷。最终，于烟从中筛选出了4个人，作为分析组的首批成员。

就在这时，于烟不幸意外身亡，一度大家以为行为分析组的成立希望渺茫。可是谭局还是力排众议，遵照于烟的遗愿，把这个行为分析组搭建了起来。

为了不让悲剧重演，警方高层决定对几位侧写师进行匿名保护，总局上下并不知道他们的真实身份。行为分析组中四位侧写师的代号为：诗人，月光，知更鸟，预言家。

行为分析组面对华都总局以及各分局提供侧写辅助，只要把案件的各种资料和详细信息上传到内网平台，就会得到一份有关嫌疑人的犯罪心理画像分析。

虽然每份报告上都会写上：非科学实证，仅供参考。但那些侧写，却被那些基层警察视为圣旨。实践证明，犯罪心理画像并非玄学，那几位顶级侧写师的准确率较高。

侧写的应用和推广，对破案有一定积极作用，大大缩短了华都警方的破案时间，提高了破案效率。

特别是侧写师诗人，警方内部有人进行过汇总计算，他的侧写准确率高达87%，借助他的侧写分析，华都警方屡破大案，其中不乏一些很久都抓不到凶手的悬案。诗人这个无比神秘的侧写师也被誉为于烟的接班人，甚至有些人觉得他的才华与成就已经超过了当初的于烟。有人说，诗人是最了解犯罪者心理，最接近罪恶的人。

这一切，一直到两年前……

细沙爆炸案发生，行为分析组的忽然解散，诗人再未出现过。很多人猜测，诗人已经死亡。

这一切，让已经对犯罪侧写形成依赖的华都警界措手不及。一个习惯有人帮扶的人想要重新独立行走，需要花费很长时间。

时至今日，在遇到那些难以破解的谜题时，他们依然会想起那个神秘的组织，以及那个神话般的人。

陆俊迟接手重案组以后，屡破大案，让破案率有所提升，但是他明显感觉到在犯罪心理画像这一方面有所不足，所以陆俊迟才会想到把招收顾问的事提上日程。可是，这个顾问的人选，却一直定不下来。

华都总局大楼的落地窗前，在阳光照射下，两个人一时沉默下来。

随后乔泽忽然想起了什么，"陆队，我想起了一件事情，你记得我们和华都警官学院犯罪学学院的合作吧？"

经他一提醒，陆俊迟想起来，"就是那个……学院老师们为我们提供案件咨询，重案组提交犯罪记录档案给他们进行学术研究的合作？"

这个合作开始于一年前，双方都签订了保密协议，约定了互相提供服务的内容。事实上这一年时间，重案组这边基本是在单向输出，并没有去实际咨询过。

乔泽表情严肃地点点头，"是啊，犯罪学学院，那可是卧虎藏龙之地，我过去还听过廖主任的课，他们那里有犯罪心理学的课程，也有一些侧写分析，你不妨过去问问，也许会有人有什么独到的见解。"乔泽说到这里又提醒道，"陆队，你过去一趟，说不定还能顺便物色一个顾问呢。"

陆俊迟沉思片刻："我就怕做学术的和我们这些做刑侦的之间有隔阂，理论讲了一堆，没有实际操作性。不管怎么样，这是个思路，我过去问问看。"

乔泽说："是啊，死马当作活马医，如果没有什么帮助，不听他们的就是了。"

陆俊迟叮嘱乔泽道："你回去以后让他们几个先去查询一下失踪人口记录，看看能不能有什么收获。另外，一号点和三号点昨天都是半夜搜索的，应该没有惊动什么人，继续让刑警队那边设置暗哨进行盯梢，看看有没有可疑人等接近这些车辆。"

乔泽答应了一声，往重案组的方向走去。

安排完了工作，陆俊迟就给廖主任打了个电话，廖主任正在上课，电话是他的助教接的，说廖主任大约10点钟下课，下课后可以约在办公楼见面。

陆俊迟看了看时间，现在是9点半，直接下楼开了车往华都警官学院赶去。

华都警官学院距离这里有近8公里的距离，廖主任的办公室陆俊迟之前去过几次，是在教师办公楼的第三层。

陆俊迟在办公楼下停好车，一路走台阶上楼，手机忽然一响。他拿起手机来，看到是刑静回复了他，说商卿寒同意了他的申请，会进行微量物证的分析。看到这里，陆俊迟松了一口气。

陆俊迟手里拿着资料，低头回着信息，在走廊里走得很快，眼看就要走到廖主任办公室的门前。

忽然，对面的办公室里走出了一个人影，陆俊迟眼角的余光看到对方是个瘦高的男人，他忙放缓了脚步，然后闪身避让了一下。

　　走廊很宽，足够几个人并排通过，如果是一般人，肯定相安无事，就算是反应慢点，估计也就是个擦肩而过。可是陆俊迟往他的右侧一闪身，那人竟然也往自己的左侧一躲，几乎是朝着他的方向撞过去的。

　　随后，男人直接绊在了他的身上，眼看还要往前摔倒，陆俊迟无奈地松开了手里的资料，伸手抱了他一下，那个人就结结实实地一头栽进他的怀里。

第3章

华都警官学院的走廊里，廖主任的办公室门前，一切发生得很突然，两个人摔倒的姿势有些滑稽。

陆俊迟伸手搂住了那个人的腰，他手里的资料和照片随之掉落了一地，他也被带倒了，直接坐在了地上，充当了人肉坐垫。

陆俊迟有点无奈，走廊里的灯虽然不多，但是谈不上昏暗。他身高一米八出头，站在那里绝对无法让人忽视，他在碰撞发生前，已经放慢了速度，也进行了避让，这样都能够撞上来，那也需要点本事。

随后，陆俊迟闻到了一股香味，像是一种薄荷草般的味道。他意识到，这味道是从被撞倒的男人身上散发出来的。男人穿了一件长袖的白衬衣，个子不低却十分瘦弱，压在陆俊迟的身上让他几乎感觉不到太多的重量。

两个人都有点蒙，然后男人低着头开口道歉："对不起，这边太暗了，我的视力不太好，没有看清。"他的声音低沉，略带沙哑。

"对不起，是我走神了。"陆俊迟的手还扶在男人的腰间，他慌忙放开了手，拉住了男人的手腕，把对方小心翼翼地扶了起来。随后，陆俊迟绅士地退后了一步，拉开了两人之间的距离。他有些紧张地搓了一下手指，刚才触碰的触感还在，男人的身体是温的，手却很冷，冷得就像是刚从极寒的地方出来一般。

男人还是低着头，看身形就让人觉得文质彬彬，仿佛一阵风就能够把他吹倒似的。

陆俊迟深吸了一口气，平复了一下心情。他蹲下身开始捡散落一地的照片和资料，然后他发现，地上还掉落了一根手杖，那根手杖大概有半人高，细细的，顶面上装了一个银色的猫头。看起来像是探路的盲杖，但是盲杖不会这么浮夸。

难道，真的是眼盲看不到吗？陆俊迟有些自责，他刚想要再次诚恳地道歉，然后就看到那个男人弯下腰，准确地把地上的手杖拾了起来，握在手中，顺便帮他捡起了几张照片。

陆俊迟："……"

男人似乎没有看到他有些异样的目光，用修长的手指把照片夹着，拿到眼前大约10厘米处，眼睛微眯着仔细辨认，"是被锯下来的，女人的手？"

陆俊迟答应了一声，把地上凌乱的照片和资料收拢了起来，站起身自我介绍："我叫陆俊迟，华都市公安局重案组组长。"听到了他的话，男人把眼前的照片拿开，一双眼睛定定地看向他。

那个眼神十分专注，陆俊迟一时有点疑惑，自己是不是在什么地方见过他？或者对方认识自己？可是他又很快就打消了这个念头。无论在哪里见过这样一个男人，他都应该是有印象的。

男人长得十分英俊，而且有点过于好看了，他的肤色雪白，五官精致，脖颈纤细，长得异常清秀，特别是一双眼睛，右侧的眼角下，还有一颗小小的泪痣。这样俊秀的长相和他略显低沉、沙哑的嗓音不太相配。

然后男人自我介绍道："我是这里的老师，苏回。"他嘴唇的颜色有些淡，没有什么血色，而且整个人特别的瘦，瘦的下颌骨明显极了，看起来身体不太好的样子。

门口的动静，终于惊动了办公室里的人，廖主任办公室的门被打开，助教小张探出头来张望了一下。

"陆队长，苏老师，你们都到了？廖主任就快回来了，你们进来等他吧。"

陆俊迟这才知道，原来这位苏老师也是来找廖主任的，因此他往门的方向一躲，两个人这才撞在了一起，有些过于巧合了。

廖主任的办公室非常大，分为内外两间，里面的一间是独立办公室，摆放着几个书架，一张巨大的办公桌，两株绿植，以及一把舒适的转椅。外间是会客厅，还有助理办公的地方，摆放了小茶几和几个沙发。

助理小张把他们迎到了外间，陆俊迟和苏回就面对面地在沙发上坐下了。

小张又给他们倒了两杯热水，放在了桌子上，略带歉意地道："廖主任大概还有10分钟就回来了，我之前就约了车要去帮廖主任取个东西，司机说快到学校门口了，我可能要先出去一趟……"

陆俊迟会意地道："没关系，你去吧，我在这里等他就可以了。"

小张见状背起自己的包，声音提高了八度，有些夸张地对苏回道："苏老师，我先走了，回头见。"

坐在对面的苏回点了点头："回头见。"

等小张出去，屋子里一时安静了下来。陆俊迟忽然觉得，和一位刚刚见面，并且意外有过身体接触的男人共处一室，这是一件十分尴尬又有点微妙的事。陆俊迟不想去看他，但是又有点忍不住看过去。

平心而论，这位苏老师真的十分英俊，陆俊迟很少觉得男人会长得好看，但是这位苏老师却让他觉得只能用好看两个字形容才合适。不说话的时候，苏回给人的感觉有点冷，整个人都像是冰雪做的，让人觉得难以接近。

这时，苏回侧着头，把玩着手里的手杖，一遍一遍地抚摸着猫头，像是在抚摸那只金属制成的动物的毛，随后他撑着手杖，靠了上去，旁若无人地用白净的脸颊蹭着手杖上的猫。苏回的眼睛微眯着，表情也有点像一只猫，只是他那双好看的眼睛是没有焦距的，不知道在想些什么。

从陆俊迟坐的角度看过去，这位苏老师好看得像是画中人，美中不足的是，他的衣领有点没有整理好，右边的衣领有一点褶皱了，让人想要伸出手去帮他整平。陆俊迟压制住想要提醒对方整理衣服的冲动，低头喝了一口水杯里的水，想着要怎么化解眼前的尴尬，然后他就听到苏回先开了口。

那位苏老师支起身子，端正地扶着那根手杖和他很正式地打了个招呼："陆队长，幸会。"

陆俊迟点点头："幸会。"

两个人又沉默下来……

陆俊迟看了一下手机，这才过了一分钟，他们大概还有几分钟需要消磨，他努力让自己的注意力不放在苏回的颜值上。反正干坐着也无聊，陆俊迟决定从工作的话题入手，开口问苏回："苏老师，你教的是什么课程？"

苏回回答他："我在犯罪学学院，教犯罪社会学。"

陆俊迟找到了话题："那苏老师一定也对犯罪心理学有一些了解吧？"

苏回点了一下头："有一些浅薄的认识。"

一直以来，受家庭的影响，还有后来的一些工作经历，陆俊迟对犯罪心理学以及犯罪心理画像秉持着一种向往与探索的精神。他自己没有这方面的天赋，却对具有这种能力的人深有好感。

陆俊迟目光诚恳地道："我对犯罪心理学很有兴趣，也曾经想过来华都警官学院旁听，只可惜工作太忙。苏老师能不能给我些建议，比如应该来听哪些课程，让我对此也更了解一些。"

苏回开口介绍道："犯罪学是一门宏观研究犯罪现象的学科。像我们学院开设的课程，有犯罪学、刑事司法学、犯罪社会学、犯罪心理学等多个方向。其中犯罪心理学是运用心理学基本原理，研究犯罪主体心理的一门交叉学科。我们学院有很多专门研究犯罪心理学的老师，一些颇为资深的，比如廖主任，如果你想听相关的课程，和廖主任打个招呼就好。"

"不过……"苏回话锋一转，看向门口，留意着门外的动静，他轻轻咳了几声，压低了声音继续道，"对比很多其他的学科，犯罪心理学的发展时间还很短，特别是在国内，只有短短的30余年，相关的理论也并不完善。在课本上，满是各种流派的假说，甚至不同的出版社、不同的教材之中，定义都不相同，侧重点也不相同。可以说，目前国内对犯罪心理学还知之甚少。"说到这里，苏回侧头，试探着问陆俊迟，"你是……来找廖主任问案件调查方向的吗？"

陆俊迟点头说出此行目的："我们重案组最近遇到的一个案子十分棘手，凶手可能是一个连环杀手，所以才想要寻求帮助，希望廖主任给出犯罪心理画像。"陆俊迟也听出来他话中有话，继续问："苏老师有什么建议吗？"

"犯罪心理画像只是犯罪心理学的一种应用，你想听听课是可以的……"苏回停顿了一下又说，"不过目前国内的犯罪心理画像还不成熟。廖主任虽然很有教学经验，实际参与的案件并不多……"

陆俊迟看向苏回，这也是他在来之前所担心的。

　　苏回把手杖放在一旁，十指交叉，他抬起头，表情认真地道，"此外我建议，侦破初期，陆队长不要太过偏信那些没有实证的侧写结果。"

　　听了这句话，陆俊迟的心跳有点失常，他从苏回的语气中听出了一丝似曾相识。陆俊迟的脑海之中忽然想到了一个人。可是那个人和眼前这个人的声音完全不同，那个人更是绝对不会说出这样的话。

第4章

苏回的话和陆俊迟预想的答案完全不同。

陆俊迟疑惑地看向眼前的男人。他不知道苏回的过去，苏回经历过什么，但在苏回的话语之中，他隐约感觉到苏回对犯罪心理画像好像有一些轻微的抵触。

陆俊迟此时有点后悔挑起了这个话题，他还是想给这种刑侦方法正名："苏老师，你一直在搞学术，可能并不清楚，犯罪心理画像对我们警方非常有实际意义，也曾经给予过我们很大的帮助。"

苏回摇摇头，表情严肃而认真："短时间内，我无法把观点解释清楚。侧写是用侧写者的思维来推断凶手的思维，不同的侧写人会得出不同的结论，其中有很多无用信息，甚至有时候会有错误的信息。"

陆俊迟努力心平气和地和他争辩："苏老师，不应该这么以点概面，我就曾亲自见证过侧写的神奇。好的侧写师，像是一把可以侦破案情的钥匙。"

"谁也无法保证侧写结果百分之百正确。所知有限的情况下，侧写的正确性更是难以保证，错误的侧写反而会将你们带入迷阵。"苏回拿起水杯喝了一口水，随后把杯子放下问道，"陆队长，你是不是接触过那个被叫停的行为分析组？"

陆俊迟点了一下头。

苏回靠回沙发的靠背，继续说道："很多城市的警方都曾经有过侧写组，只是叫法各异，有的叫作犯罪心理研究室，有的叫作行为分析组。不过，犯罪心理画像的实践时，如何把理论和实际相结合，一直是其中的难点。华都总局的行为分析组当时是帮助警方侦破了一些案件，但是也暴露出来很大的问题。我个人认为，那个行为分析组被叫停，不是一件坏事。"

可能是因为苏回是老师的原因，他说话时的语气客客气气的，逻辑清晰，娓娓道来，声音略带沙哑，但是话语之中却带着一种不容置疑的偏执。

陆俊迟知道，在行为分析组解散以后，警方之中有一些观念保守的人也有这种想法。但是他无法想象，眼前这个教犯罪社会学的老师，观念却如此守旧。

苏回明知道他是来请教廖主任的，却在不停地给他泼着冷水。更关键的是，苏回轻描淡写地说的，正是有些人一生都在探索奋斗的事业……

看陆俊迟的眉头越皱越深，苏回把话拉回来了一些，"陆队长，不要生气，侧写还是可以在一定范围内作为参考的，但是与之相比，我觉得警方更需要证据以及切实的破案思路。"

陆俊迟觉得这句话还算是中肯，苏回大概是对犯罪心理侧写存在一些偏见。而且这位苏老师也不了解他现在所面临的困境，如果有其他的调查方向，他也不必来到这里。

想到这里，陆俊迟往前推了一下那份资料，"苏老师如果签署过总局和学院的保密协议的话，也可以了解一下我们现在遇到的案子，指点一下应该如何找到切实的破案思路。"

苏回没有推托，拿起眼前的资料仔细翻看了起来。

陆俊迟介绍道："我们是在几辆废弃车之中找到那些残肢的，凶手很小心，没有留下什么证据，更没有相关的证人，受害者的身份也还没有确定。"

"原来还有脚吗？"苏回眨了眨眼睛，随后解释道，"我之前看到了网上的一个帖子，不过上面只说了发现了一双断手……"

"媒体了解的并不全面。"陆俊迟道，"目前发现的这些残肢都属于不同的受害人。"

苏回把那些照片拿过来一张张看着，每一张都在眼前停顿片刻，就像是相机在对焦，在看到环境照片时，他的表情略微变化，"凶手充分利用了城市废弃车的空间，你们做了分析调查吗？"

"常规的都做了，另外已经对残肢申请了微量物质鉴定，希望能够找到什么线索。"

苏回安静地听着，然后点了点头："受害者研究，我们越了解受害者，就越了解凶手，这是一个思路……"然后他又问，"白色粉末化验了吗？"

"樟脑、明矾和硼酸的混合物，很容易得到。"

苏回放下那份资料说道："粗制的防腐粉。"然后他用修长的手指把那三只手脚的照片一字排开，低下头仔细查看。

从照片上可以看出，这些残肢的存放时间不同，腐败程度也不同。那些废弃车……究竟代表了什么？

两个人都没有说话，房间里安静得有点尴尬。

陆俊迟觉得，看来这位苏老师也是束手无策的，自己已经约了廖主任了，如果他分析不出来反而尴尬。

他正想着怎么把这个话题结束，就听苏回开口问："你说，那些发现残肢的车里非常干净？"

陆俊迟"嗯"了一声。

苏回皱着眉想了一会儿，似乎觉得这一点有些说不通，他思考了片刻，又看了看其他几张照片，那些废弃车是成片停放在一起的……

苏回的眉头舒展开来，"虽然无法帮助陆队长进行侧写，但是我还是希望能够给你提供一些帮助。"

陆俊迟停下了动作，侧头看向苏回好看的眼睛，阳光下，他的睫毛根根分明。

苏回微微眯了一下眼睛，用右手摸着手杖继续说："我发现你们找到了那些残肢，也找到了几辆作为'陈列室'的废弃车，但你们似乎并没有排查现场的其他废弃车辆。我建议，你们带着物证，再把同一个位置的废弃车全部仔细搜寻一遍。"

城市废弃车，又被人戏称为"僵尸车"，很多车因为年代久远，手续不全，车主宁愿把车丢掉也不愿意送去车管所。如同破窗理论一般，那些废弃车往往也不是单个出现的，只要有一个人把不要的车遗弃在一个地方，附近很快就会有新的废弃车出现，好像它们自己就会在城市里繁衍一般。那几处现场也是如此，每个现场，都有几辆废弃车停靠在周围，警方搜集到物证后，便停止了排查。

苏回所说的，是他们物证没有排查到的地方，也是警方的盲区。

听到苏回的话，陆俊迟若有所思地点点头，然后他开口说："多谢苏老师，我会让同事把这些车再检查一遍，搜集所有的证据。"

苏回点了一下头："你们要抓紧时间，凶手近期可能会再次作案。"

话刚说到这里，办公室的门被人打开，廖主任走了进来。

廖主任全名是廖长恩，今年40多岁。他戴着眼镜，是一位看起来和蔼可亲的中年男人，笑起来的时候还有一个酒窝，他看到苏回和陆俊迟便笑着说道："两位久等了，下课以后，有学生追着问了我几个问题。"

陆俊迟道："没关系，只等了一小会儿。"

苏回也跟着起身："廖主任，我来拿盖好章的证明。"

"苏老师，稍等，我马上给你拿出来。"廖主任说着往里挥了一下手，"陆队长，你和我进去聊。"

廖长恩在里面的桌子上翻找了一下，取出一个夹子，从夹子里拿出一张盖了红戳的证明，走出来递给了苏回："苏老师，你要的东西。"

苏回伸手去接。

廖主任却不急着给他，把手往回一收，叮嘱了一句："苏老师，不是我说，这件事有点危险了，你就算是为了做研究，也不用这么拼命，往更严重点说，事情有点越界了，我们华都警官学院最多是个公安局的辅助部门。"

苏回眼睛的颜色在阳光之下显得有些浅淡，他侧头微微蹙眉，似乎没有听清："什么？"

廖主任本来想敲打一下这位不服管教的老师，现在却被一口气憋住了，一时也判断不出来苏回是故意的，还是真的没听清。他既不想当着陆俊迟的面和苏回一般见识，也没有耐性把那一长串话再说一遍，还是把东西给了苏回，"我说……算了算了，苏老师，你自己注意安全。"

苏回接过来道了一声谢，把拿到的东西叠了几下收好，放在裤子的口袋里，随后就走出门去。

陆俊迟回头看向这位苏老师，刚才他还在和自己如常对话，只是身体会不自觉地右转，有可能是右耳的听力优于左耳。从之前廖主任的助教还有廖主任的反应，也可以看出，他的听力有些问题。

办公室里只留下了陆俊迟和廖长恩，陆俊迟起了个话头："廖主任，这位苏老师……"

廖长恩毫不掩饰地苦笑一下："有点奇怪，对吧？看起来挺温和的，可是……"廖主任说到这里犹豫了一下，大概觉得陆俊迟是不相关的外人，忍不住吐槽了几句。

"现在的年轻老师实在是不懂人情世故，资历不高，眼睛却看到了天上去，教书不用心，每天光动一些歪脑筋。说真的，我教书多少年，没碰到过这样的老师……最近又非要到白虎山监狱去，说是要做什么论文课题研究，他又不是教犯罪心理学的，这不是自找麻烦吗？我好心提醒他一下，结果在我这里装聋作哑的……"廖主任说到这里长叹一声。

陆俊迟听了这话，有点意外，他没想到廖主任对这位苏老师是这样的评价，更没想到苏回是要到白虎山监狱去，那个地方关押的可都是一些重刑犯，他自己就送进去过不少犯人，轻的至少也要5年起步，重的是要执行死刑的。

场面一时有点尴尬，陆俊迟接话道："也许有能力的人，一般都有点傲慢吧。"

"哈，能力？"廖主任轻笑一声，"希望他今年至少有一篇论文能够登上核心期刊。要不然，暑假的教师述职还不一定好过呢。他不着急，我这个做主任的都要替他着急了。"

华都警官学院这边一向是对教师的教研有所要求的，隔年会进行考核，其中硬性的规定是每两年三篇普通期刊，老师们自动把要求提升了一个等级，拼了命也要上一篇核心期刊。

华夏这方面的专业期刊不多，一共九本，也被人们叫作九刊。为了登上九刊，老师们可谓是削尖了脑袋，争破了头。就廖主任所知，苏回这个名字可是从来没在那几本刊物上出现过的。

陆俊迟从廖主任的语气里听出来一点幸灾乐祸的味道，看起来这院校里也不是一片净土，该有的斗争一样不少。

"不说那些了。"廖主任脱下了外衣，顺手挂在了转椅的椅背上，这才回身开口道："小张和我说过了，陆队长把资料给我看看吧。"

陆俊迟把手中的资料递了过去，脑子里却还在想着那位苏老师之前的话，他还有点担心苏老师这一行的安全。

廖主任戴上眼镜翻看着资料，脸上的表情变得越来越严肃……

一个小时以后，陆俊迟从廖主任的办公室出来时，已经饥肠辘辘，他一边打开了车门，一边接到了乔泽的电话。

乔泽的声音很快传来："陆队，我正和物鉴在现场排查呢。"然后他压低了声音，"已经查了三辆废弃车，物鉴的人说没发现什么新东西，都是车主留下的自然信息，有点不耐烦了……"

物鉴查找指纹、血迹、脚印等信息，这是个体力活，又是个技术活。本来查一辆

车就很麻烦了，现在忽然要多查好几辆车，还不知道要查点什么，有怨言是自然的。陆俊迟不在，乔泽的年纪太小，有点压不住场。

"老韩带队吗？"

乔泽"嗯"了一声。

陆俊迟叮嘱乔泽："你尽量哄着他们，帮他们买点饮料、烟酒什么的，或者中午一起吃个饭，回头给你报销。"

乔泽往一旁走了几步，压低了声音又问："请客还是其次……陆队，这是从廖主任那边得到的侧写结果？确定可能有发现吗？"乔泽最怕的是无功而返……

"不是，是一位犯罪社会学老师的建议……"陆俊迟忽然想到，那位苏老师并没有解释其中的道理和原因。

"陆队，廖主任那边呢？有什么有帮助的信息没？"乔泽问。

陆俊迟对刚才的谈话略感失望："我和廖主任仔细聊了一下，觉得他的一些建议有些偏理想化，不好落地。"

刚才的谈话时间很长，可有用的东西却不多，廖主任说的很多事，陆俊迟也早就有推断。廖主任还分析出，凶手可能幼年时期遭受过虐待和欺负，可能家庭不幸福，喜欢独处，这些听起来是有道理的，可是并不能让警方提取到有效信息，更不能帮助他们抓到凶手。其他的还有一些此类人群的占比数据，相关的学术论文……

听到后来陆俊迟感到越来越无奈，那些数据无法帮助他们把这个男人从千万个适龄男性之中筛选出来。到了最后，廖主任似乎是无意的，提了一下他们重案组顾问人选的事……

陆俊迟虽然敬重廖主任，但他觉得这位廖主任并非最佳选择，他很快就岔开了话题。

正回忆到这里，陆俊迟听到手机那边隐约传来物鉴的声音："乔警官！就差最后一辆没查了。"

乔泽忙道："韩头，辛苦了，我马上过来！"

陆俊迟想了一下，越发觉得自己之前的决定有点武断。如果这次找不到东西，大家的查找方向是错误的，他估计得去物鉴中心登门赔罪了。

按照正常的思路来说，一堆废弃车中，能够找到物证已经实属不易了，凶手怎么还会和其他车有关系呢？可是在刚才，他就是没有理由地相信了那位苏老师的话……面对那位苏老师，陆俊迟有一种莫名的熟悉感还有信任感，他觉得眼前的人所说的话一定是有原因、有道理的……

陆俊迟正在愣神时，忽然听手机那边传来一阵嘈杂的声音，乔泽慌忙道："陆队，我等一下和你说……"

嘈杂声忽然变大，又模模糊糊的，完全听不到在讨论什么。陆俊迟隐隐觉得有些情况，他紧张起来，不自觉地坐直了身体，攥紧了手里的手机。

然后，他就听乔泽的声音有些激动，语气中还透露着难以置信。

"头儿！我们在最后一辆车上发现了大量痕迹！"

原来那位苏老师的建议是正确的。

之前找到的那辆废弃车是陈列室，而旁边的一辆，才是游乐场……

第 5 章

诗人。一个浪漫的职业。在人类历史上，出现过很多优秀的诗人，有的诗人同时也是伟大的哲学家、思想家、文学家。

在犯罪心理学这门学科产生前，西方的诗人就开始不断用诗歌的形式来探讨有关的主题。从最初的亚里士多德、但丁，再到后来的莎士比亚、歌德、雪莱、狄金森，这些伟大的诗人用笔不断地书写着……

罪恶是他们笔下永恒的主题，生与死、爱与恨、罪与罚、牺牲与复仇、光明与黑暗、法律与秩序。诗人敏感、聪慧，他们用自己独特的视角体会着这个世界，把自己对于善恶的理解融入文字，变成一个一个广泛流传的艺术作品……

华都，一个夏日的午后，苏回坐在摇摇晃晃的汽车上，抓紧时间阅读着手里的资料。

他的目光落在了一张便签纸的照片上，文字本来就不太清晰，外加苏回的视力不好，他费了一些力气才辨认清楚便签上面的一行手写小字："我本可以容忍黑暗，如果我不曾见过太阳，然而阳光已使我的荒凉，成为更新的荒凉。"这句话源自美国著名女诗人狄金森的作品——《如果我不曾见过太阳》。

车身忽然一晃，发出哒的一声响，随后司机踩了一下油门。苏回收回了思绪，目光从手中的资料转到了车内，公交车开始上山了，为了安全起见，他把资料收了起来。

"后面三站有下车的吗？没下车的直接白虎山了哈。"汽车司机爆发出一声吆喝。车上的人全部默契地无人答话，坐这辆公交车到这里的人基本上都是为了到白虎山去的，中间的几站形同虚设。

司机喊了一声："好嘞！"随后一个加速，险些把苏回手里的包甩了出去。

苏回已经很久没有开车了，他现在的视力已经基本上告别司机这个职业了。他原本想要打个车，可是出租车司机一听是去白虎山都不愿意过来，这个地方离市中心很远，出租车司机没有时间在门口等着，回去可能会跑空单，就都不愿意接。还有一个原因就是那些人都觉得晦气，也觉得不安全。这里毕竟是一个关押犯人的地方。里面关押的是犯过各种各样罪行的魔鬼，尽管他们现在被锁入了牢笼之中，还是让人心生畏惧。

苏回犹豫了一下，到了最后，他还是选择了坐公交车过来。

公交车开得飞快，司机已习惯了这条路，在陡峭的山崖边毫不减速，时不时还来个急转弯，半车人的身子都跟着晃动出来，感觉不拉着扶手就会随时破窗而出。轮胎在路面上发出摩擦的声响，偶尔会有对面驶来的车和他们的车擦着过去，发出唰的一响。司机无比淡定，乘客们却惊出了一身冷汗。人们的心跳还没平复，前面又有一个更急的转弯出现。

苏回坐在公交车的最后一排，有点晕车，他用手指攥紧了眼前的扶手，直到骨节发白。

　　苏回努力维持着身体的平衡，感觉胸口闷得厉害，他低低地咳了几声，车晃得感觉快要把他的灵魂和内脏一起从身体里甩出来了。

　　苏回虽然早就已经习惯看不清楚眼前的东西，这种情况下，晕车的感觉还是加剧了，一切好像早就已经分崩离析，和常人眼中的世界完全不同，苏回的眼中只剩大片大片的灰色，一切扭曲起来，像是毕加索的抽象画。他的耳朵也听不清，车厢里偶尔响起的对话声听起来仿佛很遥远，像是壶里的水快开了一般，咕嘟咕嘟的。

　　感官终于和身体剥离开来，苏回感觉自己置身在一个装满了水的玻璃鱼缸里，鱼缸通透，里面没有鱼，只有他。他隔着水与玻璃，安静无声地看着外面的世界。眼前的所有人仿佛都变成了演员，他好像在看一部电视剧，而他也是其中的演员之一，努力地适应着自己的角色。

　　"你是第一次来？"身边的一个声音把他从鱼缸里拉回了现实。

　　苏回侧头，用目光寻找了一下，这才注意到旁边靠窗的座位上坐着的一位老阿姨。

　　阿姨大约50多岁的年纪，烫了卷发，身材微胖，她显然已经对这段路十分熟悉了，在她的面前摊着两个袋子，一个放着满满的瓜子，一个放着瓜子皮。坐在这辆摇摇晃晃的公交车上，抓紧时间嗑着瓜子。

　　苏回礼貌地点了点头："第一次。"

　　阿姨看他脸色苍白，好心地递给他一个塑料袋，"怪不得，就快到了，再忍10分钟。"然后她叼着瓜子说，"上山还好啦，你回头就知道了，难受的是下山，就和过山车似的，速度比这快一倍，特别刺激……"

　　苏回想不了那么远，他只希望能够把现在熬过去。他和阿姨道了一声谢，把塑料袋接过来紧紧抓在手里。

　　阿姨问他："你要吃瓜子吗？"

　　苏回摆了摆手，又道了声谢。

　　阿姨显然对这个外表英俊又有礼貌的小伙子印象很好，又问他："来看朋友的？"

　　苏回已经晕得说不出来话了，他的喉结滚动着，现在还不至于吐出来，不过过一会儿就难说了。

　　阿姨把他的沉默当作默认，继续和他说道："我是来看我儿子的，那个死小子喝酒以后把人打伤了，已经过了3年了，大概还需要4年。他现在表现很积极呢，也许能早点出来，你要看的朋友犯的是什么罪啊？刚判的？还有多久出狱？"

　　苏回抿了一下嘴唇终于压下来一口气，开口说："死刑。"

　　阿姨"啊"了一声，用瓜子堵住了自己的嘴，不敢再问了，看向他的目光满是同情，有点害怕，还有点……好奇。

　　这是一辆通往华都白虎山监狱的公交车，车上坐的乘客除了山民，就是来探监的

人。监狱只在每个月的逢五逢十的日子接待访客，错过了时间就无法探视。

一共30分钟的路程，公交车终于停在了几栋灰白色的建筑前，白虎山监狱到了。

车里的空调开得有点低，车门一打开，一股热浪就从外面席卷进来。

车上的乘客纷纷走下车，苏回走下来，拎着书包，扶着手杖站了一会儿，眩晕才停止。他远远地望着眼前这一片灰色，走在最后，跟着探监的人进了监狱的铁闸门。

穿过一个小操场，就进入了监狱的办公楼，有狱警负责挨个登记，轮到苏回时问了一声："证件，提前登记过吗？"

苏回缓了一会儿，早已经恢复了往日的淡然，他伸出手，把早就准备好的身份证、警官证、各种手续以及学院盖章的证明一起递了过去。

对方看了一下，连忙殷勤地躬身道："哦，苏老师，何监特别叮嘱过，说你会过来。你跟着我来吧。"

狱警走了几步又回头道："您其实可以到山下打个电话，我们开车去接您。"

苏回已经从晕车中缓过来了，摆摆手温和地笑道："你们工作也挺忙，不用麻烦你们了，坐车上山来也挺方便的。"

狱警显然也经历过那一路的云霄飞车，和苏回聊了几句以后，又给他介绍着这里的情况，把他领入了行政办公区。

下午的监狱里，应该正是自由活动时间，外面有些嘈杂的声音，苏回听不真切，可以分辨出一些杂乱的声音，还有尖锐的哨声。

狱警带着苏回走了一条内部狱警才会走的路，这边人少，建筑很空旷，苏回的手杖触碰在水泥地上，传来一点点微弱的回音。

他很快被引入一间有单面玻璃的审讯室，狱警给他倒了一杯水，然后对他说道："我们马上把人带过来。"

苏回点了点头，把他的手杖立在一旁，然后又想起什么，问道："有其他人来看过他吗？"

狱警摇摇头："这样臭名昭著又无比残忍的杀人犯，亲戚大约都避让不及吧，没有人来看过他。"

苏回又问："他的父母也没来过？"

狱警点点头："他从小没爹，他妈好像生病了，自顾不暇。"

苏回听到这里点了点头，他摸了一下口袋，意识到自己忘记带了，抬头问："我能不能从你们这里买点东西？"

狱警问："苏老师，想买什么？"

苏回："烟和打火机。"

听他说了，狱警从口袋里掏出来一盒烟和一个打火机，递给他，说道："唉，苏老师你客气什么，何监说了要好好招呼你。要是不够我再给你找一盒。"

苏回道："谢谢，这么多就够了，我来得匆忙，忘记买了。"

　　狱警去带人，苏回把烟和打火机放入了包里，然后又从包里取出厚厚的一摞资料。资料中有一些报纸以及打印的文件、照片，还有复印的警方资料。

　　苏回低下头，艰难地辨认着。他把资料按照分类，放在了面前的桌子上的不同位置上，档案上记载了一个名字：宋融江。这也是他今天来白虎山监狱的目的。

　　不多时，狱警从外面带进来一个30多岁的男人，男人的手脚都被铐着，显然是重刑犯。

　　宋融江有些瘦，眼窝深陷，头发很短，但是他的身体不弱，戴着手铐的双臂可以看出肌肉的线条，像是一头迅猛有力的豹子，他的手肘上还有一些瘀血，脖颈的侧面也有擦痕，应该是近期打架所致。

　　狱警把男人按在了苏回对面的座位上，整个审讯室里顿时升腾起了一种无形的血腥气。

　　这是杀过多人的连环杀人犯身上才会有的一种气息。

　　苏回抬头看了一眼道："把手铐打开吧。"

　　狱警愣了一下，明显在犹豫："可是……"

　　苏回咳了两声，说道："没事的，你们在外面看着，而且脚铐还铐着呢，我只是希望我们谈话时他能够放松一些。"

　　这里是整个监狱最核心的地方，单面玻璃外就有多名带枪的狱警守在那里，犯人逃不出去，苏回希望他在这间屋子里的时候，能够和对方坦然对话。

　　狱警这才打开男人手上的手铐，不忘如临大敌地叮嘱他："等会儿你可老实点！"

　　宋融江侧坐在凳子上，晃动着手腕，抬起头好奇地看向眼前英俊的男人……

第6章

两位狱警随后走了出去，从外面把门关上了。

屋子里一时安静下来，只有顶上的白炽灯光投射下来，给对面的男人勾勒出了轮廓。苏回觉得眼前的人影模模糊糊的，两个眼窝深陷下去，像是地狱里的骷髅鬼。

看着苏回，宋融江有些不怀好意地笑了，他的两颗虎牙尖利："你不该让他们打开我的手铐的。"

苏回抬起头来，眼神是散乱的，有些迷茫地看向宋融江："为什么这么说？"

"只有脚铐困不住我。"宋融江笑着，他伸出舌头舔了舔虎牙，掰了一下自己的手指，发出咔咔的轻微声响，然后他压低了声音说，"在那些废物狱警冲进来之前，我掐死你，轻易得就像是掐死一只鸟。"

苏回迎合他，用右耳去听，审讯室里非常安静，苏回顺利捕捉到了宋融江的话，随后问他："就像是掐死那些女人一样？"就在半年以前，宋融江杀死了至少两个女人，而且都是殴打后掐颈扼杀，手段极其残忍。

苏回低着头，依然在整理着那些资料，表情淡定，豪无惧色地道："那你可以试一下，男人有喉结，用手扼颈会困难一些。"苏回说到这里，从包里取出来一支录音笔，当着宋融江的面按下了录音键。苏回并没把宋融江的话当作死亡的威胁，仿佛在真心实意地进行建议，礼貌性地和他讨论着。

宋融江瞪着带着血丝的眼睛打量着眼前瘦弱的男人："你不怕？"一般的人，面对一个杀死过数人的杀人犯，多少都会流露出一些情绪来，或者是愤怒，或者是恐惧，但在苏回身上，他什么也看不到。

苏回回答他说："就算是死亡也没有什么好怕的。'第一次生命丧失之后，再也没有另一次死亡。'"

眼前的人是一个变态杀人犯，凶狠、残暴、歇斯底里、喜怒无常。这句话苏回曾经在宋融江的相关资料上看到过，是抄写在一张便签上的。而且这句话套用在苏回自己的身上也很适用。他已经是死过一次的人了，对死亡早已经没有了畏惧。

"你看过我留下的东西……"宋融江愣了一下，心头有所触动，随即点头道："是啊，他们没法再判我一次死刑。"

苏回又开口说道："我看你抄写了很多诗句，其中有很多是关于死亡的，有些观点我很喜欢。比如：死亡也并非所向披靡。"

宋融江终于收拢了笑容，看向眼前的苏回："狄兰·托马斯……"这两句诗似乎一下子拉近了两人之间的距离。宋融江身上的那种强烈的排斥感不由自主地淡了下去。

在变成一个杀手前，宋融江读书时，是一个有点文艺又敏感的青年，在他的各种本子上、便签上，会抄写着名诗人的那些诗歌。那些东西早就已经融入了他的生命，成为灵魂的一部分。

"宋融江，你好！我叫苏回。"苏回说着做了个简单的开场白，他的十指交叠在一起，像是在和朋友聊天，"我还不够了解你，所以想来这里和你聊聊天。"

宋融江从侧着身变成坐正的姿势，终于肯跟他对话："有意思，我被关在这里几个月，我妈都没来过，你是第一个来看我的人。说吧，你到底是谁？是做什么工作的？记者？还是警察？律师？你来这里，想要干什么？"苏回还没开始问他，他倒像是查户口一般问了起来。

苏回用那双好看的眼睛看向他："我是一名教授犯罪学的老师，我来找你，只是想要聊聊而已。"

"老师？聊天？"宋融江呵呵笑了，继而笑得上气不接下气，"怎么？想在我死刑前教育感化我？那应该派个牧师或者和尚来，才会更有用。"

苏回摇了摇头，然后低下头，他用手捂住嘴巴咳了几声："不，我不是为了感化你才来这里的，而是为了了解你。我觉得你的犯罪行为较为典型，所以和领导申请，希望把你作为我的研究对象，进行一些沟通和交流。"毕竟，没有什么比亲自见一个杀人犯更好地了解他的方式了。

今天的这次会面，是警方、监狱方以及华都警官学院都盖了章同意的。警方和监狱方的很快批了下来，反倒是学院内部，苏回为了走流程，耽误了一些时间，现在距离宋融江行刑还有半个月的时间，也就是说苏回最多还有两次见他的机会。苏回必须在这短短的时间之中，充分了解眼前的这个男人。

"研究对象？"宋融江的眼睛盯着苏回，又发出了轻蔑的嗤笑，他感觉自己被人当作了小白鼠，"我都是一个要死的人了，你为什么觉得我会配合你？"

那些东西都是存在于他的脑子中的，无论是严刑逼供，还是甜言蜜语都是问不出来的。宋融江打量着眼前这个清秀的年轻人，不知道他是从哪里来的自信。

苏回答非所问地道："我之前就看过关于你的各种案件资料以及相关的新闻报道，还有警方录的口供，庭审记录……"

宋融江带着抵触的情绪道："那你就看那些好了，上面都写得很详尽了，我全都招供了，现在没有什么好聊的。"

苏回没说话，他把一份一份的报纸摊开，展示在男人面前，在每一张报纸上，都写着触目惊心的标题：

《华都一名女子遇害》

《变态杀人魔连杀两名女性》

《华都又一少女失踪，疑似杀人魔再次犯案》

《的士杀人狂魔宋融江终于落网》

《华都出租车杀人司机一审获判死刑》

《宋融江即将于一个月后执行死刑》

……

这些报纸是苏回早就整理好的，按照时间顺序一字排开，宋融江拿起这些报纸，目光垂落下来，在那些字词上扫过，他不自觉地吞咽了一下口水，手有些轻微发抖，不是因为自责，而是因为兴奋。

对于这些报纸上的报道，宋融江最初是完全没有关注的。直到有一次他偶然看到了一则关于自己罪行的新闻报道，那时他有了一种完全不一样的感觉。读着那些报道，他好像获得了加倍的快感，从此之后，他开始有意识地去搜索关于自己的新闻，查看别人对他行为的评价。报道上面的每一段文字，对于他犯案过程的描述，重温起来，都让他激动到颤抖。

前面的几份报纸宋融江之前都仔细看过，他也曾把相关内容剪下来收集起来，那些报道他熟悉到几乎可以背诵下来，后面的几篇是他被抓以后才发表的，他也是第一次看见。

苏回安静地等着宋融江看着那些新闻报道，苏回看不清宋融江的表情，但是苏回可以判断，宋融江看得很专注。

宋融江看了一会抬头道："原来他们是这么写的……"他皱了下眉头，"不过……"

"不过，你觉得，他们写的还不够多，又短，版面又小，还有偏差……"苏回毫不留情地揭穿了宋融江的内心想法。

最后一条报道，是昨天最新的《法制报》上刊登的，对于宋融江的事情已经只有短短的几行字，提及了他将被判处死刑，而失踪女孩裴薇薇还在被寻找之中。媒体就是这么擅长遗忘，追逐流量，无论是对偶像歌手还是对这些变态杀手，都是一样的。

苏回又点破了宋融江内心的欲望："你想要更大的版面，获得更多的关注。"

宋融江听了他的话，没有说话。那是他即便身陷牢狱，依然抱有的虚荣心。他这一辈子，一直平庸，却不甘于这种平庸，想不到最后是在杀人这件事上出了名，只可惜都是恶名。

然后，宋融江看到了一旁的一摞照片，那是在抛尸现场，警方拍下来的，他伸出手去，想要拿过照片仔细查看。

苏回不动声色地伸出手把照片按住了："你配合我，我可以和狱警打个招呼，给你留下一张物证照片。"

宋融江想要那些照片，那是他"回味"自己罪行的媒介。他收回了手，看向苏回，似乎还有些犹豫，随后他双手抱着自己的手臂："你到底想要聊什么？"

"聊一聊你的故事，你的成长经历。你是一个连环杀手，研究你，非常具有代表性，对犯罪学具有深远的意义。"苏回冷漠而淡然地陈述道，"就我目前所掌握的资料，你的口供还不太详尽，而写这些报道的人，更是不理解你的行为与内心的世界。"

宋融江无声地笑了一下，没有否认，他低头手里把玩着苏回放在桌子上的录音笔。

苏回的目光认真，目光中像是有蛊惑人心的魔力一般，他轻声说道："他们根本没有触及真实的你。如果你就此死去，对于你而言，也是一种遗憾吧。"

"触及我的内心？"话说到了这里，宋融江似乎有了点兴趣，"那你觉得，你能够做到吗？"

苏回点了一下头："我想要试一试，我会把你写入我的论文里，对你的行为进行分析研究，让更多人了解你……"也让更多的人提防这些禽兽。苏回需要通过与这位凶手的对话，探索光明尚未照到的黑暗之地。

宋融江扬了一下下巴："你如果能够给我搞到一盒烟，那我可以和你聊一聊。"

这一点早就在苏回的预料之中，苏回低头露出一个微笑，平静而清秀的脸上显出了一分迷人之色。

第 7 章

宋融江出生的时候，他的父母还不满 20 岁，两个年轻人没有做好准备，孩子就生下来了。他的父亲没有负起责任，母亲也把他视为拖累。

宋融江的母亲软弱无能，像是一株不会独立的菟丝花，离了男人就无法生存，她总是带着新的男友回来，然后靠那些男人的接济和打零工过日子。

宋融江很聪明，虽然家中不富裕，但是接受过完整的教育，从小学到初中，再到高中、大专，在学校里，他的成绩一直中等偏上。

宋融江在独自一人的时候，是安静而孤僻的，一旦和人接触，人们就会发现，他的内心其实是狂傲的，他看不起很多人，觉得自己怀才不遇，他认为自己无法成功是因为没有有钱的父母。

宋融江成年之后也和母亲在一起生活，一直是母亲在照顾他的生活起居。母亲年老色衰之后，转为依靠他，需要靠他养活。宋融江找过几份工作，但是都四处碰壁，无法融入工作氛围。

后来，宋融江做了出租车司机，开夜班车，他白天都在睡觉，一直避免和其他人的正常交流。休息时他会去书店买书，然后抄写一些诗句，还会在网上发一些有点儿文艺范儿的微博，会像普通年轻人一样发发牢骚。

华都白虎山监狱的审讯室里，这场问话还在继续。

苏回的声音很低沉，略微沙哑，他更多的时候是在倾听，只有偶尔问一些问题，宋融江觉得面对他的感觉和面对那些记者、警察和法官完全不同。

苏回看向宋融江的目光，十分淡然，让宋融江不由自主地安静下来。眼前的这位苏老师似乎不觉得他是个不正常的人，没有把他当作异类，对话的语气里，也没有对他的指责，这样的氛围，让宋融江能够敞开心扉。

"我妈大概现在很后悔有我这个儿子，但要不是因为她，我又怎么会出生呢？"宋融江低头说道，"我还记得小时候，如果我母亲和她的男友想要在房间里做点什么，她男友就会给我几块钱，让我去楼下逛逛。"

审讯室空间狭小，通风不畅，那些烟味太让人难受了，苏回又连声咳了一阵，才稳住了声音，继续问他："你那时候到楼下会去做什么？"

"我家楼下有家租书店，当然，现在早就变成咖啡店了。我小时候，租书店里有很多小说，有漫画，还有一些名著故事，诗歌选集，里面有一张旧沙发，我能够坐在上面看很久。你也许不能想象，我小时候是很乖的那种小孩。"

"你就是在那个时候养成了习惯，会把那些句子抄下来？"

"最初是老师说，在作文里写一些那样的句子，能够给作文加分。后来，有一段时间，我觉得成年人的生活很没意思，我找不到人生的目标。"

宋融江说到这里弹了一下烟灰，脸上表情有点沧桑："我意识到，我再努力挣钱，在这个城市也买不起房子。我再忙碌，也没有女人爱我。我可能要这么碌碌无为地过一辈子。然后我偶尔翻开了一本小时候看过的诗集，我读起了那些我曾经背诵过又遗忘了的诗句。那个瞬间，我忽然觉得诗里面说的话，是对的……人类的感情是共通的，无论国度，无论时代，很多东西，几千年来，从来没有改变。"

苏回看着对面的人，这个城市里，像他一样迷茫的人可能有很多，但是那些人，并没有走上违法犯罪的道路，宋融江是在给他的恶寻找理由。

宋融江停顿了一下，背出一句诗："童年、青春、友情和初恋的光辉，都像美梦般消逝，使你怆然。"

苏回略一思索，自然地说出诗名："《致华兹华斯》。"

宋融江笑了："苏老师，你果然和那些平庸的人不一样。"

苏回看着眼前这个喜欢诗句的连环杀手："现在，我们来聊一下那些受害人吧。"他拿出了第一位受害人的照片，照片上的女人短发，头发刚到肩膀，她的死亡时间是去年的冬天，当时 24 岁。

"去年冬天，12 月 18 日，那个晚上的凌晨两点，她上了你的车，然后发生了什么？"

宋融江吐出一口烟，用手指弹了一下烟蒂，他已经连续抽了四根烟，仿佛希望自己被那些尼古丁毒死，那样就可以免于死刑的处罚。

"那个女人是出来卖的！"宋融江的表情满是鄙夷，他回忆起了那个冬日的夜晚，那天天很冷，前几天的大雪刚刚化掉，还有一些冰凌冻在路边，他独自一个人在车里趴活，为了省油不敢开空调，然后有个女人走过来，敲了敲他的车窗……

"那天她打车的时间大概是凌晨一点多吧，在车上时，她给她的朋友打电话，肆无忌惮地议论着那些客人，我听不下去，曾经制止过她一次，她没有丝毫收敛。当她下车时，我回头看了一下，发现后座的坐垫上有一些红色像是血迹的东西。于是我就下车质问她，是不是弄脏了我的座椅。她没有解释，而是说我在无理取闹，想要讹钱，后来她开始骂我，用包打我，用高跟鞋踢我，她说要向出租车公司举报我，让我开不成车。我生气了，就把她拖回了车里，按在了后座上，扒了她的衣服……"

整个审讯室里烟雾缭绕，宋融江一直在回忆着，他记得那个女人穿的是有点厚的弹力保暖袜，外面套了一件只到臀部的皮裙。女人戴了耳环，是那种长长的流苏，她的身上有一种劣质香水的味道，那是一个生活在城市低层的站街女。然后宋融江的表情变化了，那个表情，让人恶心……

苏回抬头问他："你脱下了她的衣服时，应该发现是你错了。"法医的验尸报告里显示，女人并不在生理期，她被宋融江强迫发生了关系，然后被残忍地杀害。

宋融江把烟捏在手里说道："可能是我错了吧，第二天白天我才看清，座椅上的那点红色不是血迹，有可能是不知道哪个客人留下的果汁痕迹，也有可能，是她留下的口红印记。不过，那不重要了，那个女人该死，她在不停地辱骂我，踢我，打我。她是一个肮脏的妓女，下贱的女人，像是一只疯了的母狗……"他不断用各种所知的词汇，侮辱着那个死在他手下的女人。

宋融江又吸了一口烟说："我一开始没想杀她，我只想吓唬吓唬她。"

苏回道："她的话激怒了你……"

宋融江沉默了一会儿，点了点头。他按灭了手里的烟，又从烟盒里抽出一根烟，点燃。

苏回问："第一次杀人后，你害怕吗？"

"怕倒是不太怕。"宋融江的手有点发抖，谈话进行到了这里，他终于显露出了一丝的悔意。可是苏回敏感地感觉到，这种悔意并不是对死在他手下的受害者的。

"你怕你的母亲发现？"苏回试探着问道。

宋融江沉默了片刻开口："我对不起我妈……"

眼前的男人对女人的看法无疑是受到了母亲的诸多影响。他从小和母亲相依为命，有一些恋母情结，他对母亲是依赖的，却因为母亲曾经交往过诸多男友，他同时又对母亲是厌恶的，他觉得母亲是肮脏的。他难以想象，自己是从那样肮脏的身体里孕育出来的，连带着厌恶着自己。童年的经历，让他早已对正常的性生活产生恐惧，第一次杀人在偶然的情况下发生了，让他食髓知味。

"我们来聊聊第二个被害人。"苏回把另外一张照片推给了他。

照片上的女孩笑容甜美，和案发后的尸体照片形成了鲜明的对比。

那是一位只有23岁的银行女职员，在银行盘点最忙的时候，她有一天加班到晚上11点，随后她下楼，等了一会儿才打了一辆出租车。从此，再也没有人看到过她。不久之后，女孩的尸体在城外的一处枯井里被人发现。

"是她的运气不太好。"宋融江开口说道，"那天晚上，我把车开到了一个偏僻的地方，我和她说车子坏了，让她在车里等一下，然后我下了车，假装修车，从后备厢里拿出了工具。她在车里打着手机游戏，我打开了车后面的门，然后很轻松地控制住了她。"

宋融江还记得，那个女人的嗓门不小，她一直在尖叫，叫得很大声，于是他就慌乱地去捂她的嘴，不停地把她往车门上撞，用扳手打她的头。她受伤了，手上都是血，女孩绝望地趴在了车窗上，在上面留下了一个带血的掌印。

这次犯案是在第一次作案一个月后，如果说，第一次作案是有很大偶然性的，第二次犯案则是有预谋的了。

第一次的作案对象是服务行业的女人，宋融江又和对方发生了争吵，可是到了这一次，他却把犯罪的对象确定为了无辜女孩，也没有和他发生任何矛盾。女孩当时没有防备，没有把司机的车辆信息告诉朋友，这给后面的侦破造成了一定的难度。

还好重案组把两起案件关联在了一起，他们根据蛛丝马迹一路追查，很快就找到了宋融江。警方后来在宋融江的车里发现了绳子以及一些胶带、刀子等工具，他们通过化验，检验到了第二位死者的血迹，证据链完整，证实了他就是凶手。

苏回盯着眼前的这个魔鬼，在第一次作案之后，他就非常清楚地认识到，自己难逃法网，开始改变了作案模式。

以前，他是在接送乘客，得到钱财，以此糊口。而在第一个案子发生之后，他就变成了一个猎人。他在城市里不断地寻找自己的猎物，把狩猎当作自己末日到来前的狂欢。

宋融江把目标锁定在了深夜，独自搭乘出租车的年轻女孩，他会用言语试探她们，当发现她们没有什么戒心时，就会伺机下手。

苏回问他："对第二次作案，你有什么感觉？"

"感觉？感觉挺好的。"宋融江说到这里笑了一下，几分钟前的那一点点的愧疚荡然无存，他看着苏回道，"我感觉，她真正的属于我了，做这件事的时候，我像是忽然找到了人生的目标。"

宋融江脸上的表情，让人不由自主地从心中升腾起一股寒意，他内心的魔鬼，因为这两次杀人的经历被彻底释放出来。他开始为了杀人这件事全力以赴，就像是一根松着的绳子，忽然兴奋地绷紧起来。杀戮带给了他快感，他变得不去杀人就无法好好活着。一个连环杀人凶手，就这样经由这两起谋杀案诞生了。这样的过程令人胆寒，也让苏回越发地有一种恶心的感觉。

"其他的，你还想了解什么？"看苏回一时不说话，宋融江竟然自己主动问道。

苏回侧头掩住嘴咳了几声，问他："裴薇薇这个名字，你有印象吗？"

"那个警方怀疑的第三位受害人？"宋融江眯着眼睛看向苏回，他的表情忽然变了，像是一只凶残的野兽。

裴薇薇，在宋融江第二次作案后失踪的一个女孩，她是一位年仅20岁的女大学生，而且是在一所比较有名的大学就读。裴薇薇家住本市，她周末经常会乘坐出租车回家。

裴薇薇是在开学后的一次同学聚会之后失踪的，时间距今有三个多月。据裴薇薇的同学说，她们那天吃完了晚饭，聊了一会儿天，散得有点晚，她们最后看着她上了一辆出租车，出租车的司机是男的。那时候大家都喝多了，没有人记得出租车的车牌。

在出租车上，裴薇薇给自己的母亲发了一条短信："我上车了，等会儿就能到家。"

当时，所有人都觉得这样的事情太过普通，太过平常了，这是个有几千万人口的大都市，这种情景每天都会在城市的各个角落出现。可是谁也没有想到，从那之后，这个女孩就失踪了，这条短信也成了女孩的最后一句话，她从此再也没有出现过……

警方调取了监控，但是没有拍到她上车的身影，也没有找到那辆出租车究竟是哪辆。

深夜，出租车，年轻女孩。

警方自然而然地就把这起案子和之前的两起案子联系在一起，这起案子看起来也像是同一个连环杀手的连续作案。后来，重案组介入，宋融江落网，他很快供述了前两次的杀人过程。但是他一直否认自己杀害了裴薇薇。

警方在车上发现了前两起案件的痕迹，却没有发现与第三起案件相关的痕迹，在他们不断地逼问下，宋融江也一直没有松口。直到最后案件审理结束，警方也没有搜寻到新的证据。

最终，宋融江是因为杀害前两位被害人而被判刑，裴薇薇的失踪变成了一桩悬案。

"你为什么要问我？"宋融江盯着苏回反问，他显然是看到过那些新闻报道的，也已经熟悉了这个名字。

苏回没有说话。

宋融江皱着眉头，有些不快地摇了摇头，矢口否认道："我不知道她去了哪里，我只杀了两个人，没有杀第三个人，这个城市里的杀人犯这么多，干吗揪着我不放？"感觉到了宋融江的抵触情绪，苏回礼貌地点了一下头，自然而然地把话题转开了。

可是宋融江刚才的反应，却引起了苏回的注意，他像是一只被踩了尾巴的豹子，被踩到了痛处，他急于辩驳，再也不能平静下来。他又像是一个出轨的丈夫，当被人问到忠诚的问题时会急于掩盖。这样敏感的反应，绝对不是因为被问过太多次而产生的不耐烦，或者是因为被无端指责而产生的愤怒，而是一种心理上心虚的表现。

城市里的凶手虽然多，但是每个凶手都有自己的活动范围、行为方式。而且不同凶手都有选择不同被害人的必要条件，根据被害人的特征，你就可以看出凶手的喜好。把那三个女孩并列到一起，就会发现她们有着相似之处，短发，个子高挑，面色白皙，鼻梁微翘，眼睛不大，身材很瘦，这不是传统意义上的美人，但却符合宋融江的审美。让警方特别注意的是，裴薇薇曾经是学校文学社的社员，还曾经参加过一些学校社团的表演。

裴薇薇最后独自上了一辆出租车，那个位置恰好是在宋融江的日常活动范围之中。根据目击证人的描述，那辆车以及车上的司机和宋融江很像。宋融江当晚的收入很少，他也无法解释裴薇薇失踪当晚自己的行踪。综合各种线索，宋融江是凶手的可能性非常大，他也一直被列为本案的第一嫌疑人。

但是有一点很奇怪，宋融江是一个即将临刑的死刑犯，杀了两个人还是三个人，都无法改变这个结果。对前两个受害人进行描述时，他甚至有些扬扬得意，毫无悔过的感觉，但是他却一直在裴薇薇被杀案上予以否认。如果宋融江是杀害裴薇薇的凶手，他为什么要在这个问题上撒谎呢？

苏回一边思考着，一边又问了一些其他问题，转眼这场谈话已经进行了两个小时。

一盒烟，抽到了最后一根。宋融江意犹未尽地吐出了最后一口白烟。这场谈话终于结束了。

苏回收拾着资料："感谢你的配合，今天就到这里。"他把第二个案件里枯井的照片抽了出来，递过去说，"这张照片给你，做个纪念。"他必须给眼前这个残忍的凶手一点"甜头"，这样才能够从他那里获得更多的信息。

苏回想起他看过的法医资料，法医判断，第二位被害人被扔到这个枯井中时，可能还是有呼吸的，他们在井下发现了女孩手指抓挠的痕迹，她曾经喊叫，试图自救。重伤的她是独自在寒冬里，在这个枯井中，鲜血流尽，逐步走向了死亡。无人听到女孩的哭声，那时候的她会想些什么，会多么的无助……那是冬天的枯井，整张照片只有灰色，周围都是倒伏的枯草，照片之中透露着一股悲凉和绝望的气息。

宋融江接过照片，像是得到了什么珍宝，他捻灭了烟蒂："苏老师，和你谈话我很愉快。"他停顿了一下继续说道，"我已经很久没有这么开心了，像是见到了一位很久没见的朋友。"

苏回望着宋融江，他看不清宋融江脸上的表情，但是听语气，应该是在笑着的。

苏回才没有这样的朋友。有一瞬间，苏回是希望这世间真的有报应的，如果女孩的魂魄还在，他希望她能从照片上的井里爬出来，给这个男人惩罚。苏回的心里这么想着，脸上却不动声色："过几天，我会再来拜访的。"

第8章

下午5点，苏回和狱警打过招呼，从白虎山监狱的走廊里往出走时，天色渐暗。

这个时间，正常的家属探视早就已经结束，自由活动也已经结束。大概犯人都已经被关在一处集中学习，整个行政区都安静极了，四处空荡荡的，像是一个无人到访的世界。这里看起来干净、规范、安静、整洁。可就是这里，不远处的铁栏之中，关押着的是世间罪孽最深的犯人。

苏回挺直了身体，穿过了无人的走廊，他的金属手杖和地面接触着，发出轻响。这根手杖可以帮他辨别那些看不清的路，如今行走已经有些形成了依赖。他一路穿过了漫长的走廊，穿过了高高的铁闸门，再往前走，眼前是大片大片朦胧的灰色，他知道那应该是山林之间的绿色，可是他的眼睛分辨不出来。

阳光在苏回的身后拉出了长长的影子。他回头望去，监狱在薄雾的笼罩之中，仿佛这一处是虚幻的，不存在的。

苏回一个人在公交车的站台处等了很久，才等到了下山的车。车上除了他只零散地坐了几个人。

然后苏回发现那位大妈说得是对的，下山的时候，借着惯性，司机开得更猛。整个过程就像是加强加长版的过山车，急刹车与加速交替进行。内脏感觉被一只无形的手紧紧攥住，弄得他透不过气来，大脑还没有从一个拐弯里适应过来，就紧接着迎来下一个。

苏回感激来时那位大妈给他了一个塑料袋，他拿着它，那是一种极大的精神慰藉。他一直感到很恶心，那种恶心不光源于这段盘山路，更多是源自下午两个小时的对话，那些被害人的照片，那些触目惊心的杀人经过，那些话语，不断地盘踞在苏回的脑海里……

当你想要了解这些黑暗，就需要一步一步地走入它，沉浸在那片黑暗里，才能够尝试着与之沟通。那些黑暗像是掩住了他的口鼻，让他感到窒息，甚至黑暗不断地想要侵入他的身体。

苏回有时候会因他对世界的无感感到乏力，但有些时候，恰恰是那种无感切断了他与罪恶的联系，把他隔绝在外。他的世界被冰封凝固了。他感觉自己像是一个切换了飞行模式，切断了信号的手机，失去了与这个世界的联系。苏回猜想，这或许也是一种自我保护机制，让他不至于精神崩溃。

最终苏回没有吐出来，算起来，他今天就吃了一顿早饭，他应该是饿了，但是身体却没有感觉。

吸了一下午二手烟的结果就是让他不停地咳嗽，那种感觉像是呼吸都被抑制住了。

他下了车，一步一步地往家里走去，脚步是无力的，肺部的旧伤像是被一双手撕裂开来，让他觉得随时快要窒息。咳到最后，他甚至感觉到了一股血腥气，仿佛张开嘴就会吐出血来。

苏回回到家的时候已经是晚上 6 点多，屋子里漆黑一片，他随手开了灯。

他所住的房子将近 130 平方米，一个人住有些奢侈。屋子只有两室，是时下非常流行的高端户型，客厅和餐厅很大，在客厅的沙发后面，他放置了一个巨大的书桌，又把背后的一面墙做成了书架墙。

每天的大部分时间，苏回是在床上度过的，其他时间会坐在书桌前，沙发上堆满了衣服，还有换下来未洗的床单。

苏回对客厅里的一片狼藉视若无睹，他随手在餐桌上放下东西，衣服顺手丢在沙发上，然后去洗了个澡。20 分钟后，他披着浴巾出来，穿着拖鞋，裸着细瘦的脚踝。

正是夕阳西下，房间里却拉着厚厚的遮光窗帘，没有一点阳光能照射进来。苏回习惯了黑暗，也喜欢黑暗，即使白天他也很少拉开窗帘，也几乎不会开窗，为此他特地给屋子里装了新风系统，换气靠屋顶的小孔，照明靠着白色的灯。这种人造的灯光，人为的通风，能够给他带来安全感。

苏回坐到了书桌后的转椅上，巨大的书桌上摆满了各种类型的书籍，有几摞堆得老高，有点摇摇欲坠的感觉。其中很多是各国关于犯罪学的著作，有些是外文原著。那些书有的翻开着，有的折了页，还有的上面贴了一些彩色的便签、标签。

房间里的浅米色木地板上放着一些没有收起来的快递箱，还有一些待洗的衣服。学生们要到周一下午才会来帮他收拾房间，还需要等两天。

苏回忽然想起来还忘了一些什么，他绕到了沙发的侧面去看，猫食盆和猫窝都是空空的。

于是苏回趴下去，轻声学着猫叫："喵喵……"沙发下面的缝隙有点大，看过去一片黑暗，无法辨认猫是否在里面。

苏回又叫了一次，他仅剩的那只能够分辨声音的耳朵终于捕捉到，从沙发上的衣服堆里传来了一声细细的回应。听到了猫叫声，苏回放心了下来，这才直起了身子。有一次，他不在家，猫不知道怎么跑到了外面，还是好心的学生发现后帮他抓了回来。

苏回起身去厨房取出了猫粮，把猫食盆填满，然后又给自动喂水机加了水。

一只小猫终于慢腾腾地从衣服下面爬了出来，它跑到碗边，回头看了看自己的主人，然后开始埋头享用晚餐。

苏回走过去蹲下身子，伸出手揉了一下猫头，猫咪就扬起头来看着他，然后伸出舌头舔了一下苏回的手。

从这个角度看过去，苏回看不清猫咪脸上的表情，但是他可以感觉到手中的小东西，摸起来暖暖的，软软的，那是一个小小的生命。

这只猫是苏回从学校的角落里捡来的，只有一岁的小公猫，苏回给它做过绝育和驱虫，还打过预防针，给它起名叫亚里士多德。亚里士多德长了一双水汪汪的眼睛，通人性得不像是只野猫。

苏回的学生都喜欢它，经常会给它带来各种各样的猫罐头和零食，想把它养得胖胖的，可是苏回总是忘记喂食，自己也总是不记得吃饭，于是它也就跟着主人过着饥一顿饱一顿的日子。

喂完了猫，苏回给自己也倒了一杯牛奶，泡了点麦片，就着吃了两片切片面包。屋子里安静极了，一时只有一人一猫吃东西的声音，他和亚里士多德共进了晚餐。

亚里士多德原来是一只野猫，是个随遇而安的性子，吃饱了以后就钻到了自己的猫窝里翻了一个身睡觉了。苏回则把他带回来的资料拿到了书桌前，打开了笔记本电脑，顺手刷了一下微博。

今天的热搜第一条，还是早上苏回离家时他看到的那一条：#裴薇薇失踪计时100天#。

与之有关的，#的士狂魔宋融江即将执行死刑#这条热搜也上升到了第十位。

裴薇薇。这段时间，华都的所有人都记住了这个名字。自女孩失踪起，她的家人、朋友从没有放弃寻找她。

早在三个多月前，#寻找裴薇薇#这个超话就长期占据华都城市超话第一名。

微博频频上热搜，广告栏的公益栏换成了裴薇薇的照片，各个路口也经常会有学生自发地发放寻人启事。这种情况下，就算是再迟钝、闭塞的人，也记住了裴薇薇这个名字。

人们害怕时间冲淡了仇恨，惧怕死者被永远遗忘，如今100天了，积极寻找她的人们却至今没有找到女孩的一点下落。她好像蒸发在了这座困顿的都市，这满是烟火的人间。这不该是她的20岁……

苏回左手托着腮，右手点了一下热搜，第一条蹦出来的是一个官方媒体平台的采访视频，视频里有人去拜访了裴薇薇的同学以及父母。

记者先是对裴薇薇的几位同学进行采访，那些同学纷纷表态："虽然已经100天了，但是我们从来没有放弃寻找薇薇。"

"我有时候觉得薇薇还在我们的身边，她一定会回来的……"

"我特别后悔，那天没有记下车牌号。"

"大家打车要注意安全，上车前把车牌号拍下来发给朋友，一定要随时警惕……"

"我想薇薇……我们宿舍一直空着她的床，在等着她回来。"

苏回拉了一下进度条，屏幕上的人变成了裴薇薇的父母，一位中年女人痛哭流涕："作为一个母亲，我求求你们这些好心人，帮我找找我的薇薇……我好想再听她叫我一声妈妈……到现在，我们依然不知道自己的女儿是死是活，我希望能够找到她……薇薇失踪已经100天了，有人劝我们放弃，我也知道，希望越来越渺茫。我想，哪怕只是找到她的尸骨，能够把她好好安葬也好……"

裴薇薇的母亲泣不成声，裴薇薇的父亲接着说："这是我的联系方式，我希望有知情的人，能够联系我。提供任何线索，只要情况属实，我愿意付钱，我愿意卖掉房子和公司，愿意倾家荡产，愿意用一切交换，无论是谁，知道我女儿的消息，请一定要联系我！"

苏回看着视频上激动的中年男人，然后他滚动鼠标，往下滑动，看着评论。

"看得我的心都碎了！杀人的是什么畜生？"

"阿姨，别哭！我们不会放弃，我们会努力！薇薇一定会被找到的！"

"宋融江这样的杀人凶手，去死！去死！去死！"

"宋融江已经判处死刑了。横竖都是死，又不会多死一次！"

"楼上的有没有心？宋融江是因为杀害另外两个人被判的刑！不是因为裴薇薇的死付出的代价！这个意义完全不一样！"

"如果是宋融江杀死或者囚禁了裴薇薇，他故意不说的话，等他执行死刑以后，是不是就永远找不到裴薇薇了？"

"你们有没有想过，万一凶手另有其人呢？"

"裴薇薇到现在很可能早就遇害了，可是尸体在哪里呢？我觉得这件事不查清楚，那个女孩是无法瞑目的！"

"裴薇薇已经失踪这么久了，是警方不作为！"

"警方已经很努力了，要不然怎么能那么快就抓到那个变态？现在找不到证据，你们不怪罪犯怪警察？"

微博上的人们各执一词，苏回看了一会儿，关闭了网页，打开了文档，开始整理今天下午的资料。他把谭局给他的资料打开，放在了一旁，右手习惯性地摸向桌子上的笔筒，然后抓了个空。

苏回抬起头，才发现笔筒里已经空空如也。

"又要买签字笔了吗？"苏回叹了口气。这个屋子里仿佛有个黑洞，总是会偷吃那些小东西，特别是笔，无论他买了多少，每到用时就永远找不到。

苏回从书包里拿出了之前带着的一支签字笔，让工作得以进行下去，然后他的指尖划过那份警方资料上签署的名字——重案组组长：陆俊迟。

在第二位受害人被发现后，这个案子被转到了重案组，然后由陆俊迟负责调查和抓捕，他迅速把宋融江捉拿归案，可是就算是破案神速的陆俊迟，也没有审问出裴薇薇的下落，更没有办法证明第三起案件是否是宋融江所为。

后来，陆俊迟接到了新的案子，裴薇薇的失踪案转回总局的其他刑侦队，一切合乎程序。

随后宋融江被转到了检察院，法院审理案子，进行宣判……

苏回的笔在"陆俊迟"的名字上点了一下，留下一个黑色的墨迹。苏回今天还刚刚和他见过面，这是苏回第一次和他面对面，距离好像很近，但是又似乎很远。这个名字已经很久没有出现在他的生命里了。

苏回对这个名字的记忆，还停留在几年前。苏回那时候见过陆俊迟几次，记忆里那是个英俊的男人，又十分果敢聪明，苏回对他的印象很好，这次再见面，陆俊迟好像成熟了不少。当年的小警察长大了，已经是重案组的组长了。

想到这些，苏回就觉得头隐隐作痛，脑子里好像遗漏了什么事情。似乎从那次事故以后，他的部分记忆就缺失了，很多东西在脑子里像是废纸被揉成了一团，他明知道那些记忆就在那里，却没有办法把那些东西还原、展开。

苏回叹了一口气，放弃了回想，他打开了一旁的一个小小的快递纸盒，那是他新买的拼图。

苏回喜欢拼图，特别是两年前的那个变故发生之后。这些拼图犹如他迷失道路上的一个一个路标，能够指引他的方向。

苏回这次买的两个拼图名为Wave Puzzle，一个是五片，一个是七片，是同一个系列，都是日本的著名拼图设计师Yuu Asaka的作品。

苏回买来的一个是蓝色拼图，一个是橙色拼图，只要分别把一些色块放入白色的拼盘里，就算是完成。他先拿起了五片的那个拼图，把七片的拼图放在一旁。

与其说这个是拼图，更像是一种益智游戏。拼图看起来非常简单，就像是小孩子的玩具。可是拼图的级别却不低，里面也另有玄机。它并不追求严丝合缝，而是要正好能够把那些几何图形放进去。

苏回拿着几片蓝色的拼图试验了一下，无论是横着，还是竖着，总是有一些缝隙存在，好像永远缺了一些什么。

每一次，好像无限接近了答案，又好像离答案非常远，真相好像就在眼前，可就是无法让人看穿。

苏回凝视着眼前的拼图，忽然灵机一动，他用手把拼图片倾斜了一个角度……好像这才是正确的解题思路，很快其他的几片拼图就拼好放了进去。

前后一共花费了几分钟，那些蓝色，像是海浪起伏的形状。当常规做法没有结果的时候，有时候也许只需要偏转一下，换个思路，就可以找到你想要寻找的答案……

第9章

晚上9点，路灯渐渐亮起，一轮明月挂在城市的半空之中。

忙碌了一天的陆俊迟才回到了租住的出租屋，他工作以后并没有买房，一直在租房住。他的父母早就已经移居到了国外，只有他和弟弟在国内。

这个案子开始以后，陆俊迟经常加班，很晚才能回家，今天算是下班比较早的。

上楼之前，陆俊迟侧头扫了一眼，楼下的灯牌广告被公益组织承包了，上面并不是明星或者是电影海报，而是一张女孩的放大的照片。女孩的眉眼微弯，笑得十分开心。在旁边写了几个字——"寻找裴薇薇"。如今，女孩失踪已近百日，虽然经过了多方寻找，可是人们一直没有找到裴薇薇的踪迹。

陆俊迟还记得，因为这起案子是他经手过的。

三个月前，他所在的重案组接到了三起有关联的案件，其中就有裴薇薇的资料，警方怀疑，三起案件是同一凶手所为。那时候陆俊迟带队，很快抓到了凶手，凶手承认了其他两起案件的犯罪事实，却对裴薇薇的案子矢口否认。

抓获犯罪嫌疑人后，那个案子很快就被转了出去，由其他的刑侦队查办，不再属于重案组负责的案件，陆俊迟也无法再插手。由于没有证据指证，最终警方也没能确认，裴薇薇的失踪是否是同一位凶手所为。时至今日，当时的犯人也已经经过了审判，快要执行死刑了，裴薇薇却还尚未找到……

陆俊迟上了楼，打开了房门，按亮了灯，这是一套小小的一居室，只有一室一厅，厨房小巧，整个房子却被打扫得十分干净，所有的一切都井然有序。在其中的一面墙上，贴了白板纸，被他当成了白板使用。

白板上面被划分了不同的区域，贴着各个案子的不同资料。右下角是最近发生的残肢案，而左上角的位置，就是有关裴薇薇的案子。

那个案子早就交接出去了，可是陆俊迟却一直在继续调查。在之前没有空余时间他也在尽力四处查访，搜集着各种的相关信息，希望找到一些蛛丝马迹。

陆俊迟想起了和谭局的上次会面。

在半个多月前，他把案子的调查结果还有疑点整理了一份资料，去总局交给了谭局。那时候，他对谭局解释道："谭局，虽然这个案子不是我在负责了，但是我还是汇总了一下资料。希望能够对还在追查的人有些帮助……"

谭局接过了厚厚的一摞资料："陆队，你有心了。"然后他叹了一口气，"在宋融江被抓以后，查找裴薇薇下落的工作组做了很多寻访工作，投入了很多的人力、物力，可是一直被困在瓶颈里。关于这个案子，我最近也在想办法，希望能够有所突破。"

谭局说得委婉，事实上，那一队继续搜寻的刑警实在无法找到这个女孩的踪迹，他们申请了两次把裴薇薇归为失踪人口，谭局都没有批准。但是那一队人早就已经是半放弃状态了，他们费尽了全力也无法找到更多的线索，只能等着时间遗忘一切。

陆俊迟道："我是希望能够尽自己的一份力，寻找失踪女孩这件事，对于我而言，还没结束。"也许这个案子会成为一桩悬案，甚至需要找上数年，只要女孩一天没有被找到，他就不会把它从他的档案里取出来。

谭局看着陆俊迟坚毅的目光，他明白，长时间的没有线索会消磨掉所有人的斗志，但是总还有人在坚持着。谭局翻看着那一摞厚厚的资料，到最后，陆俊迟也没有排除宋融江的嫌疑，他甚至把从裴薇薇失踪以前到被捕前的这一段时间，每一天宋融江的出租车接班后损耗的油量，以及沿路的摄像头可以探查到的出现地点都一一做了标注。

谭局看得出这份资料整理得非常详细，很多分析都很到位，他有些感触："陆队长，我觉得这份资料会对后续的查找很有帮助。剩下的，我会来想办法。"如果常规的方法完全无用，那么他就要做一些非常规的尝试了。

陆俊迟点头起身："谭局，如果没有别的事，我就先走了。"

谭局忽然抬起头："对了，陆队，我记得你是租房子住？"

陆俊迟愣了一下："是的，就在总局附近，不过我租的房子快到期了。"

"还有多久？"

"不到一个月。"

谭局点点头："那你先回头收拾着，先别租新的房子，我这里有些安排，等安排好了会通知你。"

陆俊迟并不知道谭局所谓的安排会是什么，现在房子到期的日子临近，他要开始收拾了。

这几天在案子中期，案情有点僵持，也有时间先把东西打包一下，如果过几天忙起来，估计要通宵达旦地加班，也就来不及收拾东西了。

自从两年前接任重案组的组长，陆俊迟就没有了自己的私人生活时间、休闲娱乐的时间，甚至除了和组里的同事一起聚餐，他也尽量推掉了其他的所有应酬。曾经有几位领导想把他介绍给自家女儿，还有亲戚，陆俊迟也都委婉地拒绝了。

陆俊迟每天里除了吃饭、睡觉、锻炼身体，就是泡在那些案子里，别人都说重案组的案子破得多，可是那真的是靠时间、毅力、勇气和努力一点一点磨出来的。

陆俊迟伸手开始从墙上把那些案卷的档案摘下来，摘到中间的时候，陆俊迟的手停了一下，很大一部分都是关于细沙案的。可是这个案子，却是他查出来相关情况最少的。那是他最想搞清楚的案子，却距离真相那么远……

陆俊迟取下了一摞资料，用箱子装了起来。陆俊迟收拾得有点累了，他坐在飘窗上，顺手拿起了放在床头上的玻璃瓶。陆俊迟关了灯，手里的瓶子就亮了起来，那是一整瓶的夜光星星，被他反反复复地数过，一共 99 颗。

窗帘没有拉上，月光从纱帘的缝隙里撒了下来，外面是灯火辉煌的城市夜景。月夜之下，他把那个玻璃瓶握在掌心之中，玻璃瓶发出了莹莹的亮光，瓶子里像是装了满满一瓶的萤火虫。

裴薇薇的案子，还有残肢案……很多事情压在他的胸口上。白天，他是忙碌的，有很多的事情需要去面对，去解决。可是在这无人的深夜里，他却在想着，如果是那个人在他的身边，这些案件都会迎刃而解吧。

手机的铃声忽然打断了陆俊迟的思绪，他接起了电话。

"哥……我晚上和同学约着打篮球了，刚洗完澡回来，才看到你的信息，你找我什么事啊？"电话里传来陆昊初清朗的声音。

陆昊初今年读大三，在华都警官学院的信息技术与网络安全分院就读，具体学的是视频侦查技术。随着视频监控技术的逐渐普及，监控录像已经变成了重要的证据之一，也是警方侦察的重要方向。这个专业刚刚开设几年，第一批毕业生刚一出校门就被各地公安局抢走，供不应求。

陆俊迟道："我想和你打听一个人，我前两天到你们学校去了，遇到了一位有点奇怪的老师。"他最近在考虑重案组的顾问人选，觉得这位苏老师十分合适。陆俊迟也有些难以解释，自从那次见面以后，那个消瘦的身影就在他的脑海里挥之不去。

陆俊迟那天从华都警官学院回来以后，已经调阅过苏回的资料，资料的内容很简单，看起来普普通通、中规中矩的，标准得像是一份标准答案，几乎看不出任何他想要知道的内容。

陆俊迟考虑再三，还是决定问问在华都警官学院读书的弟弟，也许还能知道更多的情况，所以在下午的时候，他给陆昊初发了个留言，没想到他这会儿才回电话。

"谁啊？"

"一位叫苏回的老师，好像是教犯罪社会学的。"

"苏老师？你见了我们学校的苏老师？"陆昊初的声音都激动了起来，"苏老师那是我们学校最受欢迎的老师，想要报他的公开课，必须掐着点去抢，比淘宝的秒杀都要难抢！"

陆俊迟没想到，苏回在弟弟口中的评价和在廖主任口中的完全不同，而且是两个极端："这位苏老师在你们学校很有名吗？"

陆昊初激动地说："何止是有名，想追苏老师的女学生从学校东门能排到学校西门！"

陆俊迟问："为什么？因为长得帅吗？"

"我们华都警官学院的女生才不是以貌取人，主要是因为苏老师的课讲得好。"说到这里，陆昊初解释道，"苏老师的课不仅有趣，而且，和其他老师是不一样的，他说的案例都特别刺激，分析到位……"

陆俊迟犹豫了一下，还是把在廖主任那里听到的问了出来："可是我听有人说，

他上课不认真？学术也做得一般？"

"哎，哥，你从哪里听来的谣言？是不是犯罪学学院的老学究说的？我早就知道他们看苏老师不顺眼，因为苏老师的学生打分甩了他们几条街！真的，苏老师讲课的时候，从来都是一本正经，认认真真的，他的分析越听越让人觉得着迷。听过他的课，会让人从内心里对人性本恶的认知都发生改变。"

"这位苏老师，好像身体不太好？"陆俊迟又问。

"是啊……苏老师的视力不太好，一只耳朵听不到，声音哑哑的，需要用话筒才能讲课，还经常咳嗽，不能劳累……为此我们学生会专门成立了一个帮助组，专门帮着苏老师取快递，打扫卫生什么的……"陆昊初提起这茬儿就变得愤愤不平起来，"可是我竟然只排到过两次！"

"……"陆俊迟感到有点儿无语，他太了解陆昊初了，自己这个弟弟被父母宠坏了，油瓶子倒了都不扶的主儿，家里也就他能指使得动。就这样的一个人，居然还要上赶着去给别人打扫卫生？

"你们这是上赶着排着队去伺候人啊？"

"不，不！哥，你不懂，反正，他特别受我们学生的欢迎……"陆昊初撒娇道，"哎呀，哥，你回头要是能够要到苏老师的微信，替我递个话行吗？你就说，我是华都警官学院大三的学生，上过他的公开课，有问题想要请教他，能不能加一下微信，或者你让他给我列个书单也行啊……"

陆俊迟这下是彻底明白了，自家的弟弟是那位苏老师的迷弟，而且看起来还是铁粉的那种。两个人正说到这里，陆俊迟的手机忽然又是一响，他对陆昊初道："等下，我这里有点事，先挂了，回头再和你聊。"

他切换了通话，刑静的声音传来："陆队长，你申请的微量证物测试结果出来了，在三只手的指甲缝里，我们都发现了微量的黑色物证……"

"是什么？"陆俊迟急忙问道。

"是微量的咖啡粉。"

咖啡粉？陆俊迟微微皱眉，看来，那些受害人之间是有联系的。

刑静继续说道："另外，我们还发现了一些奇怪的事情。陆队长应该也知道，我们物鉴这边跟着去进行了排查，在发现残肢的附近的三辆车上，我们发现了疑似凶手留下的痕迹，这些痕迹包括指纹以及一些其他样本，但是……就我们目前的结果来看，这些痕迹，属于不同的人。"

"……"陆俊迟的眉头微微皱起来。不同的人？难道这个案子有多名嫌疑人？这些残肢关系到一个犯罪集团？还是他们误把车主的信息扫了进来？但是不应该啊？这三辆车上留下的信息，有一定的特殊性……

陆俊迟的表情变得严肃了起来："我马上进行工作安排。"

第 10 章

有了近期的发现，经过重案组的上报，市局警方扩大了搜索范围，逐一对整个城市的废弃车辆进行排查。让警方没有想到的是，他们在废弃车辆里发现的东西不止这些，里面还有毒品、非法交易的野生动物等。

那些废弃车辆旁边鲜有监控，隐秘性高，只要拿到了车钥匙就可以打开，不需要实际接头，比那些公共场所的储物柜交易起来安全多了。有些城市的废弃车辆，早已经被一些不法分子当作了一个一个的快递柜，形成了一个完整链条的地下交易黑市。有了这些证据，华都将会对城市废弃车辆集中处理，也会把整个地下黑市连根拔起。

陆俊迟这几天忙得不可开交，一边需要协同其他部门继续调查废弃车辆黑市一事，一边在跟进残肢案的进展。

根据断手手指缝之中的微量咖啡粉以及受害人的年龄、性别判断，警方开始把排查重点放在了一些咖啡店的店员之中。

受害人的身份陆续被确认。三位受害人都曾经是咖啡店里面的服务人员，在失踪前独自居住在廉价的出租屋内，她们都用手机给店长发过因家人重病申请辞职的短信。

在下层的打工者中，流动性很大，这种通过发短信辞职的事情屡见不鲜。大部分店长遇到这种事情都是气愤的，他们需要马上找到新的人来顶班，一般打过去的电话发现对方关机，或者被挂断以后，也就不再继续追问了。低年龄、低学历、低收入，独自居住，大部分都是外地人，流动性大，这样的受害人特征造成了根本没有，或者很少有失踪报警。

所以，三个女孩失踪之后，只有一家咖啡店的员工在后来选择了报警说有店员失踪，其中一个受害人的家属在联系不到亲人后，在当地的市公安局进行了失踪报警。还有一个女孩失踪了几个月，竟然无人过问。甚至她所租住的房子的房东直接收拾了东西，租期未满就把房子租给了其他人。

当重案组过去查问他们为何没有报警时，对方理直气壮地说："我收到了她有急事回老家的短信，谁知道是真的还是假的呢？"

由于前两起案件已经过去了一段时间，留下的线索不多，陆俊迟开始从第三起案件开始入手调查。

那只手的主人名叫佟萧，是华都一家连锁咖啡店西区的店员，今年 24 岁，她一个月前没去上班。

发现残肢之后的第五天，陆俊迟来这家咖啡店里实地勘察，了解情况，外加调取监控。

重案组的成员判断，凶手很可能提前来过这家咖啡店踩过点儿，也在这里观察过

佟萧。咖啡店里安装了监控，只是监控数据庞大，不知道凶手是在哪天到访的。店长配合着导出了多达几个 G 的监控录像，乔泽就抱着笔记本电脑，在一旁角落里找了张桌子快速浏览了起来。其他的刑警分配了不同的任务，有的去搜集证据，有的去进行问询。

案子看似有了很大的进展，但是调查依然不太顺利，特别是多位嫌疑人一事，把整个案子引入了一团迷雾。

陆俊迟正想着下一步要怎么做，一侧头透过咖啡店的落地窗往外看去，就看到了一个熟悉的身影。是那位苏老师——苏回。

此时，苏回站在马路的对面，似乎正想过马路，车流量很大，他看向前方的目光，却有点迷茫……

苏回看向面前的街道，他忽然觉得周围的一切都变得陌生起来了。

苏回隐约知道，自己想要到对面去，但是去做什么，他一时想不起来。四周的声音像是潮水一般逐渐退去，他迈出了脚，脚步有些漂浮感，感觉整个人像是悬浮在水中。耳边有喇叭声，但那些声音并不真切，像是隔了一层水，或者是隔了一层冰。

然后苏回感觉自己被人拉了一把，他被人带回了路边，他的手腕被抓得生疼，他忽然贴到了一个人的身上，感觉到了一丝温热的气息。车从他身边擦过，车速飞快，苏回意识到，如果他还站在刚才的地方，应该是会被车撞到的。

苏回转头看向拉开他的人，是陆俊迟。还真是有缘分啊。

苏回苦笑了一下："谢谢你，我刚才……"他停顿了一下，想着应该怎么向正常人解释忽然在熟悉的街道上迷路一事，然后他开口说道，"我刚才走神了。"

陆俊迟还有些惊魂未定，但是他在苏回的脸上读不出恐惧，只有一如既往的淡定。他开口道："不用谢，不过你最好下次小心一点。"陆俊迟想，他不会总是这么巧地出现在苏回的身边，如果下次他独自一人遇到了危险要怎么办？

苏回跟随着陆俊迟穿过了马路，陆俊迟回身问他："苏老师，要到哪里去？"

苏回回忆了一下，确定了自己是出来做什么的，他指了指那家咖啡店："我就住在这附近，来这里吃午饭。"今天是周末，没有课，家里的储备粮已经吃光了，他饿得忍无可忍，这才换了衣服出来吃饭。

陆俊迟看了一下时间，现在是下午两点多，看来这位苏老师并不喜欢按时吃饭，他解释道："我在这边查案子，正好看到了你。"

"真巧。"苏回一边说着话一边进入了咖啡店，他看了看咖啡店里面那几个模糊的人影。

这个时间来咖啡店有点尴尬，吃午饭明显晚了，吃晚饭却有点早。店里的人并不多，其中有几个人，虽然穿着便装但是腰背挺直，显然是受过专业训练的刑警。

苏回把手杖握在手里："还是上次那个残肢的案子？"

陆俊迟点点头："这里的一位服务员是受害人之一。"

苏回问："受害人都是咖啡店的服务员？"

陆俊迟："目前已知的情况是这样的。"

苏回道了一声："可惜。"

一般的咖啡店店员都是年轻的女孩子，又大多是外地人，很多女孩子是从贫穷的农村出来，独自生活在城市里。她们在这里没有什么亲朋好友，没有喜欢的人，没有人关心她们过得怎么样，她们渺小得就像是一粒沙。

陆俊迟又说："我们根据你上次的建议，对其他几辆废弃车进行了查找，在上面发现了很多痕迹，不过有一件奇怪的事，在三辆车上，我们获得的痕迹并不属于同一个人。"

苏回"嗯"了一声，侧头听着，他的脸上依然十分冷漠，并没有出现任何表情，似乎一切都在他的预料之中。

陆俊迟礼貌地说道："上次苏老师的建议对我们非常有帮助，为了表示感谢，今天我请你吃饭吧。"

苏回没有推辞，他径直走到了餐牌前，没有抬头就凭借记忆点了几样餐点，陆俊迟掏出手机扫码付了款。很快叫到了苏回的号，陆俊迟主动帮他把食物拿了过来。苏回道了一声谢。

苏回坐在餐厅的角落里，放下了手杖，陆俊迟就坐在他的对面："苏老师，你经常在这里吃饭，有没有看到过什么可疑的人？"

苏回哑着嗓子摇了摇头："我只是偶尔过来，大约一个月两三次的频率，吃饭的时候，并没有观察过附近有什么人。"他用叉子叉起一块牛肉，"我平时看人不太看脸，估计……连那个受害人都认不出来。"自从视力受损以后，苏回更多的时候是靠声音、味道以及轮廓来判断对方是谁。

陆俊迟看着苏回吃东西，小口斯文，漫不经心，将眼前的食物挑挑拣拣，非常挑食，仿佛那些碳水化合物并不是他的必需品。两个人刚说到这里，乔泽就走了过来。

咖啡店里开着空调，他却一头的汗，乔泽并不认识苏老师，只以为陆俊迟在询问咖啡店里的客人。他压低了声音汇报道："陆队，我这……被害人失踪一周前的视频都前后扫过了，没看到什么可疑的、独自出现的男人。"

陆俊迟道："你先把资料拷贝好，小夏他们的口供还没录好，你还是再确认一下，是否错过了一些细节？"

"我虽然用了倍速，但是绝对看得特别仔细。"乔泽感觉自己已经看视频看得麻木了，闭上眼睛时脑海里都能浮现出这个咖啡店的环境、布局，他想了想又问，"有没有可能，凶手不是在咖啡店里观察的死者？而是在玻璃窗外，又或者是在其他的地方？"

陆俊迟皱着眉道："那样的话，范围就有些太大了。"

在一旁小口吃着饭的苏回听到了这里，忽然抬头插了一句嘴："你们为什么要找独自出现的男人？"乔泽一时语塞了，他向陆俊迟，似乎是在征求他的意见，是否可以说出来。

陆俊迟介绍道："这位是华都警官学院犯罪学学院的苏老师。"

乔泽知道不是外人，这才敢讨论案情，他把手支在桌子上说道："我们推断，犯罪分子之前可能来过这里观察过受害人……"

苏回用纸巾擦了一下唇角，说道："很显然凶手是有组织的犯罪，每一个猎物都是精心挑选的，他可能不止一次到过这家咖啡店，而且可能跟踪过受害人，确认受害人是独自居住才下手的。"

乔泽点头："陆队之前也是这么推断的。可是我翻找了很久的监控，都找不到那个人。"他忽然又想到了什么，皱起眉头，"结合之前车上发现的多人信息，这会不会是个多人作案的团伙？"

苏回摇摇头："车上的痕迹虽然是多个人的，但是凶手应该是同一个人，不过我猜测他看起来，可能并不像是一个男人。"

"并不像是一个男人……难道像是个女人？"乔泽的眉头越皱越深。陆俊迟也有些不明所以，抬头看向苏回。

苏回继续推测，"我觉得，嫌疑人有可能做了易容，把自己化妆成了女人。"

陆俊迟和乔泽都一时沉默下来。

怕引起误会，苏回又解释了一句："他并没有否定自己的固有性别，他有想要穿戴异性服装的强烈欲望，他的自我认知依然是男性，但爱好是女性。他只是希望自己看起来是个女人，享受这一行为给他带来的刺激感。他可能坐在角落里，点了餐以后就没有和别人交流过。"

一个画了女妆，精心打扮过的男人，在模糊的监控里，很容易被认为是一个女人，但是如果仔细观察，他一定是和普通的女人不同的。

乔泽回想了一下自己刚才看过的监控录像，恍然大悟道："我好像是在监控里看到过那样的人，陆队，你等等，我去核查一下。"乔泽获得了新的线索，兴奋地跑开了。

陆俊迟转头，有些惊讶地看着苏回，如果上一次，指出其他车辆还是个巧合的话，眼前这样的推断则是让他觉得好奇而神秘。苏回绝对是一个对犯罪史、犯罪学，甚至是犯罪心理有很深入研究的人。可是他们上次见面时，苏回为什么要说那样的话呢？

陆俊迟问："苏老师，你是从哪里判断，凶手可能是偏好女装的人？"

苏回道："我目前并不确定，只能让你们查查看。根据研究调查显示，异装癖和恋物癖人群会有很大的交集，这是典型的性错乱。再加上案件细节里凶手的谨慎认真，这是一个不可排除的调查方向。"

陆俊迟继续试探着问道："苏老师，你觉得这个凶手的身上，还会有些什么特征？"

苏回用手里的刀叉挑挑拣拣地吃着眼前的食物，没有继续给他指点："刚才那一点，我只是在听刚才那个小警察描述时偶然想到的。"

陆俊迟像是一个勤学好问的学生，抓住了问题还是想刨根问底地问下去，坚持不懈。他听出了苏回话里的顾虑："苏老师，我记得你说过的话，我并不会把这些当作侧写或者是推断，不会去偏信，我只是想更多地了解这个变态的疯子，希望能够早一点抓到他。"

苏回沉默了片刻，这才开口说："陆队长，你对人类对于身体的偏好了解多少？"

陆俊迟以前听诗人和他说过一些，他知道有一些人是生来不同的。

苏回抬起那双朦胧而好看的眼睛看着陆俊迟："我们常说有多少个犯人，就有多少种犯罪方式。但是同时，世界上有多少个人，就有多少种嗜好。人类的身体，就像是造物主的恩宠，我们中的一些人，会对身体的某些部位喜欢到了痴迷的程度。有的人喜欢手，有的人喜欢脚，有的人喜欢脸。有的人喜欢性别特征，比如喉结，女人柔软的腰，还有的人喜欢肩膀、耳朵等奇怪的部位。常人无法理解时，会觉得那些异类是变态。事实上，他们自己也不清楚原因，他们无法控制自己，只是脑子里想到，就很开心。他们想要得到它们，忍不住去幻想，忍不住想要占有。"

苏回说到这里停顿了一下，手握拳捂着嘴低低地咳了几声，他的肤色是那种冷白色，却因为这一阵咳嗽稍微露出了一丝血色。然后他抬起头来看向陆俊迟，认真地道："这种喜欢，是和欲望息息相关的。"苏回的表情很淡定，像是在和陆俊迟讨论眼前的饭菜究竟好不好吃。

陆俊迟坐在他的对面近距离地看着他，眼前的这位苏老师脸色有些苍白，面容俊秀，身材消瘦，他看起来很正直，言语也足够隐晦，却让人瞬间邪念丛生。陆俊迟忽然想起了之前陆昊初对苏回的形容，忍不住微微眯了一下眼睛。

苏回继续分析道："在这种人群中，男性的比例高于女性。其中有的人已经到了病态痴迷的程度，他们看到了一双手，会觉得，如果这双手属于我该有多好，有的人看到脚也是如此，这些物品是否有生命并不重要，属于他们才是最重要的。比如连环杀手，杰瑞·布鲁多斯就曾经杀害过四名女性，并且砍下了她们的脚。"他停顿了一下又说："他就很喜欢穿女装，还会对着尸体拍下照片。"

陆俊迟记得这个凶手的名字，他在一些书上看到过他的案例，这个凶手留下一句惊世骇俗的名言："女孩被吊在天花板上的样子，像是在为我跳芭蕾。"

陆俊迟从不惧怕鬼怪，也不畏惧那些拿着刀枪的凶手。但是他惧怕窥视那些人的心理，听到这些，他会感觉背后发凉，心跳加速。但他深知，这是这个世界上真实存在的恶，避讳并不能解决问题，研究这些人的心理，才是善与恶斗争的武器。

陆俊迟面对苏回的时候，有一种奇怪的感觉，这位苏老师明明是个纤弱的男人，可是当他说到那些内容时，却给人一种奇妙的感觉。他似乎可以不费吹灰之力就跨越正常与非正常的边界，无所畏惧，揭开那些非常态的行为，揣摩那些犯罪者的心理。

第 11 章

下午两点半的咖啡店里，这场谈话还在继续。陆俊迟听完了苏回的话还没反应过来，低头思索着。

苏回看着陆俊迟眨了一下眼睛，严谨地纠正道："所以，陆队长，你刚才有个词用错了，凶手是个变态，但是他不是疯子，他非常清楚自己在做什么。他的思维非常缜密，也很会隐藏自己。你们之所以在那些车里发现了不同的痕迹，是因为他把那些东西，变成了谋利的商品。"

"商品？"陆俊迟皱着眉消化着听到的内容，"难道华都有这样一个隐形的消费网，专门卖这些东西？"

"这个世界上，有卖女人的，也有卖孩子的，还有卖器官的，甚至还有卖尸体结阴亲的。在那些普通人不知道的地方，超过底线的肮脏事太多了。这些？又有什么是不能卖的？"苏回停顿了一下又说，"只要有需求就会有市场，尽管难以想象，但是有人喜欢这些东西，就有人提供这些东西。不过这种爱好也有一定特点，大部分人喜欢手，很少有人喜欢脚。所以这两样商品，是针对不同的客户人群的。"

陆俊迟反应了过来，说道："所以那些车上是……"

苏回点头："那些车上，是有人留下了一些证据和痕迹，但是，是那些购买的人留下的，他们并不是凶手。凶手在贩卖那些残肢时遇到了一个问题，那就是他的那些客户并不是固定的，他需要找到安全的场所用来储存残肢，所以他才想到了利用废弃车辆的方式，解决了客户们的后顾之忧。也让他们感觉更加安全，他的生意才会更好。而那些废弃车的车钥匙，有可能是他从偷车贼那里买到的。"

陆俊迟的眉头皱得更深了，但是苏回的话，很好地解释了眼前这种怪异的状态。

"如果我的推断没有错的话……"苏回抬起眼睛看着他慢慢地道。

陆俊迟整理着思路："凶手可能是在通过关系网贩卖残肢，他把那些残肢卖给有特殊嗜好的人，并且提供废弃车辆作为他们的储存室以及游乐场，告诉他们使用规则以及方式。"

苏回点头："凶手大概也意识到了这种储存方式的危险性，他想通过多辆废弃车把线索和他的客户们隔断开来，这样的计划差一点就成功了。"如果没有孩子们碰巧打破了其中一辆废弃车的车窗的话……

苏回望着他，他喜欢陆俊迟一点就透的聪明劲儿，这样让他这个老师做得很有成就感。

陆俊迟继续整理苏回话里的逻辑，"这么说，凶手是在根据客户的需求进行定制？那他为什么又要做这样的事？是为了钱吗？"

"不……"苏回的瞳孔在阳光的映照下显得有些蒙眬，"你可以根据案件的细节以及凶手的行为方式看出来，他接受过高等教育，他很聪明，他有充足的时间，这样的人应该不缺金钱，他可能是在借此接触更多和他一样的怪物，削弱自己的罪恶感。而且，凶手也有喜欢的东西，他喜欢杀人。对于连环杀手而言，战利品可以让他反复回味行凶的过程，让他们的控制欲得到满足。他一定也喜欢收藏藏品，才会想到以此贩卖牟利。只不过，他的藏品可能是和这些人的喜好不同。你尚未找到他的图腾……"

听到这里，陆俊迟想起了之前那个人对他说过的话，大部分的连环杀手都会收集一些被害人的物品，以此作为自己的战利品。在调查中，那些战利品因为独特性会被作为凶手的图腾。这个凶手应该也不例外。

听苏回解释完了，陆俊迟的思路清晰了很多。

阳光下，苏回的脸色看起来有些苍白，他的神色平静，面容俊秀，看到这样一位老师，只让人觉得人世美好，可是他嘴里说出来的话，却是世间最黑暗的那一部分，让人觉得惊心动魄。

这时，乔泽端着自己的笔记本电脑过来了，在电脑上可以看到几段视频，视频里的角落位置上，坐了一个长发的"女子"，可是他却比一般女人要高大一些，那个人的脸长得并不难看，甚至有些阴柔妖媚，让他在穿女装时也丝毫没有违和感，这大概就是没有人发现和戳穿他的原因。

监控画面中，他的目光一直落在佟萧的身上。而那时，身处危险之中的佟萧并未察觉……

"凶手很可能就是这个人，能够通过他的支付方式确认信息吗？"陆俊迟问，如果对方是用网络付款的方式，那他们就能够找到他的身份了。

乔泽遗憾地道："都是用的现金……"

"面部分析呢？"

"凶手化了妆，而且像素不够高，可能比较难排查出来。"

"通知华都所有咖啡店的店长，让他们留意是否有类似的客人出现，一旦有人失踪，要马上和警方联系。"陆俊迟飞快地做着决定，"调取其他两家咖啡店以及附近的监控，看看能不能找到嫌疑人的路线，或者是车辆。"

陆俊迟思考着，怎样才能把这个凶手找出来。

苏回吃完了午饭，站起了身："感谢陆队长的款待，我还可以帮你们提供一个小小的思路。"他停顿了一下说道，"我觉得你们可以找一下，他光顾咖啡店后那几家咖啡店送出去的垃圾。"

"垃圾？"乔泽感叹了一声。

"是的，垃圾能够告诉我们诸多信息，特别是凶手食用过的餐具、纸杯、食物残渣，如果运气好的话，上面可能会有他的指纹以及 DNA。"看乔泽和陆俊迟愣住，苏回进一步解释道，"一般咖啡厅的垃圾都会用专用的垃圾袋，这些垃圾送到垃圾处理场，几个月都不一定能够轮到填埋。"

乔泽皱眉道："可是那么多垃圾，我们怎么可以分辨出，哪些是凶手留下的？"

陆俊迟思考了一下，理清了思路："根据监控可以发现，凶手一般是下午客人少时到店里的，那时候的客人不多，按照咖啡厅的规定，员工下班前要把垃圾清空，所以嫌疑人留下的垃圾一定是在最少的那个垃圾袋中。很多客人会随手把小票扔掉，也可以帮助我们确定日期和时间。"从监控上可以看到凶手买了什么，他来过几次，他们可以采集对应日期的垃圾进行比对。

"还是陆队聪明！"乔泽兴奋起来了，"谢谢苏老师……"

陆俊迟也对苏回道了一声谢，这个方法是个精细活，虽然有点麻烦，但是理论上是可行的，只不过除了努力，还需要一点小小的运气。也许凶手的指纹和信息很快就可以找到，也许需要排查很久。所幸的是，这个凶手的罪行以及行为方式已经开始从模糊不清到逐步清晰。

有警察过来向陆俊迟汇报，等他处理完了问题，苏回已经离开了餐厅，穿过了前面的街道。陆俊迟这才想起来，他忘记问苏回的微信了。

在发现残肢的第五天，案情终于有了突破性的进展。

凌晨时分，负责盯梢的刑警在第三处废弃车旁，抓住了一名鬼鬼祟祟的男子。在核验身份之后，他们很快证实，这个人曾经在废弃车之中留下过指纹。

陆俊迟早上赶到总局时，这个男人已经被关在审讯室里开始了审讯。他走入观察室时，郑柏和乔泽正在里面问话。看到陆俊迟进来，重案组负责记录的女刑警夏明晰把相关的资料递了过去。

陆俊迟的目光在资料上扫过，这个男人名叫詹兴荣，是一位销售装修材料的小老板，他的年龄32岁，接受过高等教育，看起来就是个白胖的小胖子。如果不是证据确凿，人们难以把眼前的这个人和这起凶残的案件联系起来，更无法和那些奇怪的嗜好联系起来。

"……我真的是无辜的，我也是好奇……而且，我买的时候，并不知道那是死人的还是活人的，我和这个杀人狂没关系啊。"

乔泽冷笑着戳穿了他："詹先生，你昨晚去那附近，还不是抱着侥幸的心理，想要把东西拿回去吗？"

"我……"詹兴荣被戳破了心思，一时语塞，他擦了擦眼角，"我这样不犯法吧……"

"当你做了那笔交易，就已经犯了罪。"郑柏跟着施压，"你现在最好老实交代，你是从什么地方买来的，也许态度好，还能够得到轻判。"

詹兴荣开始捂着脸哭："你们别把这个事情告诉我的家里人。如果被人发现了，我就社会性死亡了……"这个秘密犹如他藏在壁橱里的骷髅。

郑柏对他并不同情，冷着脸道："你先招供了，其他的再说。"

詹兴荣的一双眼睛是红的，他犹豫了一会儿，知道自己脱不了罪，还是老实说了：

"之前是圈子里一位老人介绍给我的，他说，有靠谱的人出货，就是有点贵……然后我就抱着试试看的心理，加了网上的一个号，我开始也担心被骗，毕竟是很大一笔钱，谁的钱也不是大风刮来的，我尝试着查过他的 IP，发现是在国外，号码我可以给你们，不过后来再也没见他登录了……"

"交易的方式，时间是？"看詹兴荣很快招了，乔泽顺着问下去。

"最初说的是 15 万一双，我说没那么多，他就变成了 8 万一只。我没有地方存放，他就说，再加两万，他可以提供交易用的废弃车。那个人……他只收现金，交易是在指定的废弃车里进行的，我收到了一个车钥匙，打开车门在车前方的抽屉里放进去了 10 万。隔天我就又收到了两个车钥匙，还有使用说明。我去了以后，就在一辆车的后座下找到了一个盒子……"

说到这里，詹兴荣的眼睛里闪过了一丝恐惧："我……我真的以为他是在火葬场工作的，所以才能够拿到货的，我要是知道有问题，借我个胆子我也不敢……"

"对方还说了什么？或者还有什么你能够想到的细节？"

"当时那个人列的规矩很多，比如说，去的时间不能早于晚上 20 点，不得晚于早上 6 点，在车里的时候，要锁车门，不能开灯，只能用手电，拿出来以后，只能在另外一辆黑色车窗的车里看，看完了要放回盒子里去……"

乔泽问出了关键的问题："你知道那个出货的人叫什么吗？"

詹兴荣停顿了一下，咽下了一口口水："我只知道，圈子里的人，都叫他'屠夫'。他可以满足人们的各种需求，甚至花足够的钱，还可以有……"

听到这里，负责记录的夏明晰实在是听不下去了，小声说道："真是变态……居然把被害人的遗体再拿出来贩卖。"

陆俊迟双手抱臂道："人都杀了好几个了，你指望，这样的人还会有什么道德底线？"

让陆俊迟感到惊奇的是，这位事主讲述的情况竟然和苏回之前的分析基本完全一致。那位苏老师看起来果然不像表面上那么简单。

案情终于有了进展，警方也终于知道了他们所要面对的对手是谁……

屠夫把无辜的女人视作羔羊，甚至视作他的商品。这位凶手果然是人如其名，胆大包天，心理极度扭曲，同时又心思缜密。

苏回第二次来到白虎山监狱的时候，时间比上次晚了一些，他已经熟门熟路，和狱警打过招呼，还是来到了那间审讯室。

宋融江进来以后，整个人明显比苏回上次所见时颓废了很多，他的头发更加凌乱，黑眼圈也冒了出来。距离宋融江的死刑还有不足 10 天，就算他一向心大，可真的到了这种时候，他也开始害怕了起来。生命的倒计时给了他巨大的压力。不管他的内心怎么想，身体开始从本能上抗拒和畏惧死亡。

宋融江接过了苏回递过来的烟，首先开口道："苏老师，你迟到了，我还以为，你可能不会来了。"在苏回出现之前，他已经等得有些焦躁不安。在死亡倒计时开始之时，他不知道自己为何，开始期盼这场谈话。

苏回道："对不起，今天市内有点堵车。"

宋融江愣了一下，反应过来："今天是周五了。"然后他看向苏回，问道，"你会来看我执行死刑吗？"

苏回自认为他们之间的关系搭建是成功的，现在，宋融江已经没有了最初的防范，甚至因为长久没有人到访，又临近死亡，对他产生了一些微妙的依赖。

苏回问："你希望我来吗？"

宋融江迟疑了一下，似乎是想象了一下苏回过来能够做什么，然后他摇摇头说："算了，还是不要来了，也没什么好看的。"

今天的话题是上一次话题的延续，苏回着重询问了宋融江对人的感受，这种感受包括对男人，也包括对女人。那些人都是在他生命之中存在过的，亲人、母亲、父亲、同学、老师、同事。

苏回问得很细致，似乎是希望通过这些人物关系把宋融江的整个前半生搭建出来。其中有一些人和关系苏回事先做了功课，甚至打电话过去询问过，随着谈话的进行，他更加走近了宋融江的世界。

宋融江提到男人和提到女人的用词是不一样的。苏回敏感地发现，宋融江对女性带有强烈的质疑，还有一种轻视感以及厌恶感。

犹如宋融江在第一起案件中，对那个被害人的否认置若罔闻，他只坚信自己认为的结果，这种态度贯穿在他和女性的所有相处、交流之中。从根本上，宋融江认为很多女人是在说谎的，他不相信她们。与之对应的，他只相信自己对于她们的判断，其中有一些部分甚至是他自己脑补出来的。

苏回判断，这种习惯可能和宋融江的母子关系有关，还有可能是源于他青少年时期受到的背叛与伤害。这些也和他的受害人选择是有关联的。苏回还能够从宋融江的某些话语之中，捕捉到一种留恋感，他在寻找什么。但是在他的反复试探中，并没有找到明确的相关的人或者是事件。

宋融江对此保护得很好，每当苏回问到相关的问题，他就会有些紧张地把这些问题绕过去。显然，和裴薇薇一样，这是一个宋融江的保护点，是别人不能知晓、无法踏入的禁区。

苏回意识到，宋融江不会在这些问题上说实话。他想要带着这些秘密走向死亡。

由于苏回在反复询问他的青少年时期，宋融江在谈话的最后已经出现了明显的不耐烦，他狠狠地吸了一口烟说："那些事情和我现在的案子没有关系。今天的谈话什么时候能够结束？"

"就快结束了。"苏回说着，他被烟味呛得侧头咳了几声，再次把问题引到了案发当日的一些细节，他需要把话题引入宋融江的舒适区，那样宋融江才会对谈话有所期待，才会说出更多有用的信息，更多有价值的实话。

宋融江很明显又兴奋了起来："你知道吗？苏老师，当她们停止挣扎的时候，那种感觉太美妙了，我感觉自己已经和她们完全融于一体。"宋融江停顿了一下，眼睛中闪着光，他吐出了一股白烟，"我感觉，我把她们还给了死亡……"这是狄金森的诗，她对死亡有着双重的理解。

苏回深吸了一口气，又被烟味呛得咳嗽了几声。他能够读懂这些人，能够走入他们的思想之中，像是走入迷宫，他揭开一个一个的谜团，但是这并不意味着他喜欢这些。但是他必须那样做，因为这样才能够探知那些不为人知的秘密，揭开那些令人困扰的谜题。

苏回可以感到，他距离想要寻找的答案越来越近了。

第 12 章

　　"今天就到这里吧，下周我还会来看你。"苏回合上了本子，抬起双眼，他感觉自己从宋融江这里已经差不多要得到答案了。苏回结束了这场谈话，接下来他需要去其他地方收集信息。

　　苏回没有急于回家，而是从监狱坐"过山车"下来，按照记录上的地址，先去了宋融江的家，见过了宋融江重病的母亲。

　　房子外面的白色走廊里，被人用红色的油漆写满了"杀人凶手"，而且用油漆写了一层又一层，最开始还有人用白色的油漆刷掉。到了后来，用油漆写字的人麻木了，把墙涂白的人也麻木了。那些红字就这么留了下来，随着时间的推移，逐渐变得斑驳起来。

　　苏回敲了很久的门，才有人来开门。宋融江的母亲已经卧病在床，衣衫不整，她每天的吃喝都成了问题，全靠街道干部的接济。她更是对那个儿子无暇顾及，提起他来频频落泪。

　　然后苏回见到了宋融江家附近的邻居，又去找了宋融江当年的班主任。他不断地向他们询问宋融江究竟是个怎样的人？他的人生经历过什么？

　　然后他越发确认，宋融江的生命里曾经存在过一个女孩。女孩的年龄比宋融江大一些。在与宋融江相识的那段时间她留的是短发，身材消瘦，胸部平坦，她的个子比同龄的男孩要高，她是单眼皮，眼间距很开，鼻梁微塌，并不漂亮，但是长得很有特点。她不常说话，喜欢诗歌、文学，喜欢看书。她对弱者抱有同情心，遇到沉默寡言的人会主动靠近和搭话。她会倾听弱者的故事，在她的潜意识里觉得自己是一个救赎者。可她却总是被这种情况拖累，也许会被人嘲笑为"圣母"。她的倾听让宋融江误以为是爱情。他们曾经发生过什么不愉快的事，但是最终以分手为结局。

　　关于这个女孩，那些受访者有的表示记不清了，有的表示不知情。最后，苏回来到那家已经改为了咖啡店的租书店。万幸的是，虽然这个地方的装修风格和用途都已经改变，但老板却没有换。那个老板还记得宋融江，主动和苏回提起了今年宋融江因为杀人被捕的事，老板感到十分惋惜。

　　苏回和他聊了一会儿，然后问起了那个女孩。

　　老板回忆说："我想起来了，宋融江上初中的时候，曾经有个女生和他走得很近，那个女生是我们这儿的超级会员，很喜欢看书，好像叫……陶莉。"时间、描述，听起来都对上了，他们有大量的时间可以相处，还有着共同的爱好。

苏回感觉在黑暗之中找到了一丝的希望："你有没有她的电话，或者家庭住址？"

老板道："这都是好多年前的事情了，她的手机号后来换了，不过我记得超级会员都是做过地址登记的。"说着，老板从桌子下取出了厚厚的几摞资料册，苏回一边咳着，一边跟着一起翻找起来。

翻找了一会儿，老板松了一口气："找到了，她的住址，不知道搬家了没？你可以过去碰下运气。"

苏回把地址抄在一张便签上，看了看时间，已经过了晚上8点半，他握着手杖，捏着那张便签还是决定去登门拜访。宋融江的死刑就在不到10天后，留给他的时间已经不多了，他尚未破解那道谜题。

苏回住的位置已经偏离了市中心，而陶莉所住的地方就更加偏僻了，那是一片挺大的老住宅楼区，一直说要拆迁或改造，但还没开始。苏回打了一辆车，司机找错了路，在小胡同里转了一会儿，才在一栋老旧的楼房前停下，这地方连小区物业都没有。

苏回按照地址上了楼，楼房是那种过时的双层防盗门，他敲了敲门，有一个30岁左右的女人打开了门。那是一个干净、白瘦的女人，虽然苏回只能看清个轮廓。但是在看到她的那一瞬间，苏回就可以确定，她应该就是宋融江杀戮的起源。因为她和那几个被害人的相貌特征太过接近了。

多个受害人呈现出的特征不约而同地折射出了眼前这个女人，这就是连环杀手经常会出现的代偿性杀戮。宋融江反反复复杀死的、想要留下的，都是这一个女人。现在，这个女人长大了，变老了，已经不符合他的记忆中的样子，所以他的目标变为了更加年轻的女性。宋融江是想要复制曾经发生过的一切，这就是他心理的畸变原因。

"你找谁？"女人开口低声问。

"请问是陶莉吗？我叫苏回，是华都警官学院的一名老师，也是警方的警务人员。"苏回礼貌地出示了一下自己的警官证。

"你……找我有什么事？"女人伸手挽了挽耳边的头发。

"我想问一下，你是否知道之前发生在华都的出租车司机杀人案？"苏回问出了这句话，他注意观察着陶莉的表情。陶莉明显变得紧张起来了。

苏回继续问道："你认不认识一个叫宋融江的人？"

一瞬间，陶莉的脸色变得苍白，眼神之中满是恐惧，她慌忙地摇着头，急于否认："不……不……"

有个男人的声音从里屋传出来："这么晚了，是谁啊？"

"是推销保险的……"女人说着，急忙要关门。

苏回伸出手阻挡了一下，阻止了她关门的动作，陶莉的目光里满是哀求："他都要死了……你放过我吧，我已经不想听到这个名字了……"

苏回道："可是裴薇薇还没有找到。"

"我不知道，这些事情和我无关。"陶莉低声说道，这时候，屋子里传来了婴儿的啼哭声，然后传来了男人的抱怨。女人回过头去看了一下，脸上露出快要哭了的表情。宋融江的事情像是纠缠着她的噩梦，让她时刻感觉如鲠在喉。

苏回知道，这场谈话今晚无法进行了，他抓紧时间塞过去一张自己的名片："我知道，回忆起他可能会让你觉得不舒服，但是如果你能够回答我的一些问题，可能对找到裴薇薇会有帮助……"他们曾经说过的话，他们曾经去过的地方，他们曾经做过的事，答案说不定就藏在那些零散的过去之中。

陶莉没有伸手去接，名片掉落在地，她最后看了苏回一眼，还是把门关上了。

在来陶莉家之前，苏回已经做好了要费上一番口舌的准备，可是他也没有想到，一切结束得这么快。很明显，陶莉也意识到了，那些被害人和她的相似之处。她现在已经有了家庭和孩子，再也不想和那个变态有任何瓜葛。

陶莉感到害怕和恐惧，苏回很理解，也觉得情有可原。他走下楼，长长的街道里一片漆黑，来的时候的那辆出租车已经开走了。

苏回轻轻叹了一口气，往出走去。楼外面好像是无尽的黑暗，快要把他消瘦单薄的身形吞噬掉。他的视力不好，那些远处的楼宇在夜色之中看起来都是朦朦胧胧的，几乎一模一样，难以辨认。

天空中隐隐传来了雷声，快要下雨了。有一瞬间，苏回被强烈的挫败感包围着。还好，他在隔绝了那些正面情感的同时，负面的情绪也难以更深入地影响到他，那种挫败感很快就消失了。在一个有着数千万人口的繁华都市寻找一个失踪的女孩。警方投入了诸多人力，还是一无所获。那些还在寻找裴薇薇的普通人也是如此，他们并不能够接近真相。

苏回感觉自己像是一个孤立无援的战士，可能面临一场无法胜利的战争。他最初只是觉得自己不应该袖手旁观，答应了谭局会去试试，可是开始尝试之后，实际上比他想象得要困难得多。他不知道他究竟在寻找什么，印证什么。他告诉自己，裴薇薇应该早就在 100 天前去世了。他要寻找的，可能只是一点希望，可能只是一具枯骨。

苏回拄着手杖，在黑暗之中行走着，他走了一会儿，感觉腿已经有些酸痛，然后他意识到自己应该是迷路了。他的视力不好，这些不便在黑暗之中被放大了。那些昏暗的街道就像是迷宫一样，看起来到处都是一个样，永远也走不到尽头。远处亮着的灯像是萤火，周围却安静极了，连个人影儿也没有。他可以感觉到，整个世界透着一种不太友好的感觉。雪上加霜的是，天上开始下起了小雨，而且逐渐有变大的迹象，他的头发很快就被湿透了。

苏回拿起了手机，开始叫车，过了几分钟才有一位司机接单，问了一下他的位置，可是他已经深陷那些街道的包围之中，无法说清具体在哪里。司机很快就不耐烦地挂了他的电话，取消了订单。

苏回又打算重新叫一辆车，过了几分钟，甚至翻倍加钱，都无人问津。苏回翻看了一下，显示已经超过日常营业时间，需提前预订。

　　苏回无奈地关闭了叫车软件，躲在一小片的屋檐下，翻找着手机通讯录，想着自己的那些朋友、同事，甚至是那些学生。可是……似乎都不应该在这样的雨夜麻烦人家。

　　苏回的胸口憋闷得好像压了一块石头，苏回咳了几声，咳嗽一直止不住，他捂着嘴巴，忍不住弯下腰，咳得撕心裂肺。

　　雨越下越大，大到让人寸步难行，再耽误下去，不知道要耽误到几点钟了。

　　就在苏回考虑的时候，手机忽然响了一声。苏回打开微信，是有人加了他的好友，对方的网名是未迟，头像是一只雪白的苏牧，验证里写了三个字："陆俊迟"。

第 13 章

苏回点了通过，他的微信名是"回"，用的是亚里士多德的一张照片作为头像，头像上的猫睁着一双大眼睛，却是满脸迷茫的表情。一猫一狗，看起来倒是很搭。

对方显然是在线的，很快发来信息。

陆俊迟发消息说："苏老师，我冒昧地从学校那里问了你的联系方式。感谢你的帮助，我们已经在查找嫌疑人的指纹，也从一位购买者那里得到了信息，贩卖残肢的人代号叫作'屠夫'，虽然目前还没有找到他，但是我们已经在接近真相。"陆俊迟考虑再三，觉得还是应该感谢一下苏回，毕竟都是因为苏回的建议，案子的侦破工作才能这么顺利，如果找到嫌疑人，应该可以很快就进行锁定。

苏回拿着手机，听着淅淅沥沥的雨声，思考了好一会儿，厚着脸皮发出了一条信息……

苏回问："陆队长，你还在工作吗？在总局附近吗？"

陆俊迟不知道他想问什么："？"

这样的询问显得有点过于亲昵了，苏回抿着唇，思考着接下来该怎么说。他和陆俊迟现在算不上熟悉，也不是陌生人，他们之间的关系好像有些微妙。以他对陆俊迟的了解，这个男人是可以信赖，可以求助的。

看他一直没有回复，陆俊迟那边又发过来一条信息，主动问他。

陆俊迟问："怎么了？有什么事需要我帮忙吗？"

苏回这才鼓起了勇气回道："我在外面，下雨了，打不到车。"

手机那边的陆俊迟叹了一口气，这位苏老师真是不让人省心啊，眼睛不好，耳朵听不清，不喜欢按时吃饭，还总是到处乱跑。

陆俊迟接着问："带伞了吗？"

苏回答道："没有。"

陆俊迟抚额表示无语。

陆俊迟回道："我已经下班了，就在总局这边，你找个地方避雨，把定位发过来，我去接你。"

苏回："麻烦你了。"

就算对方是个只见过两次的陌生人，没有询问更多的情况，没有对他进行冷嘲热讽，迅速制订了方案，并开始实施，这就是陆俊迟的行事方式。

天上的雨一直淅淅沥沥地下个不停，过了一会儿，就把地面都淋湿了，轮胎压过地面发出阵阵水响。

陆俊迟开车找到苏回的时候，已经是 30 分钟以后，苏回说不清自己的位置，他就在附近绕了 10 分钟找人。

天色一片昏暗，陆俊迟绕到了小路上，才看到苏回靠墙站在一小块檐角下。他整个人仿佛要融入那片黑暗里，看起来非常瘦，雨水把他前额的头发淋湿了，那双眼睛看起来湿漉漉的，衬得清秀的面容越发白净，有一股书卷气。他不像是一位大学的老师，更像是一个学生。

陆俊迟按了一下喇叭，苏回走过去打开了副驾的门，然后坐了进去，他的衣服已经被淋湿了大半。

"拿着，你先擦一下吧。"陆俊迟塞给他一盒纸巾。

苏回道了一声谢，然后他就闻到了一阵香气。视力和听力不太好以后，苏回的嗅觉就变得格外灵敏，他可以辨别出那是汉堡和薯条的味道，有一包打包的食物放在了两人的中间……

苏回忽然想到，自己好像今天又没怎么吃饭，现在已经是晚上 10 点多，他饿得有点胃疼。但是……下雨让人家过来接他已经很不好意思了，现在还要吃人家的打包食物，那就有点过分了，他的脸皮还没有厚到那种程度……苏回的嘴上没有说，眼睛往这边瞥了过来，在打包的食物上扫过，条件反射地咽了一下口水，不由得两臂交叠，压住了胃部。

陆俊迟好歹是个刑侦队长，早就发现了他的意图，看苏回在那里犹豫着不敢说，他主动问："你没吃晚饭？"

苏回低低地应了一声。

陆俊迟的手还在方向盘上，像是随口问他："工作很忙吗？"

苏回犹豫了一会儿说："我忘记了……"

"就算再忙，也是要吃东西的。"陆俊迟说着扭转了方向盘。

苏回不知道该怎么回答，早知道就不去看那包食物了，他撒谎道，"我中午吃多了，一直不太饿。"他说着看向窗外的雨，肚子却诚实地发出了"咕噜咕噜"的声响。在狭窄的汽车里，气氛变得更加尴尬了……

苏回咳了几声，陆俊迟看他苍白的脸色红了起来。趁着等红灯的时候，他把那一袋汉堡和薯条塞到苏回的怀里："吃吧，不用客气。"

苏回十分想吃，却还是矜持地道："这是你的晚饭吧……那你怎么办？"

陆俊迟道："我过来的时候顺便给同事带的，回头叫他们点外卖就好了。"

其实陆俊迟早就已经吃过饭了，他来接苏回的时候看到了快餐店，觉得苏回可能又没吃饭，专程买的，如果苏回不吃，他就准备便宜了队里那几个加班的队员。他这么说只是不想让苏回觉得是特意给他买的。但是陆俊迟没有直接把食物给苏回，他想给他一点小小的"惩罚"，让这位苏老师长点记性，记得要按时吃饭。

苏回用纸巾擦了擦脸上的雨水，然后把汉堡拿了过来，低着头说："谢谢。"

手里的汉堡是牛肉芝士的，这种时候非常适合用来补充能量，苏回没见外，跑了

一下午早就已经饿了，他拿出汉堡小口地吃着，一边吃一边反思着，为什么自己最近每次见到陆俊迟时都是这么狼狈。

陆俊迟看苏回吃着汉堡，他刚和苏回在微信上聊过天，现在有种自己捡回来一只浑身湿漉漉的、又饿坏了的小野猫的感觉。

食物很快抚慰了肠胃，连带着身上也暖和起来，苏回那些沮丧的感觉一扫而光。他们开出了那片区域，陆俊迟问："你家住在哪里？"苏回报出了一个地址。陆俊迟把空调调高，设了一下导航，就向着那个方向开过去。

苏回吃完了汉堡，小心地把所有的垃圾收好，大晚上的把陆俊迟叫过来，然后又吃了人家的晚饭，苏回看着陆俊迟道："这次不好意思，我好像又欠了你一个人情。"

陆俊迟："没事，你之前给了我关于案子的建议，已经帮到我很多了。"

苏回低声说："那些只是随口一提，谈不上帮忙。"

听苏回这么说，陆俊迟就把话题引到了案子上，他总觉得，苏回每次都在欲言又止，他想要从苏回这里获得更多的信息。

"苏老师，上次和你聊完以后，我们去翻找了咖啡店符合时间的垃圾，已经进行了归类，但是上面的指纹很多，污染情况也有点严重，那些指纹能够作为比对指纹使用，并不足以在指纹库里排查。"也就是说，如果他们现在有了嫌疑人，获得了嫌疑人的指纹，他们可以根据那些咖啡杯上的指纹确认嫌疑人曾经出现在咖啡店里，帮助他们确认犯罪者。但是那些都是残缺的指纹，误差较大，并不能让他们在身份证的指纹库里直接找到凶手。

陆俊迟总结道："我们现在获得了凶手的一些信息，比如模糊的影像，残缺的指纹，购物的习惯，但是我们还是没有能够把他找出来，他非常小心，没有暴露自己的车辆信息，我们找到的网络号码都是在国外注册的。我还记得你说过，我们发现了那些残肢以后，凶手会很快犯案。"自从接了这个案子，陆俊迟就感到莫名的不安，感觉好像有一把剑悬在他的头顶之上。苏回给他的建议大大加快了他们的破案速度，但是这些还不够，他们必须赶在新的被害人出现之前抓到他。

苏回考虑了一下："嫌疑人现在已经知道警方在抓捕他，他可能会改变他一贯的行事方法。"

"也就是，他可能会暂时放弃女装？"陆俊迟皱眉道。如果嫌疑人继续穿女装，其实他的被捕概率会更大，但是一旦他放弃了这种行为模式，变得像是一个普通人，他们也就更难抓住他。

苏回道："现在的信息，还无法确定。"

陆俊迟沉默了片刻开口说："这个凶手总让我想起艾德华·盖恩。"被誉为小镇杀手的爱德华的故事曾被改编为诸多电影，其中最有名的是《沉默的羔羊》中的野牛比尔，以及《德州电锯杀人狂》。那是一个会从坟墓里挖掘尸体的变态，他所做的事超越了人们所谓的底线。陆俊迟觉得，眼前的凶手和爱德华的身上有一些相同的特质，包括穿女装，还有利用尸体。

苏回摇了摇头："不，他们不完全相同。当你面对这些人时，不能只看他们的表面特征，而要看他们的动机以及犯罪的本质。警方会进入一个习惯误区，那就是用正常的思维和已知的常理去推断凶犯，并且试图把犯罪行为和已知的案例来做联系，这样只会让你离真正的犯人越来越远。"

陆俊迟虚心求教："那他们的异同点又在哪里呢？"

窗外的雨一直在沙沙响，苏回的声音低沉，略微沙哑，脸上的表情却是平静的："爱德华的智商很低，他一生没有真正和女人在一起，母亲是他熟悉的唯一一个女人，他一直没有真正融入过人类的社会，他是一个精神病患者。但是我们眼前的这个凶手，他能够做到很好的伪装，能够适应和融入人类的社会，他不喜欢腐败不堪，所以他会想到各种方式让残肢保持新鲜。他做事细致、有规划、有预谋、思维缜密，他的每一个步骤都不是多余的，目的性非常强……"

苏回的眼睛微眯，看向面前朦胧晃动的雨刷："他会努力和自己的特殊爱好和平共处，通过贩卖残肢削弱自己的罪恶感，获得钱财，他有足够的伪装，甚至他有可能有正常的社交，有优秀的交流能力，相对于那种和普通人格格不入的凶手，你们会更难抓到他。不过，我觉得他可能有一点和爱德华是相同的，我也在他的身上感受到了一些变态连环杀人凶手的特质，我觉得他选择女性咖啡店店员下手很可能和他的母亲有关系，他的母亲可能是强势的，他可能生活在母亲的阴影之下。"

苏回不由自主地分析了起来，然后他忽然停住了，他忽然觉得这种讨论好像是在什么时候进行过，这种场景让他觉得似曾相识……他早就发誓不再进行无实证的侧写分析，可是陆俊迟一问，他就自然而然地说了下去，他们之间的聊天，有一种默契，这种感觉让苏回感到有点恐惧……

陆俊迟并未发现他的异样，开口说道："我觉得你分析得很好，会对我们下一步的工作有帮助。"

苏回受到了突如其来的表扬，他愣了一下。好像已经有很久，他没有接近过这些警察，还有这些案件了。自从来到了华都警官学院教书，他有很长一段时间不出门、不逛街、不聚会、不参加任何应酬。他把自己囚禁在校园之中，只面对那些学生。

车厢里一时沉默下来，然后苏回轻声感慨道："这个城市里，为什么会有这么多的怪物……"

陆俊迟用数字说话："就拿去年全市公安系统的工作总结来说，华都的刑事案件一共近万起，全市上下25个看守所，常年接近满员的状态。其中最恶劣的案件，一时无法侦破的案件，才会归属重案组。2500万的人口，出现几个变态，不算奇怪。"就算接到这个案子，陆俊迟也只是在最初的时候刷新了一下三观，很快就适应了，他全力以赴地把自己的所有注意力放在抓捕之中。

苏回也知道，少于两位被害人的案件，或者是凶手明确的独立案件，都不属于重案组的管辖范畴。陆俊迟手上接过来的案子，一定是整个城市之中最扭曲、最复杂、最棘手的。上万起刑事案件，可能就有上万名受害人。这还没有算上那么多的失踪的人，或者是不为人知的案件。原来这座看上去表面祥和的城市里，有这么多人在挣扎，在死去……

除去那些普通的刑事案件，警方特别是重案组，无法避免地会面对一种人——连环杀人犯。他们极其凶残，对杀戮上瘾，他们的脑海之中不断翻腾着杀人这件事，他们不图钱财，就是为了享受杀人的快感。

那些罪恶之人，就像是生长错误的癌细胞，但是当它没有发作时，你无法对它进行防范和更好的预防。你只有在罪恶发生之后，用最快的速度，找到他们，处决他们，阻止杀戮的蔓延。

第 14 章

苏回看向车外，雨还在一直下着，有雨滴打在车窗上，然后向下滑落，随后新的雨滴落下，像是一个无尽的循环。望着那些连绵不绝的雨滴，他陷入了回忆之中。

20 天前，谭局来家里找他，那并不是一个事先约好的会面，他那时还穿着睡衣，家里十分凌乱，拉着窗帘，房间里一片漆黑。谭局进来，苏回就把他迎入客厅，亚里士多德大大咧咧地睡在沙发的正中央，听到有人进来，从美梦中惊醒了，"嗖"的一下就跑到了角落里。

苏回觉得应该给谭局倒杯水，可是一次性杯子不知道什么时候用完了，所有的杯子都好久没用，落满了灰。最后还是谭局道："不用忙了，我刚喝了水，坐一会儿就走。"苏回这才做罢，坐到了谭局对面的椅子上。

谭局开口道："苏回，我收到了你所发来的复职申请，今天来是想和你聊聊重回一线的事。"

苏回轻声道："在过去的两年，我一直把自己沉浸在学术研究里，排除在那些案件之外。可是我觉得，我还年轻，我的伤口愈合得差不多了，我觉得我需要从自我的世界里走出来，把自己填满，找些事情做。"

谭局点点头："苏回，我理解你的心情，也理解你的选择。我会考虑你的情况，给你安排一个适合的岗位。还有我今天来，是因为我这里有一个案子，下面的警员已经束手无策，也无法投入更多的警力，不知道你是否愿意试试……"

苏回低下头，看到最上面夹着一张女孩的照片，他的眼前是朦胧一片的，贴近了才看清，照片上的女孩是在微笑着的，让人不由自主地被这个笑容所感染。苏回不止一次看到过这张照片了，有一次他路过学校的门口，有班里的女生在做志愿者，塞给了他一张寻人启事，传单上的女孩用的就是这张照片。

苏回那时停住了脚步问道："这是谁？"

女生道："是裴薇薇。"

苏回并没有仔细看上面的字，问发传单的女生："她发生了什么？"

女生摇了摇头："没有人知道，她是在一天晚上上了一辆出租车，从此以后就失踪了，所以大家才在寻找她。"

女生的怀里抱着那些传单继续说道，"她才 20 岁，和我一样大呢，我想过，如果是我失踪，我爸我妈会多么着急，我的同学会不会也帮忙寻找我……还有那些警察，他们是否会找到我？"苏回点头表示理解，同样的年龄，大家都有很多共同的经历，容易让这些年轻的女生产生这种代入感。裴薇薇离他们并不遥远，就像是他们身边的朋友……

苏回知道，现在谭局拿来的资料，就是属于裴薇薇的。他伸出手，拿起了桌子上那份厚厚的文档，那份文档不知道是谁整理的，看得出来整理得很用心。苏回抿着嘴唇，翻动着卷宗，他把卷宗拿到眼前，分辨上面的字。

苏回曾经有一段时间，把自己当作鸵鸟，对这个城市里发生的一切罪恶视而不见。和那些朝气蓬勃的学生们在一起，可以让他忘记那些杀戮，忘记那些死亡，甚至看电视新闻、上网的时候，都会自动跳过那些负面的信息。但是他逃避那些罪恶，并不是说那些罪恶就会消失，就会不再存在。这个女孩和他的学生是一样的年纪，她本来应该有美好的未来。

苏回仔细翻看着，谭局也就一直没有说话。然后苏回放下那些资料说："我需要见见那个凶手，宋融江。"解铃还须系铃人，这个案子他之前也关注过，想要找到裴薇薇，症结还在宋融江的身上。

谭局满口答应下来："好的，我回去以后就帮你联系，这不是工作，你也不要太有压力，你就当作一个适应，一个过渡，我直接和你联系，不用通过那些冗长的手续。你如果有需要就和我说，我会让人安排。只是学校那边，毕竟不是同一体系，需要你自己打个招呼，去盖个章……"

苏回"嗯"了一声。

谭局叹了口气："这个城市里，有很多人，他们需要你……苏回，就和我当时和你说过的一样，总局永远欢迎你回来。但是现在匿名保护制度已经被打破，你一个人独居，这太不安全了，我在考虑给你安排一个人进行日常保护……"

……

"是这里吗？"陆俊迟的声音，把他从记忆里拉回现实。

苏回这才发现，在他愣神的那段时间，陆俊迟已经把车开入了他所住的小区，停在了楼下，苏回为了每天上课方便，买的房子临近华都警官学院，基本上只需要过一条马路就能到学校，走路只需要不到 10 分钟。

苏回下了车，犹豫了片刻，忽然想起了什么，仰头道："陆队长，关于残肢案，我还有一个方法，或许可以试一试。"他今晚麻烦了陆俊迟，还吃了人家的晚饭，总觉得应该做点什么来弥补一下。而且，欲速则不达，他想要暂时把自己从裴薇薇的案件里抽出来，以备去寻找更好的突破点。

陆俊迟仿佛在黑夜之中看到了希望的萤火，按下车窗问他："是什么？"

苏回道："一句两句说不清楚，我需要那个案件的所有详细资料，晚上你可以发给我吗？"

陆俊迟答应了一声："好。"

然后苏回想了一下，"我明天有两节课，等我下课后详谈吧。"

"要谈案子，还是找个会议室比较好，而且你也可以给我的队员们介绍一下方法。"

陆俊迟热心地建议。

苏回犹豫了片刻道："那好吧，我明天下了课去总局找你。"

陆俊迟再不敢让这个视力不好的苏老师自己摸过来："这次是我麻烦你了，还是我明天去华都警官学院接你来总局，具体的时间，我们网上约吧。"

苏回回到了家里，先是去换了衣服、洗了澡，他怕自己感冒，去冲了一杯感冒冲剂，然后坐在了桌子旁。

凌乱的房间里，只有茶几上有着一小块的空白位置。苏回忽然想起来，上次买来的 Wave Puzzle 7，还没有拼上。他坐在沙发上的一堆衣服里，把橙色的拼图找了出来。

还是像上次拼的拼图一样，这套拼图都很小，那个白色的托盘也就比手掌大一些。每一片拼图都像是橙黄色的果冻一般，看上去亮晶晶的。有了上次拼图的思路，苏回先试了试斜着能不能拼好，然后他发现这个思路是错误的。就算是同一系列产品，不同的拼图的拼法也是千差万别的。他反思了一下，不应该试图用同一思路破解不同的谜题。

然后苏回看着那色块，想起了拼图的名称，Wave，这些色块也像是波浪一般起伏着。逆着波浪的形状去拼是无解的，他只能尽量去顺应那些凸起。确定了思路，找到了规律。很快，有五片拼图贴在了一起，随后另外的两片卡在了两端。

苏回放下了拼图，靠在沙发上，把手放入了亚里士多德松软的毛发之中。他的思路，也如同从碎片中找到规律的拼图一般，更加清晰了。

第二天，上午 10 点，重案组的独立会议室中，组员们早早到齐了，准备开会。

在华都总局之中，重案组这里可以算是顶级配置，他们不仅有专门的办公室、独立的会议室，可以调动刑侦各组的人力，拥有查看各种文件的权限，而且无论是验尸、物鉴，从上到下，都是优先级别，一路绿灯。但是相应的，他们需要快速破获华都出现的各种恶性案件。

残肢案从发现断手到现在，时间不过一周，已经有了很大的突破，城市废弃车黑市被集体整顿。贩卖残肢的下游市场被警方打击，多个平台以及相关聊天群被封，其他两位购买者也已经被逮捕。只是那神秘的屠夫还是不见踪影。

如今的会议室中，组长陆俊迟去接会议的主角尚未回来，几位队员就先自己聊了起来。

重案组在华都总局虽然权限很大，可是核心成员除了组长之外，只有四位队员。除了经常跟着陆俊迟跑外勤的乔泽和大个子郑柏，还有两位队员，一位是队里唯一的女队员，负责文案整理的夏明晰，另一位是经验丰富的老刑警曲明。

这四位队员都是陆俊迟从基层警员里精挑细选出来的，各有所长。乔泽脑子活络，精通编程，电脑操作熟练。郑柏的武力值公认是最高的，枪法、功夫在总局里都是首屈一指的。曲明则拥有丰富的刑侦经验，有着一手根据脚印追踪辨识的技巧，队里队

外他的人缘最好，总局上上下下有不少的"关系"，是只狡猾的老狐狸。

作为队里唯一的女性，夏明晰是绝不可缺的，她安慰家属的时候体贴入微，填写资料的时候事无巨细。既可以轻松搞定几个大老爷们搞不定的人，也可以问出别人拿不到的证词。同时她性子泼辣，爱恨分明，面对那些凶犯时也从不胆怯。就是常年混迹在男人堆里，感情方面却不开窍，至今单身。

人员简单意味着没有太多办公室斗争，大家和睦相处，配合起来事半功倍，破案效率非常之高。

此时正是盛夏，会议室里的冷气却足够给力，乔泽在那里嘴巴说个不停："不是我说，这位苏老师还真的挺神奇的。我见他的次数不多，上次他就坐在一旁吃饭，随口说了一句，就指出了关键点……"

夏明晰留着短发，一双杏核眼，向来是有话直说："你这个，吹得也太过了吧？"

乔泽道："真的，我真没夸张，他立刻就指出了那位凶手可能易容成女性，要不然我现在可能还在翻监控录像呢。"

夏明晰不以为然地道："这个是你没有实战经验了，要是我在，应该也能想到。"

曲明笑道："是啊，有的人化妆不化妆就是两张脸，堪比武侠小说之中的人皮面具了。"

乔泽想起了什么又说："对了，翻找垃圾那事也是苏老师提出来的。"听了这话，几位队员的眉头一皱，仿佛又回到了那个满是恶臭气味的巨大垃圾场。整队人带着两个刑侦小队 10 余个人翻找了整整一天，才找到了那几个垃圾袋。虽然获得了凶犯的模糊指纹大家都很开心，可是那几天去翻垃圾山的经历差点给这些精英造成心理阴影，成了整队人的梦魇，如今他们可算是终于找到了"罪魁祸首"。

郑柏恍然大悟道："唉，我说陆队这个有洁癖的，怎么想着让我们去垃圾场翻垃圾呢，原来是有高人指点！"

夏明晰不自觉地嗅了嗅自己的袖口，幸好上面只有衣物清洁剂的味道："我那天回去就赶紧洗澡，用了半瓶的沐浴露，才把那个味道压下去。"

乔泽继续说道："还有，之前让我们复查现场那事，也是这位苏老师的建议。"

夏明晰接话："那你的意思是，这位苏老师建议陆队要去查找其他车辆，告诉他凶手可能穿女装，又让我们去找垃圾？"

乔泽"嗯"了一声。

"那这么说，我们手头获得的影像，模糊指纹，都是在他的提示下找到的？"夏明晰眯着眼睛道，"这么听来，这位老师有点意思，我有点期待今天的会议了。"

曲明道："我倒是不觉得这几条建议有多精妙，说的都是笨办法，也有运气的成分在里面，案子的主要推进还是靠陆队找到了几名受害人的身份，以及抓到了那个购买残肢的变态，继而挖出了地下黑市。再说了，我们现在虽然推进了查案的进度，但是距离破案还很远，那个'屠夫'不好抓。"有时候证据、证物多，并不意味着案子

就可以顺利破获，不到证据链完整，真相大白，所有的一切都还有变数，更不能放松警惕。

乔泽道："反正我觉得，这位苏老师已经挺神的了。当然，你别拿他和诗人比。"

这一句话引得众人伤感起来，曲明叹了口气："我还是怀念诗人在的时候。"

组员之中唯有郑柏是去年才从下面的分局里调上来的，他没有和诗人打过交道，但是总听几位同事提起这个名字，此时终于按捺不住地问："你们说的那个什么诗人，真的有那么厉害吗？"

第 15 章

话题引到了诗人的身上。

曲明道："那是当然！诗人那是什么人啊？也就之前的第一侧写师于烟能够和他相提并论吧！就拿他和这位苏老师比较来说。诗人从来都是走在凶手前面的，他的逻辑、思维都非常大胆，非常缜密，特别擅长推理这种有组织的犯罪。他甚至能够预测凶手的下一步动作。而这位苏老师，虽然也很优秀，给了我们很多的建议，但是我们其实一直跟在犯罪分子的后面。我们跑不过罪犯，就会出现新的受害人……"

说到这里，曲明转头问乔泽，"小乔，你也和诗人打过交道吧？"

"整个华都，也就只有一个诗人。"乔泽停顿了一下又补充了一句，"不说其他的，就是排名第二的月光都比他差了一大截。"

郑柏皱眉道："你们都说诗人厉害，那就把这个人请过来就是了。"他的这句话一出口，会议室里的三个人全都看向了他。

郑柏一愣："我说错什么了吗？"

曲明摇摇头："首先，诗人是谁？这个问题是整个华都市公安局的秘密，只有高层才知道他的真实身份。其次……这位诗人，现在是死是活，都没人知道。"

乔泽也小声说道："我也听人说，诗人其实已经死了。"在最近两年，诗人再也没有出现过，这个人好像就那么凭空消失了。准确地说，当时整个分析组已经就地解散，华都市公安局里只剩下了那几位神秘的侧写师留下的传说。

曲明深吸了一口气继续说："最重要的是，你千万不要当着陆队提诗人。"

郑柏满脸的问号："为什么？"

曲明摇了摇头："我也不知道具体的原因，但是我听说，有一次高层开总结会的时候，刑侦队的曾队长偶尔提起了诗人，陆队当时的脸色就很不好，整个讨论过程中一句话没说，会一开完就直接离场。"陆俊迟一向是成熟稳重的，这样的行事明显不是他们领导的一贯风格。

曲明不解释还好，一解释郑柏更糊涂了："那诗人是和陆队有仇吗？"

夏明晰双手抱臂道："我倒是听说过一个八卦，你们知道陆队一直没有找女朋友吧，种种迹象表明，陆队这么长情的人应该是旧情难忘。有人怀疑是诗人撬了陆队的白月光走了，所以两个人因此生恨……提起诗人也就成了陆队的忌讳。而被他们喜欢的那个女人……很可能就是四大侧写师之中唯一的女性，知更鸟。"

郑柏恍然大悟："哦……"

乔泽和曲明听了都觉得哭笑不得："哦个头啊，一点证据都没有的八卦，你们女生闲不闲啊……是不是都把自己带入到知更鸟的身份了？"

曲明忙道："无凭无据的谣言，你不要乱传，小心让陆队知道。"

夏明晰道："我也是听说的嘛……咱们陆队这么帅，那绝对是华都警草了，诗人嘛，那是智商高地，刑警队长和犯罪侧写专家为了一位美女横刀夺爱，想想都觉得刺激。"

乔泽把话题拉回来："说到苏老师，人家就是一位老师，还是过来帮忙的，你们的要求可以不那么高吗？"

曲明苦笑道："眼下这个案子，绝对是非常规的案件。我们去年一年也没有遇到过这么棘手的案子。而且，乔泽你说这位苏老师是过来帮忙的？我可不觉得他有这么好心。"见大家没说话，曲明继续分析道，"你们想啊，这位苏老师就算是给建议，发给陆队就是了，为什么要专程来总局？还非要拉着我们开会？"

乔泽想了一下："大概是怕理论太复杂，转述了以后，我们听不懂吧？"

郑柏眼睛一眨，明白了曲明的意思："我们队里一直缺一个顾问的名额……"

夏明晰点头道："有道理，说不定这位苏老师就是打了主意想来当顾问的。我估计，陆队可能也有这个心思。"好像不是没有这种可能，想要当重案组顾问的人没有一百也有八十，可是陆俊迟挑剔得厉害，之前的简历都被否定了。几个人一时都安静了下来，队里再多个人，还是个空降的顾问的话，听起来有点微妙。如果是个好相处的还好，若是不好相处……那这个组织结构，同事关系，好像都会有点变化……

"我们重案组的顾问，职级可是不低。"郑柏皱眉道。

夏明晰道："那我更好奇这位苏老师有几斤几两了。"

乔泽也不知道为什么一扯到顾问的名额上，原本气氛祥和的团队就忽然有了危机感和排外性。在他看来，如果这位苏老师愿意过来当顾问那是天大的好事。这几人之中就只有他见过苏回，苏老师那轻描淡写的样子，根本不是这种在意职位的人，而且苏老师看起来也并没有想要来专案组的意思，一直都是陆队追着人家问意见呢。

话说到这里，曲明反而不说话了，这个老狐狸看来是拿别人当枪使呢。正聊着，郑柏的耳朵尖，使了个眼色"嘘"了一下给众人预警："来了。"

大家的表情马上变得严肃起来了，各自在会议室里找位置坐好，简直就像是学生等着监考老师进入考场一般。

外面传来了脚步声，夹杂其中的还有金属手杖的触地声。

有了之前的一番对话，陆俊迟带着苏回走进会议室的时候，所有人的目光自然而然地就都落在了苏回的身上。几个人都各自打量着苏回。

夏明晰抬头看着那位苏老师，眼前的人个子瘦高，衣着并不考究，他的刘海微长，只穿了一件有些简单的白衬衣。苏回整个人乍看起来并不打眼，可是仔细看去，却是眉目清秀，斯文睿智，有一种温文尔雅的气质。引得众人注意的是，苏回手里握着的那根半人多高的手杖，看起来让他整个人平添了一种神秘感。第一眼看上去，夏明晰就对苏回的印象不错……

"这位是华都警官学院犯罪学学院的苏回，苏老师。近期苏老师对残肢案给了我们重案组很多的帮助。"陆俊迟简单地介绍道，"今天苏老师会从专业角度给我们专案组一些建议和分析，希望能够把案件调查继续推进，帮助我们找到'屠夫'。接下来，还是先由曲明来介绍一下案情。"

曲明马上上前，把近期重案组的工作简单地说明了一下："目前，组内已经就几处发现残肢的现场进行了进一步的勘察，我们顺藤摸瓜，捣毁了一个以废弃车为交易市场的地下黑市。近期我们在被害人的身份上有了突破性进展，我们已经确认了三名受害人的具体被绑架时间以及被绑架的地点。此外，还有两名失踪女性也疑似为受害人……"曲明介绍完了这些，把所有的照片、物证、关系图等列在了白板上。

陆俊迟道："那接下来请苏老师给我们一些专业分析。"

今天来的路上，陆俊迟已经和苏回简单地交流过，他觉得苏回的建议非常有可行性。当昨晚苏回提出可能有办法继续推进调查时，陆俊迟的确是存了想让这位苏老师来当顾问的私心，所以他才会以来给专案组讲解为由把苏回接到了这里。

不过，做顾问这是一件大事，既要苏回同意，又要谭局批准，更要组员们接受，陆俊迟是想让苏回能够和几位队员接触一下，回头也好问问苏回的意见。苏回并不清楚陆俊迟的这些想法，他对专案组众人好奇的目光也表现得无动于衷，淡定地从背包里取出了笔记本电脑。

陆俊迟对乔泽道："帮着连下投影。"乔泽应了一声，忙过来帮忙。

夏明晰用手托着腮，打量着这位苏老师。曲明假装低头做着记录，注意力也一直放在这边。郑柏转着手中的笔，依旧没有说话。

乔泽想要提醒苏回一句，可抬起头一看，苏回依然是那副表情，仿佛周围的一切都与他无关，他就把话咽回去了。

"好了。"乔泽说着，投影上一亮，苏回的电脑屏幕就被投影在了幕布上。

陆俊迟抬起头看向投影，忍不住抚额低头。

苏回的电脑桌面从左到右铺满了各种文件，甚至到了屏幕的最右侧还没完，而且这些文件的摆放非常错综复杂，并不是按照规律排列的，有的文件还相互叠压在一起，连字符标识都看不清楚。作为桌面上文件从来不超过两排的强迫症人士，陆俊迟恨不得冲上去帮他把桌面排列整理了。

其他的几个人看到这个桌面也是表情各异，郑柏更是捂着嘴发出一声轻笑，他见过电脑桌面乱的，但是真没有见过这么乱的，不知道这位苏老师面对学生连接投影时，是不是也这么不拘小节。

曲明更是深深地皱起了眉，他时常从细节推断人的行为，很多生活中的小习惯能够暴露人的潜意识。电脑桌面这么乱，意味着使用者的思维是割裂、跳跃、不连贯的。这位苏老师看起来就不像是逻辑缜密的人，怎么能够思路清晰地推断案情呢？

苏回却是全无察觉，脸色平静地从诸多文件之中打开了一个，把杂乱的桌面挡

住了。

那是一张图，上面画有一些交叠的圆形，布满了各种的颜色，看起来就是用基础的电脑自带的画图软件描绘的。

郑柏忍不住开口问道："苏老师，这是什么啊？"

曲明也皱眉问道："这是什么新型的犯罪心理画像？"

众人都觉得，这张图看起来就像是小孩的涂鸦。

第16章

苏回站起身，他悠然地开口介绍："这只是一张简单的示意图，时间有限，我没有画得很标准，只是借此给大家介绍一下原理。今天我所用的方法不是大家理解之中的犯罪心理画像，而是其中的一个分支，叫作 Geographic Profiling，也就是犯罪地理画像。它的原理是通过作案人与被害人的遭遇地点、攻击地点、杀害地点、抛尸地点等数据，结合犯罪者的犯罪心理，得出罪犯的住所、分尸地点、工作地点，或者是可能的落脚点。"

苏回继续道："其实，这套理论只是听起来高深，以前很多老刑警之中也有一些说法，比如抛尸时'远抛近埋''头远身近''小近大远'，还有'不近，不远，不重复'。其实都是犯罪地理画像的基本原理，只不过我现在所推导得更加系统一些。"

然后苏回转身面对众人，详细地解释："没有犯罪地点，也就没有犯罪。罪犯对地点的选择并不是杂乱无章的，我们需要寻找其中的规律，其中有一些基本的理论，大家可能也是了解的。比如圆周假设理论，也就是犯罪圆周：一系列杀人案件中的地理位置最远的两起案件连接的直线距离为直径，直线中点为圆心，一次形成的圆圈。"苏回的声音略微低沉，侃侃而谈，看起来就像是一位正在给学生上课的老师，只不过，现在他面前的，都是重案组从业数年的刑警。

"……还有环境犯罪学理论，以及觅食原理这些都是一些犯罪地理画像的基础理论。犯罪只有在犯罪人与潜在被害人在相同时间出现在相同地点时才会发生，现在我们已经进入了大数据的时代，所以警用的地理信息应该和犯罪地图相结合，应用在实践之中。"会议室里鸦雀无声，众人都全神贯注地听着苏回的讲解。这些理论他们中虽然有人也曾经听闻过，可是都没有这么深入的了解，是没有运用到实践之中的经验。

"这一案件虽然我们现在拿到的实际线索并不能让我们马上找出凶手，但是已经告诉了我们诸多的信息……"说着，苏回用笔点了一下图上的三个红色的点，"这三处是凶手存放残肢，交给客户的地点。根据证词我们可以得知，这几个地点都是凶手选择的。"

然后苏回又点了一下旁边的三个黄色的点："这三处是原本那些服务员失踪前的工作地点。我们已经得知了这些地点，就说明凶手曾经在某一时刻去过这些地方。"苏回的鼠标一点，以这些点为圆心，画出了数个相交的圆形。

"现在世界上常用的几种地理画像模式分别是：罗斯莫模式、坎特模式、莱宁模式。我这里用了警方的 GIS。根据这些地点信息，我们再根据城市地形进行优化，就可以推导出下面一幅图，也就可以帮助我们找到罪恶的源头……"说到这里，苏回关闭了之前的示意图，打开了一个专业的软件。投影上出现了一幅呈彩虹色的华都地图。

苏回用鼠标圈住图中的红色部分总结道："通过计算可以得知，嫌疑人的固定归属点很可能是在这个区域之内。"苏回的讲解并不复杂，而且略去了很多需要计算的部分，听起来浅显易懂，又有充分的理论依据。

曲明听到了这里，望着屏幕上的地图，轻轻咳了一声。

夏明晰以前只听过一些相关的理论，没有实际操作过，她觉得苏回讲解得很好，还要昧着良心挑毛病："可，可是这个区域还很大……"

"是的。"苏回点头表示赞成。夏明晰也没想到这位苏老师这么痛快就认了，嘴唇一抿，想听他接下来怎么说。

"以现在重案组加上总局的警力，就算是这么大的区域也需要排查许久。所以我根据凶手的交通工具、所处阶层、年龄情况、教育情况、犯案的必要条件，把地理位置又进行了精密筛选。"

曲明发问："你的筛选条件以及标准是什么？"

"是凶手的独特行为模式。"苏回说着话，把身体靠在桌子上，另一只手扶着手杖上那只猫头，"比如，为什么他的受害人会是咖啡店的店员？"

夏明晰想了想："凶手是个爱好高雅，喜欢喝咖啡的人？"

苏回道："爱好高雅很有可能，喜欢喝咖啡却不对，凶手的多张购买小票都没有出现咖啡，在咖啡店却不喝咖啡，这也是凶手的特征之一。我认为，咖啡店本身对凶手有一定的意义。还有，我们的筛选条件是和他的年龄、教育、财产状况有关系的。这并不是歧视，而是科学。大部分的底层劳动者是不会时常出入于诸多咖啡厅，而且久留的。他们的时间以及经济状况不允许。"

郑柏跟着他的思路深想下去："也就是说，凶手选择咖啡厅是有原因的……"

随着苏回的鼠标一点，一些农贸市场附近、建筑工地等区域的颜色灰暗下来，排查的区域少了大半。

"根据几份监控显示，凶手到咖啡店的时间并不固定，大部分是在下午，他可能从事什么工作？"苏回又继续说道。

"应该是时间相对自由的工作……或者是会换班的工作……"乔泽接话。

苏回轻咳两声继续说："那些群居的底层员工，或者是工作繁忙的白领，个人的空间、时间都相对较少，很难做到让其他人无所察觉。根据这些条件，我们又可以进行筛选，排除掉一些区域。"地图上的区域进一步缩小了。

"那么接下来的问题，他的交通工具应该是私家车，他怎么选择那些咖啡厅呢？是在哪里更换的女装？他是什么时候实施的绑架行为？随后又把受害人带到了哪里去？还有，把手和脚切下来以后，尸体的其他部分，他是如何处理的？储存在哪里？"众人忍不住跟着苏回的声音，把这些问题细想下去。

"我看了那些女人的失踪时间，也看了法医的报告，凶手并不是在行凶当日就把她们的手切下来的，他可能在哪里把她们养了一段时间，他必定需要多次往返诸多地方，而囚禁和分尸的场所，一定足够大，足够安静，足够安全，不会让人察觉。"

苏回继续说道："在推断的时候，凶手的分尸手术室是固定的，咖啡店一旦选择也就固定了，这样就给了我们更多的假设性路线。并且当凶手进行危险行为时，会主动避开闹市区。"

说到这里，苏回的鼠标又是一点，在地图上出现了数条虚线代表的模拟路径。随后，地图上出现了数个颜色各异的小圆圈。

苏回抬头总结道："现在，我可以确定，凶手的分尸场所，有可能是在这几个红色的区域内，他的住所很有可能在蓝色的区域内，如果他的住所同时也是分尸场所，那就会在紫色的区域内，颜色越深的地方，可能性越大。"

如果说苏回出示的第一张图是粗糙的、简陋的，那么后面的图就越来越专业，到了现在展示的这一张，已经可以用高端来形容了。这位苏老师真的就用 10 分钟的时间，用他们都能听得懂的讲述方法，把犯罪分子可能的藏身之地圈了出来……整个过程就像是变魔术一般。

陆俊迟在一旁抱臂而立，看着随着苏回讲解的深入，那些队员脸上的表情由最初的质疑变成了钦佩和惊讶。他对几个下属说道："你们可以先从分尸场所入手，重点排查紫色这一区域，蓝色和红色等区域也要进行巡查。"众人不断地点头。

苏回突然想起什么又提醒道："对了，我做的只是数据模型，只能作为判案的参考，而且是建立在凶手只有一个人等诸多基础上，你们还是要慎重、认真，以实际的证据来进行操作，更不能排除一些特例……"

陆俊迟点头："我们会结合实际情况的。"

苏回拎着手杖，犹豫了片刻，又开口道："因为现在时间有点紧迫，我再做一个有些大胆的预测……"

看他欲言又止的样子，陆俊迟点头道："苏老师，放心吧，我们只会作为参考。"几次接触下来，他知道这位苏老师非常忌讳无实证的心理侧写，也怕他们以此为准，忽视了其他的线索。

苏回这才继续说："在凶手的整个活动范围之内，一共有 232 家咖啡厅，这些咖啡厅中有一些规模过大或者是过小，还有一些位置过于偏僻。这些都不符合凶手的选择规律。筛选下来，一共有 34 家咖啡厅基本符合，他已经在其中的三家进行犯案，也就意味着凶手会放弃在这三家咖啡厅附近的一些咖啡厅继续犯案。"

地图上显示出来的咖啡厅一个接一个灰暗了下来，最后只剩下 5 个光点，还在不停地闪动。

苏回指了下图上的结果道："凶手的下一次行凶地点，很可能是在一个星期以内，在这五家咖啡厅之中。"

第 17 章

听了这种精准判断，夏明晰的嘴巴张得合不拢了。

曲明先反应了过来，问苏回道："警方最近查得紧，凶手会不会停手？"

苏回摇摇头："连环杀手会有自己的犯案周期，在上次犯案到下次犯案之间，间隔的时间可以分为冷却期和幻想强化期，在那之后，就是再次杀戮。目前凶手的行为已经随着案件的不断深入出现加速和升级。他已经沉浸其中，这个时候，他是不会停下来的。"

曲明皱着眉继续问道："那他……有没有可能会改变行凶的模式和选择被害人的方向？"

苏回开口回答："警方追查得紧的话，他可能会更改行凶模式，也有可能从有组织状态变成无组织状态，不过被害人的筛选方式应该不会变。他会把新的犯案当作一次挑战，他会享受这种刺激，如果可以成功，他就能够从中获得加倍的满足和快感。"

如果说刚才那几名组员还只是佩服而已，现在他们已经完全被这套理论震慑住了。除了曲明还有点迟疑，其他的几人都已默不作声。

"乔泽，等下联系一下这五家咖啡店，然后让刑警队派人过去盯梢。"陆俊迟安排道，"从绑架失踪，再到被害人被杀害，中间至少有三天左右的时间。所以我们尽量在下一个受害者出现之前，进行防范，如果真的出现了新的受害人，就要抓紧时间进行营救。"

苏回低着头咳了几声，眼角带了一丝红，衬得那颗泪痣越发明显，他的眉头微蹙，还有些担心地道："希望时间还来得及。"

陆俊迟起身给他倒了一杯温水，递了过去，然后转身问："大家还有什么问题？"

夏明晰为自己之前的私心感到惭愧，她泪眼婆娑地问："苏老师，你什么时候能入职啊？我们需要你……"

苏回一愣："入职？"

夏明晰感到有些惊讶："那个……苏老师，你不是来给我们当顾问的？"

苏回感觉有点尴尬，求救似的看向陆俊迟："我就是来帮个忙……"看夏明晰那个傻丫头直接问了出来，几位组员瞬间石化，他们之前还忧心忡忡的，结果人家好像对顾问的身份根本没看上，曲明更是直接低下了头。

夏明晰反应迅速，豁出去脸皮不要，立志要去抱住苏老师的大腿："可是我们队里还缺个顾问呢，苏老师，你可不能见死不救……"

"我……"苏回还想说点什么。

陆俊迟生怕他一口回绝了，急忙道："这些问题我们以后再聊，先抓紧时间把案子破了。"

他稍作安排，就送苏回下楼，陆俊迟主动问道："苏老师，我送你回去吧，你要去学校还是回家？"

苏回摇摇头，语气坚决地回绝道："不用了，你工作挺忙的，还是找到屠夫比较重要。正常情况下我坐出租车还是没问题的，以后有事情再麻烦你。"

苏回往前走了两步，忽然想起了什么，又转身问陆俊迟："陆队长，我也有个问题想要请教你，我最近遇到了一件事，只能从一个人那里获得信息，可是对方并不配合。你们重案组如果查案遇到了这种情况，一般会怎么处理？"苏回对那些犯罪分子十分了解和熟悉，可是遇到那些受害人，却怎么也无法看透对方所想。他忽然想到，这方面陆俊迟应该更有经验。

陆俊迟问："是受害人吗？"

苏回想了想："算是潜在受害人。"他判断陶莉只是有心灵创伤，未必受到了严重的实际伤害。然后他又补充了一句："不算是正式的问询，只是想让对方尽量配合。"

陆俊迟听出来不能用强制的手段，估计会有点难办，陆俊迟略一思考道："如果想让这样的人开口，一定要注意询问的环境还有语气，尽量不要到对方的家里去，那样会让他觉得侵入了他的私人领地，就更不愿意开口了。"

苏回听了这句话，顿时意识到自己上次太过冒失了。

陆俊迟继续说："如果是非正式的调查，你可以考虑对方的感受，选择他觉得熟悉又舒适安全的地方，比如人多的公共场合，会让他们增加安全感。"

苏回感觉自己问对了人，继续请教："那么提问题的时候呢？还需要注意什么？"

陆俊迟道："不能要挟，也不要恳求，这两种方式都得不到你想要的答案。你可以试着去了解你面前的人。"

苏回心中一动，似乎是找到了自己想要的答案，他用手托住了下巴："就像是了解凶手一样了解她？"

陆俊迟耐心地继续解答："只要是个人，他一定有情感上的弱点，他有喜爱的事情，他有在乎的事情，他有软肋，他有关注的人。从那些相关联的事情上入手，会让交流变得简单。还有，让他回忆起过去的事情，对于对方而言是一种二次伤害。你要不断地鼓励他、安抚他，给他一点时间，不要逼得太紧了，等到他想要开口的时候，他就会告诉你了。"

苏回认真思考了片刻，眼睛一眨道："谢谢你，我知道该怎么做了。"

等苏回转过身去，陆俊迟望着苏回的背影，他发现苏回对那些犯罪之人天生敏锐，可以轻易洞察那些魔鬼的心思。可同时，苏回又给他一种不通人情世故、不喑世事的感觉。除此之外，还有一种似曾相识的感觉。陆俊迟觉得，眼前的人应该不会是诗人。那么，他会是谁呢？难道是月光吗？

陆俊迟目送苏回走出了总局的大门穿过了马路，这才折返回来。现在案子已经到了关键的时候，苏回已经帮他们完成了推理的部分，他们必须争分夺秒，找到屠夫。

陆俊迟刚刚走回到重案组的办公室门口，就听到桌子上的电话在响。

乔泽走过去接起电话："喂……"然后他的脸色就变了，"什么？新的失踪人员？你们的位置是？"

乔泽掩住听筒，回头对陆俊迟道："妙德咖啡，兴旺街 76 号，今早有个名叫宁珂的服务员没有来上班，刚才店长去她的家里寻找，没有找到人，这才报的警。"

曲明回头看了看苏回留在地图上的标识，觉得浑身的汗毛都竖了起来，心服口服地道："我的天，那位苏老师真的神了！"这正是苏回之前所说的五家咖啡店中的一家，只可惜他们还没有来得及布局，凶手就已经再次出手了……

印证来得太快，整个重案组都顿时紧张了起来。

从总局出来，苏回并没有急着打车回家，而是在总局旁边选择了一家快餐店，他把陆俊迟说的几点细想了一遍。他必须再去找一次陶莉，上次的见面太仓促了。可是他要去哪里见陶莉呢？

他是可以去找谭局，查到陶莉的相关资料，包括工作单位、手机号，甚至要求她来配合。但是那样的话，不光要麻烦谭局，还需要进一步侵犯陶莉的隐私，也许她就更不会开口了。

苏回开始努力回想自己在陶莉家门口时看到的一切。

他自从受伤以后，视力就受到了很大的影响，特别是左眼，看东西都是模糊不清的，像是罩了一层浓浓的雾，可是离近了以后，全神贯注还是可以看清一部分的。这是视觉神经受损，连戴眼镜也没有办法恢复视力。

苏回在那些凌乱的记忆里翻找着，然后想起来，陶莉的家不大，从门口望进去，可以看到里面的桌子，桌子上摆放了一些书，看开本和厚度像是精装的诗集，显然她时至今日还保留着经常看书的习惯。陶莉的身上穿了一件 T 恤，上面是有字的，像是企业的文化衫……苏回集中精力，回忆着上面的字，好像是华新投资……陶莉这样的家庭环境，并不会是客户，很大的概率文化衫是公司发的宣传品。

苏回在网络上搜索，查找出来两家名字里有华新和投资咨询有关的公司。他考虑了一下，选择了离陶莉家较近的一家，搜了一下公司的官网，很快在投资顾问名单中发现了陶莉的名字。随后苏回又用地图查看了一下公司附近的环境，做了一下陶莉回家的路线模拟。会面的地点很快确认了，然后他需要制订一个计划，苏回想起了之前陆俊迟给他的建议。他要像了解那些罪犯一样，去了解那些普通人……

苏回苦笑了一下，这些普通人习以为常的事情，在他这里却有点难。自从受伤以后，那些情感、情绪、普通人的生活，都变成了他的盲区。但是，他必须说服陶莉。只有说服了她，他才能够了解宋融江的全部。

周末的晚上 6 点 10 分，好时光书吧里，下了班的白领逐渐汇聚了过来，这个书

吧不小，正好在一片写字楼的旁边，陶莉下班以后，经常会来看看有没有什么新书。

此时，她正站在一个外国名著的架子前看得十分专注，忽然，看到身边站了一个男人，她正想躲一下，却觉得这个男人有些眼熟……正是几天以前出现在她家门外的人。

苏回看到陶莉的动作停住了，知道陶莉应该是认出了他，于是小声说："陶小姐……我还是希望你能够和我聊一聊。"

"你……你怎么知道我会在这里？"陶莉的眉头皱了起来，警惕地道，"你跟踪我？"

"你别误会，我之前看到过你身上穿的文化衫，所以知道你是在投资公司工作。我也是推测，你那么喜欢阅读，可能会来公司附近的书店，我并不知道你会在什么时候来，老实说，我已经在这里等你三天了。"苏回给这里的老板看过陶莉公司官网上的照片，确认陶莉经常光顾这里。这几天一到傍晚，他就来这里坐着，努力去辨认每一个进来的年轻女人，观察她们是不是陶莉，到最后他终于等到了陶莉。

苏回说到这里又试着问："我们能坐下聊吗？我并不会占用你太多的时间。"

陶莉紧绷着的神经这才稍微放松下来，但她还是冷冷地回绝道："关于宋融江的事情，我没有什么好说的，那是我过去的一场噩梦，我并不想再提起这个男人……"说完了这句话，陶莉没有再多的解释，转头往书店外面走去。

苏回拄着手杖锲而不舍地追了出来。

陶莉刚走到书店的外面，就听到身后传来一个声音，那是一个女人的声音……

"作为一个母亲，我求求你们这些好心人，帮我找找我的薇薇……我好想再听她叫我一声妈妈……薇薇失踪已经100天了……我想，哪怕只是找到她的尸骨，能够把她好好安葬都好……"

视频里的声音撕心裂肺，陶莉疾行的脚步一下子停住了，她听到过这个声音，那是裴薇薇母亲的声音，之前这个话题在微博热搜上挂了很久。她那时候无意间点开了这个视频，只看了一半就难过得匆匆关闭了视频。不光是因为她曾经认识宋融江，更多的是因为她也是一个女人，也是一位母亲。而现在，这个叫苏回的人，把这段录音完整地放给了她，让她无处可藏，无处可逃。

陶莉感觉自己的一颗心好像都被铁丝线缠住了。她无法想象，如果当年出事的是自己，那么自己的母亲会是何种心情。她更加无法想象，如果有一天，自己的女儿遇到坏人失踪了，她会多么伤心，多么无助。那段她一直不想去触碰的记忆忽然从脑海深处被翻了出来，像是潮水一般把她淹没了。

陶莉忽然觉得，有泪水汇集在了眼角，而且有些不受她的控制，她好像被施了定身咒，再也迈不出脚步，再也说不出拒绝的话。

晚上6点多的城市一角，天色虽然还没全黑，但是已经开始昏暗下来，陶莉和苏回两个人相隔三米站在路边。路上不断有人和他们擦身而过，这样的环境让陶莉不再那么排斥苏回。

苏回知道，事到如今，陶莉终于肯听他说话了。苏回往前走了一步，压低声音开口："我已经去过白虎山监狱，和宋融江聊过两次了，我判断，应该就是宋融江杀害的裴薇薇。但是他一直没有承认，警方也没有找到相关的证据。从和宋融江的对话里，我能够推断出你曾经和他之间发生过一些事……我希望能和你聊一下，借此更加了解宋融江，也许，能够让他承认这一桩罪行。"苏回和陶莉完全坦白了他此行的目的。

陶莉低头不语，苏回继续说道："我来找你之前，就看过一种言论，宋融江因为杀死了两个女人，已经被判处了死刑，能不能证明裴薇薇是他所杀，能不能找到她的尸骨并不重要，因为就算是找到了裴薇薇，也不能给宋融江更多的惩罚。"

苏回说到这里低下了头："但是我觉得，事情不是这样的，对于裴薇薇的家人，对于她的朋友，甚至对于这个社会，对于我们这些普通人，能否找到裴薇薇，能否因此给宋融江定罪，意义和结果是完全不一样的。"

陶莉终于开了口，她的声音有点哑："这是你的工作吗？"

苏回实话实说："不完全是，虽然我有警务人员的身份，但是我更多的是受人所托，我想给这件事找到答案。现在并不是警方办案的流程，因此，你是有权利拒绝我的。如果你做了决定，你现在可以离开，我再也不会试图去找你。"

陶莉听了苏回的话，反而犹豫了，夜风吹起她的头发。刚才裴薇薇母亲的那些话，像是在她的心口留了一根刺，时刻在刺痛她的心脏。她是可以转身离开，可是……万一呢……宋融江死了以后，她是解脱了，可是那样，是不是意味着裴薇薇的失踪也就会变成永远的谜？

陶莉低下头，肩膀微微颤抖着，小声解释道："我不想回忆起宋融江，因为，我曾经把他当作朋友，可是他却试图对我做一些不好的事……"

苏回点了点头，按照之前陆俊迟教给他的方法，试着安慰她："我知道的，那些事情都已经过去了，你现在是安全的。"

陶莉鼓起勇气，抬起头看着苏回，她的眼睛里闪着细碎的泪光："如果我和你聊过了，你是否能够找到……那个女生？"

苏回握紧了他手中的手杖，清秀的眉宇之间满是坚定："我会尽全力一试。"

第 18 章

宁珂把身体蜷缩起来，躺在冰冷的地板上。她昏睡过去，随后又醒了过来。现在是炎炎夏日，她却感觉不到一点温度，只能感受到从地下透过来的寒冷。屋顶上的灯很暗，这是一间地下室，可以闻到地下泥土潮湿的霉味。她被关在这里几天，屋子几乎是空着的。在角落里有个洗手间，这里没有食物，只有洗手间里的自来水，让她不至于渴死在这里。除了下水道里偶尔传来的水声，这里没有其他声音，四周安静得吓人，她好像已经不在自己熟悉的城市了。这是什么地方？她被关在了哪里？

宁珂感觉整个人昏昏沉沉的，嘴巴里很干，嗓子火辣辣的疼，无论喝了多少冷水她的状况也没有改善。她现在有点后悔，在被关在这里的第一天，她喊叫了一天，拼命地喊着救命，拼命去砸门。那些声音没有引起人们的注意，反而让她的嗓子完全哑了，体力也消耗过多。可能是因为喉咙发炎引起了发烧，她的身体十分虚弱。

宁珂挣扎着起身又喝了点水，然后开始整理思路，她被关在这里应该已经有三天了，在这期间没有人来过，她的手机、书包都被人拿走了，在地下室里感觉不出时间的流逝。她好饿啊……胃一直难受着，她感觉自己要被活活饿死了。

事情是怎么发生的……

宁珂记得那天她下班的时候，辞别了同事，在暗夜之中走着，准备去乘坐公交车，忽然有人从后面搂住了她，用浸湿的布掩住了她的口鼻。她猝不及防，没有及时屏住呼吸，从那块布上闻到了一种甜腻的香气，她想要挣扎，可是没一会儿她的身体就软了下去，意识陷入了一片黑暗。她是被人绑架了吗……

可是为什么要绑架她呢？她只是一个普通的咖啡店服务员，她的工资微薄，家里也没有钱。她的身材瘦小，长得也算不上漂亮。

宁珂忽然想起店长曾经说过，让她们注意安全的事，店员们都不太清楚具体的原因，也没怎么往心里去。好像听说，最近是有人在针对咖啡店的服务员进行袭击……

宁珂抱着手臂浑身颤抖，那样倒霉的事，不会让自己碰到了吧？她正在胡思乱想着，忽然，门外传来了一阵门锁的响动。

终于有人来了。

宁珂挣扎着爬了起来，把身体贴在墙壁上瑟瑟发抖。从门外走进来一个男人，个子高高的，借着灯光，宁珂看到他的脸色苍白，眉眼细长，有些像个女人。宁珂觉得，自己好像在什么地方见过他，可能是咖啡店里的客人，可是她已经记不起来具体的时间了。男人走到灯光下，宁珂终于看清了他的脸，她的眼睛忽然睁大，有些难以置信。

宁珂终于想起来了，她是见过眼前这个人的，但是那个时候他穿的是女装！她觉得那个女人有些高大，就不免多看了两眼，事后还和同事小声说了。如果她没记错的话，她在咖啡店里看到过他几次，他都是在下午的时候来店里，点着同样的餐点……

"过来。"男人站在门口看着宁珂，对着她招了招手。

"你……你究竟要对我干什么？"宁珂颤抖着声音说。她的牙齿互相打战，心里有了很不好的预感，男人并不会因为她的配合而放弃计划，她想要冲出去，可是男人堵在了门口。

"真是不听话。"男人失去了耐心，关上门，走过去拉住她的手臂。宁珂拼命反抗着，可是她已经几天没有吃饭了，力量的悬殊让她根本不是眼前这个男人的对手。

"救命啊！救命！"宁珂用沙哑的嗓子吼叫着，她拼命地抓挠，踢踹。

"嘘，别叫了，不会有人来的。"男人牢牢地抓住了她，宁珂奋力一抓，在男人的手腕上抓出了一道伤痕，可是她的反抗也就到此为止了……

男人皱眉看了看自己手腕上的伤口，脸上的表情却有些嗜血的贪婪，他从衣服的口袋里掏出一根针管，扎在了宁珂的脖颈上。宁珂的身体颤抖了一下，眼睛突然睁大，感觉到冰冷的液体注射进她的身体。

男人在她的耳边说："乖乖的，就不会很疼。"

宁珂很快就眩晕了，男人把她从房间里拽着头发拖出来。她看到一条长长的水泥铺成的走廊，走廊两边有不止一个房间，男人打开了另外一个房间的门。四周摇晃着、旋转着，宁珂努力睁大了双眼，她忽然闻到了一股浓烈的血腥味，然后发现自己已经被带到了一间满是血的房间。

房间的中央放着一张金属制成的床，墙上、地上，四处都是喷溅的暗红色血迹，屋子里开着隆隆响的通风扇，可还是有一种腐臭的味道。桌子上摆放着一些工具，工具上面也沾满了血迹，看起来像是一些分尸的工具。

宁珂好像变成了一只待宰的羔羊，而这里就是一处位于地下的屠宰场。男人把她抱起来，放在了那张金属床上，然后把她的手脚固定住。

宁珂冷得打着寒战，她昏昏沉沉的，有一个瞬间想到了那个噩梦般的童话故事《蓝胡子》。

冰冷把宁珂整个人都包裹住了，她眩晕着，感觉自己好像身处在漩涡之中，身体害怕得一直在发抖，连带着眼前看到的景象都在抖动。

"救命……救命……"宁珂轻轻挣扎着，发出微弱的声音，她的意识已经开始模糊，恐惧却把她一口一口地吞噬掉，她的眼角流下了泪水。可是，她还不想死，她才只有24岁，她的家里还有父母和哥哥，如果她死了，他们怎么办？

"嘘……"男人对她做了一个噤声的手势，然后冲着她笑了，"让我把你做成一件完美的艺术品。"男人的手伸过去，骨节分明，他回身拿了一件雨衣，想要披上去，开动一旁的机器。

宁珂看到，机器上面有锯齿，锯齿没有清洗过，似乎还粘着一些血肉。

就在这时，宁珂听到了一个声音，那个声音有点远，像是一段音乐声，从楼上不

知道什么地方传过来……男人明显也听到了那个声音，他有些不快地皱起了眉头，回身看过去……

宁珂忽然意识到，那个声音好像是门铃声，有人来了……会不会是邻居终于听到了她的叫声？或者是警察来救她了？就在她松了一口气的时候，男人突然回转过身，用胶带缠上她的嘴，然后干净利索地在她的手腕上划了一刀。

宁珂立刻瞪大了双眼，"呜呜"地挣扎着。可能是药物的作用，她感觉不到剧痛，但是可以感觉到刀刃摩擦着她的骨头而过，几乎要把她的整只手从手腕处剥下。温热的血顺着她的手腕不停地流下来，滴落在地面上，她的力量和生命开始流逝。

门铃催促似的响了第二遍。

男人擦干净手，整理了一下自己的衣服，附在她的耳边说："我去招呼一下客人，等下回来再来款待你。"

此时的白虎山监狱之中，苏回取出了包里的东西，这已经是他和宋融江的第三次会面。而此时，距离宋融江执行死刑已经不足三天，这可能是他最后一次和这个变态杀人狂会面了。

宋融江依然是被狱警带了进来，可能是因为休息不好，宋融江的脸色很不好看。一切依然是前两次的流程，狱警把宋融江的手铐打开以后，从审讯室里走了出去，关上了门。

苏回从包里拿出了烟和打火机，递给宋融江，他打开了录音笔和记录本："我们今天来聊一下……"

宋融江拿起了烟，熟练地把烟点燃，然后深深地吸了一口，眯着眼睛吐出一口白烟，他打断了苏回："苏老师，我就快要死了，人真是奇怪，在等死的这段时间里，我每一天的心情都不一样。"

苏回坐在对面安静地听着，今天，似乎是宋融江想要主导这次谈话。

宋融江继续自顾自地说道："开始的时候，我觉得，不就是个死嘛，后来，我发现，死还是有点可怕的。再后来，我发现我也不能免俗，我现在怕得要死……"

"我看到过那么多有关死亡的诗句。"宋融江弹了一下烟蒂，"可是亲身体会和那些都不一样。你知道等死是一种什么感觉吗？人在怕死的时候，就会开始拼命地回忆自己的过去，每一个瞬间，很多事情，时间被拉长，感官被放大，那些好的、不好的事情，都在你的脑子里回荡。对事情的认知也变得清晰起来。我想到了很多人，我的母亲、女人、那些我杀了的女人，还有……你……"吐出那个"你"字时，宋融江的眼睛上翻着，下眼睑上方露出眼白，死死地瞪着苏回。

苏回默不作声，抬起头来毫无畏惧地回看他。

"苏老师，尽管我们之前的谈话很愉快，但还是有很多事情，我逐渐想清楚了……"宋融江笑着看向他，眼神有些阴邪，"你根本就不是为了把我当作研究案例才来这里看我的吧？"

他吸着烟继续说："你这个人，好像和一般的人不太一样，你会对我这样的变态着迷，你在试图探视我的内心。我最初就知道这一点。我太寂寞了，也就不计较这些了，我对你的试探并不讨厌，可是我也不太喜欢你深入到我的世界里来……"

苏回没有否认也没有承认，他就那么安静地听宋融江继续说着。

"从一开始，你就是为了裴薇薇来的吧？你关注的只有这一点。你把你的目的性隐藏了起来，可惜，我在反复回想我们的对话时，还是越来越确认这一点。"宋融江说着，"无论我对你，对其他人说了多少次，那个女孩不是我杀的，你们始终在怀疑我。"

在审讯室外值班的狱警也发现今天的谈话不太寻常，他们皱着眉注视着，有些迟疑，但是在谈话开始之前，苏回已经叮嘱了他们，除非他的生命受到威胁，否则无论里面发生什么，都不要进去。

审讯室里，苏回的面色如常，事到如今，他也没有再隐藏的必要了。苏回咳嗽了几声，看着宋融江开口道："我没有说谎，寻找裴薇薇，也是研究你这个人的一部分，甚至是关键的一环。然后我要纠正一下，我并不是怀疑你杀了她，我是确认你杀了她。我了解你，所以我知道，你在一直强调这个谎言。"

宋融江叼着烟，一双眼睛牢牢地盯着苏回，有一个瞬间，苏回就算只有一只耳朵可以听到声音，还是听清了他后牙相触的声音。

然后宋融江笑了，露出了一个有些狰狞的笑容，他开了口，发出了恶魔般的低语。

"别做梦了，你，还有那些无能的警察，你们永远也不会知道，她在哪里。"

第 19 章

下午两点，华都市区，乔泽带着一位实习小警察站在一扇金属门外，从外面就可以看出来，这是一个独门独户的院落，建筑只有一层，像是一处仓库或厂房。乔泽按下了门铃，门铃的声音很大，隔着一扇铁门也可以清楚地听到。

他们一直在根据之前苏回的推论进行调查，在苏回圈定的范围之中，所有建筑和人员都进行新一轮的登记和排查。为此，重案组从当地分局调了十余名刑警和辅警。在所有人员分散排查下，嫌疑圈已经逐渐缩小。

今天已经排查到了紫色区域中的最后几个街区，为了加快速度，他们一共分成了8个小组，乔泽和一个刑警队的小警察一组。那个小警察叫齐石，开始的时候乔泽叫不习惯，总是有种冲动，想给他的名字里面加个"白"字，后来他把这个名字记成了"其实"，也就不觉得那么别扭了。

见里面迟迟没有人回应，乔泽又按了一遍门铃。

身后的齐石对着手中的表格，汇报这里的情况："这里原来是一个食品公司的仓库，后来被私人买下来，变成了一处画廊……之前登记过联系方式和负责人，画廊的老板名叫傅云初。"

"画廊？"乔泽仰头看向这栋建筑，老旧的仓库经过改造，平添了一种艺术气息。

"是的，业主傅云初是华都一位小有名气的画家，曾经有留学的经历，他的新作在拍卖会拍出了 155 万元的价格。"

乔泽感慨道："一幅画就是普通人几年的工资，这位画家看起来有点水平啊。"

看里面没有反应，齐石又问："我们可以打电话联系一下这位傅云初先生吗？"

乔泽道："再等等。"

两个人正说着话，面前的铁门被人从里面打开了。开门的是一个瘦高的男人，他的面色白净，眼睛细长，留着短发，乔泽判断，这个人应该就是那位画家傅云初了。

乔泽往前走了一步，问道："傅先生吗？"

男人点点头："我是。"

乔泽按照流程亮出自己的警官证："你好，我是华都重案组的乔泽，最近我们在调查一起案件，希望你能够配合我们的调查。"

那个叫傅云初的男人把他们请了进来："我这里就是一个画廊，并没有什么特殊的。"

乔泽问："我们只是进行一下核对，这里只有你一个人，是吗？"

傅云初回答道："是啊，毕竟创作是一件很私密的事，我画画的时候需要足够安静的环境。"

"你平时住在这里吗？"

"有时候画得晚了我会在这里留宿，偶尔也会回家住。"

乔泽和傅云初核对了身份证号、手机号码等信息，包括傅云初的登记车辆，平时往来这里的时间，还有宁珂遇袭那天他在哪里。傅云初有条不紊地回答着，还取出了两张电影票，时间正好是宁珂失踪的那天晚上。

乔泽看了一下男人的手："傅先生，你的手腕受伤了？"他看到傅云初的手腕上有一处像是被人抓伤的，而且伤口是在不久前形成的。

傅云初掩了一下伤口："是之前画画削铅笔的时候划伤的。"削铅笔划伤的伤口怎么会出现在手腕上？而且是左手腕内侧？

乔泽有点起疑，他没有戳破眼前的男人，继续问道："那有些不巧，我看伤口还很新，傅先生不需要处理一下伤口吗？"

傅云初笑了："不急，等送走你们我再处理，已经不太疼了。"

乔泽问完了以后还想检查一下，往他的身后看去："傅先生，这里挺大的，怪不得过了这么久才来开门。"

傅云初道："是啊，我在最里面的画室里，一路穿过来，让两位久等了。"他的回答非常平静，"两位警官要不要喝点什么？"

齐石刚要说我们一会儿就走，乔泽就接话道："可以，你这里有咖啡吗？"在说到咖啡这个词时，他注意着傅云初脸上的表情变化。

傅云初似乎没有料到他们会留下来，愣了一下说："我这里没有咖啡，你们要不要喝点茶？"

乔泽道："茶也可以。"

等傅云初离开，乔泽给齐石打了个手势，随后给陆俊迟拨了电话，他捂着蓝牙耳机小声汇报了这里的情况，然后给陆俊迟说道："陆队，我觉得这个人有些可疑……"刚才他们已经走访了几家，大部分都是核实一下情况，排除嫌疑就匆匆离开。只有这里，乔泽问得比较细致，他觉得这间画廊有点古怪。

陆俊迟道："听起来地点符合，画家的时间又相对充裕……他虽然解释了事发当晚的去向，但是去看电影这个不在场证明并不是无懈可击，那张电影票可能是故意买的，就是为了作为不在场证明使用。"再加上受伤的抓痕的话……

陆俊迟当机立断："你们拖延一会儿，保持联系，别挂电话，我们马上过去看一下，大概5分钟左右能到。"

乔泽"嗯"了一声，回过头刚想和齐石打个招呼，就看到傅云初走了出来。

傅云初端了两杯茶过来，笑着递给他们。

乔泽接过来，把茶放在了一旁的玻璃桌上。他知道，眼前的男人看起来温文尔雅，其实却很有可能就是他们寻找了很久的杀人凶手——屠夫。

看着眼前的傅云初，乔泽开始不由自主地紧张起来，手心也出了汗。他是重案组

里最小的一名队员，当警察刚刚几年，做得较多的是一些查证类的工作，抓捕行动乔泽也参加过，但都是集体行动。今天面对着一位疑似连环杀手，他有点始料未及。现在他们是有两个人，人数占优势，可是齐石还是实习警察，没有配枪，动起手来完全指望不上。

想到这里，乔泽更加紧张了，他必须要努力拖住眼前的这个人，等到陆队来。

乔泽又询问了几个问题，傅云初如实答了。乔泽装作在本子上记录的样子，心却一直怦怦地跳着，写出来的字都是变形的。

傅云初看这两位警察喝了水还是没有要走的意思，问了一句："两位还有什么需要我配合的吗？"

乔泽就顺着说道："我个人对画画还挺喜欢的，傅先生可以领我们在画廊里转转吗？"

傅云初好像明显紧张了一些，最后还是"嗯"了一声，没有拒绝："这里看起来空，其实并不是很大，前面是小展厅，后面就是我的画室、卧室和洗手间。"

乔泽四处看着，这里曾经是仓库，层高非常高，墙上挂满了画。屋子里家具不多，看起来空荡荡的，像一个艺术展厅。那些画有的有点抽象，但是可以看出画功还算不错。在大厅里，还摆放着一些大大小小的石膏像，以及一些艺术品。三个人从有点空旷的展厅之中走过。

乔泽稳住了心神，侧头看着中央的一幅画说："这张画得不错。"

画面上的内容是一个女人，看不出年纪，她坐在椅子上，低垂着头，双眼闭着，看起来宁静而安详，在女人的身后，有很多方形的看起来像是一些盒子似的东西，画名叫作《挚爱》。

傅云初的脸上露出了一丝得意的表情："这幅画是我最有名的一幅作品，在艺术节上获了奖的。"

乔泽转头看着墙上的那些画，他驻足在其中一幅画之前，画上画的是好几个女人，排着队站成一排，画上的女人都闭着眼睛，却微张着嘴巴，脸上的表情有些诡异。乔泽看了看下面的标签，这幅画的名字叫《合唱团》。

乔泽发现，这位傅先生很喜欢画女人，他的画作里80%都有女人，剩下的20%有一些是风景画，只有个别几幅画了其他主题。那些女人在他的笔下大部分脸色苍白，闭着眼睛，看起来让人感觉有些不适。想到那些放在盒子里的残肢，乔泽的汗毛都竖了起来。

很快就在展厅里转了一圈，傅云初放缓了脚步，看向了他们……

快要拖不住了！

这时候，乔泽的耳机里传来了陆俊迟的声音："基本确定了，我刚才让夏明晰查了这一处地址的用电量，电费是正常情况下的数倍，我们马上赶到，你们一定注意安全！"

这里灯不多，房顶又高，现在没开空调却有点阴冷的感觉。需要这么多电，那明显是……乔泽的目光往下看去，这里可能有一个地下冷库，或是大型的冷冻设备……

齐石在一旁张望着四周，不经意地道："我们也跑了半天了，外面的天气真热，还是这里比较舒服，不用开空调都很凉快，这倒是省电了。"听了这话，乔泽的心跳瞬间漏了一拍。

果然，刚才还在和他们侃侃而谈的傅云初忽然脸色变得煞白。傅云初往后倒退了两步，目光中露出凶光。齐石只是无意中提到了这个话题，但是傅云初明显是心虚了！他把那句话当作了试探，认为自己已经被锁定了。

乔泽的反应迅速，他直接上前去扣住傅云初的手，傅云初往后侧身去躲，乔泽却似乎是知道他的动作一般，提膝正顶在傅云初的腹部。傅云初吃了一击，闷哼了一声，挣脱了乔泽，抬起头就要还击。他迎头冲上来，想要把乔泽顶到墙上，乔泽却飞快地掏出了别在身后枪套里的枪，顾不得瞄准就开了一枪。"砰"的一声，枪声在画廊之中炸开，打破了这里的平静。

子弹擦过傅云初的上臂，他对这个地方明显比刚到这里的两位警察熟悉多了，回身按了墙上的一个按钮。数个石膏像应声而碎，地上一时满是白色的石膏碎片，石膏像还是特制的，从里面荡出了大量的白色粉末，空气中跟着浮起了一种刺鼻的味道，遮挡住了两人的视线。这显然是凶犯早就布置好的一处陷阱。

乔泽喊了一声："小心有毒。"他急忙捂住了嘴巴，屏住呼吸，拉着齐石退到门口，齐石直到这时终于反应过来，也学着乔泽的样子用衣袖遮住口鼻。

傅云初显然在石膏像里存放了很多化学材料，他们也不清楚里面的白色粉末会是什么。

白雾逐渐散去，这时乔泽的蓝牙耳机里传来了陆俊迟的声音："我们到了，开门！"乔泽急忙打开了画廊的大门，把陆俊迟和其他警察放了进来。

画廊之中，傅云初已经不见了踪影，作为一个变态杀手，他恐怕早就规划好了逃跑的路线。

进来的警察急忙打开了各处窗户，画廊里一片狼藉，还有一些残余的化学品的味道。

"陆队，有辆车从后门方向开走了……"对讲机里传来郑柏的声音，他们负责围堵后门，刚才那辆车从他们不远处疾驰而过，没有拦住。

陆俊迟看向后门的方向，有一行血迹绵延向后。他们拼命赶过来，可还是差了最后一步。

"陆队！还要追吗？"曲明急忙问道。

"郑柏去追吧，我们先去救人！如果推断没错的话，被害人可能就被关在这里！"陆俊迟飞快地下着命令。

"对不起，陆队，都是我没有拖住凶手。"乔泽的脸颊上还沾了一些白色的粉末，有点狼狈，也有点委屈。如果刚才他再果断一点就好了，如果刚才他早点和齐石通个气就好了，如果他的格斗再强一点就好了，如果他的枪法再准一些就好了……那可是一个凶残的连环杀手，放走了他，他可能会再次杀人的，可能会有新的受害人出现！如果刚才是陆队在这里，他一定可以顺利抓住凶手。

乔泽懊恼地握紧了拳头，苏老师都把凶手的位置分析出来了，他却让凶手逃走了。想到这一点，他的眼睛就酸酸的，眼角也红了。

陆俊迟看向乔泽，眼前的人还只有 24 岁，不是每一个人都有勇气面对一个凶残的连环杀手，以死相搏。贸然追出去，他有可能受伤，也有可能牺牲。

陆俊迟拍了拍乔泽的肩膀，安慰道："是你在盘查之中发现了疑点，才让我们锁定了凶手。你很警觉，也很勇敢。你刚才已经尽力了，我们一定会抓住他的。至于现在，你还是打起精神，我们还需要找到那名被绑架的受害者。"

乔泽听了陆俊迟的话，振作起精神，拿出了对讲机，开始联系后续支援以及救护车。

警察们在画廊之中搜寻着，到了此时，重案组终于能够确认，这位画家傅云初就是他们一直在寻找的凶残的"屠夫"。

"这里！"陆俊迟很快找到了一处暗门，门上有一把铜锁，他顾不上其他，直接一枪把门锁破坏，然后踹开了门。一条通往地下的幽暗道路出现在他们的面前，从地下传出了一股浓烈的血腥味……

如果傅云初早就预谋着把这个地方变成他的屠宰场，他一定需要一个足够隐秘的杀人分尸场所。当年他购买这里的时候，恐怕就是看上了这里私密的地下室。

第20章

陆俊迟双手握着枪小心翼翼地从楼梯上走下去，眼前的走廊里灯光幽暗，走廊两边是数个房间，他越往下走，感到血腥味就越重。几名警察跟在他身后，走入了有些昏暗的地下室。

陆俊迟走到一个房间外，听到了一种嘴巴被捂住时鼻子发出的呜呜声。

房门没有锁，陆俊迟推了一下，门就"吱呀"一声打开了。他闪身举枪，确定了里面没有埋伏，于是快步进去。

这是一间沾满血迹的房间，墙壁、地面上有着大片大片的暗红色，就连屋顶上也被溅上了鲜血，放眼望去尽是血红色，像是人间地狱，令人作呕。

在房间内的金属床上，躺着一个四肢被绑缚着的女人，而她的手腕上还在源源不断地流出鲜血，这个女人正是不久之前失踪的女店员宁珂……

陆俊迟走进去，放下枪，受害人虽然意识有些模糊，但是明显还活着。他松了一口气，回身对曲明道："赶快救人！"

陆俊迟和曲明迅速取下宁珂嘴上的胶条，然后把她从金属床上解下来，曲明脱下自己的外衣紧紧地绑缚在她手腕的上方，血流的速度暂时缓了下来……

宁珂的意识已经有些模糊，但是她能够确定自己被救了，在给她包扎的时候，她的眼角滑出了泪水，张了张嘴，轻声说了一声："谢谢。"

陆俊迟对她说道："别害怕，你没事了，救护车马上就到。"

两个人迅速安顿好了被害人，陆俊迟又想到了什么，对站在一旁的乔泽说："马上调取一下傅云初的相关资料。"

乔泽愣了一下："都需要什么？"

陆俊迟道："全部，越详细越好。"

此时其他警察也已经试着挨个打开了旁边房间的门。

走廊两旁还有数个房间，大部分房间都没有上锁。其中的一扇门打开后，里面有几个衣架，上面挂满了各式各样的女装，地上放着一些大码的女鞋。其他的几个房间，有的堆放着杂物，有的里面是各种各样的化学药品，还有的房间里摆满了之前案件中用来装手脚的那种空木盒。

陆俊迟走到了走廊的最深处，深吸了一口气打开门，这个房间和前几个房间不同，房间里面被打扫得干干净净，靠墙的地方放了两个高高的货架，在货架上面摆了一些大个的木头匣子。在房间的角落里，摆放了几个大型的冰柜，此时还在轰轰作响。

陆俊迟看着那些方形的匣子，心里有了一种不好的预感，让他想起那些装着手脚的木头匣子，可是眼前的匣子却大了很多。

陆俊迟想起了刚才在大厅里看到过的一幅画。他那时候匆匆而过，只瞥了一眼，还记得画的名字是《挚爱》。在那幅画上，一个女人的身后就是摆满了这样的数个匣子。

陆俊迟走近了货架，取出手套戴上，他从架子上搬了一个匣子下来。打开盒盖以后，发现里面放着的是和那些匣子里一样的白色粉末。

陆俊迟的心脏怦怦跳着，他知道，眼前的盒子里装着的应该是苏回之前所说的——凶手的图腾。根据匣子的大小，他大约估计出了里面究竟是什么。只是陆俊迟还有些不敢相信那个事实。他用手拨开那些白色粉末，向下挖去，触碰到了人的肌肤，然后他的眼前出现了一团浓密的黑色毛发……那是女人长长的头发。

陆俊迟的心中浮上一种难以描述的感觉，不用再往下查看了，他已经能够确认盒子里放着的是什么了……苏回对他说的没错，凶手的战利品和别人的并不相同，所以他才会把手脚当作产品进行出售。

陆俊迟回转身，打开了那些冰柜，里面是被冰冻着的切去了手脚和头颅的残骸，一时难以看清有几具……这里像是一处屠宰场，又像是一座人间炼狱，那些尸体就那么随意地堆放着，让人感觉和牲畜没有区别。

陆俊迟站直了身体，他见过太多惨烈的案发现场，见过各种各样的尸体，可就算心理强大如他，也一时觉得有些难以呼吸。

"陆队，支援和救护车都已经到了。"乔泽说着话走进了屋子里，他被冷气冻得一抖，然后看向那些冰柜里的东西，瞬间就捂住了嘴巴……

此时的白虎山监狱之中，苏回还坐在宋融江的对面，他的目光看向眼前的男人，就算视线里模糊一片，他依然可以感觉到对方眼中的敌意与凶残。

如果宋融江的手上有刀，那么此时的宋融江一定会毫不犹豫地刺向苏回，深深地刺入苏回的身体里。

审讯室里开了中央空调，温度有些低，苏回今天多穿了一件外衣，还是可以感觉到一种透骨的寒意。事到如今，前两次见面搭建起来的关系已经完全发生了改变。苏回知道，宋融江对他的信任已经降低到了极点，他再也难以从这个男人的口中得到什么肯定的答复，他必须换一种方式与他宋融江交流，才能够获知他想要的答案。

苏回承认宋融江是个有些不同的凶手，他自负、敏感、残忍，这也符合他对于他的侧写。

宋融江犯罪的起始点并不是很高，这从第一个案件现场的杂乱无章就可以看出来。但是随后，他的犯罪升级速度非常之快，第二个案子中，他已经有了明显的变化。到了裴薇薇的案子，他仔细地毁去了大量的证据，回答问题时滴水不漏，犯案手段、心理承受能力都上升一个台阶。警察搜集各种证据，法官对他严加盘问，这一切都没有让宋融江承认这桩罪行。如果不是因为裴薇薇满足宋融江的受害人选择特征，而宋融江又有充分的作案动机和条件，警方几乎难以把裴薇薇的失踪和宋融江关联起来。

苏回认为，这样的表象代表了一件事。从最初开始，从宋融江进行杀死裴薇薇的谋划开始，他就打算瞒下这次行凶。他不会让任何人知道裴薇薇和他有关联，人们也就无法找到裴薇薇的所在。

苏回并没有表现出任何慌乱，他的声音依然无比平静："如果你不想开口的话，那你可以听我来分析一下，看看通过最近的交谈，我对你有多少了解。"苏回的沉着冷静让宋融江有了片刻的迟疑，他现在也有些摸不清，眼前的这个人究竟知道了多少。

宋融江的眼睛眯了起来，狠狠地吸了一口烟，这位苏老师难道真的能够从和他的对话里，挖掘到他内心的秘密？审讯室里一时安静下来，只能听到中央空调的声音，头顶上的灯光显得冰冷而无情。

苏回道："其实，裴薇薇才是第一起案件受害人。"

宋融江听了这句话，一下子被烟呛到了，他咳嗽了几声，整张脸都涨红了起来，然后骂了一句："少他妈胡说八道。"

苏回看向他继续说道："我说的是心理犯罪的时间，并不是实际犯罪的时间。我查了裴薇薇的资料，她在学校里，是文学社的社员，还曾经参演过莎士比亚作品改编的舞台剧。她虽然住校，但是因为家在本市，每个周五晚上都会在学校门口打车回家，周日晚上再从家里打车回学校。那正好是你交班以后的时间。"当苏回说出这几句话，宋融江忽然默不作声了。

苏回停顿了一下又说道："你早就注意到那个女生了吧？无论是在书店里，还是在她打车回家的路上，她可能是一个人，也可能有同学同行。那时候她在谈话里，可能还谈到了那些诗……"

宋融江抬起头冷笑了两声："苏老师，你编故事的能力还挺强啊……"

苏回继续分析："我判断，你和裴薇薇的相识时间大约是在去年的六月中旬，甚至从你的微博以及朋友圈的发言上，都可以看出来那时你对生活有了一些希望……当然，这只是你单方面的相识时间，裴薇薇可能并没有意识到你的存在。"城市里有这么多辆出租车，这么多的人来来往往，谁会在意一辆偶然坐过的出租车？大部分人都不会记得某辆出租车的司机长什么样，多大年纪，车牌号是什么。那时候的裴薇薇并没有想到，坐在前排一直默不作声的司机，其实一直从后视镜里观察她，甚至脑海之中冒出了一些怪异的想法……

宋融江听着苏回的话，一时忘记要抽手中的烟，他安静了下来，没有继续反驳。

"你开始尾随裴薇薇，故意出现在她常去的打车点，你通过她的车程，知道了她的住址，她的学校，她喜欢去的地方……你这么做是因为，你想要追这个女孩。你开始感到不满足，最初你只是在裴薇薇的身边看着她，你逐渐开始幻想，你们会发生点什么，但是那时候的你应该也意识到，你和裴薇薇之间有着难以逾越的鸿沟。在年龄上，你大她将近 10 岁；家庭出身上，你也低于她；学历、外貌，你感觉自己一样也配不上她。你最初的感觉很快被自卑感所替代，于是，你发了这些微博……"宋融江低下头，看着苏回打印出来的内容。

苏回的手里甚至还有几张照片，是他在裴薇薇的学校门口趴活的时候，被摄像头拍下来的。

在诸多的证据面前，宋融江的手指微微颤抖着，他又吸了一口烟，辛辣的气体进入了肺部，尼古丁的作用片刻镇静了他的神经，他还是否认了苏回的假设："苏老师，就算我快要执行死刑了，也不意味着你就可以胡编乱造。"他咬着牙一字一顿地说，"我没有见过裴薇薇！"

第21章

空气之中透着<u>丝丝</u>寒意。

苏回没有理会宋融江，继续说道："随后，很快就到了发生第一起案件的时间了，那时候，你对裴薇薇的暗恋日益加深，于是你鼓起勇气做了一件事，你去找她表白了。突如其来的表白吓坏了那个女孩子，她惶恐地拒绝了。因为对于她来说，你根本是个她记不清面貌的陌生人。"

目前来说，并没有任何实际证据能够证明宋融江认识裴薇薇。苏回这样的假设是虚构的，他却用一种笃定的语气说了出来。这样的假设是在之前警方的调查之中完全没有出现过的，苏回的假设是在打乱了心理犯罪的时间线后，推导出了这样的结果，他认为这是最接近事实的一种情况。这个结果并不是他胡乱编造的，而是经过了对案件的研究，对宋融江的了解，对很多人的访谈，根据蛛丝马迹推导而出的。

在那份谭局给他的文档之中，有陆俊迟曾经下功夫调查了很长一段时间获得的宋融江所开车辆夜间的行驶路线。其中每到周末晚上，他会固定出现在裴薇薇所在学校的门口和家附近，这也是有利的旁证。

苏回根据这些线索，推测对方的心理状态。长期以来，犯罪心理的定义有很多种。苏回认为和理解的犯罪心理，不是那些玄奥的理论，而是在面对凶犯之时，能够推测他的过去所想，预测他的下一步动作。这是无实证推导，如果这些没有足够夯实的基础，探知犯罪心理的人就像是走在一根钢丝之上，随时可能因为犯错坠入深渊。可是，一旦这种情况属实，就会在万丈深渊之上绵延出一条原本不存在的路。在无数可能发生的事情中，推导出那仅存的一种可能，也就是唯一的真相……

"就在被拒绝的那段时间里，你和第一位受害人发生争吵，随后感到气愤，杀死了她……那时候，你的杀人想法是临时起意的，而你的杀戮在心理学上的分析是代偿杀戮。"苏回沉声道，"你想杀死的人是裴薇薇。"

宋融江已经不复刚才的平静，他的手抖得厉害，他不再否认苏回的话，而是强调了一遍："我当时没想杀她。"这样的反应，已经是对苏回所说的话的变相承认。而且宋融江的话里体现了一个关键点，什么叫作"当时"？他的想法随着时间的推移改变了吗？

苏回继续道："第一位受害人的死亡，接近于意外，盛怒之下的你，做出了杀人行为，等你清醒过来时，一切就已经发生了……在那以后，你的生活被打破了平衡，你匆匆抛尸，知道自己一定会被警方发现，在这种紧张的压力下，你开始回味第一次杀戮带给你的快感，发现自己乐在其中。于是，你杀害了第二个女孩。"

苏回说着，用蒙眬的视线观察着宋融江，苏回看不清他的具体表情，但是可以感知到，随着每次吸入香烟，他的脸部在轻轻抽动，他的吸烟频率也增加了。苏回知道，自己又说中了。

"你在和我描述第二个受害人时，有一句话很有意思，那就是，当你杀了她以后，你感觉'她属于你了'……"苏回试探着继续说道，"于是这一次以后，你就更加明确了想要杀死裴薇薇的想法……"

说到这里的时候，苏回故意放慢了语速，"因为，你想要她完完全全地属于你。"那时候的宋融江应该已经明白，只要裴薇薇活着，他们之间就有着无法跨越的鸿沟，唯有这个女孩死亡，才能够真正与他在一起。但是裴薇薇和其他的受害人都不一样，裴薇薇在宋融江的心目中如同珍宝，那是属于宋融江一个人的女人……

审讯室里，这是一场没有刀剑的心理对决。

苏回慢慢地说道："所以那时你萌生出了一个想法，你想要杀死裴薇薇，却不让所有人知道。你甚至幻想，在你自己死后，灵魂可以和她交融……"

"住口！"宋融江忽然站了起来，带得桌椅发出响动，那些桌椅是早就钉在地板上的，被他弄出巨大的声音，似乎随时都能散架。宋融江忽然发现，他好像陷入了一种微妙的、被动的局势之中，如果眼前是一场牌局，他的牌其实已经打完，而他对苏回的手里握着什么，一无所知。

苏回抬起头来看向宋融江，依然不急不躁地说："你看，我是不是还是有点了解你的？"

苏回的下一句话越发点透了宋融江的心思，"你选择了裴薇薇，是因为她太像陶莉了，而且她比陶莉更加年轻，更符合你记忆里的形象……前两个被害人是裴薇薇的代偿受害者，而裴薇薇则是陶莉的代偿受害者，这个案件中出现了双重代偿的关系。"

"你是怎么知道陶莉的？"宋融江一拳锤在了桌子上，他的关节出血了。宋融江忽然被人点穿了心思，开始方寸大乱。宋融江原本以为当年和陶莉的交往鲜有人知，现在更不会有人知道，甚至连她的名字，他都一直尽力回避，不再提起。

苏回咳了几声，继续道："对于连环杀手的分类，一直有多种方法。其中常用的一种，是用是否有组织区别罪犯。一种是有组织犯罪者，行为缜密，有谋划，擅长掩饰自己的罪行，他们会认真地选择每一个目标，努力去逃避罪责。还有一种是无组织犯罪者，这类犯罪者十分情绪化，对于受害人的选择更为随机，他杀害的可能是路上随便见到的一个人。但是连环杀手并非只有这两种极端情况，更多的凶犯是混合型的凶手，那些犯罪者会在有组织和无组织形态之中变换。有一个有趣的现象，当一个有组织的连环杀手被警方发现时，他往往会陷入混乱，进入无组织状态。而当一个无组织的连环杀手被警方追捕时，他却会开始越来越小心翼翼地学会一步一步隐藏自己的罪行。"

宋融江就是一个从无组织犯罪向有组织犯罪进化的典型代表，他的行凶对象也从随机目标变为了裴薇薇。

"我还知道一件事，你杀害了裴薇薇以后，为了回味那种感觉，你曾经不止一次重返了犯罪地点，也就是你埋她的地方。"苏回没有回答他的问题，而是一边叙述着，一边低头拿出了一张华都的地图。

"重返犯罪地点，这是很多连环杀手做的事情，回到那里会有助于你更好地回味犯罪过程。警方早就调查了你的收益记录，几乎每隔几天，你的出租车收益就会忽然变少，而油量却在增加。根据油量增加和收益降低的情况，这种变化，是从裴薇薇失踪前就开始的。我猜测那几次是你为了策划如何掩藏她的尸体，你在寻找地方，随后就是挖掘坟墓，杀人，埋尸。很多证据都足以证明，你在黑夜里曾经到过同一个地方，而根据时间和油耗以及沿途的摄像头记录……"苏回说着，展开了一张华都的地图，他在地图上画了一个范围。

苏回说到这里抬起头来："裴薇薇的遇害地点，就在这个圆圈之内。而你，会在黑夜再次光临你犯下罪行的地方，并且在那里反复回味……"

宋融江低头看着那张地图，吞咽了一下口水，那个范围包含了他掩埋裴薇薇的地方，而且他曾经不止一次去看过她，苏回又一次说对了。宋融江承认，无论他怎么严防死守，眼前的这个人还是打开了他的心门，从中窥视着他的秘密，这种感觉令他不寒而栗……他承认自己是一个怪物他，可是为什么苏回竟然能够解读出他这种怪物的心理？苏回像是专门诱捕他的猎人，那些费尽心思的谎言、陷阱，似乎在苏回的面前都是不值一提的雕虫小技。

"和另外两位受害人不同，这一次的遇害地点不是车上，而是在僻静没有人烟的地方，你掐死了她……也正因为如此，车上没有留下痕迹。"

在苏回的描述下，宋融江的思绪仿佛回到了100多天以前，裴薇薇在他的手掌之下停止了呼吸……

四月的天气还是有点冷的，但是宋融江的心却是热的，他反复在裴薇薇的脸上抚摸而过……完全地占有了那位少女。

苏回的声音之中没有丝毫感情，整个人如同一块坚不可摧的寒冰："在见过陶莉以后，我越来越确认这一点……你杀死了很像陶莉的裴薇薇，你想和她永远在一起。"

宋融江抬头看着苏回。眼前的男人一步一步地攻破了他的防御，像是在用手剥开他的大脑，苏回怎么会知道的？那些是警察们查了好几个月都无法发现的事实！宋融江的心跳在胸腔之中犹如雷动，他感觉到，苏回已经逐步接近了那个他小心翼翼地隐藏已久的答案……不！不能就这样，他只有几天就要死去了，裴薇薇还在那里等着他……他的眼前浮现出了少女甜美的微笑。这个世界上，只有他可以知道裴薇薇在哪里！

苏回的声音还在宋融江的耳边不紧不慢地响起："我排查了多个地址，是在你们曾经约会过的小公园？一起爬过的西山？还是……你们学校后面的那片核桃林？"

"她是我的！谁也不能夺走她！"在听到最后一个地点时，宋融江忽然像疯了一样冲了过来，一把拉起苏回的衣领。苏回被拽了起来，后腰撞在椅背上。随后，宋融江的手扼住了苏回的喉咙。

裴薇薇是完完全全属于他的！

宋融江的双手逐渐收紧，苏回有片刻不能呼吸，厚大的手掌压迫着他的喉咙，那是一种濒临死亡的感觉。但是苏回的脸上并没有出现即将死亡的恐惧，他就那么平静地望着宋融江。仿佛他也在期盼着这一刻。

第22章

几乎是在同时，几名狱警冲了进来，他们迅速把宋融江制服，按在桌子上，加上了手铐。

苏回恢复了自由，他咳嗽了几声，淡定地整理了一下自己的衣服，声音微哑，开口说道："我知道了，谢谢你告诉我，是那片核桃林，也就是你当年差点得到陶莉的地方……你是在完成当年没有能够完成的仪式。"

在当年，陶莉只是把宋融江当作一个普通朋友，每一次宋融江把她叫出来，会和她倾诉家里的事，陶莉就不停地开导他。从始至终，陶莉只是想要救赎他。他们曾经一起爬山，还去过一次寺庙。

宋融江有时候会对陶莉做出搂抱的动作，陶莉只是以为他不太清楚男女的界限，依然把他当作好朋友，而当宋融江在学校后面的核桃林把陶莉牢牢地压在身下时，陶莉被吓哭了。她从未感觉死亡和恐惧如此逼近自己，她奋力地反抗着比她强壮数倍的少年。慌乱之中，宋融江扼住了她的脖颈，陶莉奋力踢蹬着，踢伤了他，这才极其狼狈地逃走。那次的回忆，成了她之后十几年的噩梦。

事实上，苏回和陶莉谈完话以后，一共圈定了几个怀疑的地点，那些地方都是陶莉和宋融江去过的地点，相距不远，符合出租车出现的方位，让他难以判断。所以苏回刚才故意激怒了宋融江。现在，宋融江的反应已经告诉了他，裴薇薇的所在。

苏回看向眼前穷凶极恶的凶手："她生前就不属于你，死后也不会属于你。"

宋融江彻底疯狂了，他的双眼已经变得血红，他用自己的身体去撞那些狱警，三个狱警都险些按不住他。这个疯狂的男人已经化身为凶神恶煞，他恶狠狠地看着苏回，想要把他生生撕裂："老子做鬼也不会放过你！"

苏回苦笑了一下说道："想要我命的人很多，你恐怕还得排个队……"

狱警很快把宋融江完全控制住，随后把他押出了审讯室。

一场问询已经结束，苏回走出了审讯室，他这时候才感觉到刚才腰部被撞的地方隐隐作痛。这种痛感很奇怪，不动的时候只是隐约感到有些难受，可是活动起来的时候，腰缝间的一点忽然爆发出剧痛，让他瞬间冷汗直冒。特别是咳起来时，震得他觉得腰都快断了。

好心的狱警把他领到一间休息室，给他倒了一杯温水，苏回道了一声谢，接了过来。

狱警看他的脸色有些不好，开口问："苏老师，需要我们送你下山吗？"

苏回摇摇头："没事，我歇一会儿就可以了，你们继续忙你们的工作吧。"温热的水让他逐渐平静下来，苏回并没有一场战役胜利的喜悦，反而有些虚脱的无力感。

然后苏回想，他应该给谭局去个电话……

苏回拿出了手机，刚才在审讯室里，为了不干扰这次对话，他的手机设置了静音。他按亮屏幕，发现有两个陆俊迟拨过来的未接语音……他回拨了过去，语音被快速接起来。

对面传来陆俊迟冷静的声音："喂，苏老师，我们刚才已经发现了屠夫，并且救下了之前被劫持的服务员宁珂。我们是在你之前推导出来的位置发现屠夫的。"

苏回听出来，陆俊迟的声音很急促，陆俊迟应该不仅是为了告诉他这个消息才联系他的，苏回开口问："他逃了吗？"一个缜密的、有组织犯罪的连环杀手，可能给自己准备了不止一条退路，一旦与他失之交臂，就很难在这座城市里再次寻找到他。

"是的，警方之前一直在跟踪他的车辆，可是车子开出去后不久，我们就发现他把车子丢弃在了路边。我判断，他可能换了其他的车。目前，我们已经排查了他的住所以及一些他可能会去的地方，但是尚未找到他的具体方位……"

傅云初的手上应该还有其他废弃车的车钥匙，他可以开启城市各处的废弃车，为了应对这次逃亡，他恐怕早就选择了其中的几辆加好了油，那些车辆一旦汇入车流，就难以分辨。

陆俊迟说到这里试探着问："苏老师，你现在有时间吗……"他想要掌握傅云初更准确的动向，不得不再次求助于苏回。这一案件查到这里，是和苏回对他们的指点密不可分的，而苏回也是最了解屠夫、最接近傅云初的人。

"屠夫的真名是什么？他的职业，还有其他相关的信息……"苏回听出了陆俊迟话里求助的意味，开口问道。从他开始插手这个案子起，案件的一切就和他产生了关系，这个案子关乎着城市里其他人的安危，他做不到置之不理。

陆俊迟道："屠夫是一位叫傅云初的画家，我这里已经查到了他的所有资料，东西有点多，苏老师，你在什么地方？我马上去接你。"

苏回刚才正有点发愁怎么下山，考虑了一下，还是告诉了陆俊迟："我在白虎山监狱这里。"

陆俊迟没有问他为什么会在那边，直接说道："好，我到了以后联系你。"

挂了陆俊迟的语音电话，苏回给谭局打了一个电话过去。

谭局十分重视这个结论，听苏回讲述完了和宋融江谈话的整个过程，"嗯"了几声后道："华都中学旧址后面的核桃林，对吗？我马上派人过去查看。"

苏回："谭局，如果你们发现了那个女孩的尸骨的话，麻烦告诉我一下。"

谭局："放心吧，一定会告诉你的。苏回，我知道你尽力了，无论事情的结果如何，我都要替女孩的父母谢谢你。"听了这句话，苏回感觉自己那颗冰冷的心涌起一股暖意。他放下手机，安静地坐在椅子上，低头看着自己的双手。所有的声音又仿佛远去了，他感觉自己像是一个被上了发条的木偶，只能依靠这些话语、这些事情来感受到自己还活着。

苏回以为陆俊迟可能需要很久才能过来，没有想到不到半个小时，陆俊迟就赶了过来，找到了他。

陆俊迟径直走到了苏回的面前："苏老师。"

苏回站起身，撑着手杖道："我们路上说吧。"

陆俊迟顺手就拎过苏回的包，帮他拿着，两个人一路走到了外面。苏回上车的时候，腰又疼了一下，他抿唇忍了下来，低头扣住安全带。

陆俊迟递给他一摞厚厚的文件，叮嘱了一句："你坐稳，下山时我可能会开得有点快，可以等下山以后再看那些资料，我先把基本的情况讲给你听。"

苏回"嗯"了一声，把资料接过来，那些资料看起来有100多页。苏回简单翻了一下，其中大部分是傅云初画的各种画。

汽车一路飞驰着往山下开去，陆俊迟开得很快，同时开得很稳，感觉比那些公交车要安全多了。

苏回看着画，在车辆的颠簸下，他感到腰间有点疼，他忍不住微微皱眉，陆俊迟很快发现了这点，不知道从哪里摸出了一颗糖递给他："晕车吗？吃颗糖压一下吧。"

苏回道了一声谢，把糖接过来打开，含在了嘴巴里。那颗糖是柠檬味的，微酸里带着甜，正好压下了他的不适。可是有点太酸了，酸得他牙根都发了软，那个味道还有点似曾相识。苏回含着糖又看了一下包装，包装看起来也很熟悉，可就是怎么也想不起来，是在什么地方、什么时候吃到过。

汽车一路开到了平缓的地方，陆俊迟也把之前行动的事说得差不多了。苏回思考了片刻，再次翻动那些资料："大厅里摆着的画是这一幅吗？"

陆俊迟侧头看了一下，正是《挚爱》那幅画的影印件，他"嗯"了一声。

苏回凝视着那张画，可以感觉从背后透出来一股凉意，看上去平和的画面，却可以从中读出绘画者内心的涌动，那些盒子就像是无数双受害人的眼睛，凝视着他。

苏回继续翻看下去，一张一张地看了下去。傅云初的画作特征十分明显，他大部分用的是冷色调，整体阴暗但是画面并不显得脏，静谧之中让人觉得有情绪蕴含其中。他的画中很少出现红色，就连暖色的色调都很少，他好像是在规避那些颜色。

苏回这么想着，却忽然停住了动作，他忽然翻到了一幅绯红色的画，而且所画的内容和其他的画都不一样。苏回凝视着那幅画，想要从中看出一些什么。过了一会儿，他才继续往后看去。

苏回仔细看完了那些画，又打开了傅云初的资料：父母离异，他被判给父亲，海外艺术院校毕业……

然后他打开了傅云初母亲的资料，用手指点了一下道："他的母亲曾经经营过一家饮品店。"虽然未写明是咖啡店，但是显然咖啡在其经营范围之内。

陆俊迟也注意到了那一点，可是他并不能确认这一切和傅云初现在的行为有着联系："那是他大约5~10岁时，就我们的了解，傅云初10岁以后就再也没有和母亲住在一起，甚至连电话都没有打过。你认为他的杀戮是和这段时间的经历有关系？"

5~10岁，正是傅云初被判给他的父亲之前。苏回点点头："很可能他在这段时间遭受过心理上的创伤，母爱的缺失加剧了他的异常行为，你们进行封锁通缉了吗？"

"通缉令已经发布了，所有火车站、汽车站、机场、高速路收费站都已经开始严查。"陆俊迟道："我以为，傅云初被发现以后会尽力逃跑。"这也是一般人的正常思维。

"不，他要去杀人……"苏回看了看资料上傅云初母亲的照片，又翻回去看了看那张名为《挚爱》的画，"当初连环杀手艾德蒙·其普在向警方投降前就杀掉了自己的母亲。头颅也曾经是他的图腾。我觉得《挚爱》这幅作品画的应该是傅云初的母亲。而她站在那些装着尸骨的盒子面前，意味着她可能是傅云初的最终目标。不过……"

"怎么……"陆俊迟问，他觉得那幅画让他很不舒服，但是他解读不出来这些内容。

苏回迟疑了一下，小心翼翼地推测道："傅云初在寻找答案，也许我们有机会，可以救下她。"

"傅云初母亲的住所并不在华都，她住在安城境内。"陆俊迟侧头看了一眼地图，在通往安城的路上，有一条国道和水路，如果苏回的预判没有错的话，可能傅云初已经跑出了他们的包围圈……

苏回想了片刻道："城里最好留足够的人手，然后通知安城准备一下，我不能保证我的推断完全正确。"

现在回想起在地下室之中看到的一幕，陆俊迟还是觉得有些不寒而栗。他深吸了一口气道："明白，我马上开过去，同时申请安城的警方进行配合，其他的人员继续在华都搜查。"

较为幸运的是，他们现在在白虎山附近，而从白虎山到安城有一条近路，他们要比其他人赶过去快得多。陆俊迟调转了方向，向着安城一路开过去……

在夕阳西下的时候，傅云初把车停在了一处居民楼的楼下，他从来没有来到过这个地方，但是他把那个门牌号记得牢牢的，至死也不能忘记。这里已经不是华都了，而是安城。那些警察再聪明，也没有办法反应这么快。

傅云初的身上穿着一套女装，他的个子有点高，但是长相阴柔，穿了女装以后并没有违和感，为了防止被追踪发现，他在换上这辆废弃车以后，就改变了样子，这些伪装也可以为他争取一些时间。他有些庆幸，警方还没有查到这辆比较新的废弃车，让他逃了出来。

傅云初穿着高跟鞋，捂着手臂上的伤口，一路走到楼上，他敲了敲门，不多时，门应声开了。开门的是她的母亲，闫雪，自从离婚以后，她再也没有结婚，一直独自居住在安城。

在傅云初的记忆里，闫雪是美丽的、严厉的、冷漠的，他小时候有些事做得稍不如意，就会招来她的非打即骂。

事到如今，傅云初看到闫雪，依然是感到有些紧张的，可是那个女人站在他的面前，佝偻着腰，明显老了。儿时记忆里高大的母亲，早已比他矮了半头。

他们已经十几年没有见过面了，可是闫雪还是很快认出了傅云初，她看了看傅云初身上的女装，皱起了眉头："云初？你为什么打扮成这种奇怪的样子？"

"呵呵，事到如今，你还是直接就怪我。"傅云初把闫雪推进了门，他伸手把自己的假发撕扯下来，然后从背包里取出了刀，"妈，我在被警察抓捕，我杀人了。"

闫雪听了傅云初的话，低头看向他手里指向自己的刀，又看了看他左手的手臂，上面有被鲜血染红了的粗糙包扎，难以想象，他就是这么从华都开车过来的。

闫雪明白了傅云初并不是在开玩笑，事情果然已经走到了这一步，她颤抖着声音问道："你是来……杀掉我的吗？"

"是啊，就算我死，我也会拉你和我一起！"傅云初举着刀质问她："我今天来就是想要问问你，你为什么会让自己的儿子变成一个杀人犯，变成这样一个怪物呢？"

闫雪退后了两步，坐在了椅子上，望着自己多年未见的儿子，她苦笑了一下："呵呵，怪物……你也是这么称呼自己的吗？"

她仰起头，看着自己生下来的孩子，这么多年过去，他变得成熟了，也变得陌生了，闫雪开口问："那你认为，你是如何变成这样的呢？"

傅云初握着刀，他的双眼血红："我……我记得……我小时候，你总是打我，骂我，别的孩子可以得到母爱，母亲的拥抱，可是你永远都是在苛责我！你把只有几岁的我，丢在饮品店里，让我自己玩！我时常抬起头，发现找不到你在哪里，就惊慌到哭……我那时候十分恐慌、无助，我害怕你把我丢掉，不要我了！那些饮品店的服务员们，表面上怕你，可是因为你的苛责，她们背过去，都会说你的坏话，还会欺负我，她们会捉弄我，掐我，往我的食物里吐口水……有一次我找不到你了，去后厨找你，和一个服务员撞在了一起，滚烫的咖啡泼在我的背上，那个店员的第一反应是大声咒骂我，我的身上留下了根本无法消除的疤痕，还有洗不去的咖啡味！可是……可是你发现了以后，你并没有安慰我，而是和别人一起责怪我！好像所有的一切都是我的错！再到后来，你干脆就不要我了！你把我丢给了我的父亲……你再也没有问过我，也没有看过我！你急于把我丢掉，仿佛我是什么脏东西！"

傅云初的语速很快，他的手在颤抖着："你总是不停地在打我、骂我、责怪我、埋怨我，我从小到大的记忆里，你没有给过我一点爱！"

"你问我为什么不拥抱你，不给你母爱，我今天告诉你答案……"闫雪看着他，轻声说道，这些话憋在她的心里这么多年了，如今她终于鼓起勇气直视着傅云初的双眼，"因为我害怕你，我的孩子。我虽然生了你，但是这么多年里，我无时无刻不在噩梦之中，我读不懂你。你小时候那么可爱，有时候会哭，有时候会笑，看起来像是一个小肉团子，那时候我想，我要把我的一切都给你！后来你长大一些，从一岁开始，就无比的聪慧，无论是学说话，还是学走路，你都比普通的孩子早很多，你不知道我那时候有多么骄傲，我多么爱你。而且我发现，你很有艺术天赋，你可以画出很美的画，熟练地运用色彩，你的美术老师对你赞不绝口……"

说到这里，闫雪的双眼之中流露出了胆怯的情绪："可是，你总是会不自觉地做出残忍的事。我记得你从三岁起，就开始自己抓小虫子玩，蝴蝶、天牛、蚯蚓，还有鱼，后来就是小鸟。无论是哪种动物，你都热衷于把它们的头和身子分离，然后看着它们垂死挣扎，自己在旁边露出满意的笑容。我那时候试过各种各样的方法，我给你讲故事，我告诉你这是错的，我教育你要爱护小动物，我严厉地斥责你，我想让你和其他孩子一样。每次你和其他孩子一起玩耍，我就会提心吊胆，提防着你做出什么可怕的事情来！我承认，是我的疏忽，让你没有一个完美的童年，也是因为我没有看管好你，才让你被烫伤，可那也是有原因的。我把你送去那些幼教班，老师很快就会来告状，说你不合群，和班上的同学发生了冲突。我带你去看医生，带你去研究院，带你去一切可能帮助你的地方。可是，都没有用。我是把你放在我的饮品店，那是我唯一在上班时还可以监管你的地方。我会在人群之后看着你，我以为你只是有点孤僻，有点古怪，你会随着年龄增长逐渐变得正常，但是我错了，我有一次看到了你的速写本……我看到了你的那些画……"现在只要回想起那些画的内容，闫雪还是会感到不寒而栗，她无助地用手捂住自己的脸，"从那以后，我躲你躲得更远了……"

傅云初张开口，有些无力地辩驳着："但是，只是一些画而已……"

闫雪叹了一口气继续说："我的工作压力大，我和你的父亲关系也不好，我时常严厉地骂你、打你，然后再抱着你哭，因为我无能为力，我不知道怎么办。后来的一切还是发生了，你在上小学三年级的时候，用手工刀划破了同桌的脖子，只是因为力气小，刀口没有太深！学校想要把你开除，所有的家长都用怪异的眼神看我！我终于崩溃了，我和你父亲因为你发生了激烈的争吵，他认为你是正常的，而我一直对你有所担忧。最后的结果你应该也知道了，我们离婚了，你转学去了华都才能继续念书。我是怕了，我是错了，那些魔鬼般的思想，是刻在你的骨血里的，我不知道那些残忍的念头从何而来，但是那些就是客观存在的……我不了解我自己的儿子，尽管你是我的身体孕育出来的……"闫雪说着掩住了脸颊，她哭了出来，"我不知道……怎样才能拉住你。"

"我早就知道，你可能会走到这一步，我就是不敢承认而已……我时常做噩梦，梦到有一天，我也会和那些女人一样，被你杀死。"

傅云初看着眼前的这个女人，他儿时的记忆已经相对模糊了，很多闫雪说的事情，他已经记不清了，自己真的是从那时候起就和别的孩子截然不同吗？自己真的做过那么多残忍的事情吗？现在他以一个成年人的角度来回忆这一切，他发现自己的大脑一片空白。他一直怀着对闫雪的恨意，这么多年来，每杀掉一个女人，他就像是把自己的母亲凌迟了一遍，他认为是她的冷漠造就了如今的自己。可是事实究竟是怎样的？为什么从闫雪的口中讲述的是另外一个版本？是因为他一直有一个魔鬼的灵魂，所以才走到了今天的这一步？还是因为他自身的行为怪异，而闫雪当年所做的事情加剧了这种发展？

"我没有尽到一个母亲的责任。我以为自己无力教育你，我麻痹自己，我告诉自己，也许你的父亲说得对。我以为我把你丢开，不闻不问你就能够成为一个好人，一个乖孩子。我做错了事情，我没有肩负起教育你、监护你的责任。我做错了事就要付出代价，你可以夺走我的生命……"闫雪说着，用枯瘦的手拉住傅云初的手腕，"但是云初，杀了我以后，去自首吧……我求求你了……"

忽然，传来一阵嘈杂声，傅云初转头，远远地，他看到一些全副武装的特警迅速包抄过来。警察经常竟然这么快就找过来了！

"你是在拖延时间！"傅云初转头看向闫雪。

"没有……我没有……我根本不知道你会过来，也不知道你做过什么……"闫雪摇着头，"我要是报警了，怎么还会让你去自首……"

傅云初从包里把枪拿出来，抵住了闫雪的太阳穴："你根本就是自私，你从来只是为了自己，你根本就没有考虑过我！"

安城闫雪家的居民楼下，陆俊迟的车终于到了，这一路他开得很快，又走了近路，这才能够这么及时地到达。

安城的警方早已经把闫雪的家团团围住。安城总局的负责人杨升和陆俊迟一起开过几次会，彼此都认识，杨升迎过来打了个招呼。

陆俊迟问："杨队，里面的情况怎么样？"

杨升说道："刚刚疏散了居民。凶手之前和他的妈妈对过话，情绪十分激动。他的手里有刀，也有枪，居民楼里的居民虽然已经撤离了，但是地形复杂……难以狙击。"

陆俊迟问："你们对峙多久了？"

杨升有点尴尬地摸了一下鼻子："10分钟，有特警守在了门口，我们已经进行过一轮喊话预警，目前还没有什么效果……"

陆俊迟回头打开车门向苏回问道："苏老师，如果要向对方喊话，需要注意什么？"

苏回略微思考了一下说："不要给他外在刺激，不要提起他的罪责，不要提起那些被杀死的女人……"他停顿了一下，低头说道，"要点太多了，我可以直接和他说两句吗？"

喊话和处理现场是有一定责任的，陆俊迟没有想到苏回会主动和他提出这个要求，他微微一愣。

杨升正在一筹莫展，此时在一旁听到了他们的对话："陆队，你带谈判专家来了？那就好办了啊。这事还得让专业的来……"

陆俊迟迟疑了一下，考虑是否要把苏回并不是谈判专家的事情告诉杨升，但是他看了看苏回，决定相信苏回。眼下，他们中的确没有人比苏回更适合和屠夫对话。陆俊迟把对讲机递给了苏回。

苏回解开了安全带，从车里出来，他的腰活动起来还有些痛，还好没有出现更严重的状况。

两个人跟着杨升走到了一处居民楼的顶楼平台之上，这里和闫雪的房子遥遥相对，大约相隔了20多米，可以看到屋内的情况。平台的两边安排了狙击手，只是因为傅云初一直掩藏身形，又和人质的距离很近，无法进行射击。

苏回靠着护栏站着，对一旁的陆俊迟道："我会尝试把他引到窗边，适合的时候你们可以对他进行控制。"陆俊迟答应了一声，拔出枪握在手中。

苏回先是冲屋内打了个招呼："傅云初，你好。"

傅云初出现在了阳台的角落，冲着外面激动地喊："走开，都走开，我不需要和你们对话！你们谁敢过来，我就杀了她。"透过阳台一旁的窗台，警方只能够看到傅云初的部分身体，他还穿着沾血的女装，此时看起来有点滑稽，他的左手拿着刀，右手握着枪，把整个身体都缩在墙后。

"我看过你的那些画。"苏回继续试探着说。

"滚！都滚！老子不想听你们这些鬼话！你们不离开我马上就杀了她！"苏回的话引起了傅云初激烈的反应，他手中的刀一直没离开闫雪的喉咙。

苏回却是不慌不忙的，他继续说："杀了你的母亲，不会让你变得更好受。"犯罪实施的过程中，犯罪动机是在不停地变化的，他很快从两人的关系中判断出来，傅云初的犯罪动机发生了变化。傅云初是憋着一口气，开车数十公里来到这里的，虽然不知道发生了什么，但是苏回感觉到，他对于母亲的恨意有所削弱，也正是因此，他没有马上杀掉自己的母亲，而是选择把她作为人质。苏回判断，傅云初的犯罪动机已经产生了动摇。

傅云初的骂声没有很快传过来，苏回继续说："就像是你小时候特别喜欢吃的面包，等你现在再回去吃的时候，你会发现味道和记忆中的完全不一样。"

"住口！住口！"傅云初做了一个挥刀的动作。

闫雪吓得"啊"了一声，不过这个动作不是划向她的，而是隔空刺向正在说话的苏回以及那些警方。傅云初因为激动，有一瞬间是暴露在警方的枪口之下的，但也仅仅只是一瞬间而已，时间太短暂了。

陆俊迟握紧了手里的枪，看了旁边的苏回一眼，贸然开枪不仅无法制服暴徒，还会激怒他，或者是误伤人质，他必须极为谨慎。此时苏回的表情依然是淡定的，让现场的紧张气氛也随之沉静下来。

苏回的眼睛微微一眯，他继续说："你是爱她的，这一切和她没有关系。"在傅云初的身上，苏回看到了恋母情节，他的画作之中，有很多女人的形象都在影射闫雪，或许傅云初自己的内心都还未意识到，他对母亲的依恋。苏回毫不留情地指出了这一点，继续瓦解着傅云初的动机。

"你们什么都不知道！你们这些警察……根本不会明白我的痛苦……"傅云初咬

着牙反驳。

"我知道有人喜欢你的画,有很多人喜欢你的作品,你只是……跟很多人不一样而已……"

"你骗我!你们警察都是在骗我。你们就是要逮捕我,杀了我!"傅云初又激动起来,他不停地挥动着手里的刀。

"我没有骗你,我看过你的画,我喜欢你画里的一张。"苏回停顿了一下说道,"那幅画叫《暗潮》,那是你所向往的生活。"苏回说出这句话,傅云初整个人就定住了,他愣了一下,而此时,他的身体有一半是在窗外的。

陆俊迟之前也看过那幅图,他记得画面是俯视的视角,画的是一个小男孩独自坐在船上,看着船下的湖水,水里有着各种各样的倒影,高楼、大厦,还有人群。他之前看到那幅画的时候,并没有发现那幅画有着什么不同,但是显然,那幅画对傅云初的意义不同寻常。

陆俊迟忽然想明白了,他之前看傅云初的作品,以为他没有画过男人,但是准确地说,他只是没有画过成年的男性,这幅画作上出现的是一个男孩。

陆俊迟还记得傅云初的其他作品中,没有什么暖色的色调,但是这幅画作上有夕阳,把男孩还有他所处的世界照得一片暗红。那是他的画作中唯一一张描绘童年生活的一张。画中的男孩与其说是在看水和鱼,不如说是在看城市里汹涌的人潮,看夕阳折射出自己的倒影。暗潮,是他内心的波澜暗涌,代表着傅云初对正常生活的向往。只有那一刻,他摒弃了所有的疯狂与残暴。但是同时,男孩的眼神里流露着绝望。他始终是作为一个异类,看着那些人们……他是一个怪物……一个嗜血的怪物……

一瞬间,傅云初仿佛回到了童年时代,透过饮品店的玻璃,看着窗外的人潮,向往着成为其中普通的一员。

傅云初情不自禁地看向了苏回,他愣神的时间只有短暂的几秒钟,机会稍纵即逝。一声枪响,是陆俊迟果断地开枪,他站在苏回的身边,所在的方位是最佳的观测点,比狙击手的方位还要合适。他的手是稳的,如同千万次练习之中射出子弹一般。陆俊迟的枪法很好,心理素质也极佳,每一次子弹破空,都会稳稳地射中靶心。时间仿佛暂停了,那枚子弹飞快地破空而过,准确地击中傅云初的胸口,飞溅出一团鲜红。

与此同时,闫雪也听到了枪响,她"啊"了一声,下意识地做了一个回护儿子的动作。

鲜血流出来,傅云初缓缓倒地。

这一切发生得太快,随后其他警察才反应了过来,早就准备在门外的特警迅速进入房间,把哭泣的闫雪和傅云初分隔开来。

对讲机里很快传来了消息:"嫌疑人只是受伤,还没有死,已经被控制住,人质已被解救。"

苏回看向房间的方向,眼前朦胧一片。他是骗了傅云初,一旦心中那些怪物冲出

了牢笼，沾染了血迹，傅云初就再也无法和正常人生活在一起了。他会遭受万人唾弃，被法律制裁。那幅画所代表的含义，只是他自欺欺人的一场梦。从这个残忍的人举起电锯的那一刻起，面对他的，就是杀人偿命，就是死路一条。

第23章

晚上6点,夕阳西下,华都中学旧址。一队法医和物鉴人员来到了学校后面的一片核桃林。核桃林里郁郁葱葱的,草木繁盛。这片核桃林说大不大,说小也不小。在华都中学搬迁之后,这里早就已经鲜有人至。

刑静拎着检测箱,忧心忡忡地问站在她身边的商卿寒:"商主任,谭局是从哪里得到线报的啊?"

商卿寒是华都总局的法鉴室主任,今年35岁,早已经波澜不惊,他淡定地看了看周围的环境,说道:"谭局直接下达的命令,应该自有原因吧。"

刑静微微皱眉,她觉得今天得到的命令有点过于模糊了,什么接到线报在这片核桃林里可能埋有一具女尸,至于这具女尸是谁?什么时候被害的?具体埋在哪里?是谁举报的?一概不知。

可偏偏谭局让他们仔细搜查,商主任更是对着手机讲了几句以后,脸上的表情就变得严肃起来,随后让他们所有人放下手头的工作,除了在出外勤的,全部人都带过来。

在这样的情况下,刑静对这个消息的来源就更加好奇,她一边戴着手套一边试探着问:"今天我们能够有收获吗?"

商卿寒道:"那要查了才知道。"

20余人开始从核桃林的外围逐步往里搜索。只要有人来过,就会留下痕迹。就算时间跨越几个月,甚至跨越几年,还是会有一些线索保留下来。踩出的脚印,土地上的划痕,滴落的血迹⋯⋯这些蛛丝马迹躲不过专业物鉴的眼睛。

很快有人在核桃林的西边有所发现,通过对讲机道:"商主任!这边的植物有被压过的痕迹。"

商卿寒急忙走了过去,在那一片区域,植物生长的方向有些诡异,地面植物会追逐光照的方向,而那一片的植物,枝叶朝着一个方向统一倾倒,随后又因为阳光的照射,拐了一个弯儿朝向着太阳。这明显是被重物拖拽而过以后形成的痕迹。那些植物并未因拖拽死亡,而是因为这种拖拽改变了生长的方向。

商卿寒鉴定之后,让几位物证人员拍照,然后把其他人往这个方向调派:"大家沿着痕迹的方向,重点查找。"

很快,他们就在前面不远处发现了一处泥土被翻动过的痕迹。尽管那个地方早就被人小心翼翼地填平,又抹去了附近的脚印,还是可以看出来和其他地方有所不同。

"应该就是这里!"商卿寒做了判断,"你们马上拍照,留存好证据,然后开挖。"十几位物鉴和法医纷纷忙碌起来,拉起了封锁线,一切有条不紊地进行着。

刑静有些不敢想象,这林子的下面竟然真的埋着什么东西。

有男同事在，她们几个女生不用亲自动手，很快就有人挖开了那处有掩埋痕迹的土地。

20厘米，50厘米……随着挖下去的地方越来越深，掩埋过的痕迹就越来越明显，只是一直挖到了一米多，还没有见到尸体的踪影。

太阳逐渐西沉，气温也降了下来，商卿寒脸上的表情变得越来越严肃。

物鉴何伟一向对土壤多有研究，他看了看附近挖出的泥土道："这么深的坑，是被挖了几次才形成的。"

刑静探下身去，再挖下去怕是要有一人深了："凶手可真有耐心……"她工作了这么多年，还是第一次看到这么深的埋尸坑。

商卿寒开口判断道："凶手不希望别人发现尸体。"

在挖到将近两米深时，腐烂的尸臭味涌了出来，终于有人道："挖到尸体了！"

有两个人下到了大坑里，帮着往外清理尸体，刑静探头去看，尸体已经有部分白骨化，但是通过衣着可以大致判断，遇害人是一个年轻女性，遇害的时间是今年春天。

借着灯光的映照，刑静忽然想起了什么，她把口罩往上拉了拉："这个衣着……难道受害人是……裴薇薇？"

说出这个名字，刑静的声音有点颤抖，她觉得眼睛有些发热，随后感觉有泪水在眼眶里打转。作为一直关注着这个案子的法医，她怎么也没有想到，今天挖到的会是裴薇薇的尸体。

失踪百余天的女孩终于被找到……她不免激动地哭了出来。裴薇薇，欢迎回家……

"裴薇薇？那个失踪已久的女生裴薇薇？"

"我前几天才看过她父母的采访。"

"很有可能是她，我记得裴薇薇失踪时就穿了这么一件大衣。"

"找了这么久，终于找到了……"

"她真的是被宋融江杀害的吗？"

众人的情绪一下子激动起来，商主任严谨地道："现在还不能完全确定受害人的身份，你们尽快把尸体运回去，进行尸检和比对。"

虽然话是这么说，但是刑静分明感觉到了商主任长长地出了一口气，心中的石头终于落地的感觉。他又叮嘱道："刑静，你看一下现场，我去跟谭局汇报一下。"

刑静道了一声"是"。她看着商主任转头去打电话的背影，心里不由得猜测，之前警方调查了那么久都一无所获，谭局究竟是从哪里得到的消息呢？这个世界上，难道真的有人能够窥测出那些凶犯心底的秘密？

晚上8点，陆俊迟的车终于下了高速公路，停在了一家饭店门外。之前苏回希望当天能够赶回华都，于是陆俊迟完成交接以后，两人没吃晚饭，就开车往回赶。现在距离华都警官学院已经不远，陆俊迟再次提出要请苏回吃饭，苏回没有拒绝。

陆俊迟选择了一家大众点评上评分不低的粤菜馆，点了几样清淡的菜。陆俊迟感到十分饿了，苏回却吃得不多。

陆俊迟带着一些歉意开口："苏老师，这饭菜是不是不合你的口味？"

苏回摇了摇头，低头喝着水："这里的饭菜挺好吃的，我的饭量一向不大，你不用介意。"

说到这里，苏回低咳了几声。苏回这么坐着的时候，腰部又有点隐隐作痛。这一时好一时坏的状态，让他完全不敢用力。

陆俊迟吃得差不多了，他放下筷子，用纸巾擦了擦手，随后抬头对苏回道："不管怎么样，都要特别感谢苏老师，如果没有你的指导，案子是不会这么顺利、这么迅速破获的。"

苏回侧头道："不用谢我，我只是碰巧帮了一点小忙。"实际上，这段时间他每次遇到陆俊迟都有一定的偶然性，不知不觉地就跟了一个案子。

陆俊迟又道："苏老师，我有一件事不太明白，在这个案子里，我感觉你是在运用一些犯罪心理的推导，准确率也很高，可是第一次见面时，你为什么有些排斥犯罪心理侧写呢？"

苏回一愣，然后开口解释说："陆队长，你误会了，我并不是排斥犯罪心理侧写，我只是认为，那些心理侧写必须建立在了解实际案情的基础上。"那次和陆俊迟见面时，时间短暂，很多缘由他并没有时间说清楚。

看陆俊迟有些疑惑，苏回握着手杖继续解释："我个人认为，犯罪心理侧写师不能坐在办公室里，仅凭一些照片、文件，是无法得出正确的结论的。而伴随着调查，对凶手获知的越来越多，并且确认情报真实的情况下，犯罪心理可以作为一种辅助手段存在。"苏回此时的说法，结合这一案件的实例，陆俊迟有些理解了。

陆俊迟一开始去拜访廖主任也好，询问苏回也好，都是让他们站在案子的外围进行指导，在对犯罪分子不够了解的情况下，得出的侧写如同廖主任对他说的那些结果。即便其中有正确的信息，也是和错误的信息混杂在一起的，并没有实际意义。所以那时候苏回一再提醒他，不能把此时的侧写结果当作真实结论，一定要结合实际情况。但是随着案情一步一步推进，已知情况越来越多，犯罪心理侧写就可以起到一定的作用了。

陆俊迟又问："苏老师，为什么你会反对行动分析组的存在？"

苏回的眼睛眨了一下，他低头喝了一口水，说道："因为那时候，那个部门已经误入歧途……"

陆俊迟忍不住反驳他："你不能这么说，那个部门毕竟是当年其他人的心血，而他们也的确给出了很多有用的指导……"

苏回的脸上没有表情，手却不自觉地握紧了杯子："正是这种偶尔的正确，让他们更加意识不到自己的问题。"

苏回怕他不明白举了个实例："实际上，在犯罪心理侧写开始应用的历史上，也有这种情况出现，比如当初警方追查'绿河杀手'时，侧写分析就给出了和凶手截然不同的结果，侧写师认为凶手可能抽烟、酗酒，还有可能有过前科，这样的分析结果导致基层警方多次和凶手擦肩而过。这就是警方太过于相信并且依赖犯罪心理侧写造成的后果。"

说到这里，苏回似乎是不愿意再讨论那些事，抬头岔开了话题："你们重案组平时碰到的连环杀手多吗？"

陆俊迟道："总还是有一些的，最近的一位你应该听说过，就是那个杀人的出租车司机宋融江，再有，就是傅云初了。"

苏回"嗯"了一声。今天他刚见过宋融江，后来又和傅云初交过手。这两个人有其特殊性，他们犯罪的动机、方式都不相同，症结也不同，但是同时，他们又有着许多共同点。自负、疯狂、残忍，在他们的世界里，其他生命渺小如尘……

他们都是这个城市里面的屠夫，面对无辜的女性举起屠刀。裴薇薇也好，宁珂也好，那些被害的女性是一条条鲜活的生命，她们有父母，有家庭。她们不该受到这样的对待，不该有着这样的结果。

陆俊迟继续说道，"我刚回国的时候，发现国内很多地方对连环杀手这种说法很排斥，很惶恐。他们有点讳疾忌医，希望这种人永远不要出现，但是同时希望警方能够快速把他们抓捕归案。"其实，无论各国，总是不可避免地会有这样的人存在。每一次警方遇到这样的凶手，与之交手，都是一个复杂而艰难的过程。

苏回："这是正常的。国内接受连环杀手这个概念，就用了许多年。人们对于不了解的东西，第一反应都是否认它的存在，就像是否认了就真的不会存在一样。"就连犯罪心理学，也是源于西方。国内对这些理论的接受、研究，比国外晚了不少年。时至今日，他给学生们讲课时，大家也更多的是以一种猎奇的心态来听，直到遇到裴薇薇的案子，才让他们觉得那些穷凶极恶的凶手原来就生活在他们附近。他们可能和大家共处在一个城市，呼吸着同样的空气。

陆俊迟道："我也听说过一些，比如隔壁的邻国，就一直声称自己的国家没有连环杀手。"

苏回点了点头："直到'棋盘杀手'的出现。"正是"棋盘杀手"的出现，让邻国的警方被迫正视了连环杀手的存在。因为那些错误的观念，"棋盘杀手"做恶数年才被人发现，他的出现也狠狠地打了那些无知者的脸。

陆俊迟道："我个人觉得，环境安稳一些，我们警察努力一点，就会太平一些。法律宣判、制裁一个罪犯很容易，可是怎么追本溯源，了解发生过什么，找出更多避免杀戮的方法其实更难。"人们必须意识到，研究那些连环凶手的心理，正视他们，或许能够挽救更多无辜者的生命。这是现代犯罪学的进步。

第24章

"彼得·弗伦斯基曾经说过："连环谋杀是种无药可医的疾病，无论是时间，还是药物，都无法缓解连环杀手对谋杀的渴望——只有杀人可以缓解。'"苏回眨了眨眼睛说道，"可是，从最初起，那些人就不应该给自己开始的机会。我听说过一个故事，有一个男人，已经30多岁了，忽然有一天，他发现他对自己的侄子有不好的想法。他当时就震惊了，不知道自己为什么会有这样的想法。随后他去了医院，对自己进行了化学阉割。"连续和两位凶手过招，苏回现在感觉有点疲惫和无力，但是他忽然想起了这个故事，深有感触。

陆俊迟听到这里愣了几秒钟，随后用手托着下巴道："他的做法让我觉得敬佩。"

苏回低着头继续说："这个例子我举得有点极端了，但是我接触过那些人以后，就会发现，他们从某种程度上而言，也是普通人。至少他们在犯罪之前，只能算是有些奇怪的普通人。"

饭店里人来人往，人声鼎沸，人们笑着，聊着天，窗外是灯红酒绿，夜色下繁华的城市，桌子上是各种美食。艳丽的衣着，美丽的外表，精美的食物，这就是都市人的日常生活，也是一些人所向往的生活。

听着苏回的话，陆俊迟有片刻恍惚，苏回似乎是不同的，他好像可以轻易走进那些人的内心……

陆俊迟道："我觉得，如果那些人克制住了那些念头，也许他们一辈子都不会成为一个变态杀人狂。"

苏回点头："大部分人的性格深处都埋藏着兽性，我们活在世界上，就要学会驯化自己的兽性，与之和平相处。我们需要学习法律，这就是身处人类社会的代价。反之，一旦平衡被打破，就会受到法律的制裁。"不是每个人都有魄力斩断自己兽性的一面。

说到这里，苏回忽然想起了连环杀手BTK寄给警方的一封信："有时候我会被迫按照恶魔的想法进行游戏，也许你们可以阻止他，但我不能……祝你们狩猎快乐。"

陆俊迟安静了一会儿，点点头说："你说得很有道理。"

一顿饭吃完，陆俊迟去买了单，苏回站起身，却觉得腰部又是一阵疼，他忍不住抿起嘴唇，用手扶在了桌子上。看着苏回的脸色变得越发惨白，没有血色，陆俊迟不禁问："苏老师，你是不舒服吗？"今天下午他们一直在一起，他早就发觉苏回有些异常。

苏回道："我没事，可能是下午扭到腰了，回家睡一觉就好了，不用再麻烦你了。"

陆俊迟担心地说："还是拍个片子看看吧，市人民医院就在前面的路口，我还是带你去看看吧。"

苏回本想拒绝，但是他觉得腰部的疼痛在逐渐加剧，几乎到了站立都有些困难的地步，从下午到现在，他的腰部疼了几次，那种疼就像是骨头的缝隙里镶嵌了一枚子弹。他忍到这时，冷汗肉眼可见地遍布了额头。

看到苏回这个样子，陆俊迟做不到坐视不管。上车时，陆俊迟伸出手扶了苏回一下，他无意之中触碰到了苏回的手，现在是盛夏，苏回的手却是依然很冷。

一路到了医院，陆俊迟跑前跑后地挂了急诊的号，拍片子，做完检查，急诊的医生建议住院观察一晚。陆俊迟特地帮苏回要了个特需的单人病房，是骨科 23 床。

有位骨科的值班女医生过来，看到陆俊迟问："患者家属？"

陆俊迟纠正道："朋友。"

医生看了看他，然后又看了看躺在床上的苏回："还好，没有伤到骨头，就是扭伤，先输液把炎症消了再观察一下，如果明天没事就可以回去了。对了，我回头给你开一副医用腰托，以后要带，还有你的肌肉无力，以后要注意锻炼啊。"

苏回没听清，问道："什么？"

医生解释道："腰太细了，没有肌肉。"

陆俊迟："……"

苏回："……"

"来吧，家属和我来拿单子。"医生交代完，又对陆俊迟道。

陆俊迟跟着走出来，纠正道："是朋友……"

好不容易按医生的要求都办完了，陆俊迟回到病房，苏回还在躺着，侧着头没说话。有个小护士过来撩起苏回衣服给他的腰上贴了一块膏药，然后扎上针开始输液，他一直挺配合的，咬着牙默不作声，似乎早已经习惯独自承受那些病痛。

陆俊迟在一旁看着，只觉得苏回的腰细瘦脆弱，好像是一件易碎的瓷器，此时那白瓷般的皮肤上有一块青紫。陆俊迟想起了医生之前的话，这才注意到，好像苏回的腰比女孩子的腰还要细。

输液的药里加了止疼药，见效很快，苏回的脸色终于逐渐好看起来，嘴唇上也有了血色。

陆俊迟看了看时间，问苏回道："好点没？"

苏回"嗯"了一声，他现在就是不太敢动。病房里十分安静，两个人好像不聊点什么就有点尴尬。

苏回的睫毛动了动，为了缓解尴尬的气氛，说："过去我爸对我很严厉，每次我生病，都会批评我……小时候有一次，我和小孩子一起爬树，手摔脱臼了，还是我妈问我，我才承认。我爸发现了，冲我狠狠地发了一顿脾气。"现在苏回回想起那次父亲发火，还是心有余悸，他从来没有见过父亲发那么大的脾气，气得手都发抖，好像他闯了什么天大的祸事。那次，他的手摔脱臼了没有哭，却被他的父亲骂哭了。

苏回不喜欢来医院，就算是这次，也差不多是被陆俊迟拖着来的。他有点拖延症，

以为像鸵鸟一样等事情过去就可以一切变好。可是大部分时候，事情并不是像他所希望的。

陆俊迟道："估计你爸也是急的吧，我的父母也是，每次我生病，他们都是互相埋怨对方。"

说到这里，陆俊迟想起了小时候一件很有意思的事情，他想要开解苏回，就给他讲了起来："我还记得，有一次我弟弟得了急性阑尾炎，一家子三更半夜去儿童医院，我妈埋怨我爸不该让我们吃完饭就去踢足球，我爸埋怨我妈宠着我弟弟，吃了饭后水果才会这样。那时候我就站在病房的门口，床上躺着疼得打滚等着手术的弟弟，我爸妈却在医院楼道里差点打起来。我去劝他们，结果你猜怎样？"

陆俊迟还是第一次和苏回说这么多的话，苏回一下子就猜到了结果："不会是迁怒于你了吧？"

"还真差不多，两个人好像终于抓到了罪魁祸首，合起伙来质问我，说我也去踢球了，怎么没事？为什么没有看好弟弟？把我问得哑口无言。"现在想起这些，陆俊迟还不免摇头轻笑。他平时话不多，更是鲜少和别人谈到家人，现在却不由自主地把自己的故事讲了出来。

陆俊迟突然想起了什么，问道："对了，虽然现在看起来问题不大，但还是得住一晚院，你家里有什么人需要通知一下吗？"

"不必了。"苏回轻轻闭上了双眼，"我的父母在前年出车祸去世了。"事到如今，他就算拖得再久，他的父亲也不会说他了。

陆俊迟微微一愣："对不起。"

苏回面色一片淡然，声音也很平静："没什么要对不起的，我现在一点伤心的感觉都没有了。"

他时常感觉他们就像是出差了一样，或者是出了远门，还会回来，打开门对他笑着说："苏回，我们买了你最爱吃的蛋糕。"

自从两年前，他在鬼门关外绕了一圈，醒来后就得到这样的消息。好像就是从那时起，他的世界就封闭起来了，那些记忆变得支离破碎，很多事情记不起来了，喜怒哀乐等情绪也淡了，整个世界的颜色都褪去了。

正说到这里，小护士探过头来："23床的陪床，来拿一下药。"

陆俊迟走到外面，小护士把药递给他，然后上下打量了一下陆俊迟，似乎是觉得他挺帅的，有些羞涩地八卦道："你是患者的朋友吗？还是同事啊？"

陆俊迟犹豫了一下说："陪床家属。"于是，当天晚上陆俊迟就在医院里陪了苏回一晚。

苏回提过让他回去，陆俊迟说自己是单身，晚上回去也没事，不如在这里还能有人聊会儿天。苏回的伤算不上太严重，只是扭伤引起的神经性疼痛，止疼药和消炎的药物见效以后，很快就好转起来。第二天他就好了大半，只是走路还需要小心翼翼的，腰只能直着，不能弯，更不能承重。

陆俊迟开车把苏回送回家，他看苏回似乎心情不错，趁热打铁问道："对了，苏老师，我们重案组还缺一个顾问，你有没有兴趣……"

苏回低着头坐在副驾座上，他的刘海儿有点长了，低垂下来遮住了双眼，让陆俊迟看不清他的表情。苏回犹豫了一下，有那么一瞬间觉得这个提议还不错，可是随后他冷静了下来，还是回绝了："谢谢，不过还是算了。"之前谭局和他说，等手头的事情处理完，会和他再聊一下工作的事。苏回觉得，还是听谭局的安排比较好。

陆俊迟觉得有点遗憾，但还是绅士地笑了一下："不管怎样，谢谢苏老师。"

苏回"嗯"了一声，低头拿了东西下车，扬了一下手："再见。"

陆俊迟也道："再见。"看着苏回独自离开的背影，陆俊迟还是觉得有点遗憾，他欣赏苏回的能力……

苏回转过身，除了觉得腰有点疼之外，还有一种浑身轻松的感觉。

刚才谭局发来了信息，他们已经在核桃林里挖出了一具女性的尸骨，很快就会查验是否是裴薇薇的。他昨天还帮着陆俊迟抓到了傅云初。这是在那件事发生之后，他第一次这么执着于那些善恶之事，如今有了结果。苏回感觉到，似乎有一些力量回到了自己的身体里，那种宛若新生的感觉，让他感到有些愉悦。

第二卷

送命题

第25章

家是世界上唯一隐藏人类缺点与失败的地方，它同时也蕴藏着甜蜜的爱。

——萧伯纳

华都东城，颐新家园，现在是晚上9点。

今晚是阴天，天空中看不到月亮，气温终于降了下来，晚上不用打开空调人也能睡得着。

在小区的第32栋普通的住宅之中，妻子陆琴已经进了卧室，丈夫叶之学还在外面开着电脑查资料。夫妻两个都是普通人，妻子在一家外贸公司做会计，丈夫是一家房产公司的销售经理，最近叶之学的领导调岗去了外地，他可能会升职，于是工作更加勤奋。

这是一个温馨和睦的小家庭，家中的墙上还挂着两个人的结婚照，最大的那张照片，是在夕阳下拍摄的。那是一张两个人互相亲吻着对方的剪影，陆琴戴着浪漫的、长长的头纱，叶之学穿着西装打着领结，那种浓情蜜意几乎要漫过照片晕染而出。他们结婚快两年了，父母急不可待地催了多次，让他们尽快要个宝宝。可是两个人的二人世界还没享受够，还没把要孩子的事情排上日程。

对这对小夫妻而言，这是一个普通得不能再普通的夜晚，客厅里的电视开着，声音不大，就是听个声音，从客厅里透出白色的光。

陆琴在卧室的床上躺着看了一集韩剧，随后就困了，她把平板电脑随手放在一旁，眯了一会儿，正睡得迷迷糊糊的，忽然听到外面有什么奇怪的声音。叶之学好像在和什么人说话，也许是在打电话吧？然后有打碎东西的声音，陆琴被吵醒了，她以为是丈夫不小心打碎了东西，冲着客厅喊了一声："之学，你小点声。"

可随后，她并没有等来叶之学的答复。陆琴睁开了眼睛，她隐约觉得有点不对，又喊了一声："之学，你没事吧？"

客厅里十分安静，依然没有人回答，陆琴坐了起来，周围还是一片黑暗，就在这时，卧室的门被人打开了，然后灯被人按亮。陆琴被突如其来的光亮刺痛了眼睛，她抬起头，看到卧室门口站了一个陌生的女人，个子不高，身材消瘦，穿了一件连衣裙。女人留着短发，站在门口，冷冷地看着她。

陆琴蒙了，她只穿着一件吊带睡衣，急忙拉着被子遮住身体，伸手去抓床头柜上正在充电的手机："你是谁？你怎么进来的？叶之学呢？"陆琴有一瞬间以为是叶之学在外面惹了风流债，这年头，小三太多了，而且胆子大得不得了。

女人并未答话，她站在那里，像是一个消瘦的鬼魅，眼神冷漠地看着她，让陆琴感觉背后发冷。紧接着从门口走进来一个个子高高的黑衣男人，他一边走进来一边用纸巾擦着手上的血迹。入侵者不止一个！

"这是我家！你们是谁？你们怎么进来的？"陆琴尖叫着一下子从床上跳起来，她急忙按着110，然后尖声喊着，"救……"她只叫出一个字，就被那个男人冲过来一拳打在了头上，手机"啪"的一声掉在地上，电话还没来得及拨出去。

这一拳打在了眼眶上，陆琴蜷缩在床上，头嗡嗡作响，眼前都是金星，她这时候才确认，家里进了劫匪了。她忍痛滚下床，用手去摸地上的手机，她的手指就要触碰到手机了，手机却被人拿了起来。那是一个只有十几岁的少年，头发非常短，眼睛细长。

一共有三名劫匪？

那个穿着黑衣服的男人拉着她的头发，把她从床上拽了下来，将她的双手捆绑住。随后陆琴的嘴巴被布条勒住了，她叫不出声音。

陆琴被带到客厅时，发现自己的丈夫叶之学已经跪在了客厅的地板上，他的双手反扣，双脚被绑着，嘴巴也被绳索封住，挣扎着发出模糊的叫声，在他的腿上，还插了一把小刀，鲜红的血液源源不断地流出来。

看到妻子也被抓了，叶之学绝望地用头撞击着地板，试图发出一些声音。可是那个声音太微弱了，甚至不会引起楼下人的注意。

窗外，那么多的房屋都亮着灯，在这个看似平静的夜晚，无人知晓，这一户人家之中，究竟发生着怎样可怕的事。

男人，女人，少年，这样诡异的三个陌生人，忽然出现在他们的家中，控制住了他们。

少年走入厨房，翻动了一下冰箱，从冰箱中找出了一桶冰淇淋，他把冰淇淋拿出来，放在外面的桌子上。那个短发的女人走到窗边，伸手拉上了客厅的窗帘，然后她走到餐厅的桌子旁。男人关闭了叶之学的电脑，然后把他们的手机收到一起，放了桌子上。

家里的电视还开着，播放着晚间新闻。

陆琴的眼中含泪，望着这些人，他们只是普通的家庭，并没有多少钱财，为什么会引来这样凶残的强盗？她紧张地看着那三个人，可是那三个人却似乎无比的悠闲，他们坐在餐厅里，看着趴伏在地板上的这对夫妻，仿佛他们三人才是这个家的主人。

"放了我们……求求你们……"陆琴咬着绳子，眼角流出了泪水。

"你们想要钱吗？我可以把所有的钱在哪里都告诉你们……只要不要伤害我和我妻子……"叶之学也小声恳求道。

男人坐了下来，点燃一根烟，他沉声宣布："从现在开始，这场游戏的规则由我们来制定。"

短发的女人扭过头，饶有兴趣地看着他们："你们很快就会意识到，你们所谓的爱情与亲情，一文不值……"

这时候的陆琴难以相信，这将是她今生度过的最漫长的一夜。三个小时后，陆琴躺在地板上，冰冷的刀子几度刺入了她的身体，每一次的扎入地都可以感觉到金属摩擦过血肉。

疼，太疼了，从来没有这么疼过。鲜血逐渐染红了衣服，从腿上、手臂上不停地滴下来，在她的身体下面汇聚成一摊，她疼得全身都在颤抖。为什么还没结束？

男人拉起她的头发，魔鬼一般的声音在她的耳边不停地问着："你的答案，究竟是什么！"

无尽的寒夜让人战栗，陆琴感觉自己已经被逼到了悬崖的边上，再往后退一步就会粉身碎骨，她的嘴唇翕动着，双眼已经无神，整个人都被强烈的绝望所包围。两分钟以前，她听到了叶之学绝望的哭声。那是个摔伤了腿还会反过来安慰她的男人，自从结婚以后，陆琴从来没有听他哭过，但是刚才，隔壁的哭声让人感到撕心裂肺。现在轮到她了。

"我的选择是……"在她说出答案的瞬间，陆琴看到那个男人笑了，那似乎是他所期盼的答案。可是陆琴却忽然感觉心头一沉，她隐约觉得自己哪里错了。

男人的表情透露出一种癫狂与狰狞，他把一件衣服披在她的身上，冰冷的刀锋刺入她的心脏，随着刀尖拔出来，鲜血飞溅而出却大部分被那件衣服挡住。这是娴熟的杀人手法。

胸口疼得让身体无法抑制地颤抖着，鲜血从嘴角蔓延而出，呼吸逐渐停止。陆琴的瞳孔缓慢地扩散，她像是一块抹布一般，被男人丢在了地上，身体逐渐变得冰冷，走向死亡。

结束了，终于结束了……她的人生，她的爱情，她的家庭，她的未来，所有的一切都随着这一晚灰飞烟灭了……

苏回回家以后，一直睡到了第二天下午，最后他是被手机铃声吵醒的。

苏回转身拿手机的时候，动作有点大，影响到了腰间的痛处，疼得他一皱眉，脸色又白了几分，但苏回看了一下电话号码，是谭局打过来的，还是急忙接了起来："喂，谭局，结果出来了吗？事情怎么样了？"

谭局的声音很快从那边传过来："苏回！你怎么才接电话啊？急死我了……"

苏回愣了一下，看了看手机，上面有数个谭局的未接电话，他解释道："我在睡觉，手机铃声太小，我没听清。"

谭局气结："你说你……你一个人住在外面，视力和听力都不好，还不把铃声开大点，我可是一连打了十几个电话了，要是你再晚点接，我就直接杀过去了。"

苏回这时才逐渐从睡梦之中清醒过来："谭局，我这么大的人了，还能有什么事？"

谭局沉默了片刻，跳过了那个话题："苏回，昨天被挖掘出来的尸骨经过了核实，结果已经出来，和你之前的预测的一样，那具尸体是裴薇薇的。"

"找到了就好。"苏回松了一口气，躺回到了床上。然后苏回抬头看了一眼床边的闹钟，下午两点半。他今天没课，不知不觉地就睡到了下午，房间里拉着窗帘，白天和黑夜对他来说界限并不分明。

"多亏了你，我们才能找到她……我替裴薇薇的父母谢谢你。"这个案子有了结果，谭局的心里也是一块石头落地。

苏回："我也是希望自己能够尽一份力。"

苏回又听谭局说："还有，我想和你聊一聊关于你复职的事情，我还是上次的意见，一线是缺少你这种人才的，你已经逐渐适应了一段时间，我也给你做好了妥善安排……具体的，你来市局这边的安全屋找我，我们详细聊一下吧。"

苏回揉了揉眼睛，一伸手惊醒了睡在旁边的亚里士多德，小猫"喵喵"叫了两声，跳下床去。

苏回道："那好吧，不过我现在刚起床，你估计得等一会儿。"

第 26 章

华都总局，下午，靶场上，阳光透过大大的落地窗投射了进来。

陆俊迟站在 20 米靶位之前，拿起枪瞄准了面前的靶子，狭长而深邃的双眸瞄准了靶心，他的动作标准，手也很稳，食指连续数次扣动扳机，后坐力几乎对他的射击没有太大的影响。

不多时，机器报出了成绩：10 环，9.3 环，9.5 环，9 环，10 环……一共 10 枪，最低的也打了 9 环，这样的成绩是其他人望尘莫及的。

陆俊迟打完了连发，整理着枪械，练习快速装弹，弹夹在手中一甩，另一只手一扣，没过一秒就装好了子弹。

在不远处靶位的是刑警队的五队长刑云海，他摘下了护耳，笑着说："哎，我当是哪位神枪手呢，这么一连串的十环。陆队你这一射击，我们都不好意思开枪了。"

陆俊迟笑着谦虚道："刑队，你枪法也不错的。"两个人在年末的考核里打过照面，对对方的成绩都十分了解。

"哎，不是我谦虚，我比起你来，还是差了不止一个等级。"邢云海好像想起了什么，问道，"对了，听说你们那里上个案子结了？"

陆俊迟点点头："刚搞定，不过犯人还在安城的医院里扣着呢。估计要过一段时间才能转过来。"

两个人刚说到这里，乔泽就在门口探头："陆队，市局门口有人找你。"

陆俊迟道了一声："谢了，我知道了。"他整理了一下衣服，还了护耳和护目镜就拿着包从靶场里面出来。

等在门口的陆昊初急忙跑了过来，陆俊迟把厚厚一摞资料递给他："好好复习。"

陆昊初把资料接过来，觉得手里沉甸甸的："谢谢，哥，最近老师狂发文件，学校附近的复印社都排队到几天以后了，你真是及时地救了我一条狗命。"

陆俊迟道："你这一包话倒是把咱们全家都捎带进去了……"

"呸呸，我和宿舍同学开玩笑说惯了。"陆昊初低头一看，翻动了一下资料发现一张不少，拍马屁道，"还是你们重案组的打印机好，比我们学校里两毛一张的清晰多了。"

陆俊迟道："总局门口打印店，一块钱两张激光打印的，是比两毛一张的机器高级一点，别总想着占公家便宜。"

陆昊初看拍马屁拍到了马蹄上："好了，哥，我们这不是也是为了好好学习、好好考试，出来抓犯罪分子报效国家嘛。"他马上岔开话题，"对了，哥，你后来找到苏老师没？"

"见过了，微信也加过了，上个案子多亏他帮忙。"提到了苏回，陆俊迟的心里还是有种说不清道不明的感觉，"不过……"

陆昊初提到苏老师眼睛就发亮："不过什么？"

"我之前有想过让他来我们重案组当顾问。"陆俊迟犹豫了一下，要不要和陆昊初念叨这件事，最后想着不算是机密，苏回也已经拒绝了他，这才说出口。

陆昊初瞬间瞪大了眼睛："哥，你是准备挖墙角吗？苏老师的眼神不好，听力也不好，做不了警察的，你不要欺负他。"

陆俊迟皱了眉，他想保护苏回还来不及，怎么会欺负他？陆俊迟分辩道："我是要找个顾问，又不是要一线刑警……"他停顿了一下继续解释，"而且，你们苏老师已经拒绝了。"至于被拒绝这件事儿，陆俊迟也没有太往心里去，强扭的瓜不甜，每个人有每个人的想法，苏回不愿意，他也不会死缠烂打强迫他答应。

"唔，还好，还好……"听了这话，陆昊初反倒松了口气，"你要是把苏老师拐来当顾问，他教我们的时间就变少了，我还不乐意呢。"

正说到这里，陆俊迟低头看到总局打过来的电话，对弟弟挥了下手道："好了好了，不和你说了，我这边有工作，你好好考试。"想了想他又从口袋里掏出几百块现金塞给陆昊初，"考完了请你们宿舍的同学吃一顿吧。"

陆昊初顿时满脸笑意："谢谢哥，你最好了。"

电话接起来，陆俊迟就听谭局说道："陆队长，我这里有件事情，想要和你商量一下……"

谭局选的安全屋就在总局的边上。

屋子的锁需要高层的指纹才能开启，从电梯一进来就被屋主直接监控，进屋以后极其隔音，室内长期拉着窗帘，让人从外面看不出里面的情况。这里更是有人定期检查，手机信号也被屏蔽了，谈话内容绝对不会外泄。

苏回以前来过这里一次，他进了电梯，谭局就从监控里看到了，帮他按了楼层，开了门。

两个人在沙发对面坐定，谭局开口道："苏回啊，之前的那两年，我很担心你，除了那些学生，你几乎断绝了自己和这个世界的联系。所以那时候你主动提出想要回来，我是特别惊喜的，我思前想后决定先去你家，给你一个案子试试……"

苏回低头道："谭局，让您担心了。"现在听起来，那件事也像是对他的一次考验。他通过了测试，证明了自己已经可以克服那些困难和障碍，谭局这才敢起用他。

苏回清楚地知道，从心理学上解释，去做自己熟悉、有兴趣、能够获得成就感的事是树立起自我肯定的关键步骤。他需要亲临一线，需要依靠那些支撑点，让他的世界不再崩塌下去。

就像他现在和谭局对话时，礼貌、客气，看起来和普通人无异。一切看起来正常极了，他的智商也没有任何的问题，依然睿智，依然聪慧。但是苏回知道，自己的内心毫无波澜，还是有哪里不对劲，那个真实的自己，好像早就溺死在了深海里，如今活在这个世界上的，像是一个同名同姓的躯壳。

他的胸腔里有心脏，但是他却感觉不到它的搏动，也感觉不到情绪的变化。他时常分不清梦境与现实，记忆中的事常常需要翻找凭证才能够辨别真假。他翻看过自己的记事本，只有强烈的陌生感，他确信有些事情是他做过的，却一点儿印象也没有。就像他一直养着亚里士多德，可是他记不得他是在什么时候、什么情况下把它抱回家的。他记得父母去世的消息，可是他找不到一点悲痛感。他甚至觉得，那两个人就那样从他的世界里消失了，安静而平和。

之前他是在寻找裴薇薇，也在帮助重案组，做那些事时，他感觉自己穿过了冰封的甬道，伸出手去触碰过去的那个自己……好像是有那么几个瞬间，他触碰到了，那是一种让他沉浸在其中的真实感。在和宋融江对峙的时候，在和傅云初沟通的时候，他可以感觉到那种紧张，像是利刃划破黑暗，像是刀锋冲破了层层诅咒，他可以看到那些黑暗，刺破它们，随之绽放出光明。

谭局点点头道："对你重回一线的决定，我一直是大力支持的……我想，如果你能够全力以赴，对你的恢复也是一种帮助。"

谭局记得两年前的苏回，那时候他还是个顺风顺水的天才少年，苏回曾经是优秀而思维缜密的，眉眼之间带着锐气。在他的领域里，他是高高在上、不可一世的。但是现在，两年的时间过去，那些全部消失不见。他曾经任由自己沉沦得像是一具行尸走肉，把自己的生活过得一团糟糕。谭局理解苏回想要回到一线的决定，只有这样，他才能够重拾自我，让一切回到正轨。

找到裴薇薇以后，谭局又在苏回的眼睛里找到了那种熟悉的光，尽管只是一点点。他不想让那点光亮再消失了。这个城市需要他这样的人，而同时，苏回也需要通过堪破那些黑暗来证明自己还活着这个事实……

谭局继续说道："既然我们已经在复职的问题上达成了一致，那么我们就来落实细节。如今，行为分析组已经不在了，无法再对你进行匿名保护，从后台走入前台，你又有过去那样的身份，仇家众多。这件事情是有危险的，而且你一个人独居，我也不放心，所以我考虑对你进行一定程度的保护。上次我也说过，你需要一位室友。"

苏回道："谭局，这件事其实你不用太费心……"

谭局道："苏回，我知道你想低调，但这些还是不能省略的。就像今天，你几个电话没接我吓得心脏病快犯了。"

苏回略带歉意地低下了头："我以后会注意接听电话。"

谭局叹了口气："我知道你是不想麻烦我，但是我建议你还是要稍微重视一下这件事，在生活之中也要提高警惕。"苏回见自己说服不了谭局，只好应了一声。

谭局沉默了片刻，开口道："苏回，我不想，当年的事再发生……"谭局欲言又止，苏回知道他在害怕什么，5 年前于烟身死的那件事，始终是谭局的心结。

　　苏回见说不动他，也就不再纠结："那这些谭局你安排吧。"

　　谭局点点头："放心，我一定给你找个靠谱的人选。"

　　苏回轻轻点头，继续听他说下去。

　　谭局道："还有你的课程问题，我知道，这学期你的课程已经结束了，学生的结课作业是小论文。接下来是考试期，学院那边我给王院长打过招呼，不会给你安排监考的工作。也就是说，连着暑假，你至少有两个多月的时间。至于下学期，我和学院那边打了招呼，给你留半年的学术轮空，让你有足够的时间，可以充分适应现在的工作，如果你觉得还是学校舒服，也还可以再转回去。"

　　苏回没想到谭局已经考虑得这么周全，他开口道："看您的安排，不过我具体的工作是……"

　　谭局笑着说："自然是最能够发挥你特长的地方，重案组那边缺个顾问……"

第27章

苏回愣住了，他昨天刚刚拒绝了陆俊迟，结果这么兜兜转转了一圈，谭局还是把这份工作摆到了他的面前。这……未免有点太尴尬了……苏回刚想把之前回绝过陆俊迟的事情告诉谭局，谭局却说上了瘾。

"至于保护的人选，我已经在队伍里帮你物色了一个合适的。哎，这个人可是我们总局里同级别同事中最年轻的，体能考核是第一名，学历还很高，是我们总局年轻一辈里的重点培养对象。而且，他之前也做过保护证人的相关工作，警惕性高，也很有经验……人呢，长得高高大大的，不知道多少领导相中了，想让他做女婿，让我帮着说媒呢，哈哈，可是这位小同志的要求还挺高的，至今一个也没看上……"

苏回听到这里抚额，越听越不对劲，这段台词怎么听起来这么像是介绍相亲对象呢。

谭局正说着，门铃声响了，他起身去开门，边走边说："对了，你们也认识……"

听谭局说到这里，苏回忽然有一种奇怪的预感，他回身去看，却又一次扭到了腰，疼了一下以后，不敢再动，然后他就听见谭局热情地说道："陆队长，进来说……"

陆俊迟进入房间，坐在了苏回旁边的位置上。苏回可以闻到陆俊迟身上那种淡淡的薄荷香，他想起自己昨天坚定的回绝，打脸来得有点快。气氛一时变得有点尴尬，苏回有点不敢抬头看陆俊迟，他借着伸手托腮的动作，遮了一下脸。

陆俊迟光凭背影就认出了苏回，侧头礼貌地打了个招呼，然后冲着谭局轻轻点了一下头。

谭局轻咳一声，对陆俊迟说道："陆队啊，苏回老师你应该认识，他就是之前我和你说过的，我给你们重案组物色的顾问人选。"

陆俊迟不知道苏回现在为什么同意做顾问了，他猜测是谭局说动了苏回。昨天苏回拒绝了以后，他还以为这事没戏了。现在忽然听到这个消息，还感觉挺惊喜的。

谭局继续说道："我看了你们交上来的上一起案子的报告，你们配合得十分默契。"

陆俊迟连忙点头，难掩喜悦之情："谢谢谭局，这个人选我很满意。"

谭局又说："还有，之前我电话里和你说的，考虑到苏老师的人身安全，在他为重案组担任顾问期间，总局会出一名警察对他进行日常保护，保护期定在6个月左右，和你之前做过的差不多。"陆俊迟知道侧写师的工作是非常危险的，人家愿意过来当顾问，他们提供安全保护，这件事情听起来合情合理。

陆俊迟刚进总局时，被领导指派过为期三个月的保护工作，当时的工作是保护一位重要的证人，他的工作完成得相当出色。他足够警惕，化解了几次危机，也因此被破格提升，才这么快就到了重案组组长的位置。

谭局从桌子上掏出一份保护证人的协议："这是正式的任务派遣书，陆队长你详细看一下，和你之前签的一样，工资加成的部分会体现在薪资里。"

华都的证人保护，是按照保护级别、保护时长来分的，最高的保护等级是24S+，也就是24小时，两人以上贴身保护。上一次陆俊迟完成的是24A+，24小时单人保护，其他的还有8+工作时间保护。

这次12A+差不多是第三档，需要贴身保护的时长不低于12小时，也就意味着要同住了。事到如今，陆俊迟终于明白谭局之前说的让他不要续租房子是什么意思。恐怕老局长那时候就做好了打算，想要这么安排。

谭局解释道："陆队长，苏老师家有空的房间，你可以住过去。马上要放暑假了，他下学期也没有课，会好好配合你们工作的。"谭局的如意算盘打得好，上班、下班，这样一来，保护的时间就足够12个小时了。有个人和苏回住在一起，他也更加放心。

随后谭局又道："陆队，其实你也不用那么紧张，苏老师现在并没有什么危险，也没有迹象证明他一定会受到袭击，我只是把级别标得比较高而已。你所做的事只是防患于未然。照常工作、照常生活，只是需要留意生活之中是否有可疑的人、可疑的事，尽可能地让他更加安全就好。"

陆俊迟"嗯"了一声，抬头问谭局："具体工作从什么时候开始？"

谭局松了一口气："顾问的事情看苏老师什么时候方便，我这里是按照月初计算上岗的，还得看什么时候有案子。"

苏回的反射弧有点长，他低头算着，月初，那不就是……明天？听起来好急啊……

他又听到谭局说："保护工作也是越快越好……你们队里刚破了残肢案，我可以给批你一天的假休整一下……"

陆俊迟心领神会："那我今天就回去准备一下。"说完他拿起了一旁的笔，落笔签字。

等他们全部谈完，迅速达成了协议，一直在旁边听着的苏回终于反应过来，他好像就这么被谭局卖给重案组了……

陆俊迟回家把自己的东西搬到了车里，和房东退了租，很快就开车到了苏回家的楼下。

这个地方他来过一次，这次过来轻车熟路。

苏回接到他的电话，出来给他开了门。到门口时，他一边开门一边给陆俊迟打预防针："我家里还没收拾好，有点乱。"

陆俊迟做着心理准备，想起了苏回的桌面，轻描淡写地道："没关系，我有个弟弟，我不在家的时候，他总是把家里弄得很乱。"

门被打开，屋子里的空调有新风系统，空气的味道不难闻，看上去灰尘也不多，可是所有的东西似乎都是随手放置的。衣服摊开了放在沙发上，随处都是书，旁边放着几个空了的玻璃杯，地上也有各种杂物，一些塑料袋，还有没收起来的快递纸箱，和随手丢弃的纸团。

整个房间唯有中央的茶几算得上干净，那是一张非常巨大的茶几，上面堆放了许多细小拼图的碎片，没有放其他的东西。那幅拼图刚刚拼了一半，可以看出来和一般的拼图完全不一样，陆俊迟走近了发现，那幅拼图的边缘居然是圆形的。

陆俊迟看了看房间，又看了看苏回。他的皮肤白净，五官俊秀，刘海微长，总是喜欢穿着衬衣或者是风衣，他那种冷淡而又文质彬彬的气质会给人一种干净的错觉，但是偶尔放肆的衣角和翘起的头发会让人觉得他有点不修边幅，想要伸出手帮他抚平。现在看到他的住所，陆俊迟心想，这位苏老师已经把自己收拾得很不错了……

苏回一直很喜欢陆俊迟的行事风格，对他的印象很好。他对陆俊迟有着莫名的好感，还有一种难以言喻的熟悉感。只要是陆俊迟提的问题，他都会耐着性子给他解答。下雨时苏回向他求助，蹭吃了他三顿饭，上个案子两个人也算是配合默契。

但是，这些并不意味着他们适合作为室友。别的不说，就说个人习惯，陆俊迟的桌面、车，乃至生活环境、工作习惯，都是井井有条的。恰恰相反，他的生活是凌乱的，只要不影响到根本问题，就全部可以无视。能将就的事情一概将就，甚至如果不吃饭、不喝水人不会死，他就干脆不吃不喝了。作息时间也是，没有课的时候，苏回经常时差混乱，一天睡过 14 个小时。现在如果住在一起，两个人都需要适应对方的习惯。

苏回咳嗽了几声，去桌边拿了自己的杯子倒了点水，然后指了一下一个房门紧闭的房间："那间次卧一直没人住，被我当作杂物间了，杂物可以放到床底，衣柜里有一些干净的被褥、枕头，有些是新的没有拆封，你随便用。"

陆俊迟犹豫了一下，环视过乱七八糟的客厅，试探着问："我如果收拾一下的话，你介意吗？"他从来都很尊重室友的私人空间，但是苏回的房间实在是凌乱。

苏回道："你收拾吧，反正学生也会经常来帮我收拾东西。你住过来，我就让他们不用过来了。你不要动我的书、我的床、我的拼图，其他的都随意。"

陆俊迟打开门看了看次卧，这间次卧不小，次卧的床也是双人床，环境比他想象中要好。估算了一下打扫房间的时间，陆俊迟准备先把沙发上的衣服收拾一下，至少有个坐的地方。

陆俊迟问："这些衣服是干净的还是脏的？"

苏回扫了一眼，有些看不清，也看不出来陆俊迟拿的是哪一件："大部分只穿了一次，有事情的话还可以继续穿，我的学生们半个月来一次，如果一直没收就会送去干洗。"

陆俊迟想起了在网上看到过的一句话，每张椅子放久了上面都会长出衣服来。他拿起几件衣服收拾着，想把衣服集中到一起，忽然从衣服下面蹿出了一只什么活物。

陆俊迟看清那是一只猫，猫显然是熟睡中被他惊醒了，尾巴和身上的毛都炸起来，弓着背，瞪圆了眼睛愤怒地看着家里的陌生人。

亚里士多德："喵……"

陆俊迟："……"

苏回指了指放在电视柜旁边的猫窝："它的窝在那里，不过它喜欢睡在沙发上，有时候我放衣服会没注意埋住它。"

陆俊迟："……"这是怎样的人生？怎样的猫生啊？在他看来，这一人一猫活得都挺不容易。

苏回说完，蹲下身学了一声猫叫，等着亚里士多德走过来，伸手摸了摸它的毛。

介绍得差不多，苏回对陆俊迟道："我先去睡了，其他的事明天再说吧。"

陆俊迟看了看时间，现在是晚上 9 点半，但苏回已经一脸倦容，陆俊迟只得道："好，我会注意不吵醒你。"

第28章

陆俊迟在外面收拾了半天，才把沙发收拾出来。苏回在睡觉，他不能用吸尘器，沙发上面的猫毛清晰可见，只能用手大致清理了一下。亚里士多德远远地看着他，小猫咪竖着毛，张牙舞爪的，十分戒备，似乎随时准备咬这个外来者一口。

陆俊迟回身看了看，他忽然注意到，放猫粮的盆子不知什么时候已经空了，于是转身去阳台上取了猫粮往碗里倒了一点。

等猫粮填满，它侧头看了一会儿，终究抵不过食物的诱惑，迈着小步蹭了过去，看陆俊迟还在看着它，小猫梗着脖子，十分傲娇地伸出舌头舔了舔，似乎对那些猫粮不屑一顾。趁着陆俊迟一转头，它就急忙埋头吃起来，陆俊迟听着身后小猫的咀嚼声，就知道这只猫被饿了有一段时间了。

贿赂完了原住民，陆俊迟感觉有点渴了，他决定自给自足。

陆俊迟从桌子上拿起一个看起来还算干净的杯子，去厨房洗了以后，用净水机接了点冷水。

然后陆俊迟去厨房看了一眼，冰箱里没有普通人家常有的新鲜蔬菜、水果，连鸡蛋都没有储备，这里最多的就是各种速食品。冷冻室里速冻的饺子、馄饨，有的已经过期了，苏回大概是连煮都懒得煮。陆俊迟居然还从冷藏柜里找出来两根蔫儿了的胡萝卜和一个长了芽的土豆，这些蔬菜已经在冰箱里生根发芽了。

方便面是成箱的，还有面包、各种饼干，猫粮、猫砂和速食肉罐头丢在阳台的角落里。

陆俊迟顺手把冰箱里的过期食品清理了，又把垃圾袋束好放在门口，他端着水走进客厅，看了看桌子上的拼图。拼图十分巨大，碎片也很多，看起来是1000片的那种，苏回已经拼好了圆形的边框，陆俊迟仔细看才发现，这幅拼图的主题是月球，所有的碎片都是黑白色的，如果拼好，就会是一个巨大的月亮拼图，感觉会十分震撼。

随后陆俊迟走到落地窗前，用手撩起了一角窗帘，看着外面的环境。落地窗上映出了他坚毅俊朗的面容，陆俊迟的表情很严肃。这里是10楼，窗外的视野很好，只要再安装两个摄像头，就可以观察到外面的环境，把一切尽收眼底，这些东西组里都有现成的，看来得把乔泽叫过来一趟，首先排查一遍安全情况，再装上各种装备。车里、家里，这些地方首先要保证安全。小区的环境很好，人并不多，夜色之中，窗外的灯光如同萤火，照亮着整个城市。

谭局说得轻描淡写，陆俊迟可不敢大意。他已经很久没有做保护证人的工作，可是保护苏回的这件事他还是接了下来。

这是因为华都曾经发生过一起案件。案件的死者是于烟——曾经的华都第一侧写师。从表面上看，于烟和陆俊迟没有什么交集，陆俊迟进入警队时，于烟已经死了，可其实，于烟和陆俊迟之间有着不为人知的一层关系。陆俊迟的妈妈姓于，这位于烟就是他的亲小舅。

陆俊迟和陆昊初从小是听着这位小舅舅的故事长大的，甚至当警察都是受他的影响。

于烟5年前遇害的时候，陆俊迟还在国外念书。

那是个冬天，下了场大雪，于烟有事出去，好不容易打了一辆车，半路上遇到修路，于烟无奈地下了车，随后就被埋伏在路边的凶手开枪击中。他中了三枪，其中一枪击中了心脏，另外两枪射中了腹部，以至于完全没有救护的时间，也没有留下任何的遗言。于烟倒在雪地上，左手捂着伤口，身体的血迅速地流出来，染红了他的指尖，也染红了皑皑白雪。

陆俊迟从国外赶了回来，参加于烟的追悼会，他的小舅舅躺在花丛中，看起来还十分年轻。

警方迅速找到了凶手，那是一个于烟亲手逮捕过的凶手，刑满出狱后的第一件事就是去找以前的狱友买了一支枪，然后设伏杀了他。比起实施抓捕的警察，那些坏人反而更害怕、更憎恶那些能看透他们内心、预测他们行为的侧写师。杀害于烟的凶手在警方的追捕中被当场击毙。

于烟的死，在警界引起了轩然大波，这位天才侧写师的陨落，成为华都警界的一大遗憾，也是重大损失。

一转眼，事情已经过去了将近5年。

陆俊迟依然时常梦到于烟，他有时想，那时候于烟躺在冰冷的雪地上，该是多么痛苦和绝望。如果当年于烟遇害的时候，他在华都，那么事情是不是会有所不同。也许那时候，于烟的身边就是缺少一个像他这样的人……不管怎样，两个人面对，总比一个人面对要好得多。

于烟死后不到一年，也就是4年前，谭局力排众议，按照于烟生前的愿望搭建了行为分析组。正因为于烟的牺牲，所有的侧写师才被匿名保护起来，无人知道他们的真实姓名，也不知道代号后的人是谁。

仅有几个人的分析组，曾经是整个华都总局的骄傲。

陆俊迟也是在那时遇到了那个人……整整两年的时间，从陌生到熟悉，成为很亲近的关系。那件事后，那个人就像是从世界上消失了一般，再也没有联系过他。

因此，每次提到犯罪心理侧写，提到行为分析组，陆俊迟就会忍不住和苏回辩论。他想维护那个小舅舅用生命换来的组织，想要维护那个人为之努力的组织，尽管它只存在了短短两年。

陆俊迟愿意来保护苏回，因为他觉得苏回在某些地方和小舅舅很像。陆俊迟甚至怀疑，苏回和那个神秘的行为分析组，有着某些恩怨，或者是联系。

月光，预言家，知更鸟，传闻知更鸟可能是女性，预言家更加沉稳。那么苏回，极有可能就是月光了。

喝完了水，陆俊迟去次卧打扫了一下，这个房间果然是被苏回当作了储物间，靠墙的地方摆满了纸巾、卷纸以及各种日用品，苏回似乎很喜欢囤货，各种常用东西都要购买多份。

很多储物柜都是空的，他一样一样地把东西归拢，分类，放到它们该在的地方。杂物放好，房间很快就被打扫了出来。衣柜里有上好的乳胶枕头、蚕丝被，陆俊迟自己也带来了一些生活用品。他迎来了在新环境中的第一晚。

第二天，苏回睡到了上午，他打开了房门，眼前模模糊糊的，可还是感觉出来有些什么不同。

首先是常年拉着的窗帘被人拉开了，阳光洒了进来。外面的桌子上摆放了几株小小的绿色盆栽，一下子装点了房间。整个房间不再凌乱，变得温暖又明亮。

苏回仔细看过去，几乎认不出自己的家了，室内一尘不染，客厅里除了桌子上的拼图，还有他的书没有动，其他的地方井井有条。随后他的目光往书桌上的笔筒看去，笔筒里面好像是多了东西，走近了一看，居然是满满一筒的签字笔，苏回抽出一支笔看了看，里面的水都是满着的，看上去像是新笔。

苏回回头有点诧异地问陆俊迟："你帮我买笔了？"

陆俊迟道："没有，都是从你家里找出来的。"

"这么多？"苏回惊讶地问，"你是从哪里找到的？"

陆俊迟指了指："有的夹在书里、本子里，有的掉在地上，塞在沙发缝里，对了，猫窝后面还有好几根。"

悬案终于破了，有些是苏回自己忘记了，或者是弄丢了，除此之外，家里还有个"偷笔的贼"。

苏回眯着眼睛，看向罪魁祸首亚里士多德。不知道是不是自己的错觉，苏回觉得亚里士多德也干净了几分。亚里士多德若无其事地开始卖萌，在干净的地面上打了个滚，身体侧翻了360度。这个嫌犯的萌卖得十分到位，苏回的气瞬间就消了，他把手插入亚里士多德的绒毛里，发现它的毛变得松软柔顺了。看来猫也被洗过了，干干净净的。

陆俊迟问他："对了，想吃什么？我去下个单，让他们送菜过来。"

苏回抱着猫问："你会做饭啊？"

"是啊。"陆俊迟回答得十分自然，"我在国外和同学合租房子，都是自己做饭，回国后有时间也会做一些。"

苏回道："我吃得不多，也不挑剔，中午随便做点就行。"

两个多小时后，苏回看到桌上摆满了菜，满屋都是食物的香气。水晶虾仁，豌豆西兰花，椒盐排骨，还有菌菇鸡汤。这些食物说不上多丰盛，但都是家常口味，这么短时间能够做出来，很不容易。

苏回已经不记得，上次在家里吃这么丰盛的午餐是什么时候了。一瞬间，苏回忽然发觉，房子里的一切好像都不一样了，只是多了一个人，家里就热闹了起来，他好像回到了父母还在的时候。

看他愣着，陆俊迟给他盛了一碗鸡汤。苏回这才坐下来，喝了一口，鸡汤热热的，上面飘着薄薄的油花，味道不咸不淡，非常鲜香，比外卖不知道好吃了多少倍。炖鸡汤和烹茶的道理差不多，即使是原料、过程、步骤、花费时间完全相同，不同人熬出来的鸡汤和不同的人泡出来的茶，味道还是会有所不同。苏回在鸡汤中尝出了一点似曾相识的味道，好像在哪里喝到过，可是具体是哪里，什么时候喝过，苏回一点儿也想不起来。

两个人吃着饭，陆俊迟和他商量："下午的时候，我得去总局一趟，你怎么安排？"

苏回淡定地喝着鸡汤："本来只是 12+ 的监护，你没必要 24 小时盯着我……"

陆俊迟觉得苏回对待案子的时候，有一种认真负责的感觉，但是这种态度仅仅在对待案子的时候才会出现。日常生活里，他是散漫、随意的。

如果没人管着，苏回大概可以睡上几天，或者许久也不出门。

陆俊迟道："确保你的安全，也是我的工作之一。"

苏回转头看向他："那我和你一起过去吧，反正我这两天就要正式入职了。"

第29章

下午 4 点的总局办公室内。

听说苏老师要过来，中午郑柏就按照陆俊迟的安排摆好了苏回的办公桌，夏明晰打扫了办公室，乔泽帮苏回领了办公用品，曲明借着出外勤的机会，买了水果。

昨天，重案组终于收到了苏老师答应过来做顾问的消息。苏回在上个案子里帮了他们不少的忙，那几位组员都已经被他的能力折服，大家都挺期待的。

整个重案组占了一间中型的办公室，陆俊迟有个拉着百叶窗的玻璃隔间，门外就是苏回的桌子，比其他人的要大上不少。

乔泽凑过来道："这可不像是个顾问的工位。"他怎么看都觉得这个布局很眼熟。

"那像什么？"夏明晰拿着水杯，走过来问。

"陆队一抬头，就能看到苏老师吧？"乔泽侧头想了想，"像是个秘书的位置。"夏明晰听了差点把嘴巴里的水喷出来。

正说着，曲明拎着东西回来了，除了水果还抱了一束花："大家别看着，帮忙啊。"郑柏去帮忙洗水果，办公室里安静下来。

过了一会儿，夏明晰走过来看了看那束花："哟，你怎么还买了花？陆队嘱咐的？"

曲明道："没有，是我自己拿的主意，新顾问来的第一天，送束花多有排面。"

"怎么，你要代表群众给苏老师送花啊？"乔泽又仔细看了看，"不过你应该买点康乃馨、向日葵什么的，现在是玫瑰、蔷薇、满天星，画个心就可以直接表白了。陆队讲究，肯定懂这些，你别马屁拍到马蹄上，反倒让人笑话。"

曲明哪里对花有研究，他就觉得挺好看的，也没察觉不对，忙道："那我藏起来。"

正说着，郑柏洗完了水果过来预警："来了来了，已经上楼了。"

曲明见来不及了，灵机一动，把花往队里唯一的姑娘夏明晰手里一塞："小夏接好，回头叔叔请你吃饭。"

"呃？"夏明晰这还没接好从天而降的一口锅，就见陆俊迟推门而入，后面跟着拿着手杖的苏回……

办公室里的气氛立刻紧张了起来，还是乔泽先反应了过来，打了个招呼："陆队，苏老师……"

夏明晰眨了眨眼睛，抱着一大束花，酝酿着情绪，刚想说点什么把这个烫手山芋送出去。她刚准备把花送给苏回，忽然抬头看到陆俊迟的目光从花上瞥过，随后嘴唇抿成了一条直线。随后夏明晰看到，乔泽拼了命地给她使眼色，眼皮眨得都快抽筋了。

作为女生，夏明晰虽然反射弧长，对情感比较迟钝，但还是有几分第六感的，她不由自主地打了个寒战，嗅到了什么危险的气息。夏明晰虽然不知道事情哪里不对，但是如果这花从自己的手上送到苏回的手中，恐怕事情要糟，可是她的手已经伸出去了……夏明晰灵机一动，反应迅速，手臂生生转了个90度的弯，把花递给了一旁的陆俊迟，然后微笑着说道："陆队，花，你还不送给苏老师？"

陆俊迟伸手把花接了过来，低头看了一下，深紫色的玫瑰，粉色的蔷薇，白色的满天星打底。陆俊迟拿着花，递给了一旁的苏回："那个，欢迎你买的。"

花从曲明到夏明晰，再到陆俊迟，最后到了苏回的手里，这一切都发生在短短的一瞬间，仿佛一出击鼓传花游戏。

"谢谢大家。"苏回把花接了过来，他低下头，只能分辨出模糊的一片颜色，但是他能够闻到一阵花香，忍不住伸手摸了一下花瓣。花束顺利归位，大家都松了一口气。

"苏老师最近扭伤了腰，可能不会跑现场，大家多担待。"陆俊迟又道："小夏，去找个花瓶把花装起来吧。"

夏明晰见危机解除，急忙逃离现场："好嘞，马上就来！"她翻出了一个适合放花的透明玻璃瓶，奔去了洗手间。

办公室里只剩了几位男士，曲明带头鼓掌："欢迎苏老师！来吃点水果，陆队特别叮嘱我买的。"

苏回道："大家一起吃吧！以后还需要你们多多关照。"

"在陆队英明的领导下，有了苏老师当顾问，以后更会事半功倍了。"乔泽一连串的彩虹屁，脸不红、气不喘地送上来，"我们以后还要靠苏老师帮我们分析案情，是你关照我们呐……"

这时夏明晰洗好玻璃瓶，倒了点水，把花插好了，放在了苏回的办公桌上。

整个办公室都多了一分艳丽的色彩。

闲话过后，乔泽聊起了正题："对了，陆队，最近华都出了个要案，分局那边还没整理好，约了明天正式交接……"玩笑归玩笑，一提起工作，整个重案组的气氛都凝重了几分。

陆俊迟问："是个什么案子？"

乔泽道："以家庭为单位的入室杀人案，是分局上报以后，复核组批过来的。"复核组这个机构的设置，算是华都总局的特设。

在谭局上任的最初几年，华都这里的治安依然存在很大的问题。几个分局各自为战，互相甩锅，只负责各自的区域，遇到案子也只查自己的那部分，递交上来的报告也是各写各的，让人犹如管中窥豹，无法看到全貌。另外，分局的刑警和领导固定，基层刑警素质不高，因为技术、能力有限，难免会出现误断、乱断的情况。为了改变这些乱状，谭局在两年前设立了复核组。

平时接到的案子，分局那边结了不算完，还要把资料交给总局的复核组，让复核组查漏补缺再看一遍。复核组成立以来，还真揪出了几次分局的错处。自此以后，复核组的权限就扩大了，不光负责结案审查，还有疑案并案的审核。各个分局接过来

的案子，也可以申请复核组帮助判断，再转给适合处理的部门。

这次的两个案子就是复核组分过来的，上面打了星，还标注了一个问号，打星说明是重案，问号则是说明侦破过程中出现共通点，疑需并案，需进一步查证。

陆俊迟见过复核组的组长几次，复核组的领导姓陶，叫陶李芝。这位组长做事干脆利索，在这个男人为主的总局里杀出了一片天地，也有了不少的拥护者。

团伙入室杀人抢劫，这放在哪里都算是要案了，更别说还是作案多起，陆俊迟顿时严肃起来："卷宗有吗？给我看一下。"

"前几起案子跨市了，还没调齐卷宗，现在我们这边只有这两起案件的现场调查记录，法医和物鉴的结果也没出来。"乔泽说着把卷宗拿了过来。

曲明已经看过两份资料，走过来介绍道："这案子是流窜团伙入室抢劫杀人案，一伙人之前已经在国内多处犯案，团伙作案，手段残忍，证据却一直很少。一周前，我在秦城的师兄说查到了一些线索，判断他们即将南下，提醒我注意。这不，刚到了华都，就在一个星期内作案两起。"

这两起案件，第一起发生在几天前，正是他们从安城回来的那一天。一对新婚夫妇被人入室杀害，夫妻双方都身中数刀。

让人觉得奇怪的是，犯人似乎没有急于逃离，甚至在受害人家里休息了一会儿，还拿出了冰箱里的水果和冰淇淋吃了。这对夫妇的手机被人摆在了餐厅的桌子上，指纹被清理过。

犯罪结束后那几名案犯悠然地打扫了现场，刀上的指纹被仔细擦拭了，地也拖过，没有留下脚印。劫匪中有人抽烟，在房间内发现了一些烟灰的痕迹，可是没有找到烟头。

案发后，女性受害人的银行卡中被取走了10万块钱，警方调取了监控，钱款是被一个戴着兜帽和口罩的男人取走的。

另外一起案子更加奇怪，就在昨晚，匪徒进入的是一户小复式房屋。家中当时不光有夫妻二人，还有公婆和他们的孩子，一共5人。

匪徒入室后，很快用一根棒球棍把在客厅的妻子击杀，然后遇到了下楼查看情况的婆婆，用刀把婆婆刺伤。丈夫和公公闻声赶来，一番搏斗后，匪徒逃走了。

这次，凶手没来得及打扫现场，还留下了目击证人。据了解，凶手有3人，其中与受害人搏斗的是一个戴着兜帽和口罩的男人，还有一个女人和少年在门外负责望风和接应。

他们对凶手的描述和第一起案件监控中看到的男人十分吻合。警方顺着线索调出了更多的影像监控资料，终于把那三个凶手找到，和那个男人在一起的，确实还有一个女人，一个少年。

卷宗的后面还附了一些证人证词以及照片资料。

家，原本是一个温馨的地方，在这两起案件中，家，都成了第一案发现场。

两个小区相隔不太远，属于同一区域。同一个分局短期内发生两起入室杀人案，分局刑警队递交了申请给复核组，复核组就把案子转给了总局重案组。

夏明晰翻看了一下，问道："凶手针对小夫妻？我们要抓的是'弗罗伦萨的野兽'吗？"虽然已经时隔多年，"弗罗伦萨的野兽"依然如雷贯耳，那个凶手曾经在意大利杀害了 8 对情侣。

"现在还不能下定论。"陆俊迟说着翻看了一下卷宗，眉头皱了起来。

苏回等他看完，伸出一只手道："给我也看看。"

"谋财害命，入室抢劫……"陆俊迟说着把案卷递了过去，"凶手一共 3 个人，看起来，这个组合也有点像是一家三口啊……"

苏回"嗯"了一声，低下头耐心地看卷宗。

陆俊迟回头嘱咐乔泽道："这个案子不小，如果确定是多次作案，大家随时做好准备，正式把案子接过来以后，可能就要忙了。"几位下属应了一声，这样的案子，放在哪里也都是大案了。

新案子的事说得差不多了，夏明晰又拿过来几摞东西，是上一起案件的总结，给陆俊迟过目。上个案子刚结案，案犯傅云初因为受伤未愈，还被拘在安城，要过一段时间才能转移过来。陆俊迟一一签字，把事情处理完了。

两份案件调查的卷宗，已经是很厚一摞，苏回的眼睛不好，没法看太久，看了几页就按着眉心，他隐约觉得卷宗有哪里不对劲，但是还没思考出究竟是哪里不对。

过了片刻，苏回抬起头问："这第一起案子，那对身中数刀的夫妻，他们的尸体在哪里？"

陆俊迟先前让乔泽打听过："正好在法医那边。"

"另外一起案子中那个死亡的妻子呢？"

"这个还在殡仪馆，没有调过来。"

苏回道："我想去看看那对夫妻的尸体。"

陆俊迟放下手中的资料问："你不怕吗？"在他的认知中，苏回是搞学术研究的，看起来又显得十分脆弱。真正的尸体和照片给人的感觉是完全不同的。那些尸体曾经是活生生的人，如今躺在解剖台上，满是尸斑和伤痕，空气中都是腥臭、腐烂的味道。很多人就算是不怕看到尸体的照片，看到真正的尸体也会好几天睡不好。

苏回垂下眼，淡定地说："我见过尸体，你不用担心我。"陆俊迟顿时觉得，自己好像对苏回的了解还不够多。

"我这边处理得差不多了，和你一起去吧。"陆俊迟说着帮他拎过背包，在几位下属的注目礼中和苏回并肩出了重案组的大门。

陆俊迟带着苏回出来，两个人走入了一旁的物鉴楼，然后又到了法医室。

今天难得的是商主任在。商主任带着他们两个人走进解剖室。

两具尸体送过来以后，又被二次解剖过。

解剖室里常年保持低温，屋子全封闭，没有自然光，还配备了两台超强吸力的换气装置，就算是味道再重的尸体，在这边也能让味道清淡几分。

此时，两张解剖台上就摆放了两具尸体，顶部的灯光照着，一切细节都清晰可见。一男一女两具尸体，正是几天前遇害的陆琴和叶之学。躺在解剖台上的陆琴头发凌乱，她的眼睛还是微微睁着的。一旁叶之学的尸体泛着惨白色。

几天前，这对小夫妻还生活在一起，过着幸福和睦的生活。但是此刻，他们早已经变得冰冷，身上有着 Y 字形的解剖痕迹。

苏回戴上了手套，凑近了可以看清，几处伤口都是刀伤，分别在他们的大腿、手臂，以及胸口，由于失血过多，两具尸体几乎没有尸斑形成。

商卿寒做法医这么多年，什么样的尸体没见过，他扶了一下眼镜道："男性的头部有两处棍棒伤，两位受害人的手部都有被绑缚的痕迹，嘴巴也曾经被勒住过，这种勒住嘴巴的方法既可以让他们说话，又无法大声喊叫，在他们受伤变得虚弱以后，劫匪又帮他们剪去这些束缚。"

陆俊迟问："死亡时间是？"

"根据胃容物的显示，两个人的确切死亡时间是在午夜前后，也就是说凶手折磨了他们三个小时。"

苏回的表情依然十分平静，他的目光在两具尸体上仔细看过："凶手的目的并不是为了抢劫，主要是为了杀人。"

商卿寒点头表示赞同："凶手最初下刀的地方，是在腿上、手臂上等不致命的部位，最后的一刀才是致命伤。"

苏回"嗯"了一声："最后一刀像是处决……"特别是陆琴的尸体，最后一刀的创口非常整齐，他甚至可以想象到，凶手刺出最后一刀的愉悦感。

然后商主任又说道："我看分局的报告上说，是死者的同事发现了他们没有去上班报的警，所以两具尸体被及时发现，保存得很完整。这些伤口是在死者活着时形成的，没有任何死后侵犯的痕迹。伤口一旦出现，就会有出血、氧化、感染等现象发生，间隔在一段时间以上的伤口，是可以区分出先后的，我可以根据出血量给你们排一个伤口形成的顺序。"说着，商卿寒把一些标识贴在了伤口上。刺入伤口的先后顺序，更有助于他们还原当晚的事实。

苏回蹙着眉，看着那些伤口的形成顺序，这样的伤痕说明，杀戮是循序渐进的，从四肢开始，最后才到胸口。

陆俊迟看着一旁的验尸报告，道了一声谢，然后问："商主任，你还检查出了什么细节？"要知道，商卿寒商主任可是总局的第一把刀，他的基本功、洞察力，比那些年轻法医们不知道强出多少倍。他如果能够提供一些细节，就能够让他们更加了解凶手。

商主任道："我是发现了一些和一般案子不太一样的情况。这两位受害人几乎是同时遇害，死于不同的凶手。"听了这话，苏回的眉头皱得更紧，陆俊迟也停下动作看了过来。

商主任进一步解释道，"凶手们以为他们丢掉刀子，没有留下指纹，就消灭了一切的痕迹，可是他们并不知道，尸体上的伤口已经呈现出了诸多的信息。每个人的用刀手法都是不同的，握刀使用的是左手还是右手，握刀的时候，凶手的拇指是外扣还是内收，用的力度是多少，方向是什么，这些都会影响刺出来的伤痕。"

陆俊迟听到这里信服地点头："所以就算是不同的凶手，使用同一把凶器，也会形成不同的伤口。我听说有经验的法医可以分辨得出其中的异同。"

商卿寒听到那句"有经验的法医"十分受用，继续给他们解释道："熟练的杀手刺出的刀痕，就像是指纹一样可以辨识。就拿这两具尸体上的伤口来说，女性身上的刀伤利落，刺入干脆，极深，相反男性身上的伤口则是较浅，有反复受力的锯齿和二次用力摩擦的痕迹。"

陆俊迟俯下身查看，的确在伤口的痕迹上发现了一些不同之处。

商卿寒总结道："所以，根据这两个人身上的伤口，我可以大胆地推测，杀害他们的是不同的人，杀害男性的可能是女性凶手或者是少年杀手，杀害女性的却是男性青年凶手。"

陆俊迟点点头："根据物鉴的现场排查，尸体是在不同的房间被发现的，没有移动过的痕迹，另一起案件的目击证人也说，凶手有三个人。"

苏回联系起了诸多的信息，一般多人有组织犯罪中，会有明确的犯罪分工，比如，女性会从事比较细致的工作，男性大部分是从事暴力的工作。这样的两具尸体，这样的死亡状况，让这个案件越发扑朔迷离起来。看着这两具尸体，苏回能够感觉到一种痛苦，这种痛苦来源于那些伤口，来源于他们的不甘。那一晚，究竟发生什么……

"总之，尸体能够提供的信息主要就是这些，其他的我都写在报告上了。"商主任看向陆俊迟，"剩下的就是你们要去探查的了。"

此时正是下班时间，华都的鑫茂小区里，张阿姨像往常一样买菜回家。她在小区门口碰到了一个短发的女人，张阿姨倒垃圾的时候见过这个女人两次，知道是搬到对门来的新邻居。

这时候两个人一起进了小区，张阿姨热情地打招呼："哎，你也刚买菜回来啊？"

短发女人似乎没有想到张阿姨会和自己说话，愣了一秒钟才回答她："是啊，阿姨。"

看张阿姨拎了两袋子东西，短发女人主动伸手说："阿姨，你买了这么多东西啊？我帮你拎点吧。"

张阿姨确实拎着东西有点吃力，见她主动提出帮忙，就借坡下驴地递了一个袋子给她："哎呀，那多不好意思，小姑娘你真孝顺，我家女儿要是有你一半有心，就不会都是我老婆子忙来忙去了。"那个短发女人只是腼腆地一笑，帮她拿了东西，往小区里走。

"哎，姑娘，你怎么称呼？"

"我姓米，叫米舒。"

"哎，这个姓可不常见。你是做什么工作的啊？"

"我是一名程序员。"

"哦，女孩子做这一行可是不多见，工作压力大吧？"

"还好，习惯了。"

"我看你下班还挺早的……"张阿姨八卦着问。

"哦，我最近离职了，儿子学艺术找的辅导老师在华都这边。"

"你家那个那么高的是你儿子啊……我都看不出来，你这么年轻怎么有这么大的儿子？"

"是我丈夫和前妻的……"米舒又补充了一句。聊到这里她已经加快了脚步，她有点后悔和这个阿姨攀谈了，她好像查户口似的，问个没完，一个谎言说了以后，就需要用第二个谎言来弥补。还好张阿姨没有继续追问，否则她还得再编出一个辅导老师来，两个人又随便聊了几句菜价，终于走到了楼梯口。

上到三楼，张阿姨把袋子接了过来："哎呀，真是谢谢你了。"

米舒道："没什么，举手之劳。"

张阿姨又客套道："以后来玩啊。"

终于进了家门，世界安静下来了，米舒长长地出了一口气，把买的菜放在餐厅的桌子上。

这套房子是两室一厅的，这是一个老小区，没有电梯，室内的装修风格也是十分老旧的，所有家具都透着一种劣质木料的旧黄色。

室内的窗户不大，采光更是不好，此时屋子里的窗帘半拉着，有个一身黑衣的男人坐在窗前，还有一个十几岁的少年躺在沙发上，拿着手机，正在打游戏。

黑衣男人有些不快地转过头来看米舒："我刚才看到你和对门的阿姨说话来着。"

米舒挽起了衣袖，心怦怦地跳着："就是随口聊了几句。"

男人的声音沙哑："万一她听到什么起了疑心，那我们所有人都危险了。"

躺在沙发上的少年正好结束了一局游戏，放下手机说："以后你别去买菜了，吃外卖也一样啦。"

米舒颤抖着声音说："可是我觉得，自己做饭更像是一个家……"一时间，提到家这个字所有人都默不作声了。米舒又补充了一句："你们不用做什么。"她主动承担起了所有的家务，买菜、做饭、刷碗、收拾家里。

米舒十分细心，每天都把这里打扫一遍。就像每次结束后，她会仔细地打扫现场，把所有的指纹、脚印一一抹去，把吃剩的果核、烟蒂收拢好。她做这些事，就像是每

次跑完程序，仔细检查每一条语句，找出每一个 BUG。

米舒大着胆子继续说："而且我觉得，所有人都不出去，不和人交流，那会更让人起疑。"

屋子里的空气像是凝固了，黑衣男人终于妥协了："好，你把握分寸。我不想节外生枝。"

第30章

合住生活经过了最初的试探、磨合后，后遗症也显现了出来，苏回很快就发现，自己的家变得干净的同时，他常用的东西找不到了。这是一种痛并快乐着的感觉。

苏回平时摆放的东西虽然凌乱，但都有一个规律，所有的东西都在他触手可及的地方，这么一收拾，在陆俊迟看来是收纳归类，在苏回看来，所有的东西都经过了乾坤大挪移，他一下子就不适应了。于是这晚两个人最经常的对话就变成了……

苏回："陆俊迟，我那个还没拆的快递呢？"陆俊迟走过去，拿起了一个纸盒子交给他。

20分钟以后，苏回："陆俊迟，我的浴衣呢？"

"陆俊迟，我的水杯呢？"

陆俊迟从沙发上起身，把晾晒好的浴衣拿进来，又倒了一杯温水递给苏回。他发现找给苏回比告诉他位置还要快上很多。

除了苏回有点不适应以外，陆俊迟发现自己大大低估了苏回的破坏力，无论他收拾得多么完美，只要苏回路过之处，马上风卷残云一般变了一副样子。看苏回去洗澡，陆俊迟抓紧时间把外面收拾一遍。

刚收拾了一半，陆昊初的微信发过来了："哥！我今天去苏老师隔壁的教授家，居然看到你的车停在楼下！你之前说要和同事合住，不会是苏老师吧？"

陆俊迟回复他："我是工作原因，以后给你解释。"

陆昊初忽然发现了一件事："难道……我以后去送温暖还得你给我开门？"

陆俊迟心想，你想多了，我会把你拒之门外。他淡定地答着："苏老师会和学生会说的，你们学生的任务还是好好学习，以后就不用特意过来了，我会把这里收拾好的。"

陆昊初道："好吧，哥，你的打扫能力我还是有信心的，然后……苏老师过去当顾问了？你成功了？"

"嗯，搞定了。"陆俊迟发这条消息，正准备继续收拾，忽然听到一声猫叫。他低头看了看，亚里士多德从衣服堆里挣扎着爬了出来，他长长地叹了一口气。

陆昊初道："对了，哥，我给你打个预防针，苏老师早上很难叫醒，他的耳朵不好，经常听不到闹铃，有一次他上午整整一节课没到，气得廖主任说是教学事故，要把他这样的教师败类清扫出教学队伍。"

陆俊迟问："然后呢？怎么处理的？"

陆昊初道："咳咳，其实是苏老师那天生病了，所以早上没起来，后来学院领导了解了情况，把他的课都调到下午，他就不迟到了……"

陆俊迟道："感谢提醒，那我回头早点叫他。"陆俊迟终于收拾得差不多了，和陆昊初又聊了两句，放下了手机。

随后陆俊迟发现身后水声停了，他听到苏回喊他："陆俊迟，我的剃须刀呢？"

陆俊迟回头喊道："就在洗手间的镜柜里面……"话刚说完，陆俊迟忽然一愣，又慢慢地转过头看去，他发现了一件事……客卫装修的时候，苏回大概没有考虑过家里会有外人在，所以洗手间的门装的是带玻璃的，玻璃上有一些花纹，但是完全是遮挡不住的，特别是走近的时候……陆俊迟站在餐厅里，和客卫不过隔了两米多远，里面苏回的动作一览无余。

苏回洗完澡，没有穿上衣，完全没有发现身边的玻璃是透光的，他翻找了一下，把剃须刀拿出来，刮了胡茬，然后用毛巾擦了一下头发和身上的水，然后披上了浴衣。

苏回转身时，陆俊迟可以看到苏回的背部有一些暗红色的灼烧痕迹，看起来像是旧伤，像是纹了一幅有些诡异的纹身图案，有了一些别样的神秘，仿佛一件精美易碎的艺术品。

直到卫生间的门发出一声轻响，陆俊迟才发现自己呆站在洗手间的门口看了两分钟。

苏回打开门出来，陆俊迟急忙别开了目光，然后他这才想起来，按照苏回的视力来说，是根本看不到陆俊迟在看着他的。苏回从客厅穿过，浴衣是白色的，遮得严严实实，长度快到膝盖，只露出脖颈和两条修长笔直的腿。

陆俊迟下意识看着文件，双眼紧盯着笔记本电脑。高中的时候他就住过一年的校，出国以后也一直和室友合租，洗澡或者夏天穿的衣服少一点都是常事，陆俊迟从来没觉得尴尬。

可是此时，陆俊迟坐在那里，一刻也不敢看向苏回。

苏回打开冰箱翻了翻，问："陆俊迟，我之前买的速冻饺子呢……"他隐约记得还有一包速冻饺子，现在怎么都翻不到了。

陆俊迟清了下喉咙说："你的速冻饺子已经过期半年多了……"他之前查看过日期，不光过期，很多饺子还已经冻得破了皮。

苏回自己也愣了一下，他都没有意识到，原来已经放那么久了……

"刚洗完澡别这么站在冰箱前面。"陆俊迟看这位平时没事都要咳嗽几声的苏老师就这么站在冰箱前，生怕他感冒。他终于平复下来心情，走过来问苏回，"你饿了？"

苏回"嗯"了一声："洗完澡有点饿了。"以前他好像每天就是上课、下课，活的像是行尸走肉，现在陆俊迟把他强行拉到了人间，那些感官终于开始有了一丝的知觉。

陆俊迟帮他翻了翻厨房里的储备粮说："中午的鸡汤还有剩，然后还有八个馄饨和挂面。"

苏回道："哦，那我自己煮一下馄饨吧。"

陆俊迟怕他视力不好，做事不方便，主动开口道："我给你做鸡汤馄饨面吧。"

苏回抬起头看向他，露出笑意，欣然接受了："我只吃 4 个馄饨就差不多了，你可以一起吃。"

陆俊迟想说他从来没有吃宵夜的习惯，但看了看苏回，还是多抓了一小把面。

苏回的目的达成，回了客厅。

鸡汤馄饨面很快出锅了，苏回的那一碗上面还放了一个鸡蛋。苏回的刘海有点长，此时还是湿着的，他伸手把刘海撩了起来，低头吃着馄饨，陆俊迟的手艺不错，特别是鸡汤的味道，吃得出来又加了一些料。

苏回吃了鸡蛋以后又吃了两个馄饨，在他咬了一口面条后，有些惊讶地道："你煮的面为什么这么好吃啊？"面是全熟的，也不硬，可是吃起来就很有嚼劲，并不软糯，鸡汤也是清淡的，和他平时煮的完全不一样。他每次煮面，面不是半生，就是熟过了，再放一会儿，面条就和面汤融在一起，坨成了一团。但是陆俊迟煮的面就算是泡了一会儿，还是根根分明。

"因为面条单独煮的，还过了冷水。"陆俊迟转头看向他，苏回的头发偏长，平日里遮住了额头和眉毛，这时候撩起来，露出了一片雪白的额头。

陆俊迟才注意到，苏回的肤色显得越发白，甚至可以看清太阳穴处一些青色的血管，近看的时候发现苏回的眉毛长得很好看，他的五官清秀，眉毛却给他添加了一分英气。平时头发盖着，显得他整个人温柔而冷淡，这时候露出额头，却让他有了一份少年感。

苏回就算视力再不好，此时也察觉到了陆俊迟在看他，他转头问："怎么了？我脸上有什么吗？"

陆俊迟抽出一旁的纸巾，轻轻帮他擦了一下额头上的水滴："水快要滴下来了。"

苏回道了一声谢，伸手接过纸巾，擦了擦头发。

第 31 章

宵夜吃完，陆俊迟帮着苏回收拾了碗筷，等他从厨房出来，苏回已经坐在了书桌前，把自己埋在各种的资料和书籍中。

陆俊迟想起陆昊初给他打的预防针："最晚 9 点到总局，要和刑警队那边开会，8 点你起得来吧？"

苏回点点头，脸上的表情严肃而认真："回头你叫我。"然后他又补充了一句，"可以采取强制措施。"

"那如果你不起床，我就掀被子了。"这一招他在陆昊初身上试验过，十分有效。

苏回低着头，"嗯"了一声。

陆俊迟走近了，他发现苏回是在看从总局带回来的资料："这个案子有问题吗？"

吃饱后的苏回，觉得身体里暖暖的，他揉了一下额角："我觉得这两个案子不太一样。"

两起案子的卷宗都被他平铺在了桌面上，第一起案子凶手从容不迫，现场也收拾得干净利索，第二起案子的现场却是一片杂乱，毫无章法，血迹凌乱，到处都是。第一起案子能够很明显地看出来凶手有备而来，第二起案子，却像是新手抄的作业。

苏回又说道："两个小区也不一样，第二个小区相比第一个小区，高档了很多。"

小区越高档，也就说明安保越完备，作案的时候，危险系数也就越高。

第一起案子发生在一个老旧小区，里面的楼最高 6 层，第二起案子的小区是电梯房，案发地点是 12 楼。他们在第一起案子发生以后，在附近的摄像头中，找出了疑似凶手的模糊影像。而在第二起案子中，电梯的摄像头没有拍摄到凶手上下楼的画面。难道说，凶手是爬楼上下，没有遇到小区巡逻的保安，甚至沿路的摄像头都没有把他们拍摄下来？这显然不合常理。

苏回继续指着几张尸体照片说："还有我们今天看过的尸体，第一起案子之中，虽然也有棍棒伤，却只出现在了丈夫的身上，说明他们进屋快速制服的是丈夫。第二起案子中，妻子是被棍棒伤致死，只有婆婆身上出现了一处刀伤，这也不符合凶手的杀人模式。"

陆俊迟皱着眉看了一会儿，也发现了其中的异常："不会是不同凶手做的吧？"

苏回用手点了点凶手的图片："有一点无法解释，如果是不同凶手做的，为什么凶手的大致样貌会如此一致。"如果是不同的凶手，警方尚未披露第一起抢劫案的任何信息，第二起案子的目击证人应该是没有看到过凶手的才对，为什么他们可以准确地说出凶手的样貌？而且，反倒是第二起案子的目击证人首先指出了凶手一共三个人。

陆俊迟也无法解释这些："那我们就从这些疑点开始入手调查吧。"

　　苏回道："明天我想去第二起案子的现场看一看。"

　　陆俊迟点头："我联系一下，明天和齐队长一起过去看一下，做个复查。"

　　尽管做好了心理准备，陆俊迟第二天一早起来，跑步、洗澡、吃完早点后，苏回的房间里还是十分安静，苏回一点也没有要起床的意思。

　　陆俊迟昨天晚上是12点上床的，他睡觉的时候，苏回还没睡，可以听到穿拖鞋走路的一些声响，他也不知道苏回熬到了几点。

　　早上到了8点零5分，陆俊迟敲了敲门，走进苏回的卧室。窗帘拉着，苏回戴着眼罩，侧身睡得正香。他的手机放在一旁，上面的闹钟响着，苏回却完全没有听到，这个架势估计闹钟响到手机没电也起不了床。

　　陆俊迟站在门口敲了敲门："苏老师，该起床了。"

　　苏回低低地"嗯"了一声。

　　陆俊迟走近了帮他按停闹钟："快点，苏回，等下我们要迟到了。"

　　苏回小声道："再……再睡10分钟。"

　　陆俊迟看了一下时间："最多5分钟，5分钟后你必须得起床了。"

　　苏回又"嗯"了一声。

　　等陆俊迟出去一趟把衣服都换完了，再进入苏回的房间，苏回依然是刚才他离开的姿势。

　　陆俊迟第三次耐着性子喊他："苏回，该起了，再不起就迟到了。"

　　苏回这次翻了个身，把右耳压在枕头上，失聪的左耳对着陆俊迟。

　　陆俊迟这次不再和他废话，走到床边把窗帘"哗啦"一声拉开，然后不由分说地用手挑起了苏回的眼罩，又把被子往下拉了一段。苏回的睡姿暴露无遗，他侧躺着，一只手放在胸前，怀里蜷缩着睡得正香的亚里士多德。

　　陆俊迟这么一折腾，一人一猫终于醒了。

　　苏回这才乖乖地起来，尽量快地洗漱和换衣服。眼看着到了8点半，苏回终于换好衣服从房间里走了出来，他今天穿了一件衬衣，衣服的下摆束进裤子里。

　　苏回这时候完全清醒了，有点歉意地说道："对不起！是我起晚了，我不饿，早点我就不吃了，千万别迟到了。"

　　陆俊迟把一杯热牛奶塞给他道："把牛奶喝完，给你买了包子，路上吃。"

　　苏回一边咕咚咕咚地喝着牛奶，一边抬起眼睛看着陆俊迟。

　　两个人上电梯的时候，苏回还在小口地吃着包子。

　　陆俊迟早上吃过包子，包子下面是有放着垫纸的，他此时一看，发现苏回完全没有发现垫纸，要命的是，那垫纸已经缺了一小块。

　　陆俊迟感到无语，苏回却吃得正香。

　　"等下，包子上有个东西。"陆俊迟急忙把包子从苏回的手里抢过来，帮他把其余几张垫纸撕了下来，他松了一口气，"我给你拿掉了，吃吧。"

苏回"哦"了一声，又接了过来，毫不在意地咬了一口，然后对陆俊迟说："包子皮的韧劲没了……"

陆俊迟："……"他打定了主意，下次的话，一定要把食物检查好再给苏回。

折腾了半天，终于是有惊无险按时到岗，没有迟到。

重案组里其他的队员早就已经到了，案子的卷宗也终于到齐。众人先听刑警队的齐队长介绍完案件的情况以及调查进度。陆俊迟做好了工作安排，就带上苏回和物鉴，跟着齐队长一起去了第二起案子的案发现场。

齐队长本名齐正阳，是总局刑侦二队的一名老队长，今年40多岁，做派有些守旧。这起案子从分局提上来以后，最初是他带人去查看现场的，所以这一次还是陪同。

这是一户复式顶楼，楼下是客厅、餐厅、厨房以及洗手间，两间卧室还有书房都在楼上，这套复式的面积不小，将近200平方米。在寸土寸金的华都，能够拥有这么一套精装修的住宅，这家人也算是中产了。

家中的其他成员暂时住到了亲戚家，犯罪现场被很好地保护着。

苏回戴上了手套，穿上了鞋套，他一进屋就闻到了一股浓重的血腥味，直接被呛得咳了几声。

陆俊迟也扫视着案发现场的环境，然后他看向了苏回，只要拿起那些资料或是来到现场，苏回身上的那种懒散就不见了，取而代之的是一种专注。

苏回先整体看了看一楼，低头观察地面上的痕迹，上面被之前的物鉴做了各种各样的标记，在各处放了标牌，其中的一号位就是妻子谢佩兰尸体所在的位置，二号位是婆婆受伤摔倒的地方。

苏回先从一号位看起，根据之前的现场照片以及留下的尸体痕迹固定线，可以看到谢佩兰是平躺在电视柜旁边的。今早刚刚拿到的验尸报告上也写着，死者是多次头部重击造成颅骨骨折，脑部重伤，出血而死。随后苏回的目光落在了墙面上的血迹上，那些血迹明显是妻子重伤后喷溅形成的。那是现场最大的一片血迹，大片的红色在他的眼中是模糊的一片。

苏回又往前走近了一步，这才看得更加清晰一些，可以看清血迹四周那些微小的血点。

复式楼装修精致，所有的墙上都贴着一层暗花的墙纸，那些血迹就是喷射到墙纸上的。

随着刑侦技术的发展，血液早就成了刑事侦查中的重要物证之一。

血液中不仅含有大量的信息，血液溅射的形态更是值得研究。由于血液的颜色、质地特殊，流动性、渗透性都不同于其他的液体，血液溅射的形态更具有特殊性，国外甚至有专门的血液溅射形态分析师。比起那些错综复杂的谎言、伪证，血液溅射的形态往往是最不容易造假的信息。在没有尸体以及其他物证的情况下，血迹就可以呈现出诸多线索。

看着墙上的暗红色血迹，苏回轻轻皱眉，他之前也到过一些案发现场，也看到过很多案发后的照片，可是这面墙上的一片血迹却和他过去看到的都不太相同。这些血迹，像是要告诉他们一些什么……

陆俊迟看到苏回一直在观察这片血迹，他凑过来问："这里有问题？"

苏回"嗯"了一声，然后说道："我需要看得清楚一些。"说着话，他用戴着手套的手指描摹过墙面上血迹的范围，一直摸到了下面低矮的地方，他的腰伤刚愈，不太方便，索性就跪了下来。

陆俊迟小心提醒他："地上脏，你要不要垫一下……"

苏回完全不介意："回头洗裤子就是了。

苏回仔细地把墙上的血迹看了一遍，侧头问站在一旁的齐正阳："齐队长，你之前问到的供词是，婆婆听到了异常的声音就下楼查看，对吧？"

齐队长"嗯"了一声："谢佩兰的丈夫、公公的证词都是这样的，我今天早上去医院，去问过了刚刚苏醒的谢佩兰的婆婆，也是这么说的。"

苏回道："那么这些人，很可能都在说谎。"

第32章

听苏回这么说，在场所有人的脸上都显出了不解之色，不知道苏回是从哪里推断出来的。

物证的蒋向也好奇地凑了过来，所有人围拢着跪在地上的苏回，等着听他的解释。

陆俊迟早就给齐队长和蒋向介绍过苏回是重案组新来的顾问。

来的路上，大家客气地打过招呼，可是陆俊迟从众人的眼神里还是可以看出来，那位齐队长对苏回有点质疑。大概是苏老师看起来太年轻了，而且看起来弱不禁风的，不像是有什么经验。

现在苏回只在现场待了一会儿，就突然说出这样的话，还在质疑他们之前提供的证词，齐队长感到有些不快。

"如果按照那几位证人的证词，嫌疑人撬锁进门，拿着凶器，直奔正在客厅的谢佩兰，在谢佩兰没有反应过来叫喊之前，就把她迅速击倒，凶手用类似棒球棍的凶器，在谢佩兰的头上连续击打了十来下，导致了她的死亡，这时候谢佩兰的婆婆听到了声音下楼。"苏回说到这里，抬起头看向齐队长，"我复述的没错吧？"

齐队长点头："对，几个人都是这样说的，这有什么问题？"

苏回侧头，指着墙上的血迹说道："可是这片血迹，却呈现了和证词完全不一样的情况。"

物鉴蒋向有些疑惑："这就是喷溅形成的血迹，重力击打造成，我们到的时候血迹已经干涸，进行了提取化验。"他比对了一下化验结果，"血液属于谢佩兰，没有发现酒精和药物，也没有什么特殊的发现……"

苏回指着那片血迹解释道："特殊之处不在这血迹，也不在血液溅射的形态。伴随着每一次的击打，谢佩兰的血液会喷溅在墙纸上，形成血迹。在击打停止时，血液就会有时间渗入墙纸。当血迹半干的时候，新一次的血迹又喷了上来，这时候，多余的血液会顺着墙面流下，但是还有一部分血液继续渗入。"

他的指尖在那片红色的血迹上面划过，指了指上面颜色较浅的部分，又指了指一旁颜色明显较深的部分："正是因为这样多次的喷溅和渗入，我们可以看出，这些血迹最后呈现了不同的深浅。"

陆俊迟听到这里，明白过来，他蹲下身仔细观察："也就是说，颜色深一些的地方，可能是喷溅了多次血迹的，而那些颜色浅淡的地方，可能是喷溅了一次血迹？"

苏回点头："血液渗透越多的地方，颜色会稍微深一些。"他指着中间最深处，"这里可能喷溅了三次血液。"

"有道理……"

苏回一指出这些异常，蒋向马上发现了，这是他和之前的物鉴都忽略了的微小细节，"这些深浅差异是血液渗透造成的，如果鲜血还没有来得及渗透进墙纸，就喷上了新的血液，血液就会融合在一起，并不会形成这样的痕迹。"

苏回继续指向墙纸："我看了一下这个墙纸，渗透性并不是很强，能够形成这种痕迹，说明击打时的时间间隔可能比较长。"

蒋向在一旁连连点头："苏顾问，你分析得很有道理，稍后我们会收集一些墙纸，在物鉴实验室进行模拟试验，看看多长的时间间隔可以形成这样的痕迹。"

陆俊迟起身总结道："不管怎样，这都说明，谢佩兰不是马上死亡的，证词的确有点问题。"

苏回又指向了旁边："还有这里。"众人随着他修长的手指看去，那是两块痕迹，都在比较靠下的位置，一块是竖着的，有点摩擦痕迹的血迹，还有一块，是圆形的浅淡血迹。

苏回道："这块擦痕血迹，很可能是死者的头靠墙滑落时造成的，而旁边那块血迹，可能是死者用手扶了一下墙壁。死者应该挣扎呼救过。"

听着苏回的分析，齐队长的脸上感到有些发烧，但是他不得不承认这些是他们之前遗漏的证据，这些痕迹都表明，死者的死亡过程较长，这和证词并不相符。凶手猛击了谢佩兰的头部，隔了一段时间，又猛击了几下，这样的过程可能重复了数次。这个可怜的女人，曾经躺在地板上呻吟、抽搐、挣扎，直至死亡……家人都在家中，怎么可能会对漫长而残忍的行凶过程完全没有觉察？

蒋向把这几条记录下来，又拍了照片道："多亏苏顾问在，我稍后会在报告上进行补充……"

齐队长听到这里承认了自己之前的疏忽，咬牙道："还是苏老师观察得细致……这个案子的确有很大的疑点。可能要对那几名相关的人员进行二次询问了。"

苏回低头道："这些还是要做试验以后才能下定论。"

听着他们称赞苏回，陆俊迟感觉比自己被夸了还要高兴，他站起身，盘算着下一步应该怎么继续调查。案件很快就找到了突破点，口供的不吻合说明这起案件中另藏隐情。

陆俊迟翻看了一下之前的走访记录，如果真如苏回推断的，那么邻居不可能一点儿声音都没有听到。等蒋向和齐队长离开，陆俊迟正准备叫苏回和他一起再去楼下和邻居聊聊，忽然听到苏回低低地喊了他一声。

陆俊迟弯下腰问："还有什么问题吗？"然后他有点反应过来，皱着眉问，"你怎么还跪着？"

苏回叹了一口气，没有说话而是冲着他勾了勾手指。陆俊迟无奈地俯身凑近他。苏回这才在他的耳边低声说："我的腿跪麻了，站不起来，你能不能帮我一下？"

陆俊迟："……"

苏回身后就是电视柜，明显站不了人，陆俊迟就在他的前方弯腰从腋下把他扶了起来。苏回的体重很轻，完全不像是他这个身高应该有的重量。苏回的腿麻了，腰上也使不上力，不由得"嘶"了一声。

陆俊迟问："麻得厉害吗？"

苏回道："就是还不能动，你让我靠一会儿。"

陆俊迟犹豫了一下，伸出手扶住了他。

陆俊迟看到苏回脚上的鞋带开了，叹了一口气："你啊……"在他看来，苏回真的是不省心，那么聪明的一个人，怎么就不能照顾好自己呢？等苏回站稳，陆俊迟蹲下身子，手指灵巧地一翻，给苏回的鞋上系个蝴蝶结。

苏回眼睛一眯，显出眼下的卧蚕来："谢谢陆队长。"

陆俊迟道："你要不先找个地方坐一会儿？我去邻居家看看。"

苏回揉了揉刚缓过来的腿，走了几步坐在了复式楼的楼梯上。他怕之前的腰伤反复，不敢弯腰，腰背挺得笔直，那个坐姿看起来像是坐在楼梯口等着父母回家的小孩子。

陆俊迟叫了一个小警察，刚准备下楼，想了想又返回来，把苏回的背包和那些案子的资料递给了他。

苏回道了一声谢，坐在复式楼的楼梯上，翻看着那些尸体照片。照片上的谢佩兰一双眼睛半睁着，右侧头部到耳朵都是血肉模糊的一片，鲜血和脑组织早就和头发纠缠到了一起，死状无比凄惨。如果说这一起案子不是那些外来的劫匪所为，那么真正的凶手，会是谁呢？

苏回盯着那些照片，从中能够看出，凶手对谢佩兰的强烈恨意……凶手的形象逐渐在他的心中具象了起来，整个犯案的过程也越来越明晰。可是那些只是理论而已，他还需要确凿证据，来证实自己的侧写。

苏回忽然抬起头问蒋向："蒋物鉴，你带鲁米诺了吗？"

"带了。"蒋向有两瓶鲁米诺，是随着物鉴箱一直带着的，"你觉得哪里还有血迹？"

苏回道："我也只是猜测……你能不能帮我喷一下沙发后面的那面墙。"

蒋向戴上口罩，往前走了两步，将信将疑地看着沙发后面的墙纸，那里虽然有一些暗淡的痕迹，但是并不能确定是血迹。他往上面喷了一些鲁米诺，试剂反应了一会儿，然后蒋向看了看上面显现的荧光色，"咦"了一声。

屋子里泛起了鲁米诺那种让人熟悉的酸味，苏回又咳了一阵，好不容易才稳住，他看不清楚，只能去问："有发现吗？"

蒋向看着墙上逐渐显现出来的斑点："有。"鲁米诺试剂是鲁米诺和过氧化氢的混合物，灵敏性非常高，能够检验出 1% 含量的血迹，特别适合查探微量或者是擦拭过的血迹。

苏回放下心，哑着嗓子沉声道："好，那你再喷一下其他地方。"

蒋向问："哪里？"

苏回："随便喷吧，空白的地方，墙上，地上。"

蒋向拿着试剂瓶开始四处喷洒，于是墙面、地面上，更多的痕迹显现了出来。

苏回又道："你拉上窗帘看看。"

蒋向"哎"了一声，随着窗帘被拉上，光线暗淡了下来，米白色的墙纸上以及地面的缝隙里出现了多处喷溅的荧光痕迹，这些痕迹明显都是擦拭过的血痕。

苏回就算眼睛不好也能够看出来，一时之间，房间的墙面上出现了多处血液痕迹，整个一楼犹如一座凶宅。

第33章

这样的景象太让人惊异了，蒋向急忙拿起相机连续拍照。

苏回轻声道："也许二楼的主卧还有。"

这时，从楼下上来的陆俊迟正好推门而入，他看了看这几面墙愣住了。在一旁打完电话回来的齐队长也惊呆了，他皱眉问："这些血迹是？"之前的现场是他带着人勘验的，这么多的痕迹没有看出来，属于他的工作失误，可是这些墙面之前看起来并没有什么异常，谁能想到一处普通的民宅，用鲁米诺喷洒一遍就会出现这么多处血迹？

陆俊迟结合自己探访的信息道："邻居们开始不愿意说，后来在我们的追问下，终于承认，在这家附近经常可以听到打斗声和吵架声，这起案子和另一起案子的凶手果然不同，凶手恐怕就在家人之中。"

苏回看向他点头道："基本可以确定了，杀害谢佩兰的应该是她的丈夫历从波。这是个家暴妻子的惯犯……"

齐正阳到了如今还是有些将信将疑，不想面对事实："我也处理过一些家暴案，但是历从波伤心欲绝、痛哭流涕的样子不像是装的。还有，他的个子不高，接受过高等教育，还和家里人同住。"在他看来，历从波完全不像是一个会对妻子痛下杀手的男人。齐队长对苏回的这个推断持怀疑态度，如果承认了苏回的正确，他就必须直面自己在执法办案过程中的一些错误和武断。

"人不可貌相，这位丈夫的演技应该不差。"苏回毫不留情地说，丝毫没有顾及齐队长最后的颜面，"至于你说的看起来伤心欲绝，我觉得，可能是不想面对自己的所作所为，想到刑期被吓的吧。"

陆俊迟听了苏回的话，忽然抬起头，他觉得苏回说话的语气有几分熟悉的感觉。平时苏回说话时是严谨的、保守的、小心的，可是此时他从苏回的语气中听出了一些其他的意味。那一刻，苏回整个人都变得锋芒毕露。

齐队长感觉脸上发热，可又不得不面对现实，诸多的证据难以解释："这些都是谢佩兰的丈夫做的？"

苏回收起笑容，严肃地分析道："前天晚上，他们夫妻两个人在吵架时打了起来，历从波觉得谢佩兰在挑衅他，就疯狂地击打谢佩兰的头部。他在打谢佩兰的过程之中，歇了两次，他越想越生气，下手也越来越重。在整个过程中，谢佩兰的公公婆婆待在楼上的房间里，默不作声。因为这样的事情在他们的家里发生过不止一次，有时候他们去拉架，儿子会连他们一起打。他们以为这次也会像往常一样，熬过去就没事了。但是没有想到，历从波打死了谢佩兰。"之前没有足够的证据，苏回说得很保守，现在有了充足的证据，他把整个案情过程梳理了一遍。

陆俊迟道："这些也和我探访的情况相符。邻居们曾经看到过谢佩兰的脸上带着淤青，她一直对外人说是不小心摔下楼梯造成的。而且这样的推断也就解释了，如果是外人所做，为何没有留下任何凶手进出的监控录像以及痕迹，因为凶手从始至终就在这个家中。"

"如果是历从波杀了自己的妻子，他……怎么下得了那么重的手？"一个小警察颤抖着声音问。

"很多人会认为，在家暴或者杀亲案件中，凶手会手下留情，让被害人尽量少受痛苦，但实际上，这是一种误解。"苏回从台阶上站起身，拿起了他的手杖，分析到这些专业问题时，苏回俊秀的脸上面无表情，瘦弱的他却会有一种咄咄逼人的气势。

"这是典型的情绪型暴力犯罪，在亢奋的情况下，暴力犯罪者的行为和情绪都不可控制，有时候越是亲人，就下手越是残忍，有恃无恐，过程漫长。那种来自熟人的恶意远比陌生人强烈得多。"

苏回总结道："一般来说，只有丈夫会对妻子抱有那么深的恨意。"人与人之间的熟悉感，在减少距离感的同时，也会让罪犯更加肆无忌惮。在行凶时，恩惠和柔情会被忘记，失误、忤逆以及日常的各种摩擦导致的不满却被无限放大。有的人外表看起来温文尔雅，关起房门却会变得无比残暴，他们可以做出超乎想象的事。

"妻子长期受到家暴，为什么之前没有报警记录呢？"小警察又问。

蒋向在一旁捅了他一下，示意他不要再问些没有技术含量的问题："家暴证据的搜寻、认定，以及最后离婚，哪里有那么容易。"

齐正阳沉思了片刻又问："可是受伤的人不止谢佩兰，还有她的婆婆，如果你说是丈夫杀害了妻子，那谢佩兰的婆婆所受的伤又该如何解释呢？还有，他们又是从哪里得知那几个劫匪的情况的？"

"要么是发生了暴力转移，要么是……"苏回说到这里摇了摇头，否认了自己刚才的推理，"不是暴力转移，暴力转移很少更换凶器。"

苏回想到了一种可能性，仅仅是想起来就有点恶心，他轻声道："具体是怎样，那就要问问谢佩兰受伤的婆婆了。"

说到这里，苏回扶着护栏站起："除了做墙面的血迹实验，你们还可以看看历从波的衣服，如果他是凶手的话，他身上的血迹是飞溅上去的，会出现一些特殊形状的血滴，和沾染上的血迹不同。"

陆俊迟转头道："如果这起案件和之前的连环抢劫杀人案不是同一凶手的话，我建议不要并案。不过这两起案子中，一定有我们尚未知晓的关联点。"他说到这里扭头道，"齐队长。"

齐正阳脸一阵红一阵白，还没反应过来，听到被点名才"哎"了一声。

陆俊迟安排道："现在掌握了这么多的证据，你再去问一下历从波的口供，看他是否会供认杀妻一事。"

齐正阳道："谢谢你陆队长，我这次一定好好审出来。"他之前的做法出现了一些纰漏，陆俊迟让他自己查漏也是给一种他脸面的处理方式，这是他将功补过的机会。

陆俊迟回头看向苏回："苏老师，你和我去医院探视一下谢佩兰的婆婆，看看她究竟会怎么说吧。"

华都第一附属医院的病房区，楼道里永远是嘈杂的，探视的人们、往来的护士、医生穿梭不停。

陆俊迟前不久刚陪过一天床，对这边轻车熟路，他和苏回一路走进病房。陆俊迟把病房的门关上，然后转向躺卧在床上的傅梅。

傅梅正是近期第二起案件中的谢佩兰的婆婆，这个女人今年 56 岁，看起来却比实际的年龄要大了很多。根据几名证人的证词，她于前天晚上 9 点左右，被入室的匪徒刺伤了肋下，手术后脱离了危险，刚苏醒了一天。如今，她的丈夫和儿子还要照顾只有一岁大的婴儿，她就被一个人丢在了医院。

苏回在床前的硬木凳上坐好，习惯性地用手指摸着手杖。他看得出来，在这个家庭中，当谢佩兰死亡以后，她的婆婆位于整个家庭食物链的底端。

陆俊迟走过来，坐到苏回的旁边，和傅梅核实了各种信息，开口说道："目前警方已经经过了调查，当天晚上发生的事实和你们的口供是不符的。"

傅梅侧过头，眼袋还有法令纹都是轻微下垂的，向下的线条让她倍显疲态："我没有说谎。"

"真的吗？"陆俊迟表示质疑，"我们对房子内的血迹进行了还原，谢佩兰的死亡过程至少持续了半个小时以上，你和你丈夫真的什么也没有听到吗？"

傅梅咬了一下牙："什么都没有听到……我的家里遭遇了劫匪，警官，你们应该去找那些劫匪……"

"关于那天晚上……"陆俊迟继续发问。

傅梅闭了一下眼睛，完全不想配合："警官，我有点累了，关于我知道的，之前我都已经说了。"正说到这里，陆俊迟的手机滴的一响，他拿起来看了下，然后和苏回耳语了一阵。

苏回的脸上露出了难以置信的表情："历从波全都招了？"他说话的声音不大不小，正好让傅梅可以听到。

傅梅闭上的眼睛猛地睁开，惊讶了起来："什么？"

"嗯，稍后直接让他们来抓人就好。"陆俊迟说着话站起身来，似乎已经不准备继续这场询问。

不等她反应过来，苏回看向傅梅的眼神带了怜悯，他也站起身说道："阿姨，那今天就先这样吧。"

傅梅的表情立刻变了，"你们……你们等一下。你们把话说清楚，我……儿子说什么了……"

苏回转过头对傅梅说："阿姨，你的儿子已经供述了自己当晚杀害妻子的事实。"

傅梅睁大了双眼，几乎不敢相信自己的耳朵。她的眼睛直直的，脑子似乎要裂开。

苏回却又继续道："阿姨，你还一直在保守着秘密，他们却先说了……"他说到这里，看着傅梅逐渐变得青白的脸，叹了一口气又苦笑道，"你被他们背叛了……"

陆俊迟装出一丝不快的表情，拉了苏回一下："这些你不该和她说。"

家人，背叛，这些词像是石头，重重地压在了傅梅的心头。傅梅挣扎着坐起来，伸出手想要拉住什么："这不可能！你们……你们在骗我……"

听了她的话，陆俊迟停顿了一下脚步，略带怒意地回过头："傅梅，那一刀，是你自己捅的吧？你的目的是帮你儿子脱罪，可是你这样的行为是妨碍司法，让你也成了罪犯！"

警方不可能查到这么细节的情况，没有口供，他们不可能知道那个晚上发生过什么。他们一定是掌握了历从波的证词……傅梅的精神被这几句话击溃了，她的眼睛里流出泪水。她的坚持已经变得毫无意义。

第 34 章

陆俊迟的手落在门把手上，再次催了苏回："走吧，我们还有很多事情要处理。"

苏回却像是不忍心，叹了一口气，回身从口袋里拿出纸巾，递给了傅梅。

傅梅浑身颤抖着、抽泣着，她抬起头说道："等……等一下……我愿意说……"

苏回抬头看陆俊迟，像是在为傅梅求情："陆队，她现在愿意开口了……你要不要再听听她的供词？"

陆俊迟的脸上有点不耐烦，又往回走了两步，靠在墙边："你现在有什么想要说的？如果你告诉我们实情，我们也许可以试试，帮你申请减刑。但是如果你继续胡言乱语，谁也救不了你。"他嘴上说得严厉，手中却按下了录音笔，开始记录。

傅梅终于被击垮了，她颤抖着开了口，"前天，前天晚上，整件事情是这样的……"

那天晚上发生的事情，傅梅一辈子都无法忘记。虽然以前，历从波也经常打骂谢佩兰，但是这次有些不同，他们在楼上时，就可以听到历从波的大骂声还有重重的击打声。开始的时候，他们还可以听到谢佩兰的叫声还有喊救命的声音，但是后来那些声音越来越小。

那时候傅梅是无比害怕的，她颤抖着问老公历伟："今天好像时间有点长了。"

历伟正在看手机，摘下耳机不耐烦地抬起头问她："你怕什么？"

傅梅有一种女人的第六感，她心悸得厉害："我怕出事……"

历伟道："能出什么事？你放心吧，儿子有准儿。"

傅梅忐忑地"哦"了一声，没有说话。可是儿子，真的有准儿吗？

历从波小时候就有一些暴力倾向，他虽然瘦弱，却会偶尔和同学打架，他和谢佩兰结婚以后，第三个月，就开始对谢佩兰实施家暴，最初只是打了她一个耳光，那时候谢佩兰流了鼻血，被打破了眼眶，哭着要回娘家，可是历从波跪下来求她，还写了保证书。

第二次家暴发生在婚后六个月，第三次是在婚后八个月……

家暴间隔的时间越来越短，也越来越暴力，直至谢佩兰怀了孕，历从波稍稍收敛了一些，可是随后的一次，直接把怀孕五个月的谢佩兰打入了医院……那次傅梅去拦了一下，也被打破了额头。如今，他们的孩子已经一岁半……傅梅觉得，历从波可能这辈子都改不了了。有时候，历从波打完谢佩兰她还会帮着劝劝儿媳，她会告诉谢佩兰，历从波还是爱她的，告诉她忍一时风平浪静。

那时候，看着陷入沉思的傅梅，历伟忽然抬头道："你的闲事管得还不够多吗？以前你去拦的时候，不还被儿子误伤过？回头人家小两口和好了，你里外不是人。"

傅梅紧张地搓了搓手："那个女人也真是的，孩子还小，就跑出去玩，和我说是和以前的同事聚餐，结果是去同学聚会，还和男同学说过得不幸福。信息都发到手机上，正好被从波看到了，你说咱儿子能不生气吗？"

厉伟点头："那个女人……婚后就没有工作了，全靠从波养着，从波工作压力大，也不容易。"

楼下的击打声忽然停住了，连痛苦的呻吟声都变得细不可闻。他们听到了儿子喊谢佩兰，还有惊慌地喊他们的声音。老两口冲下楼，才看到儿媳浑身是血躺在地上，微睁着双眼，一动不动了。

傅梅看了一眼血淋淋的现场，"啊"地叫了一声，然后迅速捂住了嘴，差点吐了出来，她知道这次恐怕出事了。

厉伟皱眉问："怎么回事？要不要打120？"

"来不及了……"历从波的脸色一片苍白，倒退了两步，一下子跌坐在地上，然后他的眼泪唰的一下流下来："她……她已经死了！我刚才摸过，没气了！我……我杀人了！爸！妈！我不是故意的！我不是故意打死她的！"

"为什么会这样，为什么会这样……"傅梅颤抖着声音说着，比起儿媳的死亡，她更加害怕的是，儿子杀了人，可能要进监狱了，她忽然感觉整个世界都塌了下来。

到了这时，家里的两个男人都惊慌了起来。厉伟急红了眼睛，指着她的鼻子骂："你之前为什么不拦着儿子？你为什么没有看好儿媳？这都怪你，要不是你个作精两头拱火，怎么会这样？"

历从波哭喊着："我不想坐牢啊，我不是故意的……"那些话像是刀子一样扎入傅梅的胸口，可她直到现在，还在想着要怎么弥补这一切，怎么挽救这个家。

"小点声，你们小点声……"傅梅哀求他们。楼上孩子的哭声传来，更是让人心情烦躁。

厉伟继续骂她："现在你的儿媳死了！你的儿子就要去坐牢了！你这个做婆婆的开心了吗？"

"好好好，都是我的错。"傅梅反倒先冷静了下来，她眼前的世界晃动着，声音仿佛不是自己发出来的，"那我把这个罪认了吧，人是我杀的……"

厉伟指着谢佩兰的尸体："警察又不是傻瓜，这样的伤口怎么会是你能够打出来的？"

那怎么办，怎么办？傅梅坐下来，抱住双膝。除非，有其他的凶手出现，才能够让他们摆脱这个困境。

历从波还在哭着："妈妈，你不想我死吧，你帮帮我……"

"是我的错，是我的错……"傅梅喃喃地说着，她忽然想到了什么，开口道："你们记得……上次我去文文家，回来后和你们说的那件事情吗？"厉伟和历从波都安静了下来，听着傅梅说的话思考着……

傅梅道："之前，有一群劫匪，专门入室抢劫……最近我听说华庭小区出事了，夫妻两个都死了，说不定也是这群人做的。只要警察肯相信这些事情是一伙人做的，我们就可以逃过去了……"

历从波仿佛看到了一线希望："可是，妈，警察会相信吗？"

傅梅道："擦去你的指纹，扔掉凶器，你要说你衣服上的血迹是抢救她的时候染上的，我们要对好所有的口供，保证一致，他们一定会相信的，也只有我知道那三个人的样子……"众人很快冷静下来，简单收拾了现场，开始对着供词。

"佩兰是被劫匪杀死的，他们撬开了门，就直接袭击了她……然后我们下楼……"历从波理顺着过程，他又想到了什么，抱住了头，"可是，这次只有一个受害人，这个漏洞太大了，警察是不会相信我们的证词的……"

"是的，除非，还有其他的人受伤……"厉伟也转过头看向傅梅，"这个主意是你想出来的。现在要是没法让警方相信，那一切不就白忙活了？"

历从波又声泪俱下地喊了一声："妈，你救救我……"

傅梅一下子明白了过来，他们两个人是要逼她做第二个"受害人"。

"你们……你们……"傅梅的冷汗一直在流，"凭什么是我啊……为什么不可能是历从波和对方搏斗，或者是老头子你……"肉割在谁的身上不痛啊？

"儿子是不能下楼的，如果是他下楼查看，会加重他的嫌疑，儿媳在客厅发出声音，我这个公公下来查看也不合适，只有你这个做婆婆的，才不会让警方怀疑……"厉伟开口道，"我们已经没有退路了，傅梅，作为母亲，你就牺牲一下吧……"

"是啊！妈，你不用扎得太深，你就做做样子，你帮帮我，就是救我一命啊……"

傅梅感觉自己就像是被献祭的牲畜，可是看着哭得伤心的儿子，她犹豫了，动摇了，她不能坐视不管……傅梅狠了狠心，从厨房里拿出一把刀，戴着手套，隔着衣服，准备往自己的身体里刺，可要下这个决心谈何容易。

厉伟看了一下儿子道："快！帮帮你妈！"傅梅此时听到那个妈字都觉得是莫大的讽刺。

"不用了……我自己来。"她说着，把刀把顶在了一旁的墙上，一狠心撞了上去。

刀锋入体的感觉，让她感到寒冷，傅梅倒在楼梯上，从她躺着的角度，可以看到谢佩兰那双睁着的眼睛。傅梅忽然意识到，那个女人，也是别人家的女儿啊。儿子能够毫不留情地杀了她，又会对她这个母亲有多少的感情呢？疼痛超过了傅梅的想象，她的身体颤抖得厉害，眼泪不受控制地从脸颊流下来。

"打急救电话吧！求求你们报警吧……"

"太疼了……"

"妈，你千万记得那些串好的供词啊，你不要把真相说出来，如果被人知道，我这辈子就完了……"历从波哭着说。

傅梅痛苦地看着面前的两个男人，那是她的丈夫和儿子，是她在这个世界上最亲近的两个人，可却是如此陌生。她逐渐陷入一片黑暗中……

第 35 章

"傅女士？"陆俊迟又叫了她一次，傅梅终于擦去了脸上的泪痕，"这就是当天晚上发生的全部过程。"

傅梅辛苦操持家务，溺爱儿子，疼爱老公，相夫教子一辈子，好不容易看着儿子娶了媳妇，生下孩子。可是到头来她得到了什么？他们把她的付出当作了理所当然。发生了事情，她就成了家庭的牺牲品。是她错了，如果儿子小时候有暴力倾向时，她对儿子严加管教，他也不会那么肆无忌惮。如果儿子第一次打媳妇，她就和儿媳站在一起，也许事情不会发展到今天这一步。当初儿子把媳妇打进医院，儿媳坚决要离婚，她不是哭着求儿媳看在他们孩子的分上复合，而是劝他们离婚，也许大家的生活都会更好。现在想一想，悲剧的种子早就已经埋下。现在，什么都来不及了。

"关于那三个劫匪的事情，你是怎么知道的呢？"陆俊迟继续追问。刚才在傅梅的话里，提起过她在文文家遇到的事。陆俊迟看到过傅梅的简历，她育有一儿一女，儿子叫历从波，女儿叫历雅文。

果然，傅梅开口道："文文是我女儿，我是在两个多月前，去秦城的女儿家时遇到的他们，那天晚上路上堵车，我到的时候已经是晚上9点……"

傅梅回忆着说："文文家住在顶楼，那天下着小雨，我给女儿的手机发了一条短信：'我到楼下了，给我开下门。'女儿没回应，这时候正好有邻居进来，给我开了门，我怕他们白跑一趟，又发了信息说：'我遇到了对门的邻居，一起进来，上楼了。'然后我就在楼道里碰到了从楼上走下来的三个人。打头的是一个男人，尽管是夏天，他依然捂得严严实实，所有的皮肤都遮挡住，戴着兜帽和口罩，只留出一双眼睛。我记得他比我高一头多，从我身边走过，在他的后面，跟着一个女人，短发，很瘦，穿了一条连衣裙，还有一个年纪不大的少年，我以为他们是新邻居，在楼道里让了他们。他们身上带着一股血腥味，脸上的表情特别奇怪，我就多看了几眼。那个男人回头和我对视了一下，我被吓了一跳，不敢再看他们。等我上楼，打开我女儿家的门，就发现了他们被绑缚着，关在屋里，身上还有伤。"

傅梅擦着眼泪："文文和我说，家里进了劫匪，如果不是我正好赶到那里，还和对门的邻居一起上来，他们可能就被那三个人杀死了。我如果早到一些，或者落了单，可能会和他们一起被抓住，我也感到一阵后怕……"显然，是傅梅的到来让那三个劫匪终止了行凶的过程，她发信息的时候，匪徒应该正在看历雅文的手机。

听到这里，苏回翻了一下刚从各地发来的类似案件的记录，上面并没有这起案件。他有些奇怪地皱眉问道："你的女儿、女婿他们没有报警？"遇到威胁生命的抢劫，却没有报警，这件事有些奇怪。

傅梅点头："后来我急忙和他们一起去了医院。我提出过要报警，但女儿却拦着不让，女婿当时也说，没出大事就算了。"

陆俊迟和苏回听完了傅梅的供词，从医院出来时，已经到了快下班的时间。

陆俊迟给齐正阳拨了个电话，听了几句就皱眉问道："物证确凿，怎么还没松口？傅梅已经招供了。嗯，就和之前预测的一样。你直接和他说，看他什么反应。"

假装历从波已经招供，先攻破傅梅，这是陆俊迟和苏回在进病房前就制订的策略。

陆俊迟唱白脸，苏回唱红脸，目的就是为了套出傅梅的口供。在他们进病房前，陆俊迟就叮嘱了乔泽五分钟后给他的手机发一条信息。

陆俊迟挂了电话，苏回跟在他的身后上了车："陆队长，你的表情管理真好，刚才你诈傅梅的时候，看你的反应，我都差点信以为真。"

陆俊迟帮他扣上安全带："苏老师，你的演技也不错，配合得很好。"

苏回把手杖放在一旁："说实话我没想到你会出这种主意。"

陆俊迟道："我的刑审，是以前市局的老罗队教的，他们都夸老罗队是只老狐狸。"陆俊迟是个正直的人，但是这并不意味着他墨守成规，不懂得变通。在面对那些狡猾的犯罪分子时，有时候必须用点小手段才能让他们说出真相。陆俊迟会很好地把握尺度，绝不越界。

苏回又想到了眼下的这个案子，傅梅原本是一个普通的退休妇女，但是在家人的影响下，她也变成了帮凶。

苏回看着陆俊迟忽然说，"陆队长，你知不知道，在犯罪心理学中，有一门理论是全民犯罪论。"

陆俊迟发动了车子："第一次听说。"

"只是一种理论，相关的文献并不多。我并不赞同，但是觉得观点很有意思。"苏回给他解释。

"这种观点认为，犯罪心理是人类固有的心理，每一个人都是潜在的罪犯，没有无辜的人。普通人之所以没有犯罪，只是没有碰到适合的契机。时间，地点，应激情况，会激化人成为罪犯。"苏回低头看了看自己的手，"每个人心中都有阴暗面，都有潜藏的秘密，也就是说，你，我，每一个人都有可能在特定条件或者是极端情况下成为小偷，劫匪，凶手。"

"那特定的条件，会是什么？"陆俊迟问。

"比如被囚禁、威胁、辜负、误解，或者走投无路，面临危险，面对无法克服的困难，面对金钱和美色的诱惑，亲人死亡，丧失理性……"

陆俊迟斩钉截铁地道："我不会。这些也不是犯罪的理由。无论到了什么时候，只要足够冷静，就一定有方法避免犯罪。"

苏回经常能够看穿那些罪犯所思所想，但是陆俊迟明显不属于那些人的范围。他在陆俊迟的身上，嗅不到犯罪因子。

现在苏回有点明白过来，陆俊迟这种人会在危机来临之前做好一切准备。他足够理智，足够聪明，不会让自己陷入狼狈的境地。

汽车正好开过一个路口，在红绿灯前停住车，陆俊迟侧头看向苏回，夕阳照射下，苏回的眼睛好看极了，他的瞳孔看起来比一般人浅一些，就像是一块上好的美玉，透着一种神秘感。陆俊迟十分感激苏回，今天多亏了他看破了这起案件中的玄机，否则他们可能会走弯路。

陆俊迟有时候觉得苏回的身上是有锋芒的，有时候又觉得那是他的错觉，苏回大部分时间是懒散的状态。就像现在，吃完晚饭，苏回换上了睡衣，玩了一会拼图就有点困了。他枕着一个抱枕，懒洋洋地躺在了沙发上。

陆俊迟拿出了笔记本电脑，在餐桌上摊开，准备整理文件。

苏回只在客厅侧面放了一张书桌，看陆俊迟把餐桌当作临时办公地点感到有点欠意，他整个人陷在软绵绵的沙发中，指了指书桌道：“我桌子不用的时候，你可以坐那边。”

陆俊迟抬头看了看被各种书籍掩埋的书桌，那些书随时有倒塌的危险。他婉言谢绝：“谢谢，这边挺好的。”

苏回伸手拿起了一片拼图，仔细观察道：“那可以考虑买个转椅，坐着会比餐椅舒服一些。”时至今日，他已经越来越习惯自己家里的这位保护者的存在。

陆俊迟“嗯”了一声，看着手机上乔泽的来电，对苏回做了个“嘘”的手势，然后他想起来苏回可能看不清，解释了一句：“我接个电话。”

苏回顿时安静下来，亚里士多德正好凑了过来，苏回伸出手，一把环住它，那只毛茸茸的猫就被他搂在了怀里，老老实实地被他抚摸着。

乔泽的电话里告知历雅文和她的丈夫许辉的询问结果。两个人都说事情发生在两个月前，当时家里没有什么损失，他们很慌张，害怕匪徒们报复，就没有报警，两个人还住了一段时间的酒店。关于三名劫匪他们描述的相貌和之前傅梅的口供差不多，也没再提供什么有效信息。

陆俊迟听完皱眉道：“这么明显的谎言？”说句不好听的，真是把他们做警察的当成了傻子。那段行凶过程一定藏有玄机，他们越不愿意说，问题就越大。

乔泽道：“陆队，人家是被害人，一句‘忘记了’就给我抵到南墙上了……”

陆俊迟道：“你把这对夫妻的资料发过来。秦城不远，大不了过去一趟。”

乔泽应了一声，挂了电话，把资料发了过来。

陆俊迟刚联好苏回家的打印机，苏回对他说道：“给我也打印一份。”

第 36 章

陆俊迟去打印机上取了资料，顺手递给躺在沙发上的苏回一份，他看了看资料，包括一些银行的流水。历雅文夫妻俩近期卖房得了三百万，这些钱没有流出记录。

陆俊迟道："若是害怕报复，报警才是最安全的，这两个人却拿这个作为不报警的借口……"他说到这里想到了什么，又问苏回，"你说他们不报警，有没有可能是存了私心，怕房客知道曾经有人入室抢劫，房子不好卖？"

如果房客得知房子差点发生凶案，房东又急于脱手，这对卖房是不利的。可陆俊迟又摇了摇头，否定了自己的想法："有点不对，当晚的傅梅上楼的时候，他们才获得了自由，两个人惊魂未定就做了不报警的决定。"卖房毕竟是一件大事，那时候可能还没有确定要卖掉房子。他们不报警的原因一定不简单，这个案子发生过他们尚未知晓的事情。

苏回放下手里的拼图，一手轻轻撸着猫，一手拿着资料，他看了一会儿轻轻地"咦"了一声，然后说道："有意思。"

陆俊迟还没看出哪里不对，问苏回道："发现了什么。"

苏回道："离异。"

陆俊迟这才注意到资料里的两个人目前都是单身状态，两个人卖了房子后，迅速离婚了，时间就在几天前。他也想不通这点，皱着眉头道："奇怪，离劫案发生的时间太近了。"

一对夫妻，刚刚经历了一场危险万分的入室抢劫，他们没有报警，在事后卖掉了房子还算是正常反应，可是患难后马上离婚，这就有点奇怪了。算上离婚冷静期，差不多劫案发生后他们就开始办理手续了。

陆俊迟整理了一下思路："我今天翻了一下其他公安局发过来的前面几起案子的卷宗。算上之前历雅文的那起案件，差不多的规律是一个地点两起。凶犯是流窜作案，选择的家庭都是住在普通小区的，受害者人数 2~4 人，他们进入受害人家中，控制住受害人，然后过了一段时间后才杀死受害人。"

苏回想起了那些现场照片补充道："他们的现场打扫得很干净。"

陆俊迟点点头："垃圾桶里有烟灰，但是并没有找到烟头，应该是被带走了。冰淇淋和一些食物被食用了，随后清洗了餐具，这几个人很细心。"

苏回把资料放到了茶几上，手还在亚里士多德的身上不紧不慢地摸着，他回忆了一下："他们作案的习惯还有一个，临走前，会把受害人的手机关机后放在桌子上，手机擦去了指纹。"

陆俊迟道："那些劫匪应该动过受害人的手机，很可能还翻看过上面的资料，否

166

则没有必要擦去指纹。劫匪中应该有人掌握了开锁技巧，还有人负责事先的调查和望风，和一般走空门的贼不同，他们专门挑选受害人在家的时候进入。几户人家都丢失了银行卡，被问出了密码，随后被取款。这群人虽然是入室抢劫，金银首饰、贵重物品都没有丢失。"

这是一群奇怪的劫匪，杀人动机，杀人方式，被害人选择，各种迹象都透露着一种难以言说的古怪，完全不合常理。

苏回问："劫匪的身份调查有进展吗？"

陆俊迟道："我现在已经让组员进行多方查找，特别是对刑满释放的人员进行重点摸排，首先需要确认这三名劫匪的姓名和身份。"

苏回想了一会儿，他也没法解释那些奇怪的地方，开口建议道："具体情况是怎样的，明天我们亲自去问问历雅文吧？"

陆俊迟考虑了一下，与其派下属去可能空跑一趟，不如他亲自过去，但是他对苏回的身体还不太放心，抬起头问苏回："你的腰，能行吗？"之前出院的时候医生叮嘱过，最近不能久坐。

苏回翻了个身，在沙发上从平躺换成了侧卧，他太瘦了，手腕腕骨的位置凸起明显。室内的灯光照他的脸颊上，像是上好的玉石。苏回的手指苍白而纤细，手都埋在亚里士多德的毛发里，他开口，声音有点嘶哑："我带上腰托。"

陆俊迟"嗯"了一声又说："如果去秦城的话，明天要早起。"

"那我早点休息。"苏回看起来非常想去，他坐起来，懒洋洋地推开了亚里士多德，走进了卧室。亚里士多德正被他摸得舒服，被推开了还有些不乐意，"喵喵"地叫了两声。

陆俊迟想把之前的卷宗再整理一遍，就打开了文件一一梳理，然后又给下属安排了明天的工作。不知不觉，忙了两个多小时，已经到了深夜，陆俊迟伸了一下懒腰，也到了他要休息的时候了。

忽然沙发上传来一声细细的猫叫。陆俊迟转头，看到了亚里士多德在沙发上踩来踩去，似乎是不太满意自己的乐园换了地方。陆俊迟看苏回的房间毫无动静，转头又看了看这只毛茸茸的小东西，小狸花猫侧着头，用大大的眼睛看着他。陆俊迟忽然心里一动，他走了几步，坐到了沙发上。

陆俊迟再次确定了苏回的房间里毫无动静，伸出手把猫拉了过来，抱起来小声问它："小猫咪，你是叫亚里士多德吗？"亚里士多德眨着眼睛看向他，随后"喵"了一声，露出一口尖牙。

亚里士多德像苏回，是个随遇而安的性子，不给它吃喝都能忍，猫生里唯一讨厌的事情就是洗澡。现在它被陆俊迟抱着，亚里士多德又想起了那些不愉快的经历，眼前的这个人不仅把它丢入水中，给它抹了一身的浴液，还梳开了它打结的毛发，那感觉实在太酸爽了。回想到这里，小猫使出浑身的力气极力反抗，拼命地挣扎着，想要逃离陆俊迟的"魔掌"。

陆俊迟却不愿意轻易放过它，把它抱在臂弯里摸着它的毛小声道："你知道你最近的猫粮是谁放的？猫砂是谁换的？"

苏回的散养方式让亚里士多德过着饥一顿饱一顿的生活，直到陆俊迟搬过来才给它规律饮食。而且陆俊迟刚住进来时这只猫不知多久没洗过澡了，毛有几块都黏在一起，家猫养得和流浪猫似的。现在苏回特别心安理得地把家务都交给了陆俊迟，甚至连取猫粮、取快递的活儿都交给了他，自己只管撸猫。

陆俊迟忙前忙后的，没想到这个小东西还这么不领情，动作满是抗拒。陆俊迟想要和亚里士多德和平相处，他以前养过狗，对猫还真不熟。他努力回想着刚才苏回在沙发上撸猫的样子，轻轻抚摸的动作，然后照着做了起来。亚里士多德逃走一分，陆俊迟就把它抱回来两分。

然后，陆俊迟把脸埋在猫毛里深吸了一口，干净柔软的猫毛，散发出宠物清洁剂的柠檬味，这感觉真的挺好。亚里士多德却越发不快，它直接举爪，想要挠他一下，还好陆俊迟警觉，躲开了。亚里士多德继续反抗着，背拱着，毛都炸了起来，还发出"喵呜喵呜"的叫声。

"你别挠我行吗？小白眼狼，乖乖让我摸一会儿，回头奖励你罐头。哎，别咬，你这是双标……"

一人一猫在沙发上闹得正欢，陆俊迟却突然看到苏回从房间里拿着水杯走了出来，瞬间他脸绷了起来，坐直了，把亚里士多德飞快地扔到在一旁，低头看着手机。

亚里士多德前一秒还在挣扎着，后一秒就被扔了出去。它对自由还不太习惯，疑惑地看了看陆俊迟，那个新来的室友一脸严肃的表情，脸上十分平静。亚里士多德的瞳孔剧震，人类果然是虚伪善变善于伪装的……

陆俊迟冷静地看着手机，装作什么也没有发生。吸猫？逼着这个小东西和他和平共处？那种事情怎么可能发生在他这种理性、严肃又有洁癖的警界精英身上？

苏回走过客厅接了杯水，像是不经意地道："没关系，你继续，我什么也没听到。"

这话的意思不就是什么都听到了？回想起刚才和亚里士多德的对话，陆俊迟的脸瞬间泛红，忍不住握拳咳了一声，他有时候真的无法分辨，这位室友的耳朵到底好不好使。然后他想起自己洗澡时哼的歌……无聊时看的片……他有时候觉得苏回看不到、听不到，有恃无恐地做自己喜欢的事。现在回想起来，感觉自己要"社会性死亡"了。

第 37 章

早上 5 点半，陆俊迟就把还在沉睡的苏回从床上拉了起来，经过几天磨合，他已经知道怎么才能把苏回用最快的速度叫起来。

苏回迷迷糊糊地起来换了衣服，刷牙洗脸，跟着陆俊迟就往外面走。

"衣服……"陆俊迟把苏回压着的领子整理好，然后提醒他："你的腰托呢？"

苏回这才"哦"了一声，回来取了腰托，把自己的眼罩也顺手拿上了。

陆俊迟递给他一盒牛奶，还有三明治做早餐，苏回抱着东西，然后直接往外走。

楼道里，陆俊迟拉住他："苏老师，你准备穿着拖鞋去吗？"苏回低头看了看，才发现自己是穿着拖鞋出来的。

陆俊迟感觉自己像是打仗一样，终于在 6 点钟把这位祖宗哄上了车。

苏回上车啃了几口三明治，直接说了一声："我困了。"随后眼罩一戴，人往后一倒，直接就睡过去了，睡了两分钟似乎觉得不舒服，又拉下眼罩取了陆俊迟车上的一个套了毛绒软套的纸巾盒，抱在怀里当作抱枕。

苏回再睁开眼睛时，已经到了秦城，他这时候才伸了个懒腰摘下眼罩问："快到了吗？我们这是去哪里啊？历雅文的家？"联络和安排工作一直是陆俊迟负责，苏回到现在才想起来问。

陆俊迟感慨他的毫不在意："苏老师，你终于想起来问了，我是不是趁机把你拐了你也不知道？"

苏回拿起吸管插入牛奶，吸得滋滋有声："不会，我信任你。"

"历雅文的丈夫最近出差了，不在秦城，我们今天只约到了历雅文。自从他们离婚后，历雅文就没有再买房，一直住在自己开的花店里。"

陆俊迟说着话把车停稳，指着马路旁的一间花店道："就是这里，到了。"

陆俊迟和苏回走进花店。那是一家不太大的花店，一共 100 来平方米，花店是营业状态，只有老板娘历雅文一个人在。历雅文看到陆俊迟进来就站起身来。

陆俊迟很快说明了来意，出示了证件，历雅文昨天已经和乔泽联系过，也知道今天会有警察登门拜访。历雅文把店铺的状态改为暂停营业，然后把门锁好，走回后面的桌子旁。

整个花店分为前后两部分，前面有几个高高的花架，上面摆满了各种盆栽的鲜花，右边一侧放着几个花束，在旁边还有几本可以挑选花样和定制花篮的宣传册。

一走进来，苏回就闻到了一股浓郁的花香，那种香味是多种花香叠加在一起的，他的视觉和听觉都已经不太灵敏，仅剩的嗅觉就特别敏感。

历雅文今年 30 岁，是家中的姐姐，对于家里弟弟和弟媳的事，她也早有耳闻。

任谁碰到这样的事，都是家门不幸，特别是对她这种离异的女人，娘家出事等于没了靠山。可她现在穿了一身藕荷色长裙，头发在脑后盘起来，脸上的表情却十分平静，仿佛眼中只有那些花。

桌子上摆了几种刚进的花材，历雅文一边低头修剪枝叶一边说道："其实这个过程我之前都说过了，不过好像陆警官不太相信，我并没有说谎，你们也可以去问我的前夫。"

陆俊迟按规章办事，取出了录音笔和记录册，说道："事实上，历女士你所说的的确和你前夫说的一致，我们也不觉得你在说谎，只是感觉你的描述有些简单。我们今天出差到这里，开了几个小时的车，想要知道当晚发生的所有细节。"

历雅文低着头，"咔嚓咔嚓"地剪去了鲜花腐烂的根茎，脸上的表情有些为难："可是你再问我多少遍，我说的还是一样的。"

陆俊迟道："历女士，我想问一下，你离婚的原因。"

"原因？"历雅文停顿了一下，依然低着头，"我们的感情破裂了，和抢劫案没有什么直接的关系。"

"真的吗？"陆俊迟追问道，"可是我们在几个月之前，还在网络上发现了你秀恩爱的记录……"这些也是他昨天晚上整理资料的时候发现的，那些账号在她离婚以后，已经全部清空了，可是互联网是有记忆的，陆俊迟用了警方的权限，还是调取了出来。

历雅文的手停顿了一下，目光还是没有离开那些花："那都是之前的事情了。劫匪进入的当晚，我们是受了一些伤，但是并没有危及生命，实话说，我对我的前夫有点失望，家里出了事，男人却不能保护女人，我们就离婚了，这难道不是很正常的事吗？"

陆俊迟又问："那你们为什么没有报警？如果你那时候很害怕，寻求警方的帮助不是最能够保证安全的方式吗？"

历雅文道："警官，虽然当着你的面这么说不太好，但是……并不是所有人都信任警方，我们被那些劫匪绑住的时候，警察没有来，是我妈妈的出现才救了我们……"苏回在旁边默不作声，他对那些罪犯们十分了解和熟悉，熟知他们的想法，但是这些普通人，这些证人们，往往是他的盲区。

"……警察不光是要在危险发生时到达现场，还有一项重要的工作就是预防更多悲剧的发生，那也正是我们现在在做的事。"陆俊迟说到这里，忽然伸出手，把录音笔按了一下暂停键，"历女士，我直接问了，你们夫妻不想闹到公安局，是不想对警方说当天晚上发生的事，也就是你和你丈夫之间的秘密吧？"

历雅文终于停下了手里的动作，抬起头看了陆俊迟一眼，然后又看了看那支按停的录音笔。她之前也因为案件的原因接触过一些警察，包括昨天乔泽打电话过来，但是她能够感觉到，眼前的这个警察，和她过去接触过的警察是不同的。

陆俊迟把录音笔放在桌面上，没有继续录音的意思："历小姐，发生了那样的事情以后，我觉得你的心理压力是非常大的，你选择了闭口不提当晚发生的事，随后迅速卖掉房子和你的丈夫离婚。对于一个女人来说，你的世界发生了翻天覆地的变化。我理解你一直缺乏安全感，现在，如果你需要，警方会随时对你提供一些帮助。"

历雅文道了一声谢。

陆俊迟继续说："你之前的证词有一部分无法自圆其说，还留有一些疑点，所以在你把真相告诉我之前，我都会执着地查问下去，这些是合法的调查。除非警方得到你的可信证词，否则不会放弃。因为你的回答，不光是你自己的私事，更关系到很多人的生死。"

陆俊迟的态度非常绅士、礼貌，但说的话却很强硬。他明确地告诉历雅文，这件事不是她能够靠躲避，或者是含糊不清的证词就能糊弄过去的，长时间耗下去对大家都没有好处。

历雅文说："你们既然那么确信当晚发生了什么，又觉得我们没有交待，那为什么不去问我的前夫？"

"我们会去问他的，但是那并不代表，我们现在可以停止这场问话就此离去。"陆俊迟说着又拿出了两张照片，那是陆琴和叶之学的尸体照片，他尽量选择不太恐怖的照片，可是照片依然让人感到触目惊心。

"照片上的这两个人，几天前死亡，我想，他们生前经历过和你一样的事情。你和你前夫目前是为数不多的幸存者，如果你不说实话，可能会有更多的受害人出现。"

历雅文的视线终于移动了，她低头看着那两张照片，如果那天她母亲没有来的话，此时她也早已经是一具尸体了。

陆俊迟继续说道："死里逃生，离异，我想这些事情对你的触动也是比较大的，而且这些家事，并不适合向朋友、家人倾诉。如果你告诉我的话，我可以对你的证词进行处理，帮你保守这些秘密。"有些事情憋在心里，也会积郁成疾。

苏回在一旁安静地听着，陆俊迟给她看了其他案件的后果，唤起她的同情心和危机感，最后再进行诱导……一步一步地瓦解她的防线，化解她的顾虑，问出想要的结果，听起来没有什么惊人之处，却没有一句废话。

谈话进行到这里，历雅文的表情终于有了微妙的变化了。她轻轻眨了一下眼睛问："你们可以为我保密吗？"

陆俊迟点头道："我们可以尽可能保护你的信息，只把你今天的话当作追查凶手的线索。"

历雅文道："我不想出庭作证。"

陆俊迟道："如果我们抓到凶手，有足够多的物证证明他们的犯罪事实，可以免除你的出庭责任。"

历雅文随手把那些花收拢到一旁，用一次性的纸杯给他们倒了两杯水。陆俊迟接

过来，苏回说了一声谢谢，摆了一下手，示意自己还有牛奶。

历雅文就把那剩下的一杯水留给自己，她喝了一口水，让自己冷静下来，然后她开口道："两位警官，说出来你们可能不信……我虽然害怕、厌恶那三个人，也知道他们不是好人，他们差点杀死我，但是我居然一点也不恨他们，甚至我还有点感激他们……"

第 38 章

历雅文开始描述当天发生的事："那天大概是晚上 8 点多吧，我刚收拾完厨房，我的前夫在看电视，有三个人忽然闯入我家，最先反应过来的是我的前夫，但他们手上拿着凶器，很快就把我们制服了。"

陆俊迟拿出三张嫌疑人的模拟画像，这些都是根据调出的监控录像进行复原后画出来的："这些画像是否接近那些人？"

历雅文辨认后，点头确认道："很像了。"

陆俊迟继续问："他们的具体行凶方式是什么呢？"

历雅文回忆了一下："他们带了喷雾，棒子，还有刀。我从厨房出来时，我前夫已经倒在了地上。"这也和警方查验其他现场后发现的痕迹一致。很多人会有一种错觉，觉得自己有时间大声呼救并展开搏斗，实际上，当普通人面对忽然冲进家里的几名暴徒时，很可能会在极短的时间就丧失抵抗能力。

"至于那三个人，我之前也描述过，是一个男人，一个女人，还有一个少年。"历雅文继续道，"当时我们两个人都被制服了，他们用绳索捆住了我们的手脚。"

她说到这里，眼神发生了微妙的变化，好像陷入了回忆里："那个男人问了我们一个问题：你们两个人之间，如果必须要死一个人的话，你希望那个人是谁？"

听到这里，陆俊迟回头看了苏回一眼，苏回早已放下了牛奶，用手托着下巴，听得十分专注。到这里故事的走向变得奇怪了起来，也开始切入正题，那些劫匪果然和一般的匪徒不一样。而这个问题显然也暗藏着玄机。

"那时候我说，如果非要死一个人的话，那你们杀了我吧。我的前夫也说了同样的话，随后我们被关进了不同的房间，我面对的是那个男人，那个女人面对的是我的前夫。而那个少年，一直在客厅里留意外面的动静。"

历雅文停顿了一下，喝了一口水才继续说道，"我是真的抱着必死的决心开口的。那时候真心觉得我的前夫也会站出来，会保护我，保护这个家。事实证明，我把这个游戏想得太简单了。"

历雅文说着话，撩开了自己的袖子，露出了一处手臂上的伤痕。"事实是，无论你怎么选择，劫匪都会依据你的答案，捅出一刀，如果你选择独自承受，就是你被刺一刀，如果你选择让对方承受，就是对方被刺一刀。"

陆俊迟看了一下她手臂上的伤痕，她的小臂被刀子刺穿了，这个伤口不会致命，但是足够疼。

"当第一刀下去以后，我就疼得快要疯了，我对我的选择犹豫了，我真的要为了这个家，为了那个男人死吗？我的脑子里不停地想着一个念头，如果有机会活下来，那个人为什么不是我？"历雅文说着手指开始发抖，"而这些，只是那晚的开始。接下来，他问出了我们手机和电脑的密码，开始翻看我们手机上的内容，还有聊天软件里的对话，劫匪们会为了自己的发现进行交流，他们并不着急，看着我们的血往外流着，反而很开心的样子。那个男人会把我老公的手机拿给我看，上面是一些刺眼的对话。比如：我老公在国外时给别的女人代购了化妆品，他和别的男同事约着一起去泡脚、按摩，他跟他妈妈对我的抱怨，不停地数落我的错。"手机和聊天的软件用于每天的交流，像他们这些普通家庭，手机至少会用几年，手机中藏了无数的秘密，那些人把那些秘密袒露在他们的爱人面前。

"有很多在别人看来都是一些鸡毛蒜皮的小事，可就是那些小事，把我们压垮了……"历雅文继续说道，"最刺伤我的，是时间线。他们把我们聊天的时间线整理了出来，然后炫耀着讲给我们听。我也没有想到，手机把这些都记录了下来，有一天，我做菜烫伤了手，还挺严重的，我给他打电话问能不能陪我去医院，他挂了我的电话，发信息说在开会，他心疼我，但是走不开，让我自己赶快去医院包扎。可是同时，他在群里表示羡慕他死党新婚妻子的贤惠美丽，对着群里的美女照片开着玩笑，还说我老土不会打扮，总是笨手笨脚的。"

历雅文将了一下头发："我才知道，原来在他的心里，他是这么想我的，他一点儿也不在意我是否受伤，他真情实感地觉得我是一个麻烦。还有，他在单位里有个女徒弟，那个女孩子我见过一次，是一个刚毕业不久的小姑娘，他在我的面前表现得十分坦荡，可是却和她的聊天十分暧昧。有一次深夜，我看他一直在书房、卧室发短信，我叫他睡觉，他说自己要加班做 PPT，可实际上，聊天记录上显示，那时候那个女生失恋，他安慰她到半夜。还有他的好朋友和他借钱，数目不小，5 万块，他背着我从家里的账号取了钱，然后登陆我的手机账号关闭了短信提醒。对方问他，用不用和我打个招呼，他直接就说不用，他可以做主。"历雅文在事情发生以后，真的没有地方去倾诉这些琐事，现在有了机会，就事无巨细地一件件说了出来……

"我那时候就意识到，金钱、欲望、情感，在那些东西影响下，我们的婚姻早就不是我想象的样子了。"

陆俊迟问她："你们就是因为这些原因，最后决定离婚的？"

历雅文摇摇头："并不是，听到了这些，我只是气愤而已，他给他公司的女徒弟发了 520 块红包，可是对方却没有接收。我觉得，他和他那个所谓的徒弟可能真的没有走到最后的一步。事情发展到了这里，我觉得他犯了错误，可是并没有什么不可原谅的。"

随后她叹了一口气道："人都是自私的，特别是在剥开了层层真相之后，我知道他也看到了我手机里和闺蜜的吐槽，我和男同事的玩笑话，我给妈妈偷偷塞钱，往娘家送东西。在这段婚姻里，我也并非一点过错没有。人都有生气、情绪低落，想要逃离的时候。那个晚上，我们之间的秘密荡然无存，各种负面的情绪被放大了。"

陆俊迟皱眉问："那你们后来经历了什么？"

"大约一个小时以后，劫匪们让我们进行了第二次选择，两个人，究竟谁死。这一次，我们还是选择了自己，虽然我们都动摇了。这一次，换来的是腿上的一刀。又过了一个小时，游戏进入了第三轮，我依然选择了自己，而我老公他……"历雅文说到这里，抿了一下嘴唇，"他哭着说，只要让他活着，怎样都可以，他可以给他们银行卡的密码。如果他们非要杀人，那就杀掉他妻子吧。"这就意味着，这一轮，历雅文需要承受两刀。

"我听到了他的选择，感到特别绝望，整个天都灰暗了下来。我问劫匪，我可以重新选择吗？既然他不想承受，那我也不会为他承受，他选择了让我去死，那我也选择让他去死，这样才公平，对吧……"

回忆着当晚发生的事，历雅文苦笑了一下："随后我清醒了过来，我们依然需要各自承受一刀，只不过这一次，那刀锋像是我们彼此向对方刺出的……这时候，差不多是他们进我家两个多小时吧，家里的门铃忽然响起来了，劫匪感到有点慌张，然后我妈给我发来了短信，说她在楼下，让我们给她开门。劫匪们商量了一下，我想，他们大概在考虑，是把我妈杀了，还是放走我们。然后劫匪威胁了我们不要报警，否则会报复我们。这时候我妈发来了第二条信息，说她和邻居一起上楼了。那三名劫匪可能是怕邻居发现，不想节外生枝，就匆匆走了。我妈进门，眼前的情景把她吓坏了，她把我们放开，随后我们自己去的医院，说我们是自己弄伤的……"

历雅文道："警官，我的故事讲完了，再也没有什么保留的，你也可以去找我前夫印证，我们都是小人，我们之间没有真爱，一想到对方曾经想要自己死，我就不想再提起他，我们扛不过生死，更没有勇气在一起度过剩下的几十年。"

讲述到这里，苏回和陆俊迟终于了解到那天晚上发生了什么。那晚之后，这个女人和她前夫的人生都被改变了。

把这些事情说出来后，历雅文感觉自己轻松多了："我感觉自己在万念俱灰后看破了红尘，再也没有什么可以在意的。特别是最近，我听说了弟弟家发生的悲剧，更加庆幸我虽然费了一些力气，还是挣脱了婚姻的牢笼。"

"你们家中，是否还保留了一些什么东西？比如说，劫匪的烟头，拿过的东西？"陆俊迟问道，这起案件劫匪没有时间打扫现场，也许可能留下蛛丝马迹。

历雅文摇了摇头："案发毕竟是两个月前，我们把房子都卖了，应该没什么保留下来的。他们碰过我们的手机，但我们自己也碰过手机，我真没有什么证据提供了。"两个月，足以让那些证据消失。

陆俊迟问："劫匪之间的关系怎么样？"

"他们配合默契，彼此也很亲密，让我觉得，像是一家人……可又觉得那个女人有点年轻，孩子却有点大。"历雅文轻声说。

陆俊迟又问她："历女士，你还能不能再告诉我一些凶犯的特征信息？比如脸上、

身上有什么特殊之处？声音有什么特点？只要是你想到的，都可以告诉我。"历雅文作为幸存者是和劫匪近距离接触过的。

历雅文想了想说："伤疤……那个男人的手上有被火灼烧的痕迹。"尽管那个男人穿着黑衣，把自己全身上下捂得严严实实的，但当他的刀扎向她的瞬间，她还是看清楚了，从衣袖和手套边缘的缝隙中，露出来的丑陋伤疤。

第 39 章

时间接近 12 点，陆俊迟看问得差不多了，结束了这场对话，他说道："历女士，谢谢你，你提供的信息非常有帮助，我们会尽力抓住这些劫匪。如果你再想起什么，或者有什么需要，可以打我的电话。"

陆俊迟和苏回走出了花店，陆俊迟问苏回："你为什么一直没说话？"

苏回咳嗽了几声说："你问得挺好的，我也没有什么可插话的。"花店里的花香太重了，他呼吸不太舒服，好像那些旧伤又有复发的趋势，从胸口到喉咙每一次呼吸都像是有细碎的玻璃碴夹杂在身体里面。他不想让陆俊迟担心，停顿了一下接着说道："而且这个故事感觉有内情，我不忍心打断。"不管怎样，总算是获得了很多有效信息，他们对劫匪的行凶方式也有了更多的了解。

陆俊迟给重案组打了电话，让他们继续去追查历雅文前夫的供词，又让曲明把嫌疑人的特征和国内近些年的火灾幸存者的名单进行比对。曲明马上领命。

陆俊迟挂了电话，对苏回说道："中午赶不回去了，走吧，吃午饭去。"

苏回道："我还太不饿。"他刚刚喝完了一盒牛奶，这时候满脑子都在想刚才历雅文说的那些事。

陆俊迟道："不饿也得吃一点，你有什么想吃的？"

苏回懒得想："随便。"随便，这不就是最难选的菜品吗……

陆俊迟感到有些无奈，网上搜了一下，领着苏回进了附近的一家中式餐厅。等菜上来，苏回闻了一下，味道很香，他低下头仔细辨认，发现桌上都是他喜欢吃的菜。苏回也不知道陆俊迟什么时候记住了他的喜好。他之前还说不饿，看到了自己喜欢的食物，忍不住动了筷子安静地吃着。

陆俊迟觉得眼前的苏回像是一座冰山，露出水面的只是小小的一个尖峰，让人看不出水下的形状，时常让人琢磨不透。只有靠近了，才能走进他的内心世界，了解他是个怎样的人。

匆匆吃过午饭，陆俊迟就带着苏回踏上了返程的路。

苏回上车说有点困，坐在副驾上一会儿就睡着了，陆俊迟没有吵醒他，但他知道苏回睡得并不好，他戴着眼罩，时不时动来动去，根本就没有睡踏实。返程的路比来时顺利，下午四点，陆俊迟的车终于下了高速，进入华都市区。

苏回睡了一路，揉了会儿眼睛，才直起了座椅。

陆俊迟开口问他："听完历雅文的口供，你想到什么了吗？"

苏回说："凶手是在杀人诛心。"与其说苏回是在睡觉，其实更接近一种冥想的状态。那些案子、案情、事件，在他的脑海中不停翻滚着，他试图把所有的事情理顺。

　　凶手太残忍了，这种残忍不光是他们杀人的数量多，制造的案件多为灭门，选择的地点场所是家里，而是他们在诛心。剖析每个人生活里的小秘密，在被害人的面前，把他们以为和睦的家庭关系层层撕扯开，让那些人的世界一点一点崩塌掉，在他们万念俱灰后，再夺走那些人的生命。

　　世间最美好的东西原本就是爱情、亲情。背叛、生死，这些东西就像是埋藏着的雷，他们所做的事情就是把那些雷一颗接着一颗提前引爆。把那些美好摧毁。那些受害者，在死前该是多么的绝望。

　　进入市区，车速降了下来，路上出现很多红绿灯。车速很慢，陆俊迟终于不用担心开车的时候讨论案情分心，他开口又问："根据现在的信息，你能够分析一下凶手的心理吗？"问完，陆俊迟马上又补充道，"我知道，我们一定会找到实际证据，你的分析只是作为参考……"

　　苏回见自己要提醒的话已经被陆俊迟抢着说了，这才开口分析道："听到劫匪提的问题，我想到了一个博弈模型——志愿者困境。"

　　陆俊迟还是第一次听说"志愿者困境"这个词。"什么是志愿者困境？"

　　"所谓志愿者困境，是指在一群人之中，需要有一个人挺身而出，牺牲自己，其他人就会获得安全，有人愿意做这个志愿者吗？又有多少人愿意做这个志愿者？多年以来，人们试图用数学以及心理因素来解释这个问题，化解困境，不过……相关的博弈并没有很好的破解方法。"

　　每个人都希望在危机时刻能够有英雄跳出来保护自己，但是并不是每个人都能够在突发状况下保护他人。人性是最难以推断、最难把控的东西。这个博弈衍生出了很多的实验，但是很多实验的结果都和标准博弈的预测相违背。

　　陆俊迟明白了过来："劫匪把这个问题指向了家庭，而且加了很多的条件。"

　　"其实问题的核心点在于，在家庭处于危难之中，作为家庭成员，你是否心甘情愿地牺牲自己拯救你的家人？"苏回继续冷静地分析道，"凶手把侵入受害人的家庭当作了一场杀人游戏。游戏被分成了多轮，每一轮的问题都是你是否愿意为了家人牺牲自己。假设受害人只有夫妻两个人，那么第一轮之后，会出现三种情况，第一种情况，夫妻两人各自承受一刀；第二种情况，丈夫说愿意为了妻子死，妻子也希望丈夫死，丈夫承受两刀；第三种情况，妻子说愿意为了丈夫死，丈夫希望妻子死亡，妻子承受两刀。第一种情况还是相对于最稳定的情况，后两种情况下，人的内心世界都会失衡。甘愿赴死和别人希望你死，这是两个不同的概念。如果这家人的家庭成员多，这个过程会更加复杂。"当得知亲人想要杀死自己，这是对受害人莫大的伤害，很多人的心理会在这一刻崩溃。

　　"如果第一轮保持平衡，凶手就会开始揭示夫妻中的秘密，在家庭生活中，金钱上的问题，生活中的摩擦，不可能是一帆风顺的，他们会找出其中的矛盾点，进行放

大，让受害人之间的信任逐渐破灭。伴随着伤痛，情绪崩溃，进行第二轮，第三轮……夫妻双方一旦有一人坚持不下去，说出希望让对方死的话，就会打破平衡。"

陆俊迟想了一下，说道："也就是说，这是一个循环，如果平衡不打破，就会不断地进入下一局，平衡一旦打破，两个人都说出希望对方死的时候，他们就会被杀死……"听起来，这是道无论如何选择最终都会被杀的送命题。

苏回想了想又补充道："这个游戏的运行规则，像是蜈蚣博弈，两个参与者轮流进行选择，选项有合作和背叛两种。如果选择了合作，就不断地循环下去，一旦选择了背叛，就会关系破裂。"

这条理论陆俊迟倒是听到过，因为这个数据模型像是一个蜈蚣，所以因此得名，他又问："那些劫匪，为什么要做这样的事情呢？"

苏回说到这里低头认真思考着，把下巴撑在他的手杖上道："我感觉，那些劫匪们之中的人可能受到过背叛，他们经常感到痛苦。那些被背叛过的经历，给他们的心灵造成了创伤，他们憎恨背叛者，于是他们试图去找更多的实例，来证明爱情、亲情不可靠。他们看着别人重蹈自己的覆辙，把背叛的人处决，从中获得复仇的快感。所以，他们会选择那些恩爱的受害者家庭，对他们进行考验，进行杀戮。"

在听了历雅文的讲述后，苏回终于知道，那些劫匪们是在寻找什么了。他们在用死亡来弥补自己心灵受到的创伤。

还有一个有意思的模式，男劫匪面对的是女性，女劫匪面对的是男性。

苏回忽然对陆俊迟说："你提醒一下曲明他们，不光要查有案底的人，现在的劫匪还有可能是过去的受害人。"陆俊迟答应了一声，给曲明发了一条语音。

苏回继续说道："心理学上有一种投射效应，是指有的人会把自己的特点投射到其他人的身上。当那些人经历过悲惨遭遇之后，为了寻求心理平衡，会希望别人的想法、做法和他们相同，希望别人身上也会发生同样的事情，做出同样的选择。"

陆俊迟问："那你现在觉得，这个问题有没有什么破解的方法？"

苏回低头想了想："事实上，一旦你放弃了你的家人，就是放弃了你自己。"

陆俊迟道："你的意思是，如果一旦受害人承受不住压力，说出希望杀掉对方的时候，其实等于判了自己的死刑？"

"那是触发劫匪杀戮的条件之一。"苏回道，"你可以发现，最开始的时候，夫妻俩身上的伤都不重，坚持到底，两个人一直坚信对方，愿意为对方牺牲，匪徒可能会憎恶受害人，威胁他们，但不会杀掉他们。因为那时候，受害人的心里还有希望，所发生的事实和匪徒身上的经历不符。匪徒无法在受害人身上获得投射，他们的欲望没有得到满足，不会获得杀戮的快感。"劫匪们可能会暴跳如雷，变得无比焦躁，但是最终可能会放弃。

这几个家庭，除了历雅文和她的前夫侥幸逃过了一劫，其他的受害人都没有幸免，也就是说，没有人坚持下来。大部分家庭在第二轮时平衡就被打破了，不是妻子退缩了，就是丈夫退缩了，只有少数人坚持到了第三轮。其中坚持时间最长的，可能是一对外市的夫妇，他们在死前，各自被捅了四刀，第五刀是致命伤，也就是说，他们进行到了第五轮时还是被打破了平衡。

坚持的时间越长，意味着获救的机会可能会越大……可是他们最终还是死于了刀下，也许他们的关系破裂了，也许他们承受不了疼痛，承受不了绝望，选择了放弃。真相估计只有劫匪知道。人性是经不起考验的。面对至亲时也是一样。那些惊慌的受害者不会想到，答案和最后的事实是相反的，高压下，人们会更多地考虑实际结果，不敢拿自己的命去赌。可是向死才能生，向生则会死。被考验的家庭必须情比金坚，所有人都抱着破釜沉舟的念头，才有可能最终坚持下来，获得生的希望。

苏回又道："现在警方得到的证词还太少，只能依据案发现场的情况来进行判断。"

陆俊迟说："不管怎样，我们比之前更接近答案了。虽然你的分析都是心理层面上的。但根据这些方向查下去，是可以找到实证的。"那些凶残的凶手不再是一个模糊的虚影，他们已经被苏回勾勒出了轮廓。

终于到总局了，陆俊迟把车停在华都总局的大门外，苏回从车上下来，活动了一下坐得有点麻的腰，就算是带了腰托，旅途的劳累依然不可避免。

陆俊迟走在前面，两人穿过华都总局的前厅，一路走到了后面的办公区，上到三楼的重案组。组内的几位组员都没有闲着，看到陆俊迟进来喊了一声陆队，算是打了个招呼。

陆俊迟告知了今天他们查访的情况，苏回把他描绘的犯罪者心理画像讲述了一下，让所有队员都对凶手有更深的了解。

随后陆俊迟问他们："你们的工作进展如何了？"

曲明道："我已经查找了过去三年国内的所有火灾事故档案，然后我和郑柏在逐一排查，目前已经有三个怀疑的对象，稍后排查完我会把名单整理出来。"

陆俊迟道："好，有消息的话随时和我汇报。"

夏明晰："陆队，我在进行受害人分析，调取了几个案件中受害人的全部资料，寻找他们之间的共同点。"

陆俊迟点头："大家继续。"随后就各种汇总信息，签字，整理资料，一直忙到了下班。

苏回趴在桌子上，对陆俊迟的旺盛精力万分佩服，他们早上不到6点就起床，然后一路奔波，他在车上睡了很久依然感觉很疲惫，恐怕也只有陆俊迟这种"非人类"还能够保持这样的工作状态。

晚上，陆俊迟把车开回苏回家，苏回看电梯上面写了四个字"修理停运"。旁边有物业贴的通告，停运到晚上9点。忙了一天的苏回抚额，他彻底崩溃了，万分后悔自己把房子买在了10层。

陆俊迟拉住他，说道："走吧，就当锻炼一下。"为了以身作则，陆俊迟率先开始爬楼，一路走在前面。

苏回开始还能跟着，渐渐没了力气，落在了后面。

陆俊迟提议要拉着他走。

苏回摆摆手："你先上去吧，不用管我。"

走到了第七层，每一层24个台阶，苏回数得清清楚楚，感觉大脑缺氧，四肢酸痛，腿像灌了铅似的，迈也迈不动步子。

苏回支撑着手杖休息了片刻，仰着头向上望去，无尽的楼梯就像是螺旋一般向上蔓延着，一瞬间觉得四周围旋转了起来，一切都在扭曲着，楼道仿佛变成了软绵绵的，一用力就会塌陷。他不敢再抬头去看，不真实感进一步加深了，苏回扶住墙壁才让身体不至于摔倒，感觉身后是无尽的深渊。他呼吸不畅，空气里像是夹杂了冰刃，逼得他咳了起来，像是肺部失去了正常的呼吸功能。

"苏回。"忽然有个声音在他的耳边响起，苏回抬起头，看不清人，但是从声音判断应该是陆俊迟。算算时间，他这会儿早就应该爬到了，不知为何返了回来。

陆俊迟其实一直没走太快，他比苏回多爬了一层楼，到了六楼的时候，他发现苏回忽然停下来了，他不放心地折回来，就发现苏回的状态有点不对，他的双眼不聚焦，脸色变得煞白，还在不停地咳着。

苏回好不容易缓过来一口气，止住了咳嗽，比刚才好了很多，他向陆俊迟解释道："我就是有点累了，你让我歇一会儿。"

"我知道你今天累了。"陆俊迟看着苏回不像没事的样子，但还在嘴硬，他拉住苏回道，"还有几层了，我可以背你上去。"

苏回紧张了起来，捂着嘴又咳了几声："不，不用了，我歇一会儿，等下就好了。"

陆俊迟知道，自己已习惯了这种工作节奏，可是对于苏回来说有点太勉强了。说是他在保护苏回，不如说是苏回在全力帮助重案组。他想到这里，心里变得柔软下来，对苏回道："现在这里没有别人，不会有人知道，而且我只背这一次。"

苏回看向他，过了几秒才明白过来陆俊迟在说什么，他侧了侧头，似乎是在犹豫。

陆俊迟又说："尽快上楼的话，你就能好好休息了。"

苏回被说动了，他不再坚持，把自己的手杖递给了陆俊迟。陆俊迟转过身，苏回就把双手搭在了陆俊迟的肩上，整个人伏在陆俊迟的背上。

和苏回完全不同，陆俊迟绝对是那种穿衣显瘦、脱衣有肉的类型，个子高，常年坚持锻炼，肌肉线条完美，像是天生的衣服架子。他的肩膀那么宽，靠上去很有安全感。

苏回闭上了双眼，仅靠其他感官感受着这个世界。

苏回想起来，这段时间他的月亮拼图快要拼完了。黑白色的碎片在他的指尖下不断合拢，组成了一幅完整的图形，那是宇宙星球带给人的震撼感。冥冥之中，好像他的世界也更加完整了一些。

第40章

第二天一早，夏明晰一到重案组就发现办公室的布局有一些变化，整个办公室靠左的墙壁边居然多了一个大个儿的长条沙发，沙发是暗灰色的，上面还放着几个抱枕和靠垫。

与其说是沙发，不如说是一张沙发床，整个沙发的长度足足两米多，能够让一个成年人平躺着还有富余空间。

夏明晰好奇地看向乔泽，指了指沙发："这是……"

乔泽道："哦，沙发是陆队让我向后勤申请的，说是加班时休息用，今天早上刚运过来。"

昨天几个人一直加班到半夜，今天都顶着黑眼圈，好在案情侦破终于有了重大进展。几名队员趁着陆俊迟还没来抓紧时间八卦。

郑柏走过去在沙发上坐了坐，沙发的弹簧不错，松软度正好："哎，陆队开恩了啊，都知道体恤下属了，我早就看着刑警队那边上下铺的床羡慕了，值班很好用，现在我们也有了装备，加班的时候好歹能眯一会儿了。"

乔泽嘴里叼着包子："我们连轴转的，都没多少时间躺着休息。以前值班的时候你也没少蹭刑警队那边的床。"他们的人不多，办公室的空间也不大，申领一张床真的没必要，不过沙发的意义就不同了。

曲明小声点破："陆队这是体恤苏老师的身体不好呢……"

郑柏这才恍然大悟："哦，我记得苏老师的身体不好，原来我们是沾了苏老师的光啊……"

夏明晰托着腮："不知道陆队对自己的女朋友，会不会这么体贴、用心。"众人听了这话，一起转头看向了夏明晰。

夏明晰被众人的目光看得发毛了："啊？怎么？我说错什么了吗？"

正说到这里，郑柏看向门口："陆队来了，嘘……"大家聊天的声音顿时停了下来。

陆俊迟快步走进来，苏回跟在他的后面，陆俊迟坐到了自己的办公桌前。苏回的目光一下子落到了那个沙发上，他放下了手杖，坐在沙发上试了试，拿起一个抱枕揽在了怀里，动作熟练得像是揽着一只猫。陆俊迟看向苏回，觉得他也像是一只猫，而且和亚里士多德一样，给个沙发就直接当猫窝了。

见人到齐了，陆俊迟道："我们抓紧时间，先来汇总下这起案件嫌疑人的所有信息。"

他的声音一响起来，整个办公室的活跃气氛马上一扫而空，所有人都紧张了起来。

陆俊迟点名道："曲明，来说一下昨天的比对结果。"

"是。"曲明答应了一声，急忙拿着几摞资料上前，"我们现在已经确认了三名劫匪的身份。首先，先说一下那名男性劫匪，根据昨天从历雅文和她的前夫处得到的线索，我们调取了三年国内重大火灾的幸存者名单，进行了身份信息比对，果然找到了符合劫匪样貌的人，从而确认了那位男性劫匪的身份。"

说着话，曲明把一张男性照片贴在办公室的白板上。那是一张放大了的身份证标准照，照片上的人肤色黝黑，眉头紧锁着，整个人看起来有一丝阴郁之气，和之前监控中拍到的男人非常相似。

"覃永辰，男，34 岁，身高 1 米 82，大专学历，曾是一家健身中心的教练，在两年前发生的'4·17'德城超市大火中被烧伤。"

夏明晰"啊"了一声："我想起来了，我好像知道这个人……"

曲明点头继续讲述："我想很多人应该都看到过那条新闻，火灾发生时，覃永辰和他交往了 5 年的女友正在火灾灾情最严重的四楼。他和女友走散，覃永辰脱险后发现女友没有出来，不顾人们的劝阻，返回到大火之中寻找女友。"

乔泽听到这里也忽然想起了什么，说道："我也看到过，当时很多媒体好像都报道了……"

"在消防员到来前，覃永辰把女友救了出去，可是他自己被浓烟熏得昏了过去。他的女友在这时候选择了自己逃生，逃出了火场，他的女友几乎毫发无伤。覃永辰却被烧成了重伤，差点死亡。当时他全身有 60% 的皮肤被烧伤，并且住进了 ICU。覃永辰在火中救女友的事情，一时成为人们热议的话题。而他的女友因为放弃他，被无数人谴责。"

苏回一时看不清白板上的照片，抱着抱枕，侧头认真地听着，那段时间他没有留意过这些社会新闻。不过这样的经历，符合他对那名罪犯的心理侧写。

夏明晰道："我记得那时候他的女友说，如果她留下来，很可能也会被烧伤。在危难前逃生是人之常情，结果被骂惨了。后来为了救重伤的覃永辰我记得大家还众筹来着。"

曲明一边说，一边在白板上贴上资料："当时，覃永辰的伤势严重，几度病危，住了很久的 ICU，并且反复感染。有一些好心人听说了覃永辰的事情给他捐款众筹，也有人来专门探望他，不过这件事的热度并没有维持很久，很快就被其他的新闻淹没了。"

陆俊迟催问道："那后来发生了什么？"

曲明继续说："覃永辰的父母已经去世，哥哥、嫂子并不觉得他救人是一件好事，反而觉得他是被爱情冲昏了头，拒绝支付医药费用，并且想要和他断绝关系。本来准备结婚的女友家中变卦，不再同意这门亲事，后来他的女友一家干脆搬走了。那些众筹来的善款不过是杯水车薪。覃永辰独自面临高额的债务，又丢掉了工作。治疗了很久才慢慢好了起来，他的身体大面积烧伤，没有钱再进行植皮，只能终止了治疗。"

乔泽听到这里道："怪不得之前监控每次拍到他，覃永辰都是穿了一身黑衣，捂得严严实实的，还戴着手套，原来是因为烧伤……"

曲明继续说："后来出院以后的覃永辰多方联系，找到了他的前女友，他在前女友的公司外拦住并且质问她。两个人还发生了一些推搡。这一切，都被路人录了下来，后来还传到了互联网上。"

郑柏道："我说这个人怎么这么眼熟，我看过那段视频录像……他是威胁他的前女友来着，我那时候好像还去网上评论几句……"

曲明点头："本来支持覃永辰的人们一个个都倒戈了，大部分人都认为他不应该继续纠缠那个女孩，他已经对女孩构成严重的骚扰。网上的主流声音是救女朋友不是应该的吗？他回去救自己的女友，是他自愿的，作为成年人就应该承担这件事造成的后果。现在分手了，就不应该继续纠缠。还有人说，覃永辰现在已经算是毁容了，女孩不愿意就不应该勉强她。就算是少数人指责女孩对救命恩人不知感恩，对前男友绝情、冷漠，也很快被其他声音盖过……网民们骂得很难听，甚至骂他为什么没有被烧死。覃永辰也开始和他们对骂。他当时和网上的人辩论了很久，后来甚至开始辱骂一些中立的，甚至是同情他的网友，很多人都觉得他已经疯了。再后来，覃永辰有一次带着刀去找前女友，被保安还有路人拦了下来。前女友报警，他被判刑了，出狱后就再也没有人见过他了，他消失在公众的视线里。"

苏回听到这里，开口说道："你把他当时和别人争辩的帖子给我看一下。"

曲明早就整理好了，把一摞资料递给了苏回。苏回皱眉看着，希望从那些言论中找到覃永辰的心理变化轨迹。苏回发现，开始的时候，他和那些人的争论点主要在于事情的是非对错。覃永辰当时去救女友的行为是对的还是错的？女友抛弃他是对的还是错的？覃永辰认为他自己的做法是正义的，女友的做法应该受到谴责和惩罚，他的伤全是因为女友，如果没有覃永辰回去救她，她早就已经死了。女友现场逃离是对他的第一次伤害，事后弃他不顾是对他的二次伤害。她应该受到惩罚，或者是对他做出赔偿。可是，他的女友和大部分网友不这么认为。最后，覃永辰被这些言论压垮了，他满身戾气，开始无差别地攻击谩骂。覃永辰甚至提出，危难时刻背叛和抛弃亲人的人就是罪该万死。这样的情况下，就更没有人支持他了。

随后曲明把一张短发女人的照片贴在了白板上："这个女人叫米舒，今年 32 岁，身高 1 米 65。米舒之前是一家互联网公司的女程序员，在覃永辰失踪前，她曾经去医院探望过他，也给予过覃永辰一些帮助，我们和近期的监控进行了比对，她应该就是劫匪中的女人。"照片上的女人留着短发，看起来十分瘦弱，但是一副文静漂亮、精明能干的样子。

"经过苏老师的提醒，我们查阅了一些资料，发现米舒曾经是三年前一起案件的受害人。在那年 8 月的一个夜晚，米舒和她的前夫在街边散步，遇到了三名混混，混混开始是对着米舒吹口哨，随后发生了一些摩擦，她的老公丢下她逃跑，而米舒则被那三名混混拉到了路边玷污。"这是一个有些悲伤的故事，原本应该为女人提供保护的男人，却先逃之夭夭。

郑柏忍不住说道："这样的男人也太废物了吧。"

曲明道："事后，米舒自己报的警。后来有网民在网上骂米舒的丈夫，那个男人辩解说自己如果留在那里，很有可能会被杀死，他遇到了生命危险，逃跑是人之常情。"

乔泽义愤填膺地道："又是人之常情？那也不能就这么丢下老婆跑了吧……我觉得这个把老婆丢下的男人，的确应该进监狱。"然后他"咦"了一声道，"这好像是和覃永辰之前的观念有关联了，怪不得这两个人走到了一起……"

夏明晰抿了一下嘴唇，作为在场唯一的女生开口道："从道德上你可以谴责她的丈夫，不过从法律上，只能说他没有履行丈夫的义务，构成民事侵权。有没有触犯刑法还得了解具体情况再下决断。这种事情要看开，那句话怎么说的来着，夫妻本是同林鸟，大难临头各自飞。"

苏回听到了这段话，沉默下来。

陆俊迟问："曲明，你联系了她的家人了吗？"

曲明点头："我今天一早就联系了米舒的家人，家人说她在发生了那件事后就离婚了，随后辞去了工作。她说想要独自静静，断绝了和所有亲友的联系。至于她是如何和覃永辰两个人走到一起的，目前还在查证之中。"

"关于第三名匪徒……"曲明说着，又拿出一张照片。照片上是一个少年，头发有几缕挑染着花花绿绿的颜色，看起来还有些未脱的稚气。

"张小才，男，18岁，父母离异，他的母亲再婚以后组成的新的家庭，父亲也把他视作累赘，经常打骂他，他离家出走后，一个人住在大街上，以捡破烂为生。张小才从14岁开始就多次进过少管所，他和惯偷学会了开锁，被人称为张锁匠，他几秒钟就可以打开普通家庭的门锁，虽然年纪不大，却是个盗窃老手。"

有了张小才这样的人，这三个劫匪就可以随时破门而入。男人，女人，少年，对应的是丈夫，妻子，孩子。他们来源于不同的家庭，遭受过不同的创伤，却抱团取暖，组成了一个临时的家庭。就是这样的三个人，向普通人举起了刀，让每个家庭都感到不寒而栗。可是再惨痛的经历，也不该是作恶的理由。

陆俊迟看向苏回，苏回已经看完了覃永辰和网友辩论的资料，他坐在一旁的沙发上，低头凝神，思考着案情。现在，三名劫匪的身份已经被查证到，犯罪者的人生经历和他昨天的预测有诸多重合点。抛弃。这三个人不约而同地都被他们的家庭或者是所谓的恋人抛弃了。米舒因为老公抛下她，让她受到了伤害，覃永辰也是被女友和家人抛弃，张小才更是从小就是被父母抛弃。他们把彼此视为家人。他们认为，那些于危难时刻放弃恋人或者家人的人，都该死。他们在用屠杀，发泄自己心中的抑郁情绪。

陆俊迟看完所有资料，确认无误后点头道："夏明晰，准备申请通缉令，大家要在他们下一次犯案之前，抓到这三个人。"

夏明晰道："是。"

现在终于明确了劫匪的身份信息，也算是完成了最关键的一环。不过，距离抓住劫匪还有一定的距离。这几个人现在肯定用的都是假证件，隐藏在一个巨大的城市中，想要排查到并不容易。

"开通市民举报热线，可以申请一定金额作为线索奖金。"陆俊迟想了想又补充道，"这三个人应该是集体活动的，他们很有可能住在一起，而且是老旧小区，或者是民宿一类的地方，印一些通告发给各个分局。"

然后陆俊迟转头问："乔泽，你们那边关于受害人的信息搜集，有结果吗？"

乔泽道："有一些发现，我们好像发现了所有受害人的一个共同特点。"

陆俊迟问："是什么？"

"几名受害人之中，都曾有过幸福一家的账号，并且在上面发过帖子，其中的几位还是上面的活跃用户，有多个加精帖。我调取了几位受害人的上网记录，这个论坛，几乎是他们每天都在登陆的，我觉得应该不是巧合。"

"幸福一家？"苏回没上过这个网站，他怕自己没有听清，皱眉重复道。

夏明晰解释道："幸福一家是一个非常大的社区，注册用户号称多达一亿人，主要针对的是 18~50 岁的女性，其中相亲、婆媳、八卦、母婴版块人数众多。而这几个受害人家庭，都曾经发过晒图帖。"

"更为关键的是……"乔泽说着又拿出一份资料，"幸福一家在去年年初的时候，曾经发生过一次严重的数据丢失，其中就包含用户的数据信息。特别是这个论坛注册时需要实名认证，更有许多的活动可以赢取实物奖品，需要填写家庭住址和手机号码。米舒曾经是一位很优秀的女程序员，据她的前同事说，她的技术比很多男同事都要好。她有可能通过一些技术，获取了论坛的数据包。"

数据丢失以后，那些用户的数据就等于是透明的。黑客可以获取他们的具体所在地，电话号码，真实姓名，甚至身份证号。再加上他们自己发布上去的照片，这些人的隐私被完全泄露了。

曲明惊讶地道：也就是说，劫匪很可能就是通过这个论坛获取了受害人的信息？"

苏回听到这里放下了抱枕，坐直了身体，轻声道："有组织的预谋犯罪……"

凶手对于受害人的选择并不是随机的，而是有目的性进行过筛选的。每一次的案件看起来是错综复杂的，但是其实也暗藏着玄机。那些受害人家庭之所以引起了凶手的注意，是因为那些炫耀的帖子。他们给网民们晒着自己的家庭美满、生活幸福。可是妒意却透过网络照进了现实。这三个人不光是在犯罪时有各自的角色和分工，前期也有相互配合分工，他们辗转多地，杀害多人。这些人在用杀戮证明，所谓的幸福皆是假象，家庭之中的爱在生死的面前有多么的不堪一击。

乔泽又道："但是，就我们目前获取的论坛数据来看，整个华都在这个论坛上的注册用户就有几百万人，之前的几位受害人都在日常区发过帖子，就算局限在日常区的现在活跃用户上，恐怕也有几万人。"

一时间，所有人都沉默下来。办公室里一片安静，只能听到空调出风口发出的轻微沙沙声。从重案组接手了这起案子，不过才短短几天而已，他们已经逐步获知了那几名劫匪的真实身份，也知道了他们的犯罪动机。这样的破案速度，是其他刑侦队都望尘莫及的。可是这样的速度还不够，劫匪尚未归案，随时可能会出现新的受害人。数万个用户的背后就是数万的家庭，在这些潜在受害人中，究竟谁会是下一个？如果这是一场战斗，他们现在急需方法破局。

陆俊迟道："进一步分析过去的被害人特征，尽量用大数据筛选，缩小范围。"

苏回想了想道："我们现在虽然无法确定谁会是下一个受害人，但是我觉得我们可以进行一些尝试……"

众人齐刷刷地回头，一时目光都聚集在苏回的身上。

苏回用一只手支着下颌道："比如，我们可以尝试通过论坛，向我们的潜在受害人，进行隔空对话。"

第41章

重案组的办公室，阳光透过落地的百叶帘投射进来，办公桌前的白板上贴满了线索。

苏回继续说："我们现在预测，下一个潜在的受害人家庭，很有可能是在论坛上活跃的用户，他们一定会关注论坛近期的热帖，我觉得可以通过网络和那些潜在受害人隔空对话。"

乔泽兴奋起来了："苏老师说得很有道理，那我们是不是可以在论坛上发布一些预警？"

曲明摇了摇头："在这样大的公共论坛直接发布预警，会造成社会恐慌。而且我们也不能透露案件的细节，这是违反规定的。你们也不要忘记，在潜在受害人关注论坛的同时，那些凶手们很可能也在关注着论坛上的文字和数据，一旦凶手察觉到警方的意图，改变行凶方式，我们就前功尽弃了。"

陆俊迟道："我赞成曲明的说法，我们只能进行隐晦的单向输出。"

夏明晰皱眉道："那我们应该怎么写这些帖子？"

一时间，众人又沉默下来，苏回的话像是给他们指明了一条路，可这一点要怎么利用好，却是难以抉择的事。

曲明想了想道："我觉得，首先，要增加一些安全科普帖，比如可以建议让他们换成更安全的门锁，普及家用顶门器，一键报警器；其次，是要教他们使用手机的一键报警设置，设置常用联系人；最后，手机和电脑中的隐私设置也很重要。再者，科普一些搏斗的小技巧……"这也是一般人能够想到的警示方法。

陆俊迟点头道："我们可以把这些发布上去，甚至可以联系管理员进行一些安全防护用品的抽奖活动。我估计，很多人可能会去看，甚至可能会排队打卡，顺手抽奖，但不一定真的马上去做。"群体意识是不会知道痛的，只有刀落在个体的身上才会有痛感。

苏回沉思片刻后抬起头道："我认为，可以用一些心理学上的暗示方法。比如利用近因效应。这样，我们就可以通过这些热帖在人们的潜意识里进行一些诱导。"

曲明问："那内容和方向是？"

"关于家庭，坚持，爱与牺牲。如果你想要让潜在受害人坚持下来，争取足够多的营救时间，那必须让他们相信彼此。"苏回的声音十分冷静。

这个年代，提起真爱，总有人嗤之以鼻。不婚主义盛行，离婚率高升，但是，每个时代都有真爱存在，并且有很多感人至深的故事。爱并不是一个虚无缥缈的东西。如果之前他的分析没错，可能爱与坚持将会是那些受害人面对劫匪时的逆局法宝。真正的幸福，真正的信任，往往不是悬于表面，而是埋在人的心里。遇到极其变态的匪徒时，每个家庭成员的想法能够决定自己的命运。

陆俊迟点了点头："我认为值得一试。夏明晰，你去网警那边说一下，然后联系网站，选择一些内容发布。其他人抓紧时间对网站上所有华都的注册用户进行大数据筛查。"

夏明晰愣了一下："陆队……我可是母胎单身 20 多年，对感情一窍不通的……"

陆俊迟看看自己的这几名手下："那夏明晰负责做沟通，至于内容方面，老曲帮着找一下吧。"曲明忙"哎"了一声。

整个案子努力进行到了这一步，陆俊迟还是觉得哪里有些不对。警方目前还是太被动了。苏回说的方法，他觉得可行，但只是受害人的自救方式，是别无他法之后的被动设防。作为警方，他们不能坐以待毙，必须主动出击，去找到那些劫匪，找到这些受害人……

陆俊迟想到这里，陷入了沉思，他转头看向写满了线索的白板，一定有什么方法，只是他们现在还未想到。对方很小心，使用了假的身份证，手机卡也不在本人的名下。他们没有什么好的方法，能够把他们从千万人中寻找出来……

苏回抬起头看着陆俊迟，他站在白板前的不远处，靠在桌子边。苏回虽然看不清细节，但是可以感觉到，陆俊迟整个人都紧绷着。

每一个案件的侦破过程都是一个解谜与破题的过程。还有什么方法能够让他们尽快找到那些人呢？

陆俊迟低头想了一会儿，抬起头说道："乔泽，你之前说，林城警方已经确认了他们之前的一个居住点。"

"是的。"乔泽点头，"不过他们去的时候太晚了，人去楼空。"

陆俊迟侧头道："他们一定在那里留下过什么……"

"可是……林城警方说他们什么也没有留下，屋子清扫过，东西搬空了，所有的门把手都擦拭了，地也拖得干干净净。"郑柏查看着资料为难地说道。

"我说的并不是这些实际的证据，而是那些虚无缥缈的东西……"陆俊迟忽然想到了什么，剑眉下的双目发着光，他把双臂压在桌面上，"比如那些网络数据。"就算是再狡猾的狐狸，也会在森林里留下印记。不知从何时开始，互联网就像是人们赖以生活的氧气。

那些劫匪也一定会经常上网，观察着网络上的世界。房间可以进行打扫，这些留下来的数据却都保留在了运营商的服务器里，无法清除。他们去过林城，去过秦城，现在又来到了华都，符合这样移动轨迹的手机号并不会很多。他们可能链接过 WIFI，可能链接 4G 网络，在运营商的服务器里，一定留下了蛛丝马迹，可以从成千上万的信息数据中反向找到他们要找的人。这就是他们握在手里的剑。

陆俊迟安排道："你们和林城，还有秦城的警方要求协查，和他们的往来日期进行比对，然后进行反向追踪，看看能不能查明到这些人使用的手机号码以及电脑设备信息。米舒是程序员，可能会加一些设置，但是张小才和覃永辰的防范意识没有那么高，应该不会有太多的防备。"

苏回听了陆俊迟的话也不禁心里一动，转头看向陆俊迟。他的方法仅仅是能够从心理上起到辅助作用，而陆俊迟的方法才是刑事侦查的有效手段，他虽然不太清楚其中需要的技术原理，但是他觉得这种方法应该是可行的。

陆俊迟指出了突破点，整个重案组都兴奋了起来。他们掌握了手机号码某段历史时间的所处方位，可以调出数据，比对查找通信设备，进行反向定向，这在现代刑侦技术中，是可以实现的，却很少有人把它用于实践中。

乔泽惊喜地道："陆队！从技术上来说完全可行！只是……这需要通信公司配合调取数据，我们也需要一定的时间。"

陆俊迟道："尽我们的全力。"一定要阻止悲剧的再次发生。

会议结束，所有人都马上开始各司其职，高效运转起来。现在，案子终于找到了侦破的方向，接下来，就需要按步骤实施，争分夺秒。

随着通缉令的发布，重案组分成了几组，郑柏负责接听线索电话，曲明负责筛选论坛发布内容，乔泽查询嫌犯的手机信息，夏明晰负责和网警以及论坛版主沟通，完成网络信息发布。

夏明晰作为一个对感情迟钝的钢铁直女，在发布了几轮帖子以后，也不禁看得热泪盈眶，到了下班后，她还把几个帖子转到了总局的工作群里："大家一定要看，太感人了，简直又可以相信真爱了。"几名女警纷纷热议，男同胞也跟上来："什么？小夏你终于想开了？"

"我有机会吗？"

"看帖子感动算什么，世间真爱我证明给你看！"

"小夏，你这个是公开征婚吗？"

"帖子里的事我也能做到！现在就缺个姑娘了！"

夏明晰直在群里跳脚："查案所需！不要多想！"

陆俊迟洗完澡出来，一边用毛巾擦着头发一边手看着手机，看到后笑了一声："我还以为小夏开窍了呢……"群里的警察们80%都是单身，平日里上班严肃极了，还有诸多纪律，追姑娘的技能实在拙劣。这八字还没一撇，山盟海誓就先发出来了。

苏回坐在沙发上，也在看手机，他被乔泽硬拉进了大群，一直在里面潜水，此时看到刷屏忍不住评论道："都是一些荷尔蒙驱使下的胡言乱语，太低端了……"

陆俊迟问："那苏老师，你觉得什么才是高端的追求方式？"

苏回道："这个嘛，自然要先对暗号。"他放下了手机，严肃认真地道，"在求偶的过程中，有那么一个瞬间，也许是一个动作，也许是一句话，也许是一个眼神，一件事。这个暗号对上，就表示你和对方是同类，你们才有进一步发展的机会。确认这一点并不需要很久，喜欢上一个人，只需要一个瞬间而已。所以才会有一见钟情的说法。"

陆俊迟问："那你是相信一见钟情了？"

"日久生情也是一样的道理，所谓的日久生情就是无数个瞬间的累加，由量变引起质变。总之，有了这一个点，才能有之后的发展，没有这一个点，你就是死缠烂打也是白搭，只会让对方越来越厌恶。"苏回像是在探讨学术问题一般严肃认真。

陆俊迟的心里一动，想起了某个瞬间，他又问："那然后呢？"

"然后就是要慢慢攻略，先从沟通开始，再从兴趣、爱好入手，不过这只是理论分析。"苏回说到这里，抬头看向陆俊迟，他的目光闪了一下，最后落在陆俊迟的腰上。

陆俊迟完全没有发现苏回在看他，他刚才也就是随口一问，现在擦干了头发，低下头仔细看了看夏明晰发的那几个帖子："论坛上已经在热议了，好几个帖子加了HOT（热帖）。"

苏回说："能够有效果才好……"

"那些故事就算是我读起来，也会对我有潜移默化的影响。"陆俊迟喜欢那对雪山夫妻的故事，两个人互相扶持，把生的希望留给对方，他忽然想起什么，抬起头问苏回，"苏老师，你谈过恋爱吗？"

苏回迟疑了一下，摇了一下头。他从不缺乏追求者，也接到过很多女孩的表白，可是自从两年前，他就好像和爱情绝缘了。

陆俊迟又问："那你今天提这个意见，一定是相信真爱吧？"

苏回咳了几声，答非所问地道："啊……那个……爱是人类非常重要的情感之一。"

其实情感现在已经在他的盲区之中。苏回从不质疑真爱这种东西的存在。它会存在于某些人与人之间。他可以剖析那些犯罪者的世界观，描述他们世界观里面的性，疯狂，爱情，理念。但是苏回不相信，美好的爱情会发生在他的身上。苏回这么想着，不知为何，觉得胸口又有点痛了起来……

第42章

火焰，到处都是火焰。空气里都是灼热的，火焰透过每个毛孔渗入进来，似乎要把他活活烤化了。他还剩下一丝意志，但是动不了，连动动手指都成了奢望。眼前都是浓烟，呛得人无法呼吸。身体痛得像要裂开，他在心里大声呼唤着那个名字，但没有人回答。他被抛弃了……被他曾经深爱的女人抛弃了。他和她共度了5年的美好时光，他曾经与她相拥，他们发誓可以为彼此付出生命。他做到了，她做不到。为什么没有人来惩罚那些人？是他们错了，只有他才是正确的！他感觉呼吸和心跳都要暂停了，终于挣扎着坐了起来，大口喘息着。并没有什么火焰，也没有浓烟，这是一个普通的夜晚，屋子里没有一丝光亮，他看了看手机，凌晨两点半。

身边有人搂住了他："没事了，没事了……就是个噩梦。"温柔的女声安抚了他。她温柔得像是一摊水，紧紧包裹着他，熄灭了他周身的火焰。

覃永辰的呼吸渐渐平缓下来，他看了看躺在身旁的米舒，米舒看向他的目光是平静的，充满了爱意与崇拜。他没有说话，握住了她的手，米舒的手心摸起来有些热，那个温度温暖了他，也平复了他的心情。

米舒安静地看着他，她有很长时间拒绝男人的触碰，不想和男人说话，但是覃永辰是个例外。她用手去抚摸覃永辰那被火灼烧过的肌肤，从不觉得恶心，在她看来，那些是他的勋章。

覃永辰渐渐安静了下来，他想起来了，自己在华都，这也是他们计划中的最后一站。烧伤过的皮肤传来一阵刺痛，那是重伤后留下的后遗症，让他无时无刻仿佛身处在炼狱中。唯一让他感到欣慰的是……快要结束了，就快要结束了。他很快，就可以找到答案了。

转眼，又过去三天，这段时间里，这座城市表面上风平浪静。重案组却深知，那些都只是表象而已。整组人都在击中精力，查办案件，不敢有丝毫的松懈。

晚上10点，总局中依然灯火通明，气氛十分紧张。重案组所有的人都在加班，就连苏回都跟着夏明晰筛选了一整天的论坛信息，此时抱着抱枕躺在沙发上。

乔泽打完了最后一个沟通电话，终于能够确认数据，他长出了一口气："陆队，所有的设备型号都查清楚了，劫匪使用的三台手机，一台苹果，两台安卓，我已经开始进行手机定位！"

其他人等这个消息许久了。一时间重案组中的所有人都围拢了过来，有了这些定位信息，就等于获知了三名匪徒现在所在的具体方位。听到终于有了进展，苏回也从沙发上坐起来，揉了揉双眼。

陆俊迟凑到了乔泽的电脑前，看着他输入数据以后，调取出最新的位置信息。三

枚光斑在地图上闪动，定位逐渐汇至一处。

"明月芳庭小区！"陆俊迟直接念了出来。这个小区位于城南，是一个不新不旧的中档小区，交通方便，这个小区的房子户型不大，是很多小夫妻的首选之地。他很快做着判断："这个小区……不像是匪徒们的落脚点，结合现在的时间，这可能是一次新的行凶！"

陆俊迟转身下令："曲明迅速联系刑警队，准备出警！"

两小时前，明月芳庭的一套普通的两居室中，窗帘拉着，屋子内十分安静，妻子董佳颖坐在沙发上看了一会手机，伸了个懒腰。

丈夫周晔把一杯热的柚子茶端到了她的面前，董佳颖抽了一张纸巾抬起头来："谢谢老公。"

周晔顺便扫了一眼妻子的手机桌面："怎么，又在看论坛？"

"是啊。"董佳颖说着话擦了擦眼角的泪痕，眼睛还有点红红的，"最近论坛上不知怎么了，都在说一些很感人的爱情故事。"故事太感人了，她看得忍不住眼睛发热，掉下泪来。

"就白天你分享给我的那些？"周晔皱眉，"你的眼睛都哭红了，小心明天会肿。"

董佳颖擦着眼泪不好意思地笑了："还有好多故事比我之前给你看的还要感人，比如天梯，说的是一对住在山上的老夫妻，妻子得了病，下山不方便，丈夫就花费了数年的时间在山上凿出了6208阶的台阶。虽然现在两位老人都已经去世了，但是还是有很多人去见证他们的爱情。还有好几个帖子，看了以后，就让人觉得，原来世界上还有真爱的。"

周晔看向自己的妻子，帮她整理了一下头发："看你说的，当然有爱情了，虽然生活是柴米油盐酱醋茶，但还是有一些真情实意的感情在的。"说到这里，他想到了什么，"对了，我最近得了一笔奖金，我们的结婚纪念日快到了，这也是结婚三周年的纪念日，可要隆重的庆祝一下，你手机用了三年了，要不要换一款？"

他们结婚三年，婚后一年就顺利怀孕，很快有了宝宝，如今孩子不满一岁，因为无人照顾，董佳颖还没有恢复工作。两个人的日常生活只靠周晔一个人的工资以及积蓄，宝宝的奶粉和尿不湿都很贵，房贷还有大半没有还清，生活有些拮据，周晔总是会想法子逗妻子开心，也会偶尔赚点外快改善一下生活。

董佳颖听了这话抱住周晔，她的上一个手机是他们结婚那天周晔送给她的，她一直爱护极了，如今听着老公开了口，激动得在他的脸上亲了一口："老公，我爱你！"

屋子里，忽然传来婴儿的啼哭声，董佳颖起身道："孩子醒了，我去看看宝宝……"

周晔自觉地说："可能是饿了，我去给他冲个奶粉。"最近董佳颖想要出去工作，开始给宝宝断母乳，换成奶粉。

董佳颖走进卧室，打开了灯，把孩子抱在怀里，轻声哄着。宝宝不满一岁，会说的话不多，看到妈妈抱起了他，宝宝马上破涕为笑。发出"妈"的发音，还伸出小手去勾董佳颖的手指。董佳颖抱着宝宝，轻轻地拍着他，看着客厅里忙碌的老公，董佳颖就觉得心里暖暖的。

这是一个普通的、幸福的小家庭，在华都，这样的家庭可能有数百万个。

此时的夫妻二人，完全没有意识到，危险已经悄然降临。三道黑影趁着保安不备潜入了小区，已经无声无息地来到了他们家的门口。随着少年手上的几个动作，那道看起来坚不可摧的房门应声而开，随后三个人破门而入。

周晔的手里还拿着奶瓶，头上就忽然被重重一击，奶瓶坠地，"哗啦"一声碎在地上，他还没反应过来，就被一个男人压住，随后一把锋利的刀架在了他的脖子上。

周晔的手被地上的碎玻璃划破了，鲜血流出来，染红地面，他顾不得手上的刺痛，惊慌地问道："你们是谁？"

董佳颖也听到了异响，她把孩子放回婴儿床上，刚转过身，就发现客厅里多了几个陌生人。

为首的是一个男人，穿了一身黑色的衣服，牢牢地控制住了周晔，他转过头用沙哑的嗓音冷冷地对董佳颖说："别动！否则你们现在就得死。"

董佳颖想起了最近看过的一些网上的新闻，华都有匪徒入室抢劫，她已经设置了一键报警，想要伸手去抓自己的手机，可还是被劫匪中的少年捷足先登。

"你们要做什么……"董佳颖颤抖着声音问道，她的眼神里满是恐惧，这些人一身的血腥气，他们是真的会杀人的。

"嘘，别怕。"女人走到董佳颖的面前，然后她探身看向婴儿床里面的婴儿，逗了一下孩子。

"别动我的孩子！"董佳颖的声音带了哭腔，她不敢大声叫救命，生怕他们对孩子下手。

婴儿床上的婴儿丝毫不知危险即将降临，他不怕生，还咯咯地笑了起来。看着那个女人的手伸向孩子，董佳颖浑身的汗毛都竖起来了。

"只要你们乖乖的，我们就不动他。"女人用手指摸了摸婴儿柔嫩的肌肤，轻笑着说："我们只是来和你们做个游戏……"

看着那三名忽然闯入的不速之客，女人脸上的笑容让董佳颖感到毛骨悚然。她的手一直在不可抑制地颤抖着，她不知道，等待他们的命运将会是什么。

重案组和刑警队争分夺秒，已经以最快的速度迅速集结完毕。

今晚天上有月亮，月色如华，照着华都的夜晚，繁华的都市中的车水马龙。

对于普通人来说，这只是一个平凡的夜晚，可是就在今夜，这个城市里有一家人命悬一线。

苏回走得慢了一些，也跟了出来，陆俊迟回头看向他，灯光照射之下，苏回的脸

色看起来一片净白，整个人十分单薄，仿佛夜风一吹就会散了。

陆俊迟开口劝他："苏老师，今晚抓捕可能会有危险，你最好别去，我让总局这里的人陪着你。"

苏回犹豫了一下，握紧了手里的手杖："我还是跟着吧，也许能帮上忙，我会注意安全。"

陆俊迟想了一下，上次在现场苏回也起了很大的作用，现在情况未知，嫌犯手里可能有人质，苏回的心理画像可以作为他们对凶手行动的预判，他点头道："也好。"

众人上了车，重案组里除了夏明晰都跟来了，曲明和郑柏上了另外一辆车。

陆俊迟迅速发动了车，开了定位，向着明月芳庭小区的方向开去，从公安局出发赶过去需要 20 分钟的车程。

乔泽坐在车后座上，还在用电脑查询信息："目前手机定位没有办法做到太过细致，我和之前获取的论坛数据进行对比，初步排查，受害人应该是居住在四号楼的 202 室。业主是一对年轻夫妻，丈夫周晔，妻子董佳颖。他们家中还有一个不满一岁的婴儿，符合之前凶手的筛选方式。"

然后乔泽估算道："按照前几次的案发时间，大约距离他们入室已经两个多小时。"

听到这里，苏回抿了抿嘴唇，握紧了手杖，他表面上看起来很平静，但手心中也已经出了一层薄汗。两个多小时，可以说很多话，做很多事，甚至足够杀掉那对小夫妻以及家中的婴儿……

陆俊迟："联系一下物业和居委会的人，准备安排无关群众撤离。"

乔泽按着键盘的手都在颤抖："我已经联系物业在远处查看，目前房间拉着窗帘，亮着灯，房间内的情况尚未知晓。"

这是歹徒在华都的第二次行凶。快一点，如果能够再快一点就好了。那是一个曾经温馨的家庭，是活生生的三条人命。他们现在只能希望，一切还来得及……

第43章

晚上 10 点，明月芳庭小区的四号楼 202 室，僵持还在继续着。

董佳颖的手、手臂、腿上都已经被小刀刺入，鲜血不断地流出来，剧痛下她的精神已经开始恍惚。她的双手被绑缚着，自从这场游戏开始，她再也没有见过周晔。但是从隔壁传来的声音可以知道，周晔也在尽力反抗着，他还没有放弃。

覃永辰穿着一身黑衣，坐在董佳颖对面的床上，把玩着手里的刀，刀子在她的眼前晃动着。地上满是血迹，整个屋子里都是难以抑制的血腥气，闻起来让人作呕。

"还是那个问题，你和你老公，谁来死？"这一道题，答错了死，答对了生，可是什么才是正确的答案呢？

董佳颖的脸色苍白，不时冒着冷汗，所有的伤口都在剧痛着。她的心里渐渐绝望，响起了耳鸣，她觉得匪徒不会放过他们了。她要如何回答呢？这个问题她已经回答三遍了，结果就是自己的身上挨了三刀。周晔那边呢？他面临的问题和抉择是什么呢？他是否也是一样承受着痛苦？

董佳颖抬起头，看向劫匪的身后，因为失血过多，眼前的景象阵阵发黑，有一种不真实感。看着她再熟悉不过的家，家里的东西都是她和周晔一起挑选，一起买的。

卧室里床头上摆着的一排娃娃。那是恋爱的时候周晔送给她的，董佳颖喜欢娃娃机里的恐龙娃娃，周晔专门去练习了半个月，抓了那些娃娃给她。董佳颖知道了有点心疼，开口说他："你也太傻了，抓娃娃花的钱都够买好多娃娃了。"可是周晔说："只要让我老婆开心，花这点钱值得了。"娃娃已经在那里摆了很久，每次董佳颖总是小心地吸去上面的灰尘，每一只娃娃都起了名字，她舍不得丢掉。

床上的床单，那是他们婚后买的。那时候他们刚付了房子的首付款，两个人都没钱了，去逛街的时候，董佳颖看到了这套床品，进去问了个价，觉得太贵没舍得买。过了几天，周晔就把那套四件套拎回了家。董佳颖惊讶地道："你哪里来的钱啊？"周晔道："我有个SWICH，现在没空玩了，在咸鱼上卖了。"董佳颖的眼睛一下子湿了，她知道周晔就只有打游戏这一个爱好，那个游戏机他一直在玩，怎么可能会闲置？她抱着床单问："你怎么知道我喜欢这个啊。"周晔说："你在店里的时候，一直在床单上摸来摸去，眼神也像黏在上面了似的，谁看不出来你那点小心思？游戏机可以买新款的，但是睡觉更重要，换了新床单你也能休息好。"

"快一点！"劫匪又一次开口催促她，打断了她的回忆。

董佳颖喘息着，努力平复着自己的心情，没有理会劫匪，她的目光又落在了桌子上放的一小块石膏上。石膏上面画了一个爱心，那是他们结婚一周年时，有一次周晔出差的路上回来遇到了车祸，董佳颖那天做好了给丈夫接风的一桌子菜，怎么等也不见他回来，随后就接到了医院的电话。董佳颖快要吓死了，哭着打车去了医院，在知情书上签字的时候，手都在发抖。还好有惊无险，检查完，周晔只是手骨折了。周晔的手上打了石膏，看到董佳颖哭得稀里哗啦，反过来安慰她："没事，你老公命硬，能够化险为夷。看你，哭得鼻涕都出来了。"董佳颖哭着擦眼泪说："坏人！我就是担心你……"周晔说："真的一点也不疼，医生说过几个月就好了。有你的祝福，就会好得更快了。"董佳颖看了看白色石膏，掏出带着的笔，在上面画了一个爱心："那我现在给你祝福了，你要说话算数。"后来周晔的骨折好了，他说什么也要把那块石膏留下来，还摆在架子上，说是自己的幸运符。

董佳颖记得第一次在聚会上看到周晔，忐忑地想去要微信号，结果周晔先加了过来。他们的第一次约会，她挑了好久的衣服，生怕自己的妆容不够好，差点迟到。结婚时，周晔单膝跪地给她戴上戒指。她生宝宝时，周晔在一旁陪产，一直鼓励她，她终于生出了宝宝，医生把那个肉肉的小东西放在了她的胸前。所有的事，一件一件，都想了起来。还有最近论坛上看到的那些帖子……那些感人的真爱故事……他们虽然是普通人，但是为什么不能拥有自己的幸福和爱情？

董佳颖的胸口起伏着，鼓起勇气说："我愿意为了他去死，你们不要伤害我老公，就算是问一千遍、一万遍，也会是这个结果……"她相信，周晔也会抱着同样的心情。她还有那么多的留恋，她不想死，如果非要选一个人去死的话，她更不希望那个人是周晔。她不知道自己还能承受几刀，能够坚持多久，但是她宁愿死的人是她。

"傻女人！"覃永辰抬头看向她，咬着牙说："你知道你死了以后会有什么结果吗？那个男人马上就会娶新的老婆，他会马上忘记你，他会对别的女人说花言巧语，你的房子、你的东西，都会被别人使用，你的孩子会管别的女人叫妈妈，而他的生活一点也不会变！"

这段时间，自从他们开始这次杀戮之旅，他见过太多的人做出出乎意料的选择。有丈夫大哭着求他们杀掉妻子的，有子女希望父母帮他们挡刀的，有母亲选择牺牲掉女儿的……那道题那么简单，可是人们答不对这道题。这就是肮脏的世界，到处都是满是罪孽却没得到惩罚的人。他一边听着那些选择，一边狂喜，一边杀戮。他们看尽了那些人死前求生的丑态。

人性不可靠，家人不可靠，发生在他身上的事情并不是偶然，还有千千万万的人，会做出一样的选择。只有他们才配拥有家人，拥有爱。

那些抛弃自己家人的人，那些背叛的人都该死。那些人的反应，甚至让他忘记了自己想要寻求的答案，自己开始的目的。可是为什么，还是有人能够在层层拷问下坚持下来？他看向眼前的女人，她普通极了，个子很矮，身材瘦小，就像是走在街上能够遇到的路人，可是她的身上有着一股让他畏惧的坚定力量。

董佳颖抬起头来，脸上已经失去了血色，满是泪痕，额头上疼得都是冷汗，她笑了一下回答他："可是我愿意，我爱他。"

覃永辰听了这句话，有一瞬间的表情让人分辨不出来是痛苦还是喜悦，他把刀压在了董佳颖的胸口："你真的这么有勇气，那就去死吧！"他的话这么说着，手里的刀却停住了，以往在杀戮之前，他会有一种畅快淋漓的感觉，他期待刀子扎入那些背叛者的心脏。可是现在，他的心里一点儿快感也感觉不到。真的就要这么杀掉这个女人？他的内心迟疑了。

董佳颖闭上了眼睛，等着最后一刻降临。

忽然，有人敲了敲房门。覃永辰松开董佳颖，快步走到了门外。

米舒站在门外，抬起头对他说："覃哥，那个男人已经被捅了四刀了，一直没有松口。"她从覃永辰的表情上可以看出来，这边也是一样的结果。

看覃永辰没有说话，米舒试探着开口："覃哥，我们放过他们吧……我们已经问了三个小时了。"他们努力尝试过了，两个人的手机和各种的信息也都翻找过，可是并没有什么严重的背叛。任他们说些什么，冷嘲热讽，这对夫妻一直没有放弃彼此。

覃永辰的眼睛血红："我不信！他们还没松口，一定是刀子扎得还不够深……"

米舒还有理智："再深的话，他们就会失血过多而死，我们已经捅了四刀了，你知道的，一般人，一刀就会改口了，两刀下去就会为了求生口不择言。你必须相信，还是有人是有爱的……"说到这里，她停顿了一下，目光转向覃永辰。

覃永辰犹豫了一下："可是，我们要杀掉他们，才能够找到答案……"

米舒望着他说道："我觉得现在我们已经有了答案……"

覃永辰一时沉默下来，然后他说："他们看到了我们的脸。"

米舒叹了一口气低下头："我们做了那么多事，杀了那么多人，我今天出来时还听说，最近警方一直在搜查入室的劫匪，他们恐怕早就找到一些线索了。还有之前被放走的那对夫妻，你真的以为他们会信守诺言吗？他们连彼此都可以背叛……"

覃永辰的目光闪动着，他咬牙道："不，我不相信他们的话，游戏还没有结束，我会再捅一刀，进入第五轮！"他的最终目的只是为了拷问，但在杀戮的过程中，他逐渐感受到了快感，逐渐享受其中，现在这对夫妻的反应，不在他的预料中。他觉得杀掉他们才能够让一切回到正轨。

米舒眨了眨眼睛轻声道："你这样做，就算最后杀掉他们又有什么用呢？游戏是有规则的。你忘了我们当初是怎么制订的规则吗？"遵守规则，才会有游戏的意义。

和覃永辰不同，米舒从这种杀戮中体会不到快乐。她是覃永辰的支持者，在那么多人反对覃永辰，以为他已经疯了的时候，她却坚定地找到了他，跟随着他。她真正和覃永辰在一起时，带着强烈的崇拜感，那时候的覃永辰已经走出了迷茫期，开始探寻答案。

米舒认为这个男人是可靠的，如果她成为覃永辰的女朋友，他们不会丢弃彼此。她认为覃永辰要做的事情才是正义的，她强烈地想要加入，想要去惩罚那些人。最初的时候，米舒感觉是在报复自己的前夫，可是随着时间的推移，她开始产生质疑。

死于他们手下的那些人，那些危难时抛弃至亲的人，真的罪大恶极到该杀吗？如果没有他们介入进来，他们真的会伤害彼此直至死亡吗？随着一桩桩的杀戮，米舒越来越不确定了……

覃永辰越来越偏执，他享受杀戮，看着那些背叛的人挣扎，乐在其中。他嘲弄警方的无能，他们屡屡犯案警察却无法抓到他们。现在，他们已经杀了那么多人。

米舒越来越感到不安，她已经感觉到，警方追逐他们的步伐越来越近，这一切快结束了。

两人对话时，张小才一直在窗前望风，他吃着雪糕，忽然看到小区里开进来几辆车，回头道："哥，情况不太对，有人开车过来，还有好多人在往楼道外面走……"

张小才看到有人下车，他进过几次少管所，一眼就认出对方的身形和体态和一般的居民不同，显然是受过训练的。他转身骂了一句："是条子，那些人是怎么找到这里的？"

张小才怕了，他顺手就把没吃完的雪糕扔在地上，过去的牢狱生活每次回忆起来都让他感到痛苦。就算这场杀戮之旅，他没有动手，但是他分得了大部分的钱，他是帮凶。他知道一旦被抓住，等待他的会是什么，他迅速拿起了地上的包："我们逃吧！"

米舒也拉起了覃永辰的手："覃哥！我们走吧……"

覃永辰看了一眼在外面已经开始逐渐靠近的警方："逃？逃到哪里去？那些人是被通知撤离的，警察已经围过来了！你们现在出去，等着被打成筛子吗？"听了他的话，已经打开门的张小才立刻停住了脚步。他关了门走回来看向窗外，很多人已经被警方和社区工作人员引着撤离了，还有人在外面对人员进行引导盘问。他知道，他们逃不出去，混不出去。他们已经错失了最佳的逃跑时机。覃永辰说的是对的，他们逃不掉了。

"你现在逃出去，我们才是死定了！我们有人质，有武器，那些警察，不敢把我们怎么样！"覃永辰说着话走到了屋子里，把董佳颖从里屋拖了出来，现在她已经重伤，就算去除手脚上的束缚，她也跑不了。刀子狠狠地扎入了她的小腿，董佳颖疼得满脸冷汗，惨叫了一声，这是第四刀了。

"你们以为警察来了能够救你们吗？"覃永辰蹲下身来，抓着她的头发说："不要做梦了！还没有结束呢！你们不是很能忍吗？你们不是都为彼此考虑吗？那就坚持到最后吧，把你们的爱，证明给我看。"

然后他回身道："游戏继续！"

小区里的那些人正是赶到的一队刑警，包括重案组和刑侦一队，为首的正是陆俊迟和齐正阳。

陆俊迟扭头问乔泽："救护车通知了吗？"

乔泽点头："已经在路上了！"

"附近的居民撤离得如何了？"

"这栋楼已经挨家挨户通知过了，正在有序撤离。"

夜色之中，其他楼层的灯已经陆续关了，只有二楼的202室，拉着窗帘，里面亮着灯。因为是二楼，并不高，警方已经把这栋楼围住了，也有人埋伏在门口，随时准备突击。

现在，那些劫匪插翅难飞。

"三名人质，那对夫妻和他们的孩子。"郑柏取了望远镜出来，"尚无法确认凶犯手里有什么武器。"

苏回也从车上下来，陆俊迟回身，穿过人群看向他。苏回低着头，细瘦的身形挂着手杖，他脸上的表情是坚定、平静的，仿佛那些邪恶都无法摧垮他。

正在这时，二楼的阳台窗帘"哗"的一下被拉开了。覃永辰出现在了阳台上，他的左手里抱着一名一岁左右的婴儿，另一只手中握了一颗手雷。

第44章

窗帘只拉开了半米左右，从外面根本看不清里面的情况。

覃永辰居高临下，冷漠地扫视了一圈聚拢在下方的警察："你们谁是负责的？"

陆俊迟往前走了一步："覃永辰，你不要再伤害里面无辜的人。"

覃永辰笑了一声，说道："你们既然知道我的名字，那你们应该知道在我的身上发生过什么。"

陆俊迟问："你有什么要求？"

覃永辰道："帮我联系我的前女友，让我和她对话。还有，我要一辆车，加满油，车子要好的。"

这两件事都不算难，但是如果做到了，覃永辰还是坚持要杀人的话，会让警方更加被动。

陆俊迟牢牢地盯着眼前的这个凶犯道："你所说的事情，我们需要一定的时间进行准备，不过在那之前，我们要进去看看人质是否安全，给他们提供必要的包扎和帮助。"

"想进来人可以，但是必须是我指定的人。"覃永辰说着，环视了一下四周，他本能地想要做对自己有利的选择。楼下站的都是警察，不远处停了一辆救护车。是让救护车里面的护士过来？还是……他的眼神忽然落在了一个男人身上，那个人看起来十分瘦弱，就站在那位队长的身后，和嘈杂的环境有些格格不入，他明显不是一个警察。

覃永辰忽然想起了点什么，脑中有一个念头逐渐成形。他用手指了一下："你可以让那个小白脸进来看看，给那些人带点药。"

"他不行。"陆俊迟看了一眼苏回，他肯定不可能让苏回单独进去涉险，他试着和覃永辰谈判，"我进去可以吗？你的手里有人质，我不会做其他的事，只是要确认人质安全。"

"是你在和我谈条件！"覃永辰吼了一句，婴儿可能是被弄疼了，马上大哭了起来，啼哭声划破了夜空，让现场所有人的心都揪了起来。

苏回拉了陆俊迟一下："我进去看看，也好了解一下情况……"陆俊迟没有回答他，苏回那样的视力在里面根本起不到多少帮助作用，反而会让他陷入危机。

覃永辰阴沉着脸，在阳台上看了看他们，这时候忽然改了口："他一个人进来，或者也可以你们两个一起……20分钟，我只给你们20分钟的准备时间。20分钟以后，你们如果没有满足我的要求，我就杀死人质！"

说完这句话，覃永辰抱着婴儿进去了。窗帘拉上了，但还留下了一道缝隙，可以看到里面透出来的灯光。

乔泽有点紧张，他还是第一次见到这种与犯罪分子僵持的现场："陆队，现在怎么做？"

陆俊迟道："联系特警和谈判专家，让他们尽快派人过来。其他的先照他的话进行准备。"

一旁的苏回已经主动提起了医药箱，陆俊迟拉住了他，说道："我们一起进去。"

乔泽提醒道："陆队，这可能是陷阱……"然后他想到，他能够看清楚这一点，陆俊迟肯定早就知道了。劫匪有三个人，人质有三名，包括一个婴儿，他们进去了，不可能同时制服三名劫匪，他们会成为新的人质。

陆俊迟把手里的对讲机和枪递给乔泽道："不管怎样，也得进去看看，摸清情况，救人要紧。"他们站在这里和犯罪分子僵持是不能解决问题的。复杂的民居不适合用狙击手，突袭也有很大风险，恐怕会伤害到人质，接近劫匪是目前最稳妥的方式。

乔泽问："武器怎么办？"

陆俊迟小声道："藏一把枪在医疗箱的夹层里。"

这个医疗箱是铁盒，而且是警方特制的，从外观上根本看不出来有丝毫的破绽，枪放在夹层里，只有警务人员知道开启的方式，对方根本查不出来。

乔泽又问："那现场的指挥……"

陆俊迟："特警队的程队马上就要到了。"他回头看了看一脸紧张的乔泽，安慰了他一声，"放心。"做好了准备，陆俊迟和苏回两个人顺着楼道上楼，楼里早就已经清空了，里面空荡荡的。

陆俊迟提醒道："一般的手雷，杀伤力没有人们想象的大，大概范围是 3~5 米，如果有危险，你一定躲得远一些。"

苏回"嗯"了一声："我知道。"

陆俊迟又说："我还有点想不通，他为什么会忽然提议我们两个一起进来？"

苏回苦笑着道："也许他是不想和你僵持。也许，他觉得拉着指挥的人来做人质，可以让我们互相牵制，可以让他更加主动。"还有一个结论苏回没有说，也许，覃永辰选中了他们，可能还会有别的目的，覃永辰不想让他们活着再出去。

苏回和陆俊迟很快到了门口，陆俊迟敲了敲门，可以听到有人走到门前，通过猫眼审视着他们，陆俊迟举了一下双手："我们没有带武器。"

过了片刻，门打开了，是张小才开的门，让他们进了房间里，然后在陆俊迟的身上摸了一遍，又打开了医药箱翻了翻，确认他们没有夹带通信设备和武器。张小才的手一直在发抖，并没有很仔细搜寻，他转头看向覃永辰，似是在征求覃永辰的意见。

覃永辰道："让他们进来吧。"

陆俊迟这才看清了房子里的情况，覃永辰坐在沙发上，孩子放在他的旁边，那颗手雷被他牢牢地抓在手心里，看不清型号。

　　家中的女性受害人董佳颖倒在了客厅的地板上，身上有血迹，一间房门半掩着，可以看到男性受害人周晔倒在地上，那名女性劫匪米舒坐在他的对面。

　　屋子里一时安静下来，陆俊迟和苏回先到了董佳颖的身边，他们看得出，董佳颖的身上已经被扎了四刀，陆俊迟给她简单地包扎了一下。董佳颖一直是清醒着的，也听到了窗外的喊话，她的眼睛已经哭肿了，看着眼前的两名警察，拉住了他们的手问："我老公呢……他……怎样了……"

　　陆俊迟握了一下她的手道："你老公没事，我们马上就去看他。"然后陆俊迟又安抚她道，"你已经做得很好了，你们很快就安全了。"

　　确认了董佳颖的状态，留下苏回陪着董佳颖，陆俊迟又往里屋走去。周晔也还活着，只是他的状况比董佳颖还要严重一些，已经有些神志不清了。这里缺医少药，陆俊迟也只能给他做一些简单的处理，用止血带临时止血。

　　这两名人质撑不了太久了。

　　苏回转过头来看向那两名劫匪，覃永辰还是阴沉着脸，抱着孩子，张小才坐在门口餐桌旁的椅子上。劫匪没有说话，他也没有开口。

　　时间一分一秒地过去，转眼就过了10分钟，距离20分钟的期限越来越近，原本呆坐在地上的米舒忽然站了起来，几步走到了房间外："覃哥，他们不会说了，警察也不会放走我们，你要车，我们也逃不出去！"

　　覃永辰抬起头看着米舒："我要了车，也没有准备用。"

　　米舒看着覃永辰，身体颤抖着，她忽然意识到了："你……你根本就没准备活着出去吗？你也根本没打算放过他们？"

　　陆俊迟听到了他们的对话，从里面的房间里走了出来。

　　覃永辰把手举起来，握紧了手里的手雷。

　　陆俊迟这才终于看清了覃永辰手里的东西，神色骤然凝重起来："HG85……"他错估了这里的危险程度，那枚手雷的威力之大，足够把现在房子里的人都炸死，这些劫匪又是从哪里搞到这种东西的？

　　覃永辰笑了一下，把自己的拇指扣在手雷的安全栓内："是个识货的，你们来了，也就别想出去了。"

　　米舒忽然一下哭了出来："原来，你就是想和那个女人说话吗？你到现在也还没忘了她！"

　　覃永辰道："我只是要问问她……"不问清楚，他死不瞑目。

　　"覃哥！你不能这样！"张小才也明白了过来，覃永辰的两个要求，要车只是个幌子，他只是为了和自己的前女友再说一次话，然后就要带着他们去死，他想到这个结果，吓得出了一头冷汗。

　　看到自己的同伴都不支持自己的决定，覃永辰脸上的笑容逐渐消失了："怎么？你们不愿意陪着我吗？我们三个难道不是家人吗？"

家人？提到了这句话，米舒和张小才的脸上都变了色……几个月的疯狂之旅，他们是三个寂寞而又满身伤痕的人，曾经以家人身份自居。是家人，就应该不离不弃，有福同享，有难同当。所有抛弃了家人的人，都是可耻的背叛，都该受到惩罚，都该死。那曾经是他们坚定不移的信念，是他们彼此许下的诺言。可是现在，他们要被这个信念，被这个疯子一起拉入地狱了！

房子的情况一时无法传递给外面的警察，陆俊迟皱起了眉头，他在想如何化解这场危机。

苏回跪坐在董佳颖的身侧，他是在这个紧张的环境中，唯一脸色如常的人，他抬着头饶有兴趣地看着面前的三个人……就在覃永辰说出他真实决定的那一瞬间，他们之间的关系就已然破裂了。

此时，七八辆警车依然停在小区，刚赶过来的特警队长程歌走下车，走到刑警队长齐正阳的身边："现在里面情况如何？有多少人质？"

"三个人。啊，不……算上陆队和苏顾问，一共五个人。四个成年人，一个婴儿。"乔泽急得直搓手，如果顺利的话，现在陆俊迟和苏回应该要出来了，可是里面却毫无动静。

程歌紧张地道："所有人和车辆撤到 15 米安全距离以外，狙击手准备，突击队准备，联系中心医院。"然后他考虑了一下，拍了下一旁的副手，"谈判专家呢？还有多久到？"

"还有 5 分钟，另外劫匪提了要求，说要 20 分钟内找到他前女友进行通话，还有要找一辆车，车已经准备好了，我们和他的前女友电话沟通过，她拒绝和劫匪说话，我们还在争取……"

"和他的前女友谈话很可能会进一步刺激到劫匪。"程歌点出了这一点，这个时候他们不能够一味地满足劫匪的要求，那样他们可能会得寸进尺，可是又不能不做准备。

"那劫匪问起来怎么办？"

"如实告诉他，看他的反应。"

齐正阳又问："现在距离 20 分钟的期限还有 5 分钟，那我们现在……"

程歌扭头给他一个字："等。"

先等到 20 分钟。现在最好的方式，就是从内部控制住劫匪。如果有自己人在里面，他必须给他们这个机会。

第45章

房子内，僵持还在继续，趁着劫匪们对话的时间，陆俊迟单膝跪在了苏回的身边，他做好了准备，可以随时从医药箱的夹层里拿出枪。他们所在的位置距离沙发还有4米左右。如果有突发情况，陆俊迟可以上前控制住劫匪。

可那是下策，陆俊迟低头盘算着各种计划，现在覃永辰的拇指一直套在安全栓里，只要一用力，就会引发爆炸。

时间一分一秒地过去，手雷硬抢是抢不下来的，贸然出手并不可取，只能考虑击伤或者是击毙劫匪。困难的是要在同时保证人质的安全。

陆俊迟在努力削弱自己在覃永辰眼里的存在感，也在随时准备应对突发情况。

覃永辰转头，透过窗帘的缝隙看向外面。他可以看得出，外面的警察更多了。那些警察们只是停在远处，并没有什么进一步的动作，他又握紧了手中的手雷。

苏回忽然轻声问："人质快撑不住了，我可以给他们喂点水吗？"

覃永辰"哼"了一声，苏回就起身从桌子上给董佳颖拿了一杯水，递了过去。

苏回顺手从一旁的抽纸盒里抽了一张纸巾递给了米舒，压低了声音问："你很喜欢孩子？"

米舒愣了一下："什么？"

苏回的眼睛看向米舒说："我看你总是在看那个婴儿的方向。"然后他补充了一句，"你穿着这样的连衣裙，我以为你是怀孕了……"今天的米舒穿了一件有点宽松的连衣裙，看起来就像是一件孕妇装。

米舒愣着，苏回却没有过多解释，又走回来，坐在了董佳颖的旁边。只是两三句的耳语，覃永辰皱眉看了看他们，没有说什么，他也听到了他们的谈话。他了解米舒，两三句话根本无法动摇他们之间的信任和感情。

米舒低着头，手中握着纸巾，她止住了泪水，沉默不语。屋子里一时又安静下来了。

陆俊迟抬头看了看苏回。他了解苏回，苏回不会做无用功，苏回和米舒说的话，一定是极其重要的。

苏回没有解释，也没有做多余的动作，他安静地低垂着眼眸，似乎是有些疲倦。

在苏回之前的侧写分析里，提到这三个劫匪之间的关系不一般，特别是覃永辰和米舒，这两名劫匪不像是普通的情侣，两个人更像是搭建了某种契约的灵魂伴侣。刚才，覃永辰的话里提到了家人，更是印正了他的推断。

从之前米舒说的话中，苏回感觉米舒还是有怜悯心的。如果现场还有谁能够让覃永辰有所触动，那就是米舒了，只是苏回必须找对一个点，才能够把针插入进去。扎入了这根针以后，崩到了极限的气球，就会爆了……

时间流逝着，距离20分钟的期限也只剩下了不到5分钟。

"你想要给你的前女友打电话，是因为你的心里还爱着她吧？"米舒忽然开口问覃永辰。

覃永辰没有回答她，她就继续颤抖着声音问："你不是答应过我，不再纠结过去的事情了吗？"

说到了这个话题，覃永辰犹豫了一下，看向了米舒："这是最后一次了，我只是想问清楚，以后我都陪着你。"

覃永辰的话说出来，米舒却觉得她的心死了，她不是那么在乎覃永辰是不是想要带着他们一起死，她更在乎在覃永辰的心里，她在一个什么样的位置？现在她得到了答案。既然是家人，那就应该是相互关心的，可是这个男人，一点儿也没有顾及她的感受。米舒喜欢孩子，她怜悯那个婴儿，这一点就连刚进来的人都能看出来，可是覃永辰却不知道。

米舒的眼角又开始滑落泪水："覃哥……"比起疯狂的覃永辰，她现在还留有理智，然后她哽咽了一下，"我们逃不掉了，我们自首吧……"

最后5个字触碰到了覃永辰的逆鳞，他的一双眼睛变红了："自首也就是个死，今天老子就算是死在这里也不自首！"

从杀死那些人的那一天起，覃永辰早就已经知道，自己必死无疑，就算是现在被警察层层困住，他也没有想到要自首。他的生命好像就应该结束于那场大火之中，活下来只让他变得更加迷茫，更加困惑。他杀了那么多人，只为了找到答案，现在他已经接近答案了，不能停在这里。

张小才慌了："别吵别吵，我们还有时间，再想想办法！"

覃永辰抿了一下嘴唇，看向米舒和张小才说："小才说得对，我们会没事的，我不会背叛你们，你们也不要离开我，我们一起逃出去。"事到如今，他的话天真得像是孩子的呓语。外面警察的层层包围，他们插翅也难飞了。结果无非是他们死，还是带着这些人一起去死。

苏回安静地坐着，他之前的话虽然简单，却给了米舒足够的暗示。有时候人心中的决定就是在微妙的瞬间发生变化。他像是轻轻动了动手指，推倒了一枚多米诺骨牌，而这个连锁反应还没有停止。

米舒安静了一会儿，她的眼里泛起了绝望的情绪，颤抖着声音再次哀求道："覃哥，我想自首……你放过我吧……"覃永辰万万没有想到米舒会说出这样的话。米舒知道，覃永辰这辈子最痛恨的就是背叛，就是离开。现在，连米舒也要背叛他了吗？他瞪圆了双眼，另一只手也按在了手雷上，似乎下一秒保险栓就会一拔而出。

"作为家人，我从来没有对不起你，那么多的日日夜夜……到了现在……"米舒喘息了一下，她的脸色变得苍白，眼角流出更多的泪水。

一旁的婴儿忽然爆发出一声啼哭。米舒忍不住用手抚摸着小腹，她忽然想到了什么，开口说道："我怀孕了……"

不等覃永辰质疑，米舒就继续说："是真的……我曾经以为自己这辈子再也无法怀孕，可是就在几天以前，我帮隔壁阿姨提了东西回去后就觉得不太舒服，又因为例假推迟所以去买了一根验孕棒，我真的怀孕了，我是可以陪着你，但是孩子……"

米舒抽泣着说："我可以放弃自己的生命，陪你疯狂到底，无论结果怎样，这个幼小的生命，这个还没有见过世界的生命……我想要试着保护他。"

覃永辰看着米舒，他的手一直扣在那枚手雷上，这句话像是一枚子弹，把他的心脏射穿了。他依然带着被背叛的怒意，他甚至无法判断米舒话中的真假，他的双手颤抖着，拼命地抑制着拉动保险栓的冲动。他的目光狠狠地盯着米舒的小腹，像是要穿过衣服，把米舒的身体看穿。

"覃哥，我……我从来没有骗过你。"米舒哭着说。

覃永辰现在只是感到愤怒，他们说好的不离不弃，可是米舒还是想要丢下他离开了。无论是什么原因！这样的事情已经在覃永辰的生命里上演了一次，他再也不会让它第二次发生！

覃永辰深吸了一口气，爆炸，火光，在他的脑海里不停地闪动着，那些景象就像是催眠一般，他期望着那样的结果。女人都是会撒谎的，米舒只是不想和他一起死，她在编造谎言，覃永辰握紧了那枚手雷，他看了看房子里的几个人质，杀念四溢。只要他动动手指，一切就可以结束了。

"我……我可以抱着那个孩子出去吗？"米舒擦了擦眼泪，她以为覃永辰的沉默，是一种默许。她也杀了很多人，她也并不是一个好人，但是她和覃永辰是有区别的，很多残忍的事情她做不到。她想要活着，她也不希望看着这个孩子死在这里。

孩子……覃永辰的手颤抖了一下，他看向了躺在沙发上的婴儿。然后他又看了看米舒，米舒抱着腿蜷缩着，看起来是瘦小的。万一米舒真的怀了他的孩子……那是他的骨血，是他的传承，就算他们该千刀万剐，那个孩子是无辜的，只要米舒走出去，孩子就有可能会活下来……

覃永辰的双眼已经变得血红，最后的一丝人性却从心底冒了出来。然后他骂了一声："滚！"

"谢谢，谢谢你……"米舒像是得到了特赦，她生怕覃永辰改变了主意，迅速去沙发上抱着孩子，一步一步往外走去。

看到米舒为自己争取了一条生路，张小才急了，他站起质问道："你凭什么放了她？覃永辰你这个王八蛋！"人与人的关系在这样的环境里，早就已经如履薄冰，他们之间的矛盾变得尖锐起来。在这种剑拔弩张的情况下，所有人的神经都紧绷着。

覃永辰往前一步堵住了他的出路："这件事你不懂。"张小才崩溃了，他想要反抗，可是他知道自己打不过覃永辰，他见过覃永辰最疯狂的一面，他知道这个疯子什么都做得出来。

又怕又恨的张小才颤抖着声音道："你说的那些话，都是骗小孩子的吧？你答应过我的事，从来没有做到过。"到了现在，他才知道那些所谓的家人，所谓的在一起不再抛弃对方，都是编织的美好谎言而已，是他一厢情愿地相信了这个男人的疯话。他飞快地想着，凭借自己对覃永辰的了解，还有什么话能够打动他，怎么才能够给自己换来生的机会。但是没有……他找不到。

"走出去未必是生路，你留在这里，我陪着你，我们一起。"说完这句话，覃永辰扫视了一圈屋子里的其他人，放走了米舒和婴儿已经是他的极限。

"剩下的人，一个也别想从这套房子里出去。"这句话等于是判了其他人死刑。

屋子里一时安静极了，没有人敢说话，就连重伤的董佳颖也咬牙忍着疼痛，她趁着覃永辰没有注意到她，挣开了脚下的绳子，向着卧室爬去。

陆俊迟看了一眼苏回，苏回读懂了陆俊迟的意思，陆俊迟是在问他，什么时候适合动手。

覃永辰的警惕性一直很高，就算是他和米舒说话时，也一直盯着他们的方向，手指也是紧握着，他甚至没有完全相信米舒的话，陆俊迟可以感觉到，他对米舒也有强烈的杀意。

好在，覃永辰最后还是放走了米舒，放走了婴儿，解决了他们的后顾之忧。

局势在一点点扭转，逐渐变得对他们有利……

苏回低着头，用手在陆俊迟的背上写着字。

陆俊迟读懂了："等他看向她……"

进屋以后，苏回就在考虑应该如何破这个僵局。没有机会，他就必须创造一个机会。时间太短，他没有办法说服劫匪，那就只能从劫匪之中的关系入手。他和米舒说了三句话，给了她一个引导，那个聪明的女人马上抓住了最后的一线生机。

苏回在赌，赌米舒爱着覃永辰，赌米舒不想死，赌覃永辰也对米舒有一些感情，赌覃永辰就算再没有人性，对自己的骨肉也会有恻隐之心。

在米舒离开时，覃永辰会陷入回忆，他会质疑自己如此处理的对错，他会走神，那时候就是他们唯一的机会。

米舒从他们的身边走过，一路走下了楼。半分钟之后，她终于出现在楼梯口，怀里抱着婴儿，声音颤抖着："别开枪，别开枪……我自首……我身上没有武器……"

外面的警察也看到了米舒。

"出来了，女性劫匪出来了……她抱着孩子！"

"那……那个男性劫匪呢？"

"20分钟要到了，是否要突击？"

"狙击手有把握吗？"

"劫匪在里面，这个位置射击不到。"

程歌觉得情况有些不妙，可是现在并没有更好的破解方法。女性劫匪一走，男性劫匪就会毫无留恋，拉动保险栓可能只是时间的问题。这个时候，他只能希望在房子里面的陆俊迟和苏回能够控制住局面。

覃永辰一直紧盯着房子里的人，他一言不发，直到米舒的身影走出了楼，外面响起了嘈杂声。他忽然发现，自己的要求提得不对，他好像一点儿也不期待和那个曾经抛弃过自己的女人对话。事情到了现在，她还会和他说些什么呢？而他又有什么留恋呢？爱？早就不存在了。恨？他也没有时间去杀她了。原来，他只是不甘心而已。

覃永辰的目光，透过窗帘的缝隙，看向了外面米舒的背影。和米舒一起生活的点点滴滴，就在那个瞬间涌入他的脑海。覃永辰直到现在还是无法确认，她说的话是真的吗……

就在覃永辰愣神的那一瞬间，陆俊迟知道，最好的机会来了。他从医药箱里掏枪，瞄准，射击，整套动作行云流水，几乎是一气呵成。砰砰数声枪响，谁也没有想到，他们带了武器进来。覃永辰更是被打了个措手不及，几颗子弹穿透了他的胸部，鲜血飞溅而出。

陆俊迟射完了弹夹内剩余的几发子弹，空间狭小，机会稍纵即逝。一共有三颗子弹击中了覃永辰。覃永辰抬起头，面对陆俊迟狞笑了一下。陆俊迟心头一紧，扔了枪，快步上前，去夺覃永辰的手雷。

覃永辰用最后的力气，伸开了托着手雷的四指，保险栓还被拇指勾着，手雷在重力的作用下"咔哒"一声脱开保险，下坠滚落，冒出一阵白烟。想要逃出生天，没有那么容易！就算是死，他也要拉这些人死在一起！

"啊啊啊啊……"张小才惊叫着寻找遮挡的地方。

陆俊迟伸手去拦那枚滚落在地上的手雷，苏回却忽然扑倒，用身体压在了那枚即将爆炸的手雷上……

电光火石之间，陆俊迟一把抓住了苏回的衣领，把他往起一拉，从他身下摸出那颗手雷，陆俊迟一刻没有耽搁，全力投向了阳台的位置。

手雷破空划过，"砰"的一声击碎了玻璃，随着破碎的玻璃碴飞出了门外，滚落在了阳台上。

苏回还没有反应过来，就感觉眼前一暗，身体一暖，陆俊迟一把拉过他，把他压在沙发后面。

程歌站在车队前一直关注着房子里的动静，从枪响到爆炸他只来得及喊了一声："隐蔽！"

整个过程不过三秒钟。只听"嘶"的一声，随后是"砰"的一声巨响，那颗手雷在阳台上炸裂开来，艳丽的火光升腾而起，燃起了两米多高的火焰，猛烈爆炸形成了短暂的气浪。阳台上的一排玻璃全部被震得粉碎，地面都在震动，无数钢弹犹如子弹在空气中飞速弹射，发出破空之响……

第 46 章

爆炸过后，阳台上一片狼藉，玻璃几乎全部碎裂，空气中都是爆炸残留的味道，楼外的草地上还有几团明火在燃烧着，冒出浓烟。

楼外，米舒距离爆炸最近，大约有 8 米左右的距离，就在安全范围的边缘，她被气浪往前推了一下，下意识地抱紧了怀里的孩子。米舒倒在了地上，手脚被弹片划破，她转过头有些难以置信地看向身后的火焰。刚才的枪响她也听到了，她知道，覃永辰很可能会死在里面。

有人接过了婴儿，警察给她戴上了手铐。

房子里，由于陆俊迟的反应迅速，并没有造成严重的伤亡，苏回被他护在了身下，董佳颖所处的位置距离阳台最远，其次是躲在餐桌下的张小才，被炸伤了背部，几个人虽然有不同程度的伤，所幸伤得不重。只有覃永辰距离爆炸点最近，他的身上鲜血淋漓。

陆俊迟的耳朵还有些耳鸣，直到现在手还在颤抖。在爆炸发生的那个瞬间，他的心脏就如同被按下了暂停键，直到爆炸结束才恢复了跳动，他的手臂上被玻璃磕划了几道血痕，却先伸手把被保护在身下的苏回拉起来，仔细检查。

陆俊迟想进一步查看苏回的状况，苏回却先一步挣脱了他的手，他爬到了重伤的覃永辰面前，用手按住他胸口上的伤口，想要止住流出来鲜血。

苏回焦急地问他："你为什么会杀那些人？是不是有人让你这么做的？"爆炸的一瞬间，苏回在脑子里复盘了整件事。覃永辰是主动方，米舒和张小才两个人都是被动方，这个男人被一个问题困住了。

苏回得到的资料不多，并不能完全了解过去的覃永辰。但是过去的他，至少一如常人，是什么原因促使这个人变一个无比凶残的连环杀手？苏回尚未在他的人生经历里找到这个契机。这么大威力的手雷，显然不是普通的杀人凶手随便可以拿到的。有没有可能，在他的身后存在着一个人……

"没有人让我这么做……"覃永辰只剩下一口气，他咳出一口血，用沾血的手拉住了苏回的衣领，声音沙哑，"你先告诉我，为什么……为什么你会愿意为了陌生人去死？"

爆炸前的一瞬间，他看到苏回毫不犹豫地想要挡住手雷的动作。如果不是陆俊迟把那枚手雷在最后一刻丢出去，苏回可能现在已经是个死人了，可是覃永辰在苏回脸上看不到一点恐惧和后怕。很多人为了家人都做不到的事，为什么他会做出来？

"因为你的问题，本身就错了！"苏回推开了他手，"有人会为了陌生人付出生命，有人即便是亲人遇险也会退缩，有人愿意和家人同生共死，这个问题和人性有关，

和做选择的人有关，和亲情、爱情并没有决定性的关系。生命是永远凌驾于爱情、亲情之上的。"

听了他的话，覃永辰的眼睛动了动，眼前的这个人似乎是知道他的心中所想，他的每句话都在回答他的疑问。生命是凌驾于爱情、亲情之上的……因为对方是你的亲人，或者是恋人，就要对他产生更多的要求或者期待？在结婚时、恋爱时说的海誓山盟，我愿意代替你去死，我可以为你付出生命，那只是一种爱情的表达方式，大部分人是做不到的。还有家人之间的承诺，我会永远保护你的，根本就没有所谓的永远。

爆炸后，周晔挣扎着和董佳颖抱在了一起，失声痛哭。这对夫妻经历了生死考验，历尽了磨难，除了生死，再没有什么能够把他们分开。生命是凌驾于亲情之上的，这个世界上依然有能够经受住考验的爱情，只是覃永辰没有遇到而已……

看着这对夫妻拥抱的身影，覃永辰的嘴巴动了动："我……好像有点懂了……"他为了一道题耿耿于怀了好几年，为了寻求答案，他杀了那么多的人，直到现在，他好像终于找到了他想要找到的答案。

苏回越发确认了有人在背后怂恿和诱导着这个男人，他逼问道："是谁？那个让你去寻找这个答案的人是谁？"

覃永辰已经非常虚弱，他低咳了两声："你过来点，我告诉你……"

苏回俯下身去，用能够听到声音的那只耳朵凑在了覃永辰的嘴边，覃永辰喃喃地开口说了一句什么。

苏回的瞳孔猛然一动……一瞬间，他忽然觉得有什么凉凉的东西抵住了他的腹部，苏回忽然被大力拉了起来，一起身的工夫，那个东西就贴着他的衣服划过，划破了布料。

苏回回身一看是陆俊迟，他这才注意到身受重伤的覃永辰手里握着一把刀，那把刀已经被陆俊迟夺在了手里。如果刚才陆俊迟没有及时把他拉开，现在这把刀可能会插到他的身体里。

苏回刚才和覃永辰对话的过程中，陆俊迟一直在旁边听着，他早就注意到了覃永辰的那些小动作，才能在最后一刻把苏回拉开。

一瞬间，苏回感觉自己好像被陆俊迟温热的手拉回了人间，这才恍然发现，屋子里站满了特警和警察，张小才已经被抓住，那对夫妻也已经被担架抬走。围拢过来很多人，医护人员等着对覃永辰进行抢救。

有警察上前，把覃永辰的双手铐住。覃永辰吐出一口血，嘴角挑起来看向苏回："可惜了，还是差了一点点……"说完这句话，他的脸色就迅速灰败下去。

几名医生蹲下来，医生摸了摸覃永辰的脉搏："太微弱了，他的伤势严重……"

另一名医生轻轻地摇了摇头，这个杀人犯可能没救了。

陆俊迟问苏回："刚才他说了什么？"

苏回摇了摇头："我没有听清，他可能什么也没说……是我太大意了……"他说到这里，低下头去，看着自己手上的血渍。

陆俊迟道："你没事就好。"

苏回低低地应了一声，随后被现场的味道呛得咳嗽了一阵。

陆俊迟把苏回安顿好，就开始忙碌起来，需要处理的事情还很多。

苏回坐在椅子上，接过小护士递来的纸巾擦拭着手上沾染的血迹，他还有点恍惚，身下的椅子是木质的，他觉得一股冷意透了上来，让他全身发冷。刚才的爆炸离得太近了，就算是没有被那些流弹击伤，苏回也被震荡波及到了，现在觉得胸口传来一阵憋闷的疼。房间里的警察，法医，痕检，无数的人影在他的眼前晃动，有人在问话，苏回能够听到说话的声音。

苏回感觉到眼前是大片的色块在晃动，耳边像是水烧开了的声音，脑海中，一直徘徊着覃永辰和他说的那句话："诗人，你的老朋友让我问候你……"为什么这个凶手会知道他是谁？那位老朋友，又是什么人呢？

现场全部处理完已经快到午夜，陆俊迟这才过来拍了拍苏回的肩膀，他把苏回的手杖递给他，刚才混乱中，手杖被埋在了歪倒的椅子下，还是物鉴给翻了出来。苏回没说话，把手杖接了过来，跟着陆俊迟起身。

回去的路上，苏回一直在走神，失魂一般看向车窗外，两个人谁也没有说话。

等陆俊迟注意到，才发现苏回已经靠着车窗进入了浅睡。

陆俊迟叫了他一声："苏老师，别睡了，小心感冒。"

苏回似乎是听到了，小猫似的"嗯"了一声。半睡半醒之间，总是想要找个舒服的位置，可靠在哪里都觉得硌得慌。似乎是有人在和他说话，他迷迷糊糊地换了个位置。

陆俊迟还想叫醒苏回，又有点不忍心，他侧头看去，苏回睡得头发都乱了，于是他把空调的温度调高了几度。

快到家的时候，陆俊迟把苏回叫醒，苏回清醒了一下，迷迷糊糊的，习惯性地去找手杖，把手杖握在了手里，跟着陆俊迟下了车。

进了家，陆俊迟深吸一口气，转身严肃地叫了他的名字："苏回，有件事我想要和你说一下……"

陆俊迟英挺的眉毛紧皱着，那双狭长的眼睛晦暗不明，仿佛在克制着某种情绪。他过于正式又压抑的态度，让苏回一愣，"什么？"

望着苏回苍白的脸，陆俊迟的心脏有一瞬间的抽痛，他努力克制着自己的情绪："今天你扑向的那颗手雷名为HG85，又被叫作'珍珠'，别名'钢珠盛宴'。爆炸时发射的钢珠能够击穿五毫米厚的钢板，你把它压在身下，一旦爆炸会有3000多枚碎片瞬间穿过你的身体……"陆俊迟说着拉住了苏回的手腕。

苏回吓了一跳，感觉手腕有点痛，他的眉头微蹙起来，愣了一下说："这么说……我那时候救不了你们啊……"那样猛烈的爆炸，就算是他压在上面也阻止不了爆炸，那一瞬间做的决定可能救不了大家，反而会因为他的行为把他们一起带入地狱。

苏回低下头说："对不起，我好像帮了倒忙。"

陆俊迟摇摇头："没有人怪你，你也不需要说对不起，只是……你应该信任我。"只要想到今晚苏回差点遇险这件事，他就越来越后怕。他思考了很久，决定和苏回说一下，因为他必须保证，同样的事情下次不会再发生。

　　陆俊迟缓缓松开了手。他意识到，自己的情绪太激动了，他害怕苏回受伤，陆俊迟看到过苏回身上的伤疤，知道他经历过什么，眼前的人脸色是苍白的，情绪是脆弱的，他想知道这具身体里究竟有一颗多么强大的心脏，有着多么大的勇气，会在那样一个瞬间毫不犹豫地扑过去，这是很多人都无法做到的事。

　　陆俊迟缓和了一下情绪，认真地道："我希望你知道，我会尽我的全力，用我的生命，保护你……"

　　苏回听到这句话，心里一热，他轻声说："我下次不会了。"他想到，眼前的这个人救了自己，而且不止一次。他记得被陆俊迟护在沙发后的时候，火光与危险似乎都被他隔绝在外。那个瞬间，那似乎是世界上最安全的角落。

第三卷

纯白地狱

第47章

谈完话，陆俊迟贴心地和苏回说："你去冲个澡吧，小心避开伤口，不要沾水。"今天的爆炸弄得两个人都十分狼狈，特别是苏回的身上沾了很多血迹。

苏回洗完澡，换了睡衣，陆俊迟递给了他一碗黑色的，像是中药的东西，苏回端在手里有点犹豫："这是什么？"

陆俊迟解释道："姜汁可乐，预防感冒，今天降温了，晚上有点凉。"

苏回："……"他的内心是抗拒的，纠结了一下，狠狠心一口气把小半碗的可乐喝了下去。味道辣中带甜，开始觉得很难喝，喝到最后竟然觉得还不错。

陆俊迟把碗接过来放好，对苏回说："你把衣服脱下来。"

苏回："……"还在嘴里的姜汁可乐差点没喷出来。

陆俊迟看他没动，解释道："快一点儿，我看看你身上有没有伤。"

陆俊迟是好意，可苏回还是有点难为情，他磨磨蹭蹭地把衣服脱下来。陆俊迟仔细地查看，苏回的脚腕划破了皮，腿上也有几块淤青，最严重的是手腕，有一处严重擦伤，还好血已经止住了。

陆俊迟无语地问："你没觉得疼吗？"

苏回低着头说："看不到，也就不觉得疼了。"

陆俊迟小心仔细地给苏回上了药，还给他脚踝上贴了一块冰敷贴手腕上的伤口也涂了碘酒消毒。

陆俊迟问："还有哪里觉得不舒服吗？"

苏回咳了几声，摇摇头："真的没有了。"

陆俊迟又检查了一遍，发现他有一处指甲撕裂了，拿出指甲刀帮他把裂开的指甲剪了，想起苏回眼睛不好，剪指甲可能不方便，干脆其他的指甲也一并剪了。

苏回低着头，安静地看着陆俊迟，陆俊迟剪得小心翼翼。陆俊迟很会照顾人，只要有他在，各方面的事都可以处理得很好。

等陆俊迟帮苏回剪完指甲，他才看到陆俊迟手臂上的几道红痕："你的伤口还没处理呢……"

陆俊迟才是受伤较重的那个人，可他却一直忙着给苏回上药。听到苏回的话，他这才抬起右臂看了看："没事，血都凝住了，我擦一下就可以了……"

"伤口是在手臂的外侧，你自己不容易擦到的。"苏回说道，"我帮你涂上点碘酒吧，你快去清洗一下。"

陆俊迟这才起身，洗澡后换了衣服出来。

苏回拧开盖子，用棉签轻轻蘸了一些碘酒，帮陆俊迟涂抹着伤口，他涂得很小心，从伤口处向外一点点涂开。

陆俊迟看着苏回，苏回的脸上依然没什么血色，这是一种常年不见光的白净，长长的睫毛垂下来，轻轻翕动着。

直到现在陆俊迟还是有些后怕。在重案组工作，他经历过各种危险，也曾亲眼看到同事在他身边牺牲。他还记得爆炸发生的瞬间，把苏回拉回来时那种心脏骤停的感觉……是他还不够强大，没有第一时间就把局面控制好，让苏回处于危险中。

陆俊迟意识到，在日常的工作、生活、搭档中，不知何时苏回已经在他的心中占据了一个特殊的位置。他好像正在一点一点地走近眼前的人……陆俊迟很难形容他对苏回是一种什么感情，那种感觉十分特殊，已经超越了同事之间的情谊，越来越像生死之交。

苏回似乎正在逐渐取代陆俊迟心中那个虚影……

不知不觉已经过了凌晨一点。苏回忽然抬头说："我有一点饿了……"

陆俊迟说："还有点之前炖的番茄牛肉，你想吃番茄牛肉面吗？"

苏回说了一声"好"。

过了一会儿，整个房间都是番茄牛肉面的香味。他们坐在餐桌旁，快速地吃光了两碗番茄牛肉面。

陆俊迟再怎么细心照顾，苏回还是病了。

第二天一早，陆俊迟刚跑完步回来，就听到苏回在房间里咳着。他进了苏回的卧室，看到苏回的脸上有些不正常的潮红。

苏回见陆俊迟进来，揉了揉眼睛坐了起来，他的眼前模糊一片，头也有点晕，有点头重脚轻的感觉。他也没有想到，自己的身体竟然差到了这种地步。

陆俊迟伸手摸了一下苏回的额头，凭温度就知道是发烧了，他有点紧张地拿起温度计甩了几下，递给了苏回："我陪你去医院做个检查吧？"

苏回夹着温度计，又咳了几声："应该就是感冒了，感冒药和退烧药我家里都有。而且，今天不是要审问米舒他们吗？"他还在关心着那个案子的进展。

陆俊迟说："还有其他人呢，可以让他们先审着。"

陆俊迟翻箱倒柜地找感冒药和退烧药，苏回储存的药品齐全，之前陆俊迟整理过，没一会就找出来了。亚里士多德也被吵醒了，在一旁"喵喵"地叫着，陆俊迟对它做了个嘘声的手势："乖，苏老师病了，我等会儿再给你加猫粮。"小猫像是听懂了，也安静下来，乖乖地跟在陆俊迟的身后，看着他忙活。

陆俊迟准备了早饭，然后把温水和药都放到床头柜上，苏回正蹙着眉拿着温度计，水银线太过细小，他的视力本来就不好，怎么也看不清上面的数字，到最后他放弃了，无奈地把温度计交给了陆俊迟。

陆俊迟接过来看了一下："38.7℃，我带你去医院看一下吧？"苏回一副镇静自若、气定神闲的样子，反倒是陆俊迟不知道怎么办才好。

"温度也不算很高。"苏回有点懒得折腾，"我先吃点药吧，去医院也没什么特效药，而且我挺想去总局那边看看审讯的情况。"昨晚苏回一直想不通为什么覃永辰知道他的身份，想抓紧时间查一下有什么线索。

见苏回生病了还想去上班，陆俊迟斩钉截铁地拒绝道："不行，我整理文档给你看。你今天必须休息了。"

苏回看陆俊迟态度坚定，揉着太阳穴道："那我今天不去了，我好好地睡一觉吧。"

本来陆俊迟还有点不放心，但是谭局又打电话催着他赶快把上个案子结案，这事一点儿也拖不得。他最后只能给苏回留好了各种的食物，叮嘱再三，这才出了门。

一整天陆俊迟都在处理重案组的工作。

张小才和米舒已经供述了全部的犯罪事实，覃永辰最后还是没有抢救过来。那对夫妻脱离了生命危险，经过救治应该很快就能出院。

陆俊迟还记得昨天苏回的疑虑，于是着重去盘问了关于幕后指使人的事情，张小才直接说他不知道。米舒犹豫了许久，最终供述了一些情况，她发现覃永辰经常给一个人打电话，武器也是那个人提供的。

陆俊迟让乔泽调查了那个电话号码，显示号码注册地是华都，户主是一个已经去世的老人，手机号也早就停用了。线索追查到这里就断了。

陆俊迟把工作分配下去，让夏明晰开始整理结案总结的材料，随后陆俊迟向谭局做了总结汇报。

谭局听后点点头，顺便问了苏回的近况。陆俊迟没敢把苏回那天的危险处境告诉谭局，只轻描淡写说了他们一起做了人质。谭局听完松了口气："还好你们平安无事。"

处理完了工作，陆俊迟觉得自己就像丢了魂似的，总是担心苏回的情况。他有没有按时吃饭？一人一猫会不会把家里弄得一团糟？

陆俊迟还是不放心，于是请了假，整理好了所有的资料，准备带回去给苏回。一瞬间，他忍不住笑了出来，感觉自己像是在给老师认真交作业的学生。

由于今天没有开车，陆俊迟走出市局准备打车，他刚掏出手机，突然看到马路对面有一家蛋糕店，又去蛋糕店买了几块小蛋糕。

终于回到家，陆俊迟打开了房门，屋子里一片安静。

陆俊迟在苏回半掩的卧室门外看了看，苏回戴着眼罩，身体轻轻起伏，睡得正香。他又去看了眼冰箱，看到他走前留下的午饭已经被苏回吃了。

然后他还是不放心，又走到苏回的卧室，摸了摸苏回的额头，感觉温度降低了很多。陆俊迟悬着的一颗心这才放回了肚子里，把一块小蛋糕放在了一旁的床头柜上。

第48章

眼前好像有很多模模糊糊的光影在闪动，这些是和现实中不同的，苏回能够区分出来，这应该是一场梦。

梦中，他坐在办公室里，低头看着手里的卷宗。

夕阳西下，阳光从窗口照射进来，把一切染成了橙红色，不像一般的办公室布局，这里除了满满的几个书架外就只有一张办公桌。

这里被称为"三号借阅室"，这里不但有外文原版资料，还有最新的国际期刊，只要是刑侦相关的，这里应有尽有。总局给这些资料专门开辟了这间借阅室，还高薪聘请了一位管理员，管理员的工作就是把最新购买的各种资料分门别类地归档存放。由于这间借阅室对借阅者的级别要求很高，基本上没有什么人会来这里调用资料。当然这些只是表象，这一切不过是在掩护苏回这个侧写师的身份。

苏回合上了一本厚厚的卷宗，揉了一下眉心，随后开始记录关键信息和他推算出的结果。

忽然，对讲机发出了"滴"的一声，苏回刚拿起来，对方就急切地说："前辈，我想问一下……"这个声音十分耳熟，对方是谁呢？在梦里，苏回在那些凌乱的记忆碎片中，寻找着被自己遗忘的一些信息。

苏回终于想起了他第一次见到那个人的场景。

好像是一次年末的表彰大会，苏回不善于应对这些场合，于是他等到会议开始才进入礼堂，坐在了礼堂的最后一排。因为匿名保护措施，表彰会一向是与他无关的。所以他一般坐在后面，偶尔不去参加也不会被发现。

表彰会颁过了几轮奖项，大部分发言都是一些感谢大家、感谢领导之类的话。苏回有点犯困，一边听着一边随手叠着星星。

忽然，苏回听到了一个年轻而好听的声音，"我做警察的这一年中，感触很多，对于我们来说，可能破获了案件，一切就结束了，但是对于身处案件当中的人，却没有那么简单……后来我意识到，这个世界还有很多仅凭我们个人力量无法改变和解决的事。守护正义不是一句空话，需要成本、时间、痛苦和代价……"

苏回听到这里，不由得抬起头看了一眼，在台上发言的是一位英俊帅气的年轻警察，他的目光深邃，鼻梁高挺，身姿颀长，有着一种年轻人独有的锐气。他肩膀宽阔，脊背笔直，警服穿在他的身上，满是年轻人的英姿飒爽。

"我希望在这里感谢一下行为分析组的几位成员，特别是诗人，在他们的帮助下，我们才可以顺利侦破了许多案件。虽然他们无法上台领奖，但还有许多像他们一样的无名英雄，在和我们一起努力……"获奖的警察很多，但是提到行为分析组的，这还

是第一个。

苏回停下了手里的动作，抬起头安静地听着，那个人没带发言稿，也没有太多场面话。"……我希望能一直坚守在一线，我不畏惧危险，也愿意身处黑暗。如果没有足够的光明，我可以化身火炬，成为黑暗中的那道光。"年轻警察深深地鞠了一躬，结束了发言，礼堂里瞬间响起了掌声，苏回也不由得放下了叠到一半的星星，鼓起掌来。

前排有两位女警轻声议论："这个警察是谁啊？看起来好帅啊。"

"是二队的副队长吧，好像是从国外留学回来的……年度优秀警察，领导很看好他呢。"

那次的发言让苏回牢牢地记住了这个年轻人。苏回总觉得这个年轻人和其他"老油条"是不同的，因此，苏回面对他的问询时也更加耐心。每次和他说话，苏回的脑海中就会浮现出他穿着制服帅气的样子。

有一次苏回和一队队长发生了争执，事后苏回不由得吐槽："所有的注意事项我反反复复地叮嘱一遍，结果还是出了疏漏，却和我说人力不足导致的，其实他们根本就是没有重视！"

对讲机另一端的人默默听着。过了一会儿，那人在电脑上给他发了消息："前辈，你别生气。我在楼下的自动贩卖机那里给你留了东西，你去拿一下吧。"

苏回下了楼，就在自动贩卖机旁看到了一大袋子的蛋糕……

苏回把蛋糕拎上了楼，在电脑上打字说："你把我当小孩子吗？"居然想到买零食来哄他……

对方好像被问住了，过了一会儿才说："前辈，甜食可以缓解负面情绪，这是有科学依据的……"蛋糕是从市局对面的蛋糕店买的，其中有苏回最喜欢的草莓蛋糕，他拿起一块草莓蛋糕咬了一口。

诗人："那个草莓蛋糕还挺好吃的。"

在之后的交谈过程中，苏回每次被他叫前辈。不知道那个年轻人和谁学的，一口一个前辈，显得有点生分。苏回心想着自己也没比对方大多少啊。

苏回终于忍不住打断了他们的话题："你别叫我前辈了，听着别扭，换个词吧。"

对方被他说得愣住了："那我应该叫你什么？"

苏回也不知道自己是怎么想的，愣了几秒钟，对着对讲机说道："我比你大，但是没大多少，你叫我哥吧……"

对讲机里的人好像呼吸都停顿了一下，憋了许久，磨磨蹭蹭地才传来一声："哥？"

苏回的心情大好，忍着笑意："好，说吧，你想问什么来着？"

梦到这里忽然就结束了。

似乎有一只手放在了他的额头上，苏回被这种触碰感弄醒了，他还是迷迷糊糊的，头还有点疼，应该是还在发烧，但没有早上那么严重了。那个人似乎是怕影响他休息，没有说什么，只是轻轻地给他掖了下被子。

亚里士多德躺在他的被子上，毛茸茸的一团，压得他的脚有点麻了。

苏回躺着，不知道为什么会做这个奇怪的梦。梦里只是几个零星的、小小的碎片，像是一幅错乱的拼图。想象和记忆交杂在了一起，苏回甚至不敢确定他是否真的认识那么一个人。记忆里的一切就如隔着一层纱，他想去看，却一点也看不清。

苏回依稀觉得，梦里的他和现在的他完全不同。在梦里，他还能够感知各种情绪，喜悦、激动、哀伤，如今，那些感情的波动都离他远去了。他现在沉稳了许多。早已经没有了当初的锐气，他的整个世界也平静了下来。

梦里的逻辑混乱，他尝试过梳理，梦却已经结束了。那些细节他越是想要仔细回忆，就越是头痛。苏回的太阳穴开始突突的疼，他努力地不去回想那些事。忘记就忘记吧，应该也没有什么重要的。

随后，他忽然闻到了一股香甜的味道。

揭开眼罩，苏回侧过头，已经到了下午，陆俊迟应该回来了，在床头柜上，放着一个草莓小蛋糕……

一瞬间，苏回有点分不清是梦境还是现实。他坐了起来，伸手拿起小叉子，挖了一小口蛋糕细细地品尝着，果然是总局门口那家蛋糕店的草莓蛋糕。

苏回坐在床上，一口一口地吃完了整个蛋糕，然后他爬起来走到客厅里，看着忙碌的陆俊迟。

陆俊迟看到他起来了，问道："你醒了？不是我吵醒你了吧？"

"没有，我本来也该起床了。"苏回摇摇头，舔着手里的勺子，"蛋糕挺好吃的。"

陆俊迟刚试过他的体温："你的烧好像是退了一些。"

此时，陆俊迟的手机忽然震动了起来，他拿起电话，看到是陆昊初打来的，顿时感到奇怪，陆昊初知道他工作繁忙，很少在他工作的时间打来。

陆俊迟接起了电话："喂。"

陆昊初压低了声音："哥！你有没有和苏老师在一起啊？"

陆俊迟没想到他要找苏回："怎么了？"他抬起头看向苏回。

陆昊初道："哥，今天是犯罪学学院老师述职的日子。"

陆俊迟听得有点蒙，转头问苏回："今天你述职？"

苏回摇摇头，十分笃定地说："不是今天，我上了闹钟提醒，是三天后。"苏回的表情认真得就像是他在推理案情一样。

"哦。"陆俊迟放下心来，淡定地对陆昊初说，"别急，应该是三天后。"

"不对啊，改时间了，昨天校内网上公布的，说是为了配合一位专家的时间？"

陆俊迟听到这话皱了一下眉头，把手机按了免提键。

"……哥，今天又不是愚人节，我还能骗你不成？述职会下午两点就开始了，学生会的人就在这里帮忙呢，几位学院领导都来了，核心期刊的主编也来了，有人说给苏老师打了十几个电话他也没接……"

第 49 章

苏回听完愣了一下，原来改到今天了吗？

陆俊迟看了一下时间，已经过了下午 4 点："这述职会已经开始两个小时了？"

"是啊！哥，述职会 5 点结束，你一定要让苏老师快点过来啊，要不然……"陆昊初看了看远处急得跳脚的林秘书，还有那边一脸严肃、正准备述职的几位老师，小声说，"要不然我估计他在学校就待不下去了……"

陆俊迟挂了电话，心里却想着，如果在学校待不下去，是不是苏回就可以安心当重案组的全职顾问了……

苏回看了一下手机，手机上满是各种未接电话还有留言，他看了一下留言，原来这次述职大会请了专家过来，为了配合专家的时间，临时才改到了今天。通知昨晚发在了学校的官网上，同时也在工作群里说了，今天上午还打了电话通知。可是从昨天到今天，苏回一直没看手机。

苏回的头还是有点晕，转身的瞬间觉得眼前发黑，差点摔倒在地上。

陆俊迟扶了他一下，苏回从昨晚到今天一直在发烧，这时候还没完全恢复，他皱眉问道："你能行吗？这个述职会能不能请假啊？"

苏回咳了几声道："我没事……现在去还赶得及，我马上过去。"他现在只想赶到学校，尽快把述职的事情处理完，苏回一边给学校群里发了几条消息过去，一边急着去换衣服。

昨晚的爆炸发生后，他的胸口一直在闷闷地疼着，他的肺部早在两年前受过重伤，还因为肋骨骨折，切除过一小片肺叶。苏回连声咳了一阵，用纸巾擦了一下唇角，竟然发现白色的纸巾染上了血红的颜色，竟然咳出了血，他现在终于明白过来，自己不是感冒，发烧大概是因为肺部感染。反正都是旧伤，应该没有大碍，咳出来以后反而舒服了一点，他眉头都没皱一下，把纸巾揉做一团丢了。

述职还需要穿正装，苏回穿上白衬衣打了领带，外面套了一件薄款的西服……

"我陪你过去吧。王院长、廖主任我都认识，回头帮你解释几句。"陆俊迟在客厅里等他，又帮他用保温杯倒了一杯热水带着。

最近，苏回都在和他们一起查入室杀人的案子，压力大、节奏快，虽然谭局已经帮他挡了大部分的琐事，可是学校期末本来就忙，改作业，登记成绩，给学生写评语，苏回学校的各种工作还是一点没落下。

述职会是临时改变的时间，没有通知到位。苏回因为案子熬了一晚上，又生病发烧了，这一切让陆俊迟觉得他的迟到情有可原。

苏回叹了口气："不管怎样，迟到就是迟到。"

陆俊迟收拾好，换了鞋，回身看到了穿好衣服的苏回，整个人愣了一下。

陆俊迟第一次看到苏回穿得这么正式，西装很合身，穿在苏回的身上也很好看，衬托着他的儒雅气质，苏回用纤长的手指系了条领带，让人觉得多了一分正式感。苏回很快收拾好了，换了一双皮鞋，拿了手杖就往门口走。

陆俊迟下楼开车，原本只需要5分钟的路程，今天3分钟就赶到了。

苏回本想过两天再准备，还没有来得及做PPT，这一路上，只能简单地准备了一下他的述职报告，把一些关键点记在了手机备忘录上。

车子有总局的标识，直接开进华都警官学院，苏回作为学校的老师，还没有陆俊迟对这里的地理环境熟悉，陆俊迟把车停好，又一路领着苏回来到了小报告厅的楼下。

陆昊初早就焦急万分地等在那里了，一看到陆俊迟拉着苏回过来，这才松了一口气，叫了一声"哥"。

陆俊迟给苏回介绍道："这是我弟弟，华都警官学院学视监的。"

陆昊初的眉头一皱："哥，你能不说简称嘛，这在我们学院算是黑称了！"

苏回觉得自己以前应该见过陆昊初，但他的视力不好，平时也记不住学生的脸，就是听着声音耳熟，可能去过他家里帮他打扫过卫生，苏回点头说："谢谢你。"今天如果不是陆昊初及时打了电话告诉陆俊迟，苏回就真的赶不上述职会了。

听到苏回开口和自己说话了，陆昊初开心得眼睛都冒星星了，给他们带路："苏老师，我们好不容易给你投了个第一名呢，想让你第一个述职。结果现在整个犯罪学学院的老师都快述职结束了，就差你了……快点，现在还来得及。对了，苏老师，能加个微信吗？"

苏回："……"

陆俊迟："回头再说！"

走到小报告厅的门口，就看到学院的林秘书急得直搓手："哎呀，苏老师，你可算来了，刚才王院长还问起你，所有人都不敢吱声。"

苏回连声说着对不起。

林秘书也见过陆俊迟，回身道："陆队长今天也过来了？"

陆俊迟道："我今天正好休假了……你们这个述职会可以旁听吧？"

林秘书道："可以，其实这个述职大会也没有那么严格，都是学院内部举行的，两年一次，就是老师的自述和总结。不过因为述职会和老师的评级、职称挂钩，学院的老师们都特别重视。学院领导今天专门请了专家和几位学术期刊的总编们过来，对老师的述职进行学术点评，这才改了时间。不过，苏老师……你都不看院系群的消息吗？"

苏回咳了几声，说道："对不起，我昨晚没看手机。"

"我中午给你打的电话呢？"

苏回解释道："手机静音了，没有听到……"

林秘书皱眉，这得过得多与世隔绝才能这么久不看手机？

学校里的述职和评级还与职称挂钩，老师们都很上心，都早早地提前准备了PPT，做得比课件还要精致。今天，学校的领导、专家，还有核心期刊的主编都在，那些老师们都很紧张，只有苏回，不仅迟到了，还迟到了这么久，这架子也未免太大了。

陆俊迟忙帮他解释："最近苏老师的身体不太好，昨天晚上还有个重案组特别行动，所以今天才来晚了。"

林秘书这才"哦"了一声。

苏回快步走进报告厅，按照林秘书的安排，坐在了后排的角落里，台上的老师正在发言，马上就轮到他了。

陆俊迟坐在苏回的附近，隔了一个人的位置。他抬起头看了看，小报告厅里坐了四五十人，后排坐的都是年轻老师，前排是院领导和期刊的总编。

自从苏回进了报告厅，大家的目光都聚集在了他的身上，还在议论纷纷，看过来的眼神不怎么友好。

陆俊迟判断着，估计那些老师又要说他冷漠高傲、目中无人了。还好苏回眼神不好，听力也不好，目不斜视地继续准备自己的述职稿。

陆俊迟想，也许苏回根本就不在意这些，看到了、听到了也当不知道。他又仔细看了一下现场，联系上之前陆昊初说的话，终于知道苏回迟到这件事为什么这么引人关注。

在台上左边的一块小屏幕上，显示的是学生对老师的评分，苏回得了98分，排在第一名。第二名就只有87分，原本苏回应该第一个上台。学生评分第一就够扎眼的了，结果这位苏老师还迟了，直到最后一刻才匆匆赶来。

前排的廖长恩主任看到苏回终于来了，拿着一张表，隔空对着这个方向比划着。

林秘书会意地提醒道："苏老师，各位老师述职前要交一张预填表，需要昨晚发到我的邮箱，你的表一直没交……"

昨晚……他还在犯罪现场当劫匪的人质呢。苏回把述职会都差点错过了，更别说填表了，他抬头问："我现在填还来得及吗？"

林秘书犹豫了片刻道："要不算了吧，每个人上去也就讲几分钟，领导都不一定来得及看，你回头补给我做个登记就行了。"

林秘书终于安排好流程走了，陆俊迟一看苏回的脸色还是苍白的，赶忙把保温杯递给苏回小声说道："喝点水吧。"

苏回推开保温杯，说道："谢谢，我现在不想喝，喝了水会更紧张。"

陆俊迟忽然想起了什么："你的论文都发表过了吧？"他这时候也不免替苏回心虚了起来，万一核心期刊没发表论文，那一上台可就糟糕了。

苏回扭头看向他："……"

此刻，台上的那位老师完成了述职。

林秘书上台接过话筒宣布："现在有请犯罪学学院的苏回老师进行述职演讲。"听到林秘书的话，台下响起了稀疏的掌声，陆俊迟从这个掌声里也能听出来，苏回在学校老师里的人缘不太好。

前排的王院长见状一边鼓掌一边说道："这位苏老师终于赶过来了啊。"

坐在一旁的廖主任道："苏老师最近当了总局重案组的顾问，大概已经忙得没空述职了呢。"

旁边的老师都听出来这句话里的一股酸意，这时候有人不怀好意地问道："苏老师的预填表你们看到了吗？我还想看看学术论文他发了几篇呢。"

"没有看到他的表啊，根本没交吧？"

"没交？我看是没写吧？"

有人发出了窃笑声："我听说他是从总局调过来的，估计是有关系吧？要不怎么还能回去当顾问呢？那些公安局的领导都把我们华都警官学院当成自家的后花园了，什么人都往里塞。"

"嘘，人家学生的评分真不低呢。"

"评分？还不是靠脸得的，那群小姑娘看到长得帅的男老师，恨不得打上120分。我们学校的学术风气就是这么给带坏的。"

"是长得挺帅的，今天苏老师穿了西装，你没看到那几个学生会的小姑娘看得眼睛都直了。"

自从苏回上台，整个报告厅里的空气都带着酸味儿，红眼病发病率要超标了。

教师述职，概括起来就是德能勤技，从思想、工作教学、个人成绩这几方面考核，个人成绩包括：是否被评为优秀教师，还是在相关领域有杰出贡献，或在核心期刊发表过论文。

苏回上台，也没准备PPT，开门见山地说道："大家好，我是苏回，两年前来到华都警官学院犯罪学系任教，在这两年里我一直……"

校领导和总编从两点就坐在这里，已经坐了两个多小时，听来听去都是同一套说辞，这时候有点不耐烦了，开始交头接耳起来。那几位总编来自全国各地，也是两年未见，借着出差的机会跟老友叙旧，这会儿快到结束的时间了，想着等散会去哪里聚聚，哪里还有人肯专心听他说话。

苏回也不介意，下面开小会，他就一直说下去，什么认真学习指导精神，和其他老师交流思想，面对艰难困苦不退缩。他的条理清晰，讲得都是好听的套话，其实他这个做述职的比下面坐着听的更期盼赶紧结束，抓紧时间讲完散会。

陆俊迟坐在后排，听苏回说着客套话，不由得长叹一声揉了揉眉心，这次述职看起来可不太妙。

眼看着议论声都快盖过苏回的声音了，王院长看不下去了，提醒他道："那个，苏老师，我们的时间有限，就挑重点的说，你就说说过去两年内的个人成绩就行了。"

苏回应了一声，如释重负地跳过了那些无关环节："在过去两年中，我在核心期刊上一共发表了六篇论文。"这句话说出来，整个会场立刻变得鸦雀无声。

第 50 章

一时间，会场安静下来，无论是在聊天的，还是在八卦的，都停了下来，大家的目光齐刷刷地落在了苏回的身上，神色各异，脸上的表情变得复杂极了。

两年六篇论文，一年三篇，平均四个月写一篇。陆俊迟听着感觉论文数量并不算多，不知道为什么现场忽然安静了下来，他向站在台上的苏回看过去。

站在台上的苏回一时也有点蒙了，不知道自己说错了什么。他们来得晚，没有听到这场述职会的前半程。大家如此惊讶是因为想要在核心期刊上发表论文，实在太难了。

教师发表论文，分为核心期刊和普通期刊。所谓核心期刊，一般是说某学科的主要期刊，要求专业，信息量大，质量高。发表渠道主要有三种，自己投稿，通过学校关系投递，还有就是通过论文机构进行投递。在华夏，刑侦类特别是犯罪学相关的核心期刊非常少，一共只有九种，俗称九刊。包括《华夏公安研究》《华夏刑侦心理科学》《华夏警察技术》……王院长亲自邀请，九刊里面到了五刊的主编，已经算是专业领域里的顶级盛会了。

普通老师想要在这九本刊物上发表论文，必须是标新立异的新研究。老师们各种钻研，找资料，最多一年也就过稿那么一次两次。有时候实在上不去，几个老师会一起研究，找一个过稿希望最大的人来挂名，其他人跟着上。而且过了稿这只是第一关，后面还要排上三到六个月队才能最后发表出来，有时候还会因为版面问题发生变数，不断往后压稿。

因为核心期刊发表论文实在是太难了，所以在犯罪学学院教师述职之中，要求是两年内普通期刊发表至少三篇论文，对核心期刊发表论文不做硬性要求。标准是这么写的没错，可是大部分老师为了升职加薪，每两年还是会想尽办法发表一篇核心期刊论文。否则一篇核心期刊论文也没能发表，提起来就算别人不说什么，自己也觉得丢人。

在苏回述职之前，年轻的教师们进行述职，在核心期刊上发表一篇论文的是大多数，发表两篇论文的一共只有八个人，发表三篇论文的有两个人。其他人中在核心期刊上发表论文最多的就是廖主任，他在过去两年间一共在核心期刊上发表了四篇论文。可人家既是主任，又是教授，其中还有两篇论文是合著，综合来说也就不算多了。

苏回这一上来，张口就六篇，把现场所有的人都给镇住了。

廖主任最先反应过来，直接在台下皱着眉问苏回："苏老师，你别是把核心期刊和普通期刊弄混了吧？"几位核心期刊的主编还在台下坐着呢，数字可不能信口胡说。

廖主任一带头，场下的质疑声也跟着多起来："就是啊，两年六篇，你以为你是谁啊？国内知名专家？"

"这牛皮吹过了吧，发表过论文的都知道，根本就过不了这么多。"

"普通期刊六篇都困难，别是什么随便的校刊论文吧？"

不论这事是真假，听到了六篇这个数字，有些人根本不相信，不断发出各种质疑。

几位主编也抬起头来，看向台前的年轻人，那是一个年轻瘦弱的老师，看起来文质彬彬的，十分面生。若是有人在两年时间里，在各种核心期刊上连续刊发六篇文章，这样的人他们做主编的怎么会不知道？

所以苏回还没答话，就被大部分人认定为是在吹牛、撒谎了，众人的目光中满是质疑。

王院长看到现场这样的情况，皱起了眉头，谭局长经常让他照顾这位苏老师，可是眼下，苏老师明显是犯了众怒，他也不知该怎么维护苏老师了。

陆俊迟看着现场乱了，苏回愣在台前，被这么多人质疑。一时犹豫着这件事要怎么救场，难道要走上前去拉着苏回就走？那场面会不会太尴尬了？苏回会不会生气？他最后还是没有轻举妄动，那是苏回啊，是他们的重案组顾问，这点小场面肯定能应付得下来。心里这么想着，陆俊迟还是为他的处境捏了把汗。

苏回还在发烧，一时脑子不太转得过来，于是低着头把写过的论文数量又数了一遍，是六篇没有错啊……

下面的质疑声越来越大，看着有人支持，廖主任的底气更足："苏老师，那些核心期刊，我每本都仔细看过，上面哪几篇是你写的啊？"

苏回懒得和他争执，直接开口道："《网络犯罪心理的深度解析》《华夏犯罪预防的具体措施》《连环杀手国内积案研究》……"

苏回刚说了三篇，廖主任就脸色大变，打断了他的话："这几篇论文我还记得，但是这些不可能是你写的，这是雾先生的著作……"刑侦公安类期刊，为了对少量警种和研究人员进行保护，是少有的可以匿名发表论文的期刊。这几篇论文他都读过，都写得很有深度，可是写这些论文的那个笔名是雾先生。雾先生早在很多年前就已经开始在核心期刊上发表论文，那些论文根本不可能是苏回写的。

苏回继续淡定地说道："我是用笔名发表的，笔名就是雾先生。"

雾先生？他是雾先生？这下现场的老师们安静下来了，轮到那几位主编合不拢嘴了。雾先生是国内犯罪心理学研究领域公认的前沿专家，很早就在核心期刊上发表文章。很多文章写得角度新颖，理论扎实，还很高产。一般人写了论文，都是着求他们发表，而他们那几本期刊却是要争着向雾先生约稿。一直以来，他们都是排队约雾先生的稿，算着时间，还要看人家肯给他们排到哪一期……

这位苏老师说出来的几篇论文确实是雾先生所写，可是那些主编一时也不敢相信，雾先生怎么会这么年轻？怎么会在华都警官学院做一位默默无闻的讲师？

廖主任直接把这话问了出来："我几年以前就在核心期刊上看过雾先生的文章了，那时候你才几岁？"

苏回道："我最早用雾先生这个笔名发表论文时，正在读大一，我的导师是翁玉华……"

这句话说完，那几位主编就相信了一半，因为雾先生最早的一篇文章，就是和国内犯罪学研究的知名专家翁玉华合著的，而且翁老师有意举荐自己的学生，把他作为第一作者，由于文章直击要点，发表后在相关研究领域引起了轰动。雾先生的名号也是从那时起在犯罪学领域打响的。

有人去拉廖主任的衣角，廖主任却继续质问道："苏老师，空口无凭，你怎么证明你是雾先生。"

苏回想了一下问道："稿件的邮箱截图可以吗？"然后他忽然想起来，"我好像有加过几位主编的微信……"虽然他加了微信也没有怎么联系过对方。

一位中年主编已经无法压抑激动的心情站了起来："我说雾先生的微信是个回字呢……苏老师，实在是幸会啊！"

廖主任顿时觉得自己很没面子，忙道："不可能，这……你们先别急，不要搞错了。"他还是觉得苏回不可能是那位雾先生，一定是中间哪里出了问题，或者是冒名顶替的。

王院长看到会场里乱了起来，说了一句公道话："苏老师说自己是翁老师的学生，那我们问问随教授就清楚了。"

"随教授呢？"

"好像刚才出去接电话去了。"

"苏老师还没上台，他就出去了。"

正到这时，从场外走进来一位 50 多岁的中年男人，正是刚才众人口中提到的随教授了。

有人激动地道："随教授回来了！"

苏回听到这里，才知道原来这场述职会请来的专家是随良逸。随良逸，华夏首都公安大学的犯罪学系教授，首都公安局的顾问。他是翁老师的师弟，论资排辈，苏回要叫他一声师叔。苏回在学校念书的时候，和他打过几个照面。只不过这位师叔的年纪比他大了很多，那时候他刚入学，随良逸已经过了 40 岁，他们之间的交流不多。在苏回的印象里，这位师叔也是很有天赋的一个人，除了任教和当顾问以外，还会配合翁老师研究一些相关的课题，两个人是多年的搭档。

随良逸一边往回走，一边有些歉意地道："对不起，我那个电话接的时间有点长。"

廖主任一指台上的苏回，直接问道："随教授，这位苏老师说他是翁老师的学生，你和他认识吗？"

随良逸转头看向台上，一扶眼镜笑呵呵地道："哎呀，小苏，我说你这几年没有消息，原来是来华都警官学院教书了？"

苏回点点头，和随良逸打了个招呼。苏回已经几年没见过随教授了。

还真的是翁老师的学生。随教授都开口证明了，那这事肯定做不得假。

廖主任面如死灰，终于不再作声了。

几位主编顿时按捺不住了："苏老师，你下一篇文章能不能考虑一下我们刊物啊，你已经一年没在我们这边发表过文章了。"

"苏老师，你还有空闲时间吗？我们杂志还缺个审核专家……"

一场述职会眼看着变成了叙旧会。

那些年轻的老师看热闹的同时也在议论纷纷："竟然真的是雾先生？"

"这么厉害的人物怎么在我们学院待了两年？"

"翁老师的学生，这也算是师出名门了。"

"有那么夸张吗？"

"那当然，翁老师可是最早研究犯罪心理学的专家教授，在国内是首屈一指的人物。"

"怪不得人家能够当重案组的顾问呢，这资历够格啊！"

"早知道我也去听听苏老师的课了……这下子估计更排不进去了。"

一时间众人议论纷纷，不过这种轰动也就仅限于犯罪学的研究方向。其他旁听的人是一脸蒙的表情，只是都记住了苏回这个名字，然后纷纷打听雾先生取得过什么成就。

最后还是王院长站起来打圆场道："那个，我们还是先让苏老师把述职进行完，几位主编我们稍后还安排了晚宴，至于其他的事，大家有什么问题可以对他进行提问，在座的都是老师，请注意会场纪律。"

述职会终于重回了正轨，有人站起来问苏回论文中的一些理论。

看到秩序又恢复了正常，陆俊迟终于松了一口气。他早就知道，苏回一直很优秀，只是苏回师出翁教授这件事，还是大大地出乎了他的预料。如果苏回的导师真的是翁玉华，那他肯定不是于烟的学生，难道他会是预言家？

有人站起来询问苏回一些述职中的相关问题。

苏回耐心地一个个回答着，他侧身而立，款款而谈。同时，苏回感觉胸口有点疼，药效好像快要过去了，他又有点烧了起来，虽然穿着西服也不觉得暖和，脚下像是踩着棉花般无力。他在分享着自己的理论，可感觉就像是在说别人的事。

苏回看着台下的人，觉得自己就像是一个被拉来救场的演员，他甚至听不清自己在说什么，述职会就像是变成了一场无声的黑白影片。苏回忽然抬起头，看到了坐在后排的陆俊迟，他们隔着几排座位，陆俊迟的手里握着保温杯，苏回想起了爆炸时陆俊迟拉着自己手的那种温度。苏回终于觉得，他清醒一些，于是继续讲述着那些理论知识。

陆俊迟认真地听苏回说着，他知道苏回对那些犯罪的思维都很了解。面对那些无比凶残的凶手时，陆俊迟时常会觉得自己喘不过气来，那么苏回在研究这些罪犯时，会有什么样的感受呢?

苏回的述职结束后被林秘书引到前排落座。

随良逸上台做了个简短的发言。

他表扬了一下华都警官学院犯罪学学院的年轻老师,然后道:"我认为作为老师,写论文、做学术重要,教书育人也同样重要。还有无论何时我们都要谨记,作为师长,要传播学术知识,要学以致用,去阻止那些罪恶的发生,这才是研究犯罪学的意义所在。"这番话说得王院长连连点头。

一场述职会终于结束,众人却意犹未尽。

很多人围绕在苏回的周围,苏回本来就有点头晕、胸闷,坚持到了这时候已经有点听不清那些人在说什么,他也看不清那些面孔,只能一一应付着点头。他脸色苍白地勉强支撑着,身体都有些摇摇欲坠。

陆俊迟从后排走过来,礼貌地分开了人群,站在苏回的身边,把保温杯递给了他。

苏回终于觉得自己喘过来一口气,保温杯的杯盖已经拧开了,里面的水不凉不热,他低头喝了几口。苏回的身上一直冒着冷汗,连保温杯都有些握不住,他怕保温杯掉在地上,又递回给了陆俊迟。身边的人还在一直说着话,一张张陌生的脸,像是水中不断攒动的鱼。

王院长和几位领导都认识陆俊迟,知道他是重案组的组长,更知道他是谭局手下重点培养的精英。

陆俊迟帮苏回解释道:"不好意思,之前苏老师是帮助我处理重案组的事情才来晚了。"

王院长道:"原来是这样,怪不得,我听说昨晚有抓捕行动。"自从知道了苏回是雾先生,除了还在黑着脸的廖主任,其他人说话都客气了几分。

陆俊迟点头道:"我和苏老师当时都在现场。"

随良逸也说:"辛苦辛苦,小苏晚上一起吃饭吧。几位主编都想和你聊聊呢……"

王院长点头:"陆队长也好久不见,晚上也一起吧。"

陆俊迟回头看向苏回,发现苏回求救似的看向他。他顿时读懂了那目光,帮苏回推脱道:"还是不了,我们重案组有个案子还没结,还要回去加班,我还得借用苏老师一下。"

几位主编还想说些什么,随良逸笑了,帮他们打着圆场:"那就以后有空再聚,大家加个联系方式网上聊吧,还是工作的事情重要,不要耽误重案组的正事。"

苏回拿出手机让还没加过微信的主编扫了二维码后,陆俊迟才带着苏回走了出去。苏回刚才感觉自己要被那些人困住了,他从来不擅长这些应酬。在他看来,陆俊迟简直像是天降神兵,无比英勇地带着他杀出了重围。

出来后,外面的天色已经有些暗了。

冷风一吹,苏回不由自主地打了个寒战。他从述职会的后半程开始就在勉强支撑了，现在感觉浑身都不舒服，可又不想倒下，努力撑着一口气，不敢放松下来。

校园里，苏回在前面走得有点快。

"苏回……"陆俊迟喊了他一声，跑了几步跟上他，侧头一看，苏回的双目已经没了焦距，似乎只是机械地往前走。

苏回的侧脸看起来苍白而憔悴，陆俊迟下意识地拉住他的手臂，想要扶住他。

苏回抬起头，感觉声音像是从很远的地方传过来。领带太紧了，让他觉得窒息，苏回修长的五指抓住自己胸口的衣领，冷汗一直在不停地冒，甚至在顺着鬓角往下滑落，他觉得自己无法呼吸了。眼前出现大片的模糊，他已经看不清了，整个世界似乎都在旋转着。

身体的内部忽然传来一阵剧痛，像是有刀子扎了进去，不停地绞动着，他已经分不清是记忆还是现实，胸口也疼得像是被钢锯锯着一般，血腥气一个劲地往外翻涌。周围是无尽的尖叫和哭嚎声，像是要把他仅有的一只耳膜撕裂。

苏回长长的睫毛翕动几下，张嘴吐出一口血，眼前一黑，直接向前栽倒。

他最后的记忆是落在一个温暖的怀抱中。

未完待续，敬请期待《破晓》完结篇……

番外

『正义女神』之死

番外时间线为正文结束三年前，陆俊迟和诗人刚在网络上认识不久，回到故事开始时。

<h1 style="text-align:center">1</h1>

深夜，华都大学论坛上，一个长长的澄清叙事帖忽然发了出来。

"关于论文抄袭事件的最终解释"——发帖人季逸。

所谓的抄袭人，其实是原作者，而那个被抄袭的苦主，才是真正的抄袭人。

帖子里面包含了两篇论文的对比以及时间线。所有截图整理得非常专业，把事情说得清清楚楚。原作者的完稿时间，投稿时间，都早于所谓的苦主。

所有证据让那个叫林岩的学生无处遁形。他才是真正的抄袭人！

这个帖子的发出，犹如一石激起千层浪。

在短暂的沉默之后，事件迅速引起了连锁反应，开始了一连串的发酵。

"吃瓜吃瓜，前排卖英短、布偶、瓜子、辣条。"

"别激动，等锤！"

"还锤什么？这不够锤吗？你看当事人不回应了吧？"

"原来是恶人先告状。"

"都是朱斯提提亚把事情闹大的！现在她人呢？出来回应啊！"

"啧啧，之前我就说，论文那件事绝对有反转！季逸是助教啊，林岩是大四的学生，一位助教老师，怎么可能会去抄袭学生的论文？"

"别的不说，现在真的证据确凿。"

很快的，舆论的声音开始一边倒。控诉的事实并不真实，那之前的帖子就是诬告了。而且这件事事关那个知名 ID：朱斯提提亚。

朱斯提提亚，这是传说之中正义女神的名字，起源于文艺复兴时期，人们对这位女神再熟悉不过，她蒙着双眼，白袍长发，一手拿秤，一手拿剑。天秤代表公平，宝剑代表正义，蒙上眼睛才不会被表征所迷惑。

可是这一次，正义女神出错了。站错了队，这种事情对于以公正女神自诩的网络大 V（指在网络平台拥有众多粉丝的用户）朱斯提提亚来说，几乎是一个致命伤。这一次，她彻底"翻车"了。

"那个朱斯提提亚究竟是谁？每天把校园网弄得乌烟瘴气的，早知道就不该相信她！"

"老惯犯了。你们不知道吧？我听说那个朱斯提提亚还有一个水军群，群里是各个院系的水军，顶一次帖子给五毛钱。"

"把外面互联网的风气带到校园网上来，一手遮天的，这也太过分了吧？"

"我说呢，为什么每次她一发帖子就那么多人顶上来，言论都是一边倒，让受害人百口莫辩，原来是有水军下场？"

"她的拥护者呢，现在怎么不出来了？难道是钱不够发了？"

一条条的留言不停在校园网上刷新，上千条留言迅速让帖子在论坛上成了热帖。

版主进行了锁帖，可是还是有很多人看到了这个帖子，随后，又有新的帖子冒了出来。越是删帖，人们就越是激动。

华都大学的论坛上一时被人刷了屏。学生们的情绪越发激动起来。

"版主，连你也给那女的撑腰？再删帖我就去黑你的服务器。"

"骗子，骗子，骗子！"

"校园水军！网络暴力！"

"我也曾经是朱斯提提亚的受害人，上次她根本是污蔑我。"

"她不是还侵犯过普通学生的隐私吗？我们要揪出这个人来！这叫以其人之道还治其人之身。"

"你们忘了，上次那个猥琐的临时工在学校的女厕所里安置摄像头的事，她居然把受害的苦主视频不打码就发出来了！那时候她的拥护者众多，都没人敢谴责她。"

"我知道，这个朱斯提提亚是广告学系的学生。"

"我听说，她就是于秒秒。"

"于秒秒？我好像知道这个人，怎么可能是她？"

"对，就是她，我是住她隔壁寝室的，我看到过她用笔记本登陆那个账号。"

此时，朱斯提提亚的支持者也开始发言。他们也知道这次乌龙抄袭事件是朱斯提提亚理亏，只能从其他方面为她辩解。

"虽然她这次是错了，可是以前她不是做过一些好事吗？上次食堂涨价那件事，还不是她曝光以后解决的？"

"是啊，她虽然这次做错了，但是没少做好事吧？你们没有享受过她争取来的红利吗？"

"只不过是一次失误，你们就想要把人一杆子打死吗？"

"我看大家还是等等朱斯提提亚的声明吧！这件事说不定还有反转。"

终于有几个人说了看似公道的话，可是很快，他们也被一起骂了。

"我看，你就是那女的雇的水军吧？这么维护你家公主。"

"你们这么说，是怕朱斯提提亚倒台了，你们做的丑事也被曝光出来吧？"

那些叫嚷着人肉的人越来越多。

"人肉是犯法的！你们小心被这个女生告了，收到律师函警告。"

"呵呵，虽然这个论坛是匿名发言，但都是一个学校的同学，我又没发她的家庭住址，这算是哪门子的人肉。有本事来告我啊。"

"不把这个女的找出来，那你们继续等着被她蒙骗吧！她今天能够污蔑这位助教，明天就敢说你是抄袭者。"

"她的手机号是……"

"再挖挖看，她有什么黑料。"

"入学的分数这么低？她是特招的吧？"

"这么有背景，果然和我们这些平民不一样啊。"

"查查她的论文，是不是抄袭的！"

"天天吃人血馒头，活该她翻船。"

"这种人，就是见不得阳光的蛆虫，每天活在网络虚拟世界里。"

于秒秒躲在洗手间的隔间里，坐在马桶上，翻看着论坛上发出的帖子。手机屏幕的亮光照着她惨白的面容。她不想看，但是她的手指似乎不受控制。

一条条的帖子，一张张的嘴，一个个冷漠的人，开始只是八卦的性质，随后变成了谩骂，再后来变成了诅咒，她感觉自己被这些言论淹没了。

她的牙咬得咯咯作响，这些人里，哪个没有享受过经过她沟通才降下来的食堂菜价，哪个没有享受过因为她控诉才在图书馆加装的空调？

她曝光的那些事，都是为了学生群体的权利和利益。其中有不少人，可能还是她过去的支持者，现在竟然都临阵倒戈了。

为什么会出现这样的情况呢？她不是一直是学校里代表公平、公正的女神吗？难道做了一件错事，她的所有成绩都被抹杀了吗？

这件事的事主她已经联系不上了。是她太过自信了……

当时她一看到匿名举报，说是助教抄袭，便匆匆核对了证据，觉得没问题，就把帖子发了出来。但是她也没有想到，发表论文的那个学生，原来才是真正的抄袭者。她去质问那个最初给她发私信的人，那个人把所有事情推得干干净净，他也只是看到了论文相似的言论，至于究竟发生了什么事？究竟谁先谁后？他也不清楚。这一次，于秒秒是彻彻底底地被坑了。

她应该道歉吗？可是道歉就是承认自己的错误，她的公信力会荡然无存。可是不道歉，人们也没有打算放过她……

看着论坛上的留言，于秒秒觉得心灰意冷。

在短短几个小时之间，她的世界忽然倾覆了。那些爱着她的人，那些赞许她的人，如今都消失不见，或者躲藏了起来。那些反对她的人变成了豺狼，恨不得吸她的血、吃她的肉。

所有的群里都在讨论这件事，手机上有数个未接听的电话，还有人开始发短信骂她，甚至有人找到了她的微博骂她。

于秒秒关闭了私信和评论，可还是看到了几条，在她笑颜如花的照片下面，都是激愤的人们。

"滚出华都大学！"

"你怎么不去死？"

"就这个智商还想要做什么正义女神，吐了。"

于秒秒深吸了一口气，关闭了微博的私信，手机调成了静音。

她把头埋在膝盖中，瑟瑟发抖。

要报警吗？在那些不认识的号码打进电话来的间隙里。她抿着嘴唇，在手机上按下了110三个数字，随后拨了出去。可是还没接通，她就又把手机挂掉了。

报警能怎样？那些人也没有说什么威胁的话，只是在嘲笑做了错事的她，把她从人群之中揪出来。她去把那些笑话她的人都告了？都抓起来？那么她会变成更大的笑料。发生了这样的事，把自己弄成这样，那些警察也不会理睬她吧？

手机快要没电了，于秒秒又陷入了新一轮的绝望。怎么办？应该怎么办呢？这是社会性死亡吗？她还能够在学校待下去吗？要退学吗？可是她都大三了，这些年的学费怎么办？还是选择休学？

一想起自己的父母，她就觉得难过。他们还不知道表面上乖乖女的女儿，其实是网络大V，还做了那些不好的事。于秒秒感觉自己站在了独木桥上，两边和前方都是无尽深渊。她甚至不知道，应该怎么回到宿舍里，面对那些室友。

于秒秒感觉自己提不起一丝的力气。

洗手间的灯忽然灭了，已经过了10点的熄灯时间。

网络上人声鼎沸，校园里却安静极了，陷入一片黑暗之中。

于秒秒忽然想到了一句话："如果你改变想法了，你可以来找我，你知道，你可以在哪里找到我。"是的，她可以去找她。于秒秒抬起头，仿佛在黑暗之中看到了一丝光亮。那个人一定可以解决这些问题。那是她最后的一根救命稻草。

于秒秒从洗手间出来，跟跟跄跄地往设计楼的方向走。这个时候，那个人应该还在设计楼……

天空下着小雨，于秒秒向设计楼的方向一路跑去。

40分钟后，一声惨叫声划破了校园的夜空。

于秒秒从设计院的五楼坠楼，摔死在楼下的花坛旁。

谁也没有想到，这场网络上的闹剧，最终是以血光和人命来收场的。

2

当晚，案件就被转到了华都总局。

刑警队马上集结了人员，赶到了案发现场。陆俊迟当日正好值班，一路赶了过来。

雨刚刚停，陆俊迟下车时看了看手表，刚过晚上 12 点。

现场的警戒线已经拉好了，刑警李聪抬起头来和他打招呼："陆副队。"

陆俊迟点了一下头，戴上手套，穿好鞋套，快步走近观察了一下女尸。

女孩摔下来的时候是趴着的，脸朝下，现在尸体已经被法医翻转过来了，脸上血肉模糊的，一双眼睛还是半睁着的，似乎有些难以置信的表情。

校方在报警的时候就提供了信息，受害人于秒秒，华都大学广告系大三的学生。

于秒秒就是一个普通的女学生，长得不算特别漂亮，学习成绩一般，家境也一般。如果非要用一个词形容她，那就是平庸。不过，那只是生活里的她。

网络上的于秒秒是个大 V，拥有一呼百应的影响力。她在网上所用的 ID 是朱斯提提亚，在校内外都很知名。

陆俊迟看了一会儿尸体，抬头问李聪："楼上的现场确定过了吗？"

"确定了，是从五楼天台上掉下来的，已经有人上去了，拉了大灯采集痕迹。"李聪停顿了一下补充道，"不过天台上有点乱，不知道能够找到多少痕迹。"

陆俊迟早就有心理准备，跳楼是最难找到证据的一种死亡方式。自杀，意外，谋杀，三种情况都有可能发生，能够作为判断的依据却不多。

"罗队到了吗？"

"去和校领导开会去了。"

陆俊迟又问："排查有线索了吗？"

李聪道："被害人的死亡疑似是和一起网络暴力事件有关，网警部门已经介入，在搜取校园网上的信息。"

法医商主任在一旁抬起头来道："死亡是坠亡造成，看落地的地点，我比较倾向于有外力造成，不过这个结论现在还不能完全证实，需要进行具体的测算，甚至是在楼上进行模拟试验才能够确定。"

在一旁，刑静已经拍照完毕，准备把尸体运到法医中心进行解剖。

陆俊迟帮他们把尸体运上了车，随后他拿出手机，看了下工作群里，事件发生的时间线已经被整理出来了。

在华都的校园网中，有一个匿名论坛。论坛不需要实名，但是必须是华都大学的内部 IP 才能够登录。学生们都很喜欢这个论坛，经常在上面发言。论坛虽然是匿名的，但是有一些比较知名的固定用户，还有的账号姓名和微博是一致的。

朱斯提提亚就是这个论坛的知名人物之一，这个 ID 敢于主持学校里的公道，也曾经爆料过一些事情。

　　两年前，她就曾经爆料过学校的食堂以次充好、宿管阿姨中饱私囊、学校女厕所被男教工安装摄像头等事件。每一次都是曝光真相，引导舆论，为学生谋取利益，所以很快得到了学生们的支持。

　　这个账号非常活跃，不光在校园网内有大量的拥护者，在微博上也有两百万的粉丝。一直以来，人们只知道账号拥有者是学校里的一个女生，不知道她的真实身份。

　　学生们遇到了困难，有些不能处理的事情，也会发私信给她，希望她能够主持公道，伸张正义。

　　这次把朱斯提提亚拉下神坛的事情起因，是一起论文抄袭事件。

　　于秒秒接到了别人发来的私信，检举揭发一起论文抄袭事件，说是近期发表的一篇助教的论文和半年前校刊上发表的一篇学生论文高度相似，可能是抄袭。义愤填膺的于秒秒马上挂出了这位助教的名字，随后号召学生们对这位老师进行批判，要把这位助教赶出教师队伍，这样的网络暴力长达一个星期，甚至还有人写举报信，那名助教终于被校方问责。可是随后事件却发生了转折，助教发出了自己的投稿证据，时间是在 9 个月前，远远早于学生发表的文章。而且后续被人扒出来，那名学生可能在老师的电脑上，看到过助教的论文草稿。也就是说，所谓的受害人才是抄袭者，学生是看了助教的论文草稿后才写的论文，却因为校刊的审核速度较快，先发表了出来。助教抄袭事件根本就是诬告。

　　了解完案件背景，陆俊迟的手机忽然响了起来，他拿起来看了一眼，来电显示是诗人。

　　陆俊迟急忙走到一旁，按下了蓝牙耳机的接听键："喂。你还没睡吗？"

　　就算已经和诗人相识了一段时间，忽然接到他打来的电话，陆俊迟还是有些紧张。一起看起来迷雾一般的案子，只要这个人加入，似乎就有了侦破把握。

　　对面的声音很好听，但是有点懒洋洋的："睡了，又被谭局一个电话吵醒了，说是要限时破案。"

　　现在警方还未发通报，等于是在封锁消息，一旦到了明天，通报被发出来，各种营销号群魔乱舞，不知道会生出什么事端。所以最好的处理方式，就是要尽快查明案件的真相。

　　陆俊迟想起来，出发前谭局说会帮他们申请外援，没想到是找了这尊大神。

　　诗人显然没有睡醒，清醒了一下才继续说："谭局说是学校里出了案子，还是个有网络影响力的 ID，大概是怕舆论发酵，所以把我给叫起来了……最好能够速战速决，我还想睡到天亮呢。"

　　陆俊迟道："我已经到现场了，正在勘查情况。"

　　诗人说："嗯，我也收到了网警那边发来的信息，等我先看看这个案子是怎么回事……"随后传来一阵悉悉索索的声音，好像是有人在裹着被子起身开了电脑。

陆俊迟挂了电话，开始处理现场的事，又让校方找了于秒秒的室友询问情况。

等他这里忙完，诗人那边终于看完了案卷资料。

电话又接通了。

"有意思……"耳机那边传来了一声轻笑，"朱斯提提亚这个账号的发言语气、习惯，前后差异很大。"

陆俊迟皱眉道："你的意思是……"

诗人道："我觉得，这个账号下发言的人，不止一个。"

陆俊迟也看到过朱斯提提亚的发言整理，时间跨越了几年，一共好几大摞，他没想到诗人能这么快就在其中发现问题。

在网络账号的掩盖之下，普通学生并不能分辨出用这个账号发言的人究竟是谁。可是诗人作为熟知心理学的侧写师，能够快速分辨出来。

陆俊迟问："你能够确定，对方有几个人吗？"

诗人道："等我分辨一下。"

手机的另外一端，苏回挂了电话。他穿着睡衣，披着薄被，盘膝坐在沙发上，用修长的手指滚动了一下笔记本的鼠标。

网警的效率很高，已经把历年来校园网上朱斯提提亚这个账号的所有发言和帖子总结了出来，苏回迅速找出了其中的一些不同。其中关键的几点细节，包括省略号的用法、断句的方式、"的地得"的用法区分。如果一个账号在发长文的时候频繁用错，由此可以判断，用这个账号发言的人至少有两个。

苏回看着资料，有点饿了，他伸手拿起桌上放着的一根棒棒糖，这是陆俊迟给他放在自动贩售机里的，下午忙，一直没有时间吃。苏回把棒棒糖放在口中，是他喜欢的草莓味。

随后，苏回把所有的发言按照时间顺序进一步排列整理。帖子可以分为两类，他没有发现第三种特征。

都排查完，苏回给陆俊迟拨了个电话："我基本上可以确定，发布帖子的，是两个人，一个人应该是死者于秒秒，还有一个人，我称呼她为 A 吧。有意思的是，最初的论坛发帖都是 A 在发的，可在半年以后，于秒秒加入了进来，两个人会交替发帖，可是到了最近半年，这个账号似乎只有于秒秒在发言了。"

苏回着重看了看最后引起争议的那个帖子。

"这一次，应该是于秒秒的判断失误，让朱斯提提亚失去了公信力，随后她的身份被爆出来了，而且我发现……"

苏回说到这里，又点开了几个帖子。

"这位朱斯提提亚之前虽然被许多人拥护，但是同时也有很多人反对她。原因是她一直在以暴制暴，而且用她的手段非常极端，她很会煽动学生的情绪。我搜到了一则新闻。在去年的年底，华都大学爆出了厕所摄像头事件。"

陆俊迟"嗯"了一声："最后抓到了一位男性校工，并被送上法庭，这件事的影响很大，我也听说过。"

当时的消息一出，华都的网络上就炸了，最初发布的帖子迅速变为热帖，而且被转发了几十万次。有人趁着帖子热，说校工无辜，还说朱斯提提亚是无凭无证诬陷人。

朱斯提提亚随后放出了校工安置摄像头并且拍摄受害人的证据，还公布了几段从校工电脑里拷贝出的录像，把对方说得哑口无言。这是漂亮而又曲折的网络战役。

如果说以前朱斯提提亚的影响力更多是在校内，经过这一战，她的拥护者更多了，影响力也进一步扩大到了校外。

到了最后，学校对她的影响力都有些忌惮。

一旦引发了网络热点，人们会迅速集结，快速扩散。苏回感觉，这种网络群体事件很像是踩踏事件。数以万计的普通民众聚集在一起，形成了洪流，向着一个方向前进，势不可挡。摔倒的人，想要逆行的人们，会被踩踏，"死于"人们脚下。随后网上的热点很快过去，那些义愤填膺、添砖加瓦的人们会在事后迅速退去，留下一片狼藉。

"我刚才发现，这件事情有些后续。"苏回继续道，"朱斯提提亚获取了一段摄像，未打码发出，让几位受害人受到了伤害。"

这一段资料陆俊迟也扫过一眼："我看到有人发帖谴责她，不过后来很快这件事就息事宁人了。"

苏回有些惋惜地轻声道："可是事件没有结束，几名受害人分别被人肉，朱斯提提亚并未对此进行道歉和表态，其中一位患抑郁症的女生自杀，跳入了学校的荷花池。"

这是大家都不愿意看到的结局。

陆俊迟皱眉："从始至终，朱斯提提亚没有报警，还是事情闹大了以后，警方和校方才介入调查……"

表面上的正义女神，其实也是损害他人利益的施暴者。如果朱斯提提亚发现问题后，选择报警处理，也许一切都会不一样。

苏回叹了一口气："一方面，人们不相信事情能够解决，可能觉得官方会袒护过错方，不够正义。另一方面，如果放弃这些机会，她就不能作为一呼百应的网络大V了。"

很显然，于秒秒一直是在享受那种被人支持的感觉。生活里，她只是一个普通的女生，可是在网络的世界里，她一呼百应，有众多的拥护者，甚至还有疯狂的追求者。她的发言带有力量，甚至她可以代表正义，化身为手拿天秤的正义女神，这是一种让人着迷的诱惑。这些还可能会和经济利益挂钩，给她带来金钱和名誉。

于秒秒很会操控这种舆论的力量，她以为自己拥有了强大无比的力量。也正是如此，那么多的人争抢着去养号，想要做大V。

可是网络是健忘的，总有新人换旧人，没有人会长期待在顶峰。一旦过一段时间，你没有发言，或者是出现了新的热点资讯，人们就会去追逐新的热点。想要维持住自己的热度，只有像朱斯提提亚这样，不断选择事件曝光，不断引领新的话题。而她所在的学生群体，大多都是比较简单，容易被煽动。只是，水可以载舟，也可以覆舟。

于秒秒忘记了，那些暴力的力量是她借来的，力量的源头是每个人心中的公正及愤怒。这种力量，是会反噬的。今日支持她的人，明日也可能成为反对她的人。

3

案件分析到了这里，已经理清了来龙去脉。

苏回继续问："你那边进展如何了？"

陆俊迟道："网警已经开始排查 IP 地址，不过很多学生联网的是校园的公共 WIFI，设备众多，数据量也很大，如果想要一一对应，还需要很长的时间。关于这个，你可以提供一些具体的信息吗？"

那个女生的形象在苏回的脑海里逐渐清晰起来："从发布的习惯来说，这名 A 同学可以称为少女 A，她可能会是于秒秒的同学，或者是学姐。她发帖的时间，相较于随时回复的于秒秒更加规律，大部分集中在白天，而且中午和下午较多。她的发言更理智一些，会使用一些不确定的词语，而且并不像于秒秒的发言那样具有煽动性。我推测，两个人曾经关系亲密，或许是因为一些原因，她们分道扬镳……这个人说不定知道些什么，你们可以顺着这个方向查下去。"

苏回停顿了一下又说："还有，今晚爆出的那个论文抄袭事件，你也可以问下当事人。我觉得，这件事也有点蹊跷。"

事件发生的时间太过巧合了，让一切就像是一座迷宫，迷宫的尽头才是事情的真相。

苏回说到这里，感慨了一句："每当发生这种网络事件，我总是想起一种古老的刑法。"

陆俊迟："是什么？"

"凌迟。"苏回把吃完棒棒糖的小棍扔到了一旁的垃圾桶中，"我把这种群体事件，称为网络凌迟。"无论那个人是谁，都像是被扒光了挂在刑具上，直至剩下一具枯骨。凌迟的残忍，不是由那些刽子手来完成的，而是由看客们完成的。每一场凌迟，都是看客们的集体狂欢，他们麻木不仁，笑嘻嘻地站在那里，把自己的快乐建立在别人的痛苦之上。

古代的凌迟刑罚早就已经废止。而随着互联网、通信的发达，人们可以聚集在各个平台。很多人并没有意识到，说出的话就像是手中的刀，每一刀都不足以致命，叠加在一起，却可以毁掉一个人的生命。这个比喻太过真实了。

陆俊迟挂了电话，抬头看向漆黑的楼宇。他们现在必须还原这件事的真相。这座楼是设计楼，根据不远处的一处监控，可以看到死者是晚上10点左右独自进入设计楼的。她来这里干什么呢？是要见什么人吗？

案件很快开始进行调查，由于已经是半夜，相关的人员又众多，不方便转移到总局去，只能在校内先做简单排查和了解。校领导专门安排了办公室，学校里的相关人员都被一一传唤，首先是从于秒秒的老师和舍友开始。

陆俊迟很快就在其中找到了诗人说的那位少女A，这个女生是建筑系的，因为宿舍调配，最初和于秒秒住在一个宿舍，可是上个学期，她申请调离了宿舍。时间点，各种特征，都和苏回描述的细节吻合，他马上把相关资料发给了苏回。这名女生同时还在学生会任职，在校刊上撰写过一些文稿，陆俊迟把这些资料也发给了诗人。

"小陆副队，干得不错。"对面的苏回表扬了他一句，"你去问问她吧，记得通话不要关。"

刑警队的几人分了几组，对重要证人进行问询。

在走廊里，陆俊迟遇到一位穿着花格子衣服的男人，被引入了其他房间。

随后他走进另外一间临时审讯室，看向对面的女孩，这个女生名叫张澈云，长相普通，看起来很文静。

此时已经核对过身份，陆俊迟开门见山地问："于秒秒的事情，你应该也已经听说了，我们大家节省时间，废话就不多说了。那个账号，你是否参与过运营？"

提到这件事，张澈云微微一愣。一旁的小警察也有点蒙，他刚开始跟这个案子，虽然也了解了一些网络上的纷争，但是还没弄清楚来龙去脉。可随后张澈云马上恢复了冷静，抬起头看向陆俊迟，随后轻轻点了一下头。

陆俊迟又问："也就是说，你承认自己和于秒秒共同运营过朱斯提提亚的账号？"

"我是曾经和她一起运营过朱斯提提亚的账号，准确地说，那个账号是我注册的。"张澈云直接承认了这一点，"你们警方的调查速度，比我想象得还要快啊。我还以为，你们至少要明天才能够查到这些呢。你们是通过什么找到我的？IP地址？人证？物证？"

"警方自然有查找的方式。"陆俊迟并没有直说。心理分析和行为观察的方法，虽然有一定的错误概率，但是有时候是会在时间上远远超于其他调查方式的。

陆俊迟继续问："你们当初一起运营过那个账号，为什么后来你不再参与账号的运营？"

张澈云道："因为理念不同……"她停顿了一下，开始解释，"最初我注册这个账号，只是因为学校里有些事情，我个人无法解决，我需要把那些有同样遭遇的学生通过一些方式寻找出来，集结起来，所以我开始运营这个账号。但是因为大一的时候，我没有笔记本电脑，发布信息很不方便，我就借用了于秒秒的笔记本电脑。于秒秒曾经是我的室友，还是我的好朋友，我们最好的时候，几乎是无话不说的，于是她也就知道了我运营这个账号的事。于秒秒对这件事很有兴趣，就加入了进来，最初她只是帮助我发布，写一些文案。可是后来……"

张澈云说到这里语气有些惋惜："开始她的文案会给我看一下，经过我同意之后再发布，可是后来，她开始操作账号自己发布，在一次发布中，她出现了错漏，我去责问她，我们大吵了一架。可以说，到了那时候，这个账号的运营已经偏离了我建立这个账号的初衷了。我感觉那些事情超越了一个学生应有的职责。对此我感到害怕，和她提出想要关闭账号，于秒秒却十分激动，说自己付出了很多时间和精力，于是我就和她说，这个账号归她了，我不再会使用和登录，以后发生的事情也与我无关，一旦有人问起，这个账号就是她的。我们的友谊，就在那时候结束了。"

张澈云说得十分克制，看过了那些论坛上发布的帖子，陆俊迟也理解了这样的变化。因为理念的不同。一对好友，最终走到了这一步。

陆俊迟开口又问："今晚的事情，你了解吗？"

张澈云犹豫了一下，点了点头："在网上看到了。"

陆俊迟问："你是在发布到网络上后才知道的吗？"

"嗯，毕竟我已经很久没有参与过账号的运营了。"

陆俊迟问："你今晚曾经见过她吗？"

张澈云迟疑了一下，她的手指蜷缩了一下，低低地"嗯"了一声："她去设计楼找我了，她知道，导师有间办公室，我可以借用，晚上我一般会在那里画图到很晚。今晚她求我救她，帮助她解决现在的问题，她说她知道错了，愿意听我的话，只要我肯救她。"

陆俊迟问："那你是怎样回答她的？"

张澈云眨着眼睛，避开了陆俊迟的目光，她摸了下鼻子："我说，事情到了现在，我也没有挽回的方法，一切早就已经超过了我的能力范围。"

陆俊迟问："然后呢？"

"她在走廊里哭，我安慰了她几句，随后我就离开了。"

"你真的马上离开了吗？"陆俊迟从微表情判断，女孩可能没有说出全部的实情。

张澈云深吸了一口气："是真的，你们可以查女生宿舍门口的摄像头。我大约是在她死亡前20分钟离开的，走到宿舍楼时才知道了她坠楼的消息。"

陆俊迟看着她，试图从她的脸上找到更多的蛛丝马迹："也就是说，你和于秒秒的死亡没有关系？"

张澈云点点头："虽然我现在心里不太好受，但是她死亡时，我的确不在现场。"她的声音很稳，似乎又恢复了镇静。

调出来的监控很快证实了张澈云的证词，一个在 20 分钟前离开的女孩，自然不可能是直接的杀人凶手。在没有进一步证据的情况下，警方只能以配合调查为由，暂时把张澈云扣留了。

　　从临时审讯室出来，陆俊迟问诗人："刚才的对话，你听到了吗？"

　　"嗯，听到了。"苏回回答他，"我的判断和你一样，她没有说出全部实情，偷换了概念。"

　　说到这里，苏回用手指敲了敲桌面，继续分析："张澈云有不在犯案现场的时间证明，但不能排除她是策划者的可能性。"

　　两个人正说到这里，李聪也带来了新的线索："陆副队，我们收到了学生的消息，在当晚，有几名自动化系的男生在操纵无人机进行航拍，在晚上 11 点左右的时候，拍到了一段设计院顶楼的视频。"

　　那些学生也是在听说了晚上的坠楼事件后，核查视频，才发现拍到了设计院的顶楼。那段时间接近案发，这无疑是重要的证据。

　　说完，李聪把视频传给了陆俊迟："顶楼上当时有四个人。"

　　"四个人？"陆俊迟感到有些惊讶，看来这起案件并不简单。

　　在今晚，他们尚未还原全部的事实，还不知道在那场盛大的网络狂欢前后，究竟发生了什么。按照时间推算，差不多是在于秒秒坠楼的 10 分钟之前，也就是张澈云离开设计院的时候。

　　月夜下，航拍的无人机拍摄下来四个模糊的身影，镜头逐渐拉近，随后划走，一共也就拍摄到了 5 秒钟左右的内容。

　　深夜里，红外摄像头拍摄出的画面有些诡异，那几个人影仿佛几道鬼影。联系到于秒秒已经身死，影像更加让人感到毛骨悚然。

　　其中可以看到正面的人很明显是于秒秒，背对着摄像头的人可以分辨出来是两女一男。虽然从视频中看不清他们的表情，但是可以分辨出，这几个人是有备而来的，他们似乎是在争执，情绪都很激动。现在多了这份证据，那么这两女一男就有了重大的嫌疑。

　　陆俊迟看了看视频皱眉道："这个男人的背影有点眼熟。"陆俊迟曾经看到过他的背影，穿的就是视频中的花格子衬衣。

　　陆俊迟这么一说，李聪也认出来了："哎，这不是那个学校里的助教老师吗？我们那一组刚问完他情况！我去把他叫过来问一下。"

　　苏回在电话里也听到了这些信息，对陆俊迟道："我有了一个大胆的想法，今晚的一切，也许是早就布置好的，而目的就是为了把这位'正义女神'拉下神坛。"

　　苏回继续分析道："网络上，支持朱斯提提亚的人不少，反对者也很多。这次的论文抄袭事件。从那个诡异的爆料人开始，事情就有点奇怪了。为什么选择给朱斯提提亚爆料，而不是告知校方？"

陆俊迟也反应了过来："是的，季逸的反驳帖子，为什么要在今晚发出来？还有帖子发出来之后，是谁马上把朱斯提提亚的马甲扒下来，引到了于秒秒的身上？这些都是疑点。"

苏回点头："嗯，甚至舆论的导向，都是在一边倒，用阴谋论的说法，就像是有人在刻意引导。"

巧合太多了，就像是有幕后推手。那些人在背后排布设计，推波助澜。

说到了这里，苏回进行猜测："也许是那些反对者在暗中组成了一个联盟，目的就是为了整治朱斯提提亚。他们想要毁掉她，首先就要摧毁她的公信力，论文抄袭事件就像是一个诱饵。圈套布好以后，贪心不足、缺乏素材的于秒秒马上就钻了进去。随后她就像是一只踩中了兽夹的野兽，被迅速抓住。"

如果这样的推断是合情合理，真实存在过的，那恐怕张潋云也是其中的一环。因为她曾经和于秒秒一起运营过账号。在事情暴露以后，于秒秒想到的就是想要向她求助，寻求事情的解决方法。所以于秒秒才会来找她。而他们才会在天台上遇到于秒秒。

苏回说到这里，把自己带入了那些仇视于秒秒的人的视角，他微微眯了双眼，摇了摇头轻叹道："仅仅是让她身败名裂，这样还不解恨，他们要夺走她的自尊，拔掉她的羽毛……"

"他们要站在她的面前，对她进行问责，听她亲口道歉！"陆俊迟说着，长眸微眯，转身道，"我再去问一下季逸。"

苏回"嗯"了一声："我也再去看看其他资料。"

4

季逸，24岁，华都大学传播学系的助教，他坐在椅子上，整个人非常平静，仿佛他并不是今晚抄袭事件的核心人物，更像是一个路人。

在上一轮的审问之中，他并没有透露太多的信息，可当他面对陆俊迟的时候，心里防线终于出现了松动。

"监控录像显示，你在晚上9点就进入了设计楼，直到受害人于秒秒坠楼后你才再次出现，你为什么会在那里？视频之中的其他两个人是谁？经过调查显示，最初把论文抄袭的消息发给于秒秒的小号，IP地址不是在宿舍楼，而是在教职工楼，这次论文抄袭反转事件，究竟是不是你自导自演的？目前，于秒秒的坠楼一案，你有重大嫌疑，如果你再不说话，会被当作嫌疑人进行逮捕……"

越来越多的问题，季逸无法解释，到最后只好一言不发。

"你是想要袒护什么人吗？"陆俊迟的身体往前倾去，不断给他施压，"目前警方已经调出了今晚进出那栋楼的所有监控视频，一共有 12 个人在林妙妙坠楼前后的时间段出现过，就算你不说，警方也会一个个把那些人揪出来。"

季逸的嘴唇微微颤抖着，他似乎已经站在了悬崖边缘，嘴巴张开的瞬间，想要说出实情。可是他伸手扶了一下眼镜，最终还是没有说话。

陆俊迟有种预感。

季逸的沉默，也反向印证了诗人的推断可能是正确的。只是现在，季逸还有顾虑。

就在这时，门口忽然传来一阵嘈杂的声音，一个女孩子跑了上来，还要往里冲。她这样的行为，马上被办案的刑警拦了下来。

"警察办案，这里不能进……"

女孩挣扎着："我有线索想要汇报……"

听到门外的嘈杂声，陆俊迟起身打开了房门，那是一个梳着短发，穿着白色卫衣的女孩。看着她的发型和衣着，陆俊迟马上判断出，她也是在天台上的那两名女生之一，也曾经在设计楼的监控中出现过。他们还没有找上她，她就自己出现了。

陆俊迟做了个手势，示意刑警们放开女孩。

女孩冲到陆俊迟的面前："不关季老师的事，今晚于秒秒的死，不是我们做的……"

看众人的目光落在了她的身上，女孩子哽咽了一下继续说："今天晚上，我们是在天台上见过于秒秒。我可以告诉你们发生了什么……"

警方还没说话，季逸就转过头来，皱眉道："张予，晚上的事和你们没有关系……"

那个名叫张予的女生颤抖着声音解释："没关系，季老师，那时候，我偷偷录视频了，这份视频，能够证明我们的清白……"

季逸听到这里，轻轻摇了摇头。

陆俊迟明白了过来，今晚季逸一直一言不发，就是想要撇清和学生们的关系，他担心的，可能是他们无凭无据，会被当作嫌疑人。

"我和另外一位女生叶晓秋，都是之前朱斯提提亚网络爆料的受害人。而季老师的学生庄婉，也在之前被网友人肉之后，自杀了。我们想要查出朱斯提提亚这个账号的背后是谁，我们顺着一段图书馆里的监控录像，查到了张澈云的身上。在和她谈过以后，我们知道了于秒秒做的那些事。大家觉得于秒秒的做法是错误的，我们……我们只是想让她付出代价而已。后来，季老师正巧发现，他的论文被学生抄袭了。所以，在几个月前，我们一起策划了今天晚上的事……"

"你们为什么不寻求警方和律师的帮助呢？"陆俊迟听了张予的陈述，皱眉问。

"本来我们是想要直接告她的，可是我们咨询了律师，我们这样的情况胜算并不是很大。而且，我们觉得……网络上的事，最好是用网络上的方法来解决。今晚，就是想要听到她的道歉而已。"

时间已经临近了凌晨一点，张予的手机交过来，他打开了上面的一段视频。

按照时间推算，这段视频正发生在张澈云和于秒秒谈话离开以后。

雨不大，但是一直下着，视频之中可以听到沙沙的雨声。

镜头正对着于秒秒，她在画面之中痛哭流涕："我不知道，我不知道事情为什么发展成那样的，我……我不是故意的……如果你们是想惩罚我，现在的我所受到的惩罚还不够吗？"

"比起我们遭受过的事，你现在的经历算什么？"

"现在说这些有什么用？你应该给我们道歉！"

"对……对不起，我错了……"于秒秒颤抖着声音道。

"这根本就不是诚恳的道歉，你恐怕现在心里还觉得自己没有做错吧？"其中一位女生似乎想要冲上去打她，被季逸拉住了。

"就这样吧。以后她应该也不会再发声了。"季逸叹了口气说。

"可是庄婉的死……"有位女生还想要说些什么。

于秒秒哭着"扑通"一声跪在了天台上，她哭的样子显得非常狼狈，被雨打湿的头发贴在前额上："我真的错了，求求你们……放过我吧。我没有想到我给你们的人生造成那么大的困扰。"然后她开始磕头。

面前的三个人看到这一幕终于出现了一丝动容，手机的摄像头也稍微偏转了一下。

季逸再次劝了一句："算了，让她自食恶果吧。"

视频到这里结束了。

一切果然和苏回之前的推断差不多。

放下了手机，陆俊迟问："然后呢？"

张予道："然后……然后我们就下楼了，我们在楼道里说了几句，就听到外面"砰"的一声，于秒秒摔下来了。"

张予抿了一下嘴唇说："我觉得……她可能是自己想不开，就跳楼了。我们虽然做了一些事，但是并没有给她造成实质性的伤害……"

陆俊迟微微皱眉："张予，不管于秒秒的死亡是否和你们的这段对话有间接的关系，是否是你们促成了她的自杀单说证据，这一段视频仅能够证明你们和于秒秒今晚见过面，并不能证明你们不是杀害她的凶手。就算你们离开了，也有去而复返、推她下楼的可能性。"

张予还没有反应过来，她的眼神有点迷茫："可是我们三个人可以互相证明，我们没有动手，我们就是为了让她道歉，我们的目的达到了，为什么还要杀人呢？"

陆俊迟解释："嫌疑人之间的口供，并不会作为我们警方判断的参考。"

涉世未深的张予愣住了，她把一切想得太简单了，到现在忽然明白了过来，为什么季逸会阻止她站出来，为什么在她说有今晚的录像时，季老师摇了摇头。这段视频反而增加了他们身上的嫌疑，证明了于秒秒的情绪崩溃是和他们有关系的。

"可是……可是我们真的没有做啊。"张予急得哭了起来。

陆俊迟道："警方会把发生过的事情调查清楚的，律师和法官会评判你们的行为是否有罪。如果于秒秒的死亡是你们造成的，或者是你们中某个人做的，我们不会饶过凶手，但是如果你们没做，我们也不会冤枉你们。"

随着时间的推移，在监控中出现的每个学生，都被逐一找到，进行排查盘问。

张澈云、张予、季逸，还有叶晓秋，这几个人被作为重点嫌疑人，将被转移到总局。

凌晨一点半，陆俊迟又和诗人通了电话，交流了最新调查出来的结果。

夜越来越深了，苏回感觉有点困倦，低头看着发过来的数张现场照片。

眼前的一切逐渐模糊起来，在思维空间里，他仿佛置身于凶案现场。漆黑的雨中，苏回打着一把伞，缓步走向了地面上趴着的女孩。凝视着那具女孩的尸体，他轻声问她。

"你是自己跳下来的吗？还是有人推你下来？"

尸体是不会回答他的，苏回说着话蹲下身来，近距离看着尸体。他想起了一种说法，枉死的人会把凶手的面容刻在自己的瞳孔里。苏回的脸上毫无表情，他低头看向于秒秒半睁着的双眼，努力想要从中看出些什么："你在生命的最后时刻，见到的人究竟是谁？"

最难揣摩的就是人心。

动机是什么？

会是那时在天台上见过于秒秒的三个人吗？

不……要复仇的话，在于秒秒跪地磕头之前，你们的仇恨值已经达到了顶峰，随着于秒秒道歉之后渐渐回落了。

或者，凶手另有他人？凶手有强烈的杀人动机，会是因为什么呢？

一定还有一些他们忽略掉的细节和线索。

苏回从资料中抬起头，看向一旁打印出来的一厚摞资料，那些是朱斯提提亚曾经发过的所有帖子，他需要把这些再仔细地研究一遍。

5

当天进入过楼内的所有人都经过了排查，有 12 个人被警方锁定，被带回了总局。警方也收队回到总局。

罗队回来坐镇，所有涉案的相关人员开始进行第二轮的审查登记。为了找到这一案件的真凶，大家无疑要继续挑灯夜战了。

陆俊迟自己是有精力的，他却有些担心诗人。如果案子没有新的线索，可能诗人也要陪他们这么熬下去。

陆俊迟给自己倒了一杯咖啡，打开了办公室的电脑，他把所有的资料信息都拷贝

248

下来，坐在电脑前反复看张予拍摄的那段视频。

陆俊迟能够感觉到，所有人在于秒秒那一跪之后，情绪是有变化的。他见过许多狡猾的犯人，知道不能轻易听信那些人的证词，人是会说谎的，而且会说得真假难辨。但是他的直觉告诉他，张予可能在这件事上没有说谎。他们三个人应该是在那之后走下了楼顶平台，留下了独自痛哭的于秒秒。

法医报告还需要一定时间才能出来，所有的证人也各执一词，这段视频可能是他们目前所掌握的线索中，最接近于秒秒死亡真相的了。

陆俊迟几乎要把那段简短的视频逐帧进行分析。他的鼠标突然一停，画面暂停在最后几秒钟的地方。在视频关闭前，回转了一下摄像头，在晃动的背景下，有一抹蓝色一闪而过。

陆俊迟不禁有些激动，他又回放了一遍，确定自己没有看错。随后他又打开了那段无人机拍摄的视频，放大画面以后仔细查看。陆俊迟在对应的角落里，发现了一道阴影。那说明，天台上可能还有一个人！

发现了这一点，后陆俊迟掏出手机想要拨打诗人的电话，正巧这时，诗人的电话也打了过来。

陆俊迟急忙接了起来："前辈！我正有事情想要和你说。"

忽然又听到这个称呼，苏回一愣："早就和你说过不用这么客气。你那边有进展了吗？"

陆俊迟忙道："我在视频中有一些发现，现在还没去找技术部门鉴别，不过我怀疑，当时天台上可能有第五个人。这个人听到了他们之间的所有对话。他可能知道当时天台上发生了什么，或者有可能，他就是凶手。"

苏回"嗯"了一声："我这边也有一些发现。"他停顿了一下，"那我大概可以推测出这第五个人有可能会是谁了。

随后电话里传来了一阵翻动资料的声音，苏回继续解释道："我翻看了以前朱斯提提亚发布的所有帖子，我发现了一个人，这个人的网络 ID 名为画风者，而这个人，可以说是朱斯提提亚的铁粉。从两年前，他就是朱斯提提亚的极端拥护者。我让网警调取出了这个 ID 发布的相关的帖子……我把相关的资料发给你一份。"

陆俊迟按下鼠标接收到了文件，发现苏回已经做了整理，里面的关键点还进行了标注。从字里行间不难看出，画风者对朱斯提提亚的维护，还有点病态的迷恋。每一次朱斯提提亚说什么，画风者都会反复顶帖支持。为了朱斯提提亚，画风者曾经和人进行骂战，在获得胜利以后，又会向他的女神邀功。

"朱斯女神，你永远是公平正义的！"

"简直是下凡的天使！你说什么都是对的！"

就在案发前，他还在为维护朱斯提提亚据理力争可惜他的言论很快被淹没在其他人的反驳声中。

陆俊迟翻看了几段发言，苏回继续道："我让网警查看了对应的信息，他应该是一个叫欧少言的男生。而且，从他的财务情况来看……他一直在省吃俭用，帮着朱斯提提亚请校园水军。"

这样分析，杀人动机也就有了。欧少言对女神的爱意，在今晚变成了恨意。

陆俊迟对照了一下摄像头和资料："他在今晚进入设计楼的12个人之中，而且……"他对比了一下监控，虽然他身上的衣服不是蓝色的，却系了一件蓝色的衣服在腰间。

陆俊迟走进关着欧少言的审讯室。欧少言是一位有些微胖的男生，看起来有点木讷和普通。

"欧少言，是吧？你不是设计院的，今晚为什么会去设计楼？"陆俊迟像是随口问，边说，边翻看今晚的审讯资料。

"我……我去那里找我的朋友。"欧少言结结巴巴地说。

"哪个朋友？"陆俊迟追问。

欧少言明显更加紧张了："我的朋友不在，我就看了看设计楼墙上的画。"

"你看画，就看到了天台上？"陆俊迟反问。

在今夜，欧少言已经经过了两轮排查。从资料看来，他一直坚称自己是个无辜的学生，只是恰好路过那里。

陆俊迟放下了资料，问他："欧少言，你有没有听说过画风者这个ID？"

欧少言的手明显抖动了一下，抬头看向陆俊迟，没有说话。

陆俊迟低头念了下去："朱斯提提亚是不会出错的，我觉得她已经足够客观。这次的责任并不在她，你们的善良并不是真正的善良！你们这些人是会受到惩罚的！如果她真的想要做什么微博法庭，大可以等到尘埃落定才发表言论，但正是因为她提出了这些问题，才让一切变得更好。比起她，你们才是狼心狗肺的围观者……传说中，女神朱斯提提亚的脚下是有一只狗的，我就愿意做那只狗，永远守卫我的女神……"

"住……住口！"眼前的欧少言终于抬起头来，看向了陆俊迟。他的胸口起伏着，明显激动了起来。

陆俊迟问他："你那时候听到了于秒秒和其他人的对话……"

欧少言深吸了一口气："那个女人，她不配做朱斯提提亚！我们还在据理力争着，她却先跪下了……"

"所以，是你在他们离开后，把于秒秒推下了楼？"陆俊迟问出了关键点。

"我……我没有！"欧少言咬着嘴唇。

听到欧少言有些心虚地反驳，陆俊迟越发确定，欧少言可能就是今晚这起案件的凶手，陆俊迟把手放在桌子上，继续给欧少言施压。审讯室里一时安静了下来，只有墙上的时钟发出轻微的"咔咔"声。有时候无声的沉默，要比责问更加让人战栗。

欧少言慌了起来："我不知道，我什么都不知道……"

"你杀了她，因为你觉得她不再是你的女神。"陆俊迟点出了杀人动机。

眼泪从欧少言的眼角滑落下来，他捂住了自己的脸："她为什么要说那些话，为什么犯了那些错误，为什么要做那些事？"

　　欧少言一直以为，自己对于女神的拥护、跟随，是超越了普通人能够理解的情感的，他是女神最长情的粉丝。事发后，他继续在网上和那些人争论，随后他们扒出了于秒秒的身份，在那之后，他就在寻找于秒秒。直到他在设计楼下遇到了于秒秒，随后他跟了上去……

　　那是欧少言第一次见到自己的女神，在他的想象中，一直以为朱斯提提亚会是一位果敢、美丽、正义的女生，他没有想到，于秒秒只是一个平庸、自私的人。更让他不能容忍的是她竟然是为了自己的一己私欲，伤害了那么多人。当他看到于秒秒向之前的受害人下跪时，感觉自己心中绷紧的一根弦断了，他心目中的女神，被眼前的这个女人扼杀了。

　　等那些人走下楼顶平台，他就冲了过去，想要和于秒秒理论。

　　结果于秒秒对他露出了鄙夷的表情："你是谁？你凭什么这么说我？"

　　他是谁？凭什么？这两句话像是两把尖刀插入了他的胸口。他曾经那么爱她，那么坚定地站在她的身后，得到的就是这样的结果？

　　"不！你不是朱斯提提亚！你不配是她！"他愤怒地吼着，然后把于秒秒从天台上推了下去。

　　刺耳的尖叫仿佛划破了他的耳膜，然后一切安静了下来。

　　欧少言双腿发软，看着躺在楼下的女人，鲜血从她的身下蔓延而出。直到那时，他才如梦初醒，知道自己做了什么。原来自己爱的并不是她，而是自己心目中那个完美的形象。

　　欧少言手脚发凉，匆匆脱下了自己的衣服系在腰间，离开了那栋建筑，本以为不会有人发现，没想到警方还是找到了他……

　　这两年他如同活在梦中。现在他杀人了！把自己变成了一个杀人凶手！

　　欧少言没有再否认自己的罪行，他的肩膀耸动了起来，伸出手捂住了双眼，泪水不停地流下来，他哽咽着道："我……不是故意的。"

　　凌晨三点，一桩悬案在多个部门的配合下，终于告破。欧少言承认了他的罪行，真相终于水落石出。

　　陆俊迟第一时间给诗人回了电话："欧少言承认了，案子破了，你的分析是正确的。"

　　苏回松了一口气："找到凶手就好。"

　　陆俊迟由衷地感谢道："谢谢你的帮助。"

　　苏回有些生气："你为什么总是对我这么见外啊？你是警察，我也是警察，难道调查破案不是应该的？还要特意感谢我吗？"

陆俊迟连忙安抚道："我以后不说'谢谢'了，你早点休息吧，今天真的是辛苦了。"

"你也辛苦了，小陆副队。"苏回回敬他，特别在小字上加了重音。

陆俊迟一声轻笑："那我挂了？"

"别挂。"苏回长叹了一声，"我有点困过头了，反而不太想睡了，陪我聊几句吧。"

陆俊迟喝着咖啡，案子破了，他也轻松了起来："好，你想要聊什么？"

苏回看电脑上面闪动着各种信息，他有些感慨地道："说实话，我最初的时候，没有想到真相是这样的。那个女生死在了自己铁杆粉丝的手上，这样的结果，让我既感到意外，又感觉是情理之中。"

陆俊迟"嗯"了一声："疯狂的情感、过度的执着，也有可能杀掉人。"

苏回有点伤感，一个网络大 V 就这样死在了校园中，很快人们就会忘记她，然后还会出现新的网络大 V。

陆俊迟道："我从来都不太喜欢网络断案，我觉得那些人并不能代替执法者。"

苏回轻轻点头："人们只愿意听自己相信的答案。这不过是一场比谁的人多、谁的声音大的游戏，没有胜利者，只有一个个的受害人。所以我现在不喜欢在网络上发言，总感觉简单的话都有可能被人解读出不同的含义。"

陆俊迟道："世界总是会向前发展的，相对于人类的历史，网络还太过年轻了，也许以后，网络坏境会越来越好吧。"

苏回"嗯"了一声，走到窗边，拉开了窗帘，他看着城市里的夜景，然后抬头看向天空中的星星，那些星星不断地闪烁着。

"不说这些糟心的事情了，今天的星空很美。"

陆俊迟走到办公室的窗边，也抬头看向天空，他已经很久没有在城市里看到这样的夜空了，也跟着感慨："是的，很美。"

陆俊迟忽然想到，自己和诗人在望着同样的一片天空，他觉得他们之间的距离拉近了。

陆俊迟欣赏聪明而又能力强大的人，对于那个神秘又似乎无所不能的诗人，他的好感度与日俱增。也许有一天，他们会站在一起，并肩望着这座城市的夜景，守卫着这份安宁。